悦读季国学榜

楚 辞

CHU CI

［战国］屈原◎著

亦文◎注

新疆青少年出版社

图书在版编目（CIP）数据

楚辞 /(战国) 屈原著 ; 亦文注. -- 乌鲁木齐：
新疆青少年出版社, 2023.11
（悦读季国学榜）
ISBN 978-7-5590-9885-6

Ⅰ.①楚… Ⅱ.①屈…②亦… Ⅲ.①楚辞-注释
Ⅳ.①I222.3

中国国家版本馆CIP数据核字（2023）第207748号

楚辞
CHU CI

[战国] 屈原◎著　亦文◎注

出版发行	新疆青少年出版社有限公司
社　　址	乌鲁木齐市北京北路29号
电　　话	0991-6239231（编辑部）
经　　销	各地新华书店
印　　刷	三河市金泰源印务有限公司
法律顾问	王冠华 18699089007
开　　本	787 mm×1092 mm　1/16
印　　张	24
版　　次	2023年11月第1版
印　　次	2024年5月第1次印刷
书　　号	ISBN 978-7-5590-9885-6
定　　价	68.00元

新疆青少年出版社有限公司官网　http://www.qingshao.net
新疆青少年出版社有限公司天猫旗舰店　http://xjqss.tmall.com

CHISO 新疆青少年出版社
（版权所有，侵权必究）

前 言

一个时代有着一个时代的印记，唐诗、宋词曾完美地诠释了唐朝、宋朝绚丽多彩的文化，为我们展现了那些朝代的人文历史，可是，在我们为之惊叹的时候，也不要忘记另一个时代的另一种文化表达，那就是战国时代的楚辞。

战国曾被德国哲学家雅斯贝尔斯称为"轴心时代"，而楚辞也成了那个"轴心时代"的文化背景符号，从这个文化背景符号中，我们一次又一次地领略着那个时代的人文思想、学术文化。那么，这种浓缩了几千年文化背景的符号又是怎么得来的呢？

这里不得不提到一位凝聚着中国文人精神的世界文化伟人——屈原。因为正是屈原，才让楚辞成为了文人墨客们沉醉于其中的文体——楚辞体。

楚辞体又名"骚体"或"骚"，因屈原的作品《离骚》而得名，故"后人或谓之骚"。《离骚》的"骚体"和《国风》的"风体"分别被大家认为是中国浪漫主义和现实主义的鼻祖。因而，世人常以"风骚"来代指诗歌；而用"骚人"代指诗人、文人。

下面详细说说楚辞的由来。

一

楚辞又称"楚词"，首创于战国时代的伟大诗人屈原，后经他的弟子宋玉等人完善而形成一种诗体。楚辞灵活地运用了楚地（今两湖一带）的文学样式、方言声韵，叙写着楚地的山川江河、人物风情，具有浓厚的地方特色。

楚辞最早出现在汉代，刘向把屈原的首创作品以及宋玉等人的"承袭屈赋"编辑成集，最终取名《楚辞》。

《楚辞》代表的是在痛苦和挣扎中对高洁情操和崇高理想坚持不懈的屈原精神。它是继《诗经》以后又一部对我国文学有着深远影响的诗歌总集。

楚辞发展到西汉初期的时候，已经不单单是指刘向所编辑的《楚辞》了，还包括其他一些楚地作品，楚辞也就成了一种代表着楚地特色文化的作品统称。

有以下历史资料为证：

《汉书·朱买臣传》："会邑子严助贵幸，荐买臣，召见，说《春秋》，言楚辞，帝甚说之，拜买臣为中大夫，与严助俱侍中。"

从这句话里可以看出，由于汉代皇帝是楚地人，所以才有人以楚地文辞作品来取悦他，屈原的作品多是悲愁之言，汉代皇帝应该不可能只看屈原和宋玉等人的作品。

"楚辞"中的"楚"，是指楚地，有着地方色彩；"辞"，则是先秦和汉代流传了很久的一种连篇属文泛称。所以黄伯思在《东观余论·校定楚辞序》中说："盖屈、宋诸骚，皆书楚语，作楚声，纪楚地，名楚物，故可谓之楚辞。"

当然，"辞"在先秦还只是一个泛称，并没有成为一种文体，只是指楚地特色的文学作品而已。到了西汉，刘向将屈原、宋玉等人的作品整理出来，集结成集，为了让大家便于记住，就想贴一个熟悉的标签，便题名《楚辞》。直到南北朝，萧统选编《文选》的时候，排了一个目录，进而形成了一种文体雏形。

从此，"楚辞"便由一个泛称逐渐演变成为以"屈骚"作品为核心的专称。

目前，我们虽然是将"楚辞"等同于"骚体"来看的，但实际上"楚辞"比"骚体"的范畴要广得多。由于汉人将屈原和宋玉等人的作品称之为赋，有些人又将其称为"屈赋"，所以"楚辞""骚体"和"屈赋"就让很多人弄不清了。

它们之间的关系到底是怎么样的呢？

"楚辞"是清晰地说明楚地言辞的作品，所以它包括"骚体"；"骚体"，是对"楚辞"在文章体式和精神性质上的一种定位，也就是以屈原的《离骚》为模本；而"屈赋"则是汉人对"楚辞"在文体上的一种界定。

弄清楚了"楚辞"这种文体后，我们再来看看《楚辞》的作者。

二

前面说了，《楚辞》的作者是以屈原为代表的一群人。

《楚辞》的灵魂人物，也是《楚辞》的创造者——屈原。除了大名鼎鼎的屈原外，还有几位楚辞作者也在文学史上很有名，他们是：宋玉，又名子渊，战国时鄢（今湖北襄樊）人，相传是屈原的学生，曾在楚国顷襄王时做过官，喜好辞赋；贾谊，雒阳（今河南洛阳）人，西汉初年著名的政论家、文学家；淮南小山，此人生平不详，据说是淮南王刘安的门客；东方朔，本姓张，字曼倩，平原厌次（今山东）人，西汉著名辞赋家，在政治方面颇有天赋，但汉武帝始终将他当仆人看待，不被重用；刘向，字子政，本名刘更生，楚元王的后代，沛县（今江苏）人，西汉经学家、目录学家、文学家；王褒，字子渊，西汉蜀郡（今四川）人，文学家；严忌，会稽吴（今江苏苏州）人，本姓庄，东汉时因避明帝刘庄的忌讳，改为严，西汉初期辞赋家；王逸，字叔师，南郡宜城（今湖北）人，东汉著名文学家，安帝时为校书郎，顺帝时官侍中，官至豫州刺史，豫章太守……

以下重点说说《楚辞》的原创者屈原。

屈原（约公元前339—公元前278年）名平，字原，楚国贵族。他的祖先是传说中的远古五帝之一——颛顼高阳氏，是楚武王熊通之子熊瑕的后代。

春秋初期，楚武王熊通的儿子熊瑕被封在"屈"这个地方，随之取名为屈瑕，他的后代也就成了屈氏。

屈氏人才辈出，而且大多担任要职，比如屈瑕、屈重、屈完、屈寇、屈到、屈建、屈申等都曾担任莫敖一职，处理楚国的内政和外交，甚至有些还率军作战，可以说是楚国有名的将相人家。因此，屈原显赫的家世也就可见一斑了。

屈原的名字还是有一番来历的。从《史记》以及《离骚》中可以看出，他出生的日期非常特殊——寅年寅月寅日，据说在寅时出生的人命运非凡，所以他的父亲伯庸便为他取名"平"，正则的意思，希望他长大后成为一个公正有法则的正直之人；取字"原"，灵均的意思。"灵"与天相合；"均"与地相合。意思是希望屈原能成为一个上可安天、下可安地的非凡人才。

父亲的期望没有落空，屈原显赫的家世使他自小就受到了良好的教育。《史记·屈原列传》中曾用"博闻强志，明于治乱，娴于辞令"来形容他的出色。

知识渊博、记忆力超群的屈原，并非一个只会读书的书呆子，而是深明治国之道。心怀大志的他，时常指出楚国政治上的一些弊端，并希望楚王能锐意改革。不仅如此，他还能言善辩，在外交辞令上很有一套。当然，更重要的是，他具有非凡的文采。

正因为如此，才造就了屈原，使他在后来失意时写出《离骚》这样伟大的诗篇来。

贵族的身世，杰出的才能，这一切都让年轻时的屈原意气风发。楚怀王期间，屈原出任左徒（仅次于楚国最高行政官员令尹）一职。

《史记·屈原列传》中曾说屈原"入则与王图议国事，以出号令；出则接遇宾客，应对诸侯"。可见当时他多么深得怀王信任，多么风光无限。

当时，全国正处于诸侯争霸阶段，有三个诸侯国实力最强，那就是位于东方的齐、西北的秦和江南的楚。在这三个大国中，齐是礼仪大国，秦和楚则被视为蛮夷之邦。在三个大国的较量中，秦国励精图治，很快就占据了优势。

面对强秦的崛起，齐和楚不得不结为盟国，承诺互相救援。秦国为了能够称霸天下，决定采取远交近攻策略，各个击破，让齐楚两国解除结盟。

为了达到这个目的，秦惠王派能言善辩的张仪出使楚国，张仪对怀王说:"大王诚能听臣,闭关绝约于齐,臣请献商於之地六百里。"意思是说,如果楚国能够和齐国解除盟约,我们秦国就把商於六百里的土地给你们。

楚怀王惊喜万分,因为商於原本是楚国的发源地,最后被秦国占领,收回商於是楚国一直梦寐以求的事。于是,楚王迫不及待地答应了张仪的要求。然而,等到楚国和齐国解除盟约,楚王派人去要那商於的六百里土地时,张仪却说:"臣有奉邑六里,愿以献大王左右。"

楚怀王这才知道自己上当受骗了。感到受了奇耻大辱的楚怀王,马上发动丹阳之战,想夺取商於。然而,楚军不仅没有夺回商於,反而连汉中的六百里地也被秦侵占了。

楚怀王大怒,继续发兵攻秦,结果是屡战屡败,狼狈不堪。秦国见和楚国耗下去也不是个事,便说愿意把最后占去的汉中六百里地还给楚国,并和楚国讲和。意气用事的楚怀王只想着报复受了张仪蒙骗的奇耻大辱,情愿不要商於,也要让秦国把张仪交给他。

张仪早知楚怀王耳根软喜欢听好听话,便买通了楚怀王周围的近臣和宠妃帮自己说话,然后大摇大摆地去了楚国。楚怀王果然听近臣说了张仪的好话后,放张仪回去了。任凭屈原如何劝楚怀王不能听信奸臣之言,楚怀王都不听,甚至开始排斥他。

此后,秦国越来越强大,楚国却是衰落不振。公元前299年,秦再次发兵攻楚,不仅占领了楚国的八座城池,还胁迫楚怀王到武关赴约。忠诚正直的屈原竭力劝阻楚怀王不要去,但楚国以公子子兰为首的奸佞之人却怕不答应秦国又会攻城,怂恿楚怀王去赴约。

楚怀王不仅不听屈原的劝告,还将他流放到了汉北,然后去武关赴约了,结果被秦国扣押。楚怀王几次想要逃跑,都被抓住,三年后惨死在秦国。

楚怀王死后,新国君顷襄王依然如此,甚至还任用弟弟子兰为令尹,继续听信佞臣的话。子兰原本就将屈原看成了眼中钉,做了令尹后,继续在顷襄王面前说屈原的坏话,顷襄王便将屈原流放到了更远的江南。

楚国被佞臣和软弱无能的国君把持,越加衰败,疆土也是一失再失。顷襄王二十一年,秦国将领白起攻破了郢都,楚国败亡。悲愤绝望的屈原,跳入了汨罗河……

屈原的遭遇无疑是悲惨的，而除他之外的那些楚辞作者，也有着和他共同的特点：内心正直、才华横溢却不被重用。这些人要么仕途不顺，要么人生坎坷。比如宋玉、东方朔、严忌、王褒，空有绝世奇才，却只能做地位低下的文学侍从。不过，正是因为有着和屈原相同的遭遇，才让他们从屈原的身上和作品中感受到了"同是天涯沦落人"的悲伤，使他们创作出了一篇篇独特文体——"楚辞体""骚体"，让中华民族千百年来的屈骚精神有了延续。

那么，这些楚辞又有什么样的文学内涵呢？

三

《楚辞》里，最家喻户晓的应该是屈原的作品。屈原所有的作品中，《离骚》最具有代表性，可以说是楚辞的灵魂诗篇。因为从《离骚》里，读者可以领悟到深刻的文学内涵，以及其"屈骚"精神。

《离骚》是一首政治抒情诗，而且也是我国古代最长的一首政治抒情诗。整首诗从家世出身、政治抱负开始写起，写到了忠诚却不被重用的痛苦，以及坚持理想的执着精神，充满了爱国主义激情和对世事的愤懑之情。

《离骚》叙述的故事并不复杂：屈原一心忠君爱国，一心要振兴楚国，却屡遭小人谗言陷害。即使如此，他还是将个人生死置之度外，每时每刻都想着国家的兴亡和安危。即使被流放到偏远的地方，他还是心系楚国，关心着楚国的战事，为国家的衰败而落泪、痛心，以至于形容枯槁，虽然无人理解，却从不改初衷。

所以，《离骚》的精神内涵是非常值得我们学习的。它体现了一种令世人震撼和动容，令世人景仰的爱国主义精神。

其次，屈原决不与世俗同流合污的独立精神同样值得我们赞颂。

不管是怀王还是顷襄王，都不是明君，他们听不进屈原的直言相谏，反而去听谗佞的奉承之语。结果不仅怀王送了命，还让国土一失再失。更严重的是，君王的昏庸，让朝中官员纷纷向公子子兰、上官大夫靳尚等奸佞之人看齐，将其看成升官之道，与之结党营私、同流合污。

屈原成了被这些所谓主流嘲笑的对象。面对这种情况，屈原没有同流，反而让自己更清醒，真正做到了"世人皆醉我独醒，世人皆浊我浊清"。

"宁溘死以流亡兮，余不忍为此态也。"这就是屈原的精神，也是"屈骚"所展示的坚守心中信念、独立不迁的精神。

另一方面，屈原还有着不断进修内美的高洁品质。

注重自身修行，保持内心良好的品质，不管身处多么恶劣的环境，都不被肮脏的东西腐蚀，所以在《离骚》中，屈原以种植各种香草来表明自己的态度，以此来"修美"。比如"余既滋兰之九畹兮，又树蕙之百亩""纫秋兰以为佩""制芰荷以为衣兮，集芙蓉以为裳""朝饮木兰之坠露兮，夕餐秋菊之落英"等等。即使这样，他还在不断地反省自己，生怕自己"修美"不够："老冉冉其将至兮，恐修名之不立。"

"修美"是辛苦的，但屈原却不以苦为苦，自得其乐，这种精神值得人们崇敬。

除此之外，就是《离骚》所表现出来的不畏艰险、勇于上下求索以及不固守旧俗、锐意改革的精神了。

不畏艰险、上下求索的精神，屈原在《离骚》中是通过不断地求女来表现的。比如为了求得品貌双修的女子，他"吾令凤鸟飞腾兮，继之以日夜"，去了很多地方，见了很多女子，却依然没有找到合心意的。即使这样，他还是用"路漫漫其修远兮，吾将上下而求索"来鼓励自己。在他看来，不管多难，他都要坚持真理、坚持正确的道路，毫无畏惧地走下去。

在看到楚国的政治上有着种种弊端的时候，他深感忧虑，向楚王提出"举贤才而授能"的改革建议。而此种建议，正是秦国后来因广纳各国人才，最终吞并六国的重要策略。他提出的"富国而兵强"，也正是秦国战胜其他六国的法宝。

然而，遗憾的是，屈原提出的建议都因触及楚国权贵们的利益而遭到污蔑，被权贵们排斥。楚王却听信谗言，始终不愿听取意见。屈原的"美政"设想虽然无法在楚国实现，但他的改革精神却是永远值得后人敬仰的。

在本书中，除了有《离骚》这篇屈原的代表性经典之作外，还有《天问》《九歌》《九章》等。

《天问》是仅次于《离骚》的第二长篇。通过一百七十多个问题，体现了屈原对自然社会运行发展规律的探讨，带着强烈的怀疑和批判的精神，很令人深思。同时也表达出屈原对国家及民族发展、命运的担忧。

这篇内容涉及广泛，天地生成、日月星辰、世间珍奇、远古神话、历史兴衰……包罗万象，不仅是文学作品，还是很好的哲学素材。

《九歌》包括《东皇太一》《云中君》《湘君》《湘夫人》《大司命》《少司命》《东君》《河伯》《山鬼》《国殇》《礼魂》十一篇作品。这是一组清新优美的抒情诗，也是屈原根据楚地民间祀神的乐歌创作而成。

《九歌》分别对天、地、人进行了赞颂，其中赞天神的有《东皇太一》《云中君》《东君》《大司命》《少司命》，每篇都表达了对神的敬爱之情；赞地祇的有《湘君》《湘夫人》《河伯》《山鬼》，这四篇实际是对爱情的赞美，表达了配偶间的倾慕、思念、等待之情；赞人鬼的是《国殇》，表达了对英雄的崇敬之情。

《九章》是屈原九篇作品的合称，这九篇分别是《惜诵》《涉江》《哀郢》《抽思》《怀沙》《思美人》《惜往日》《橘颂》《悲回风》。这九篇作品中，除了《橘颂》创作时间比较早外，其他的都是屈原被放逐流放后创作的。最早是《惜诵》，是屈原创作《离骚》时的同期作品；其次是《抽思》《思美人》，它们是屈原在汉北放逐时所写；《涉江》和《哀郢》是屈原被流放江南时所作；《悲回风》《怀沙》则是屈原沉汨罗河前的作品了；《惜往日》更成了屈原的绝命辞。

除《橘颂》外的八篇作品，均有着浓厚的政治色彩。先由作者诉说其不幸的遭遇，抒发自己的愁苦心情。接着宣泄对国家的爱恨交加，以及对理想国的向往和对故乡的眷恋，具有强烈的抒情言志特征，使整组作品呈现出了凝重而又浪漫的风格。

《楚辞》中除了屈原的这些代表作外，还有宋玉等人的作品。

宋玉的《九辩》是以衰败的楚国社会现实为背景，通过讲述自己的经历，感叹自己的怀才不遇，展现楚国越来越衰败的社会状况，表达出主人公忧国忠君的情感，以及甘愿坚守节操的品格。《九辩》用悲伤渲染悲世，在情感上有着很强的感染力。

和宋玉一样因社会状况而不满的《楚辞》作者还有其他几位，他们也是通过自己的作品，在表达对屈原同情的同时，也感叹自身的失意。

比如贾谊的《惜誓》："黄鹄后时而寄处兮，鸱枭群而制之。神龙失水而陆居兮，为蝼蚁之所裁。"严忌的《哀时命》："哀时命之不及古人兮，夫何予生之不遘时！"王褒的《九怀·危俊》："林不容兮鸣蜩，余何留兮中州？"王逸的《九思·逢尤》："悲兮愁，哀兮忧。天生我兮当暗时，被谗谮兮虚获尤。"刘向的《九叹·怨思》："惟郁郁之忧毒兮，志坎壈而不违。"

通过对先贤屈原的缅怀，寄抒心意，感叹无奈，黯然叹息，正是这本《楚辞》的内容特点。

那么《楚辞》的写作特点又是什么呢？

四

《楚辞》在中国文学艺术上的成就不容置疑，具体表现在以下几点。

首先，一改以前诗歌的短小、简洁，很好地塑造了抒情主人公的人物形象。

《离骚》中，屈原除了抒发自己的苦闷和沉痛外，还对自身进行了描写，让读者在阅读的时候，很立体地感受到了主人公的形象。屈原形容自己头戴切云高冠，身佩陆离长剑，身穿奇异服饰，呈现出一位伟岸、高洁的主人公形象。有了主人公的形象，主人公的忧国忧民、怀才不遇、独立高洁的气质和内心活动也就淋漓尽致地表现出来了。

正因为如此，枯槁消瘦，虚怀若谷的千古文人形象也就变得栩栩如生。

其次，《离骚》大量地使用了象征手法。比如用秋兰、蕙茞、杜若等香草来象征自己洁身自好；用臭艾等恶草象征奸佞小人；用跋山涉水求女来象征对贤君的渴求等等。不仅让我们有种绘声绘色的感觉，也形成了文学史上著名的"香草""美人"意象群，以至于在后世的很多诗文中，都被广泛地使用着。

再次，《离骚》运用了浪漫想象思维。比如屈原为了展现自己的美好品行，写自己用香花做衣裳，用香草做佩饰；清晨饮晨露，夜晚食落花。这当然也是一种象征手法，并非真正用花做裳，草做佩饰，更不可能只喝露水、只吃落花。

屈原之所以这么写，说明他是运用了神奇而浪漫的想象。比如他让马在咸池洗澡、让日神为他带路、凤凰为他开道等，很好地将神话和自己天马行空的想象结合起来，给我们展现了一幅浪漫而美好的画卷。

最后，当然是屈原的《离骚》给我们开创的具有显著特征的"骚体"语气了。

在《离骚》之前，诗人们所作的大多是"四言体诗"，但《离骚》风格却使用了楚地长短不一的句式，如著名的《沧浪歌》《越人歌》等。而由于楚地的句式中常带"兮"（相当于语气词"啊"），每句必"兮"就成了《离骚》的特色。"兮"的运用，表现了诗人内心的沉痛，极大地增强了诗篇的感染力，比呆板短小的四言句式更有利于诗人抒情。同时，由于每句字数不一，所以整篇文章也给人一种参差错落的美感。

有了屈原在《离骚》中的尝试，之后的《九歌》《天问》《九章》《远游》《卜居》《渔父》等篇章，从句式、抒情、艺术表现手法上也都借鉴了《离骚》。

在结构上，屈原非常注重自然环境与人物心理的结合，同时还善于借用自然景物来表达主人公复杂的心情。

比如《九歌》中的"袅袅兮秋风，洞庭波兮木叶下"，通过描写秋风扫落叶的萧瑟，表达了主人公的萧索心情，以此达到自然环境和人物感受的统一。

同时，《九歌》在写法上还喜欢以时间为叙事线索，在地点随意变化中，用视角的转换，使叙事内容更加充实，更加多彩。而在《天问》中，屈原又另辟蹊径，通过一连串的追问，表达了对天地生成、人类历史发展的迷惑，对春秋战国历史兴衰的追问和反思……通过这种写法，很好地寄托了作者对楚国现状和前景的担忧。

屈原一直在不停地探索新的写作结构，比如《九章》的诗文就没有《九歌》浪漫，反而有着很强的写实性。因为《九章》是为了体现屈原在不同历史时期的情感，都以屈原的人生经历为背景，借助楚辞的抒情写作特征，表现了屈原当时真实的状态。

《九章》在语言表达上，依然非常注意情境结合，同时还加入了很多心理描写，将人物内心的恐慌、愤懑、伤感、失落表现了出来，更好地表达了作者对黑暗现实的激愤和抗争，对美善的坚持和对丑恶的摒弃。《卜居》采用了散文式的写法，结合问答和对比来表现主题。问答和对比在《渔父》中也有充分的运用。而这种问答方式与排比、铺叙、记述、对话等结合，对以后的散体赋写作有着深刻的影响。

除了屈原的这些代表作外，宋玉的《九辩》也是承袭了《离骚》的难得一见的优秀作品。

《九辩》在写法上采用了各自独立的线，最终又由一个主体相连接的形式，使整篇文章的结构看起来清晰又紧凑。在句式上，《九辩》和《离骚》相仿，均采用了以上下六句式为主，但又夹杂其他句式的写法。这种不规则的句式让整篇文章看起来多了一份肃杀，准确地表达了作者愁肠百结的心情。同时，《九辩》以秋之悲渲染国家衰亡、仁人志士哀愁的写法，也在文学史上具有开创性的意义，而那句"悲哉秋之为气也！萧瑟兮草木摇落而变衰"，更是被后世奉为"悲秋之祖"，很好地奠定了全文的基调。

一种文体的良好传承，除了继承之外还需要发展。汉代骚体正是在此基础上，让楚辞有了活力。

比如，汉代骚体作品一方面在遣词造句上模仿楚辞，另一方面在情感上承袭了楚辞抒情述志的结构，在篇幅、句式和结构上也在继承模仿。但同时，相比楚辞来说，汉代骚体作品的篇幅明显缩短，句式也比较整齐，变得朗朗上口了。

比如《沉江》《哀命》两篇作品中呈现出了整齐性和齐言句式，刘向的《惜贤》、王逸的《疾世》《遭厄》等篇，都为齐言。

从汉代刘向整理出的《楚辞》中，也可见逐渐呈现的传承、发扬同时又颠覆的趋势：不局限于固定的句式，继承楚辞的瑰丽想象、奔放激情；颠覆楚辞的长篇，使用齐言、短文。这种取源于屈骚又流变的方式，在给读者带来新奇感受的同时，却又仿佛减弱了屈原开辟的楚辞的魅力。

当然，这种变化并非没有优点。在汉代骚体作品中，淮南小山的《招隐士》就很有特点，很有魅力，完全和汉代骚体不同。《招隐士》用一系列的排比句，渲染了幽深、怪异、可怕的山中环境，表现了此地不可久留的主题。同时，在具体描绘时，作者又以"石嵯峨"来形容怪石林立；用"树轮相纠兮，林木茷骫"来写草木的荒芜；用"虎豹斗兮，熊罴咆"来比喻动物的状态……他还用了不少层叠的词语，比如"啾啾""萋萋""凄凄"等来渲染令人恐惧不安的环境。这种写法，既传承了屈原的楚辞体，又创造出了一种音韵效果，是一种很好的创新。

那么，《楚辞》流传下来的历史又是怎样的呢？

五

从先秦时期到汉初，楚辞都是以单篇的方式流传下来的，直到西汉刘向的出现。

刘向带领一众人，将屈原、宋玉、贾谊、淮南小山、东方朔、严忌、王褒等人的作品收集起来，然后加上了自己的《九叹》，将其编成十六卷，并题名"楚辞"。

这是楚辞的第一次结集，也是屈原的"骚体"和"拟骚"作品真正以"楚辞"的总名出现。

自此，专门针对《楚辞》的历代笺释、评论也就如雨后春笋般冒出来了，并且越来越多。首先就是西汉淮南王刘安为《离骚》写传，接着是东汉时期王逸作的《楚辞章句》，这也是现存最早的一本楚辞注本。

王逸是东汉著名的文学家，曾参与编修《东观汉纪》，又做《汉诗》一百二十三篇，但都没有流传下来，流传下来的只有《楚辞章句》。

王逸的《楚辞章句》是《楚辞》最早的完整注本，而且由于他出生在楚地，对于《楚辞》中的方言土语比较熟悉，所以颇受后世学者的重视。以至于到了唐代，一些研究《楚辞》的学者基本都以王逸的《楚辞章句》中的篇目为核心，但可惜这些也都失传了。

除了王逸的注本流传较广外，宋代还流传了两个重要的注本：洪兴祖的《楚辞补注》和朱熹的《楚辞集注》。

洪兴祖，字庆善，丹阳（今属江苏）人，宋徽宗时曾历任秘书省正字、太常博士等职，后来因为忤秦桧而遇害。《楚辞补注》共有十七卷，该书敢于破除旧说、自立新说，又能旁征博引，且所录楚辞异文最多，所以也引起了很大的关注。

朱熹，字元晦，今江西婺源人。他曾是宋代大儒，也是中国历史上最渊博的学者之一。《楚辞集注》共有八卷，是以王逸的《楚辞章句》为底本的。不过，他对原《楚辞》篇目的选编不是很满意，曾认为选录的《七谏》《九怀》《九叹》《九思》是无病呻吟，并将其删去，又将贾谊的《吊屈原赋》和《鵩鸟赋》收了进去。朱熹曾将《楚辞》分成了两部分：屈原作品和非屈原作品。将屈原的作品命名为《离骚》，将非屈原作品命名为《续离骚》，并附上了释文。同时，他在《楚辞集注》中特别阐明，注释楚辞不是唯一的目的，他还希望屈原精神对当时的政治斗争能起到积极作用。声明后还附上了《楚辞辩证》两卷和《楚辞后语》六卷。由于《楚辞集注》不同于《楚辞章句》和《楚辞补注》，所以也奠定了它在楚辞学史上的地位。

之后，楚辞的研究著作越来越多，比如明朝汪瑗的《楚辞集解》八卷（《附蒙引》二卷、《考异》一卷）；明朝王夫之的《楚辞通释》十四卷；清朝戴震的《屈原赋注》七卷（附《屈赋通释》二卷、《屈赋音义》三卷）；清朝蒋骥的《山带阁注楚辞》（附《楚辞余论》二卷、《楚辞说韵》一卷）；清朝胡文英的《屈骚指掌》四卷；以及近代马其昶的《屈赋微》二卷，等等。到了现代，楚辞研究的著作更是不胜枚举。

六

楚辞凭借其深厚的内涵、独特的文体，引起了历代文人的高度重视，以至于出现了众多的注本和文本，本书以宋代洪兴祖的《楚辞补注》作为底本，通过题解、注释、译文三部分来对《楚辞》中的每篇文章进行诠释。

题解是为了让读者清楚地了解此文的写作背景、语言特点和篇章概要；注释主要针对难以理解的字词一一进行标注，尽量运用简洁的语句，尽可能地让读者参透诗文，准确理解诗文意思；译文则尽量保持诗歌的原生态，以便读者能更清晰地理解诗作的本意。

同时，本书无论在正文或者注释、译文里，均采用了简化字。对于如今不常见的生僻字，有些也用了相应的简化字，但是为了保持原文原貌，尽量不多做改动。

在做题解和注释的时候，本书参考引用了众多历代学者的研究成果，在此说明，并表示感谢。

本书旨在传承经典和弘扬经典文化，引领读者在读《楚辞》中，了解战国时期的文化和历史，激发读者的学习热情。

目录 contents

离　骚	001
九　歌	028
东皇太一	030
云中君	034
湘　君	037
湘夫人	042
大司命	047
少司命	052
东　君	056
河　伯	060
山　鬼	064
国　殇	067
礼　魂	070
天　问	072
九　章	092
惜　诵	094
涉　江	102
哀　郢	107
抽　思	113
怀　沙	120
思美人	127
惜往日	132

橘　颂	138
悲回风	141
远　游	149
卜　居	162
渔　父	166
九　辩	170
招　魂	188
大　招	202
惜　誓	214
招隐士	220
七　谏	224
初　放	225
沉　江	227
怨　世	231
怨　思	236
自　悲	237
哀　命	242
谬　谏	245
哀时命	251
九　怀	260
匡　机	261
通　路	263
危　俊	266
昭　世	269
尊　嘉	272

蓄英	274
思忠	277
陶壅	280
株昭	283

九 叹 ... **287**

逢纷	288
离世	292
怨思	297
远逝	301
惜贤	306
忧苦	310
愍命	315
思古	319
远游	323

九 思 ... **329**

逢尤	330
怨上	334
疾世	337
悯上	341
遭厄	344
悼乱	346
伤时	349
哀岁	353
守志	356

离 骚

题解:

《离骚》是屈原的代表作，也是楚辞体的代表文体。对"离骚"的解释，自古学者们就有着不同的意见，大致分为以下六种。

一、"离骚"是指遭受忧患。汉代的刘安曾在《离骚传序》中称："离骚者，犹离忧也。"这种说法得到了司马迁的认同和采纳。随后汉代的班固又对"离忧"说做了进一步的说明，他在《离骚赞序》中称："离，犹遭也；骚，忧也；明己遭忧作辞也。"

离忧说也被后世的颜师古、朱熹、钱澄之、段玉裁、王念孙、朱骏等认同。

二、"离骚"是指离别后的忧愁。汉朝的王逸在《离骚经序》中说："离，别也。骚，愁也。经，径也。言己放逐离别，中心愁思，犹依道径，以风谏君也。"这种说法得到了明朝汪瑗在《楚辞集解》和姜亮夫在《重订屈原赋校注》中的支持。

三、"离骚"是指忧愁散去。宋朝的项安世在《项世家说》中说："韦昭注曰：'骚，愁也；离，畔也。'盖楚人之语，自古如此。屈原《离骚》，必是以离畔为愁而赋之。其后词人仿之，作《畔牢愁》，盖为此矣。畔谓散去，非必叛乱也。"这种说法也得到了王应麟在《困学纪闻·左氏传》中的认同。

和"忧愁散去"说有意趣相通之处的是钱钟书在《管锥编·楚辞洪兴祖补注一八则》中说的："'离骚'一词，有类人名之'弃疾''去病'或诗题之'遣愁''送穷'；盖'离'者，分阔之谓，欲摆脱忧愁而遁避之，与

'愁'告'别'，非因'别'生'愁'。"

四、"离骚"是楚国古代的乐曲名，也就是《劳商》曲。这种说法是游国恩在《楚辞概论》中提出的，他说："《大招》云：'楚《劳商》只。'王逸曰：'曲名也。'按'劳商'与'离骚'为双声字，古音劳在'宵'部，商在'阳'部，离在'歌'部，骚在'幽'部，'宵''歌''阳''幽'，并以旁纽通转，故'劳'即'离'，'商'即'骚'，然则《劳商》与《离骚》原来是一物而异其名罢了。"

这种说法获得了郭沫若在《屈原研究》和何剑熏在《楚辞拾沈》中的支持。

五、"离骚"是指离开"骚"地。李嘉言在《〈离骚〉丛说》一文中称："'骚'应解作地名。'离骚'就是离开'骚'那个地方。"他认为"骚"是汉水之北的蒲骚，所以推断屈原在汉北时就是在蒲骚，《离骚》是在离开蒲骚时写的。

六、"离骚"其实就是离疏。徐仁甫在《楚辞别解》中称："疏骚双声，有方言读此二字同音者可证。知骚离即疏离，则离骚即离疏。"

对"离骚"的解释有很多，除了以上六种外，还有两种也颇有意思，一种是明代周圣楷在《楚宝》里所说的："离，明也；骚，扰也。何取乎明而扰也？离为火，火在天则明，风则扰矣。"他认为"离骚"只是一种卦名，意思是光明；还有一种说"离骚"是牢骚的意思，如清戴震在《屈原赋注初稿》中所说的："离骚，即牢愁也，盖古语，扬雄有《畔牢愁》。离、牢，一声之转，今人犹言牢骚。"

……

虽然对"离骚"的释义还有很多，但大多被学术界推翻，最终被多数人认同的是"遭受忧患"说以及"离别忧愁"说。

《离骚》共分十二章。先是追述了自己的家世、姓名的由来；接着历数上古圣君、尧、舜、桀、纣等人的为政得失；随即又写了自己的政治抱负和所受的迫害，以及对黑暗现实的揭露和批判；最后又幻想了自己心目中的美政。本篇集中反映了屈原追求自身价值、忠于国家、坚定不移的人格，同时也抒发了他不畏强权、高洁伟岸的情怀。

对本篇的写作时间，学者们也有不同的看法。《史记·屈原贾生列传》中认为本篇是在屈原被楚怀王疏远后写的；但又有一部分人认为，是在顷襄王当朝，屈原被流放江南时写的。

不管《离骚》是在什么时候所写，它无与伦比的思想和艺术价值千百年来都得到文人学者的推崇，并在以后的创作中加以模仿。比如扬雄的《反离骚》《广骚》《畔牢愁》；班彪的《悼离骚》；梁竦《悼骚赋》；应奉的《感骚》三十篇；挚虞《愍骚》；黄祯的《拟骚》；清人嵇永仁的杂剧《续离骚》等。

有如此多的文人模仿，可见人们对它的喜爱程度，怪不得明人胡应麟在《诗薮·内篇》中说："屈原式兴，以瑰奇浩瀚之才，属纵横艰大之远，因牢骚愁怨之感，发沉雄伟博之辞。上陈王道，下悉人情，中稽物理，旁引广譬，具网兼罗、文词钜丽，佳制闳深，兴寄超远，百代而下，才人学士，追之莫逮，取之不穷。"

确实，被文学史上称为文坛双璧之一的《离骚》和《诗经》一样，会随着岁月的流逝，绽放出永恒的艺术魅力！

【原文】

帝高阳之苗裔兮①，朕皇考曰伯庸②。摄提贞于孟陬兮③，惟庚寅吾以降④。皇览揆余初度兮⑤，肇锡余以嘉名⑥。名余曰正则兮⑦，字余曰灵均⑧。纷吾既有此内美兮⑨，又重之以修能⑩。扈江离与辟芷兮⑪，纫秋兰以为佩⑫。汩余若将不及兮⑬，恐年岁之不吾与⑭。朝搴阰之木兰兮⑮，夕揽洲之宿莽⑯。日月忽其不淹兮⑰，春与秋其代序⑱。惟草木之零落兮⑲，恐美人之迟暮⑳。不抚壮而弃秽兮㉑，何不改此度㉒？乘骐骥以驰骋兮㉓，来吾道夫先路㉔。

【注释】

①帝：夏、商、周将已死的君王称为帝，这里指远祖。高阳：古代帝王颛顼的

别号,楚人的远祖。苗裔:子孙后代。

②朕:我。汉之前的第一人称代词。皇考:对亡父的尊称。伯庸:屈原父亲的名或字。

③摄提:岁星木星。因为绕太阳转一周约十二年,以十二地支来表示,寅年名就为摄提格。贞:正当。孟陬(zōu):夏历正月的别称。

④惟:语助词。庚寅:屈原出生的日期。通常楚人以寅时出生为吉。降(古音hōng):降生。

⑤皇:这里指已经去世的父亲。览:观察。揆:揣测,衡量。

⑥肇:同"兆",卜卦的意思。锡:同"赐",送给。

⑦正则:公平而有法则。这是屈原名"平"的解释。

⑧灵均:灵善而质均。这是对屈原字"原"的解释。

⑨纷:美盛的样子。内美:美好的品德。

⑩重(chóng):加。修:美好。能:能耐。

⑪扈:披。江离:江蓠,一种香草。辟:偏僻的地方。芷:白芷,一种香草。

⑫纫:系结。秋兰:香草名。以为:以之为。佩:佩戴。

⑬汩(yù):水流很急的样子,这里指时光飞逝。

⑭恐:担心。不吾与:"不与吾"的倒语,意思是不等待我。

⑮朝:早上。搴(qiān):摘取。阰(pí):山坡。

⑯夕:晚上。揽:采摘。宿莽:经冬不死的草。

⑰忽:速度快。淹:停留。

⑱代序:不断更迭的意思。

⑲惟:思。

⑳美人:此处指楚怀王,楚人常以美人比喻国君。迟暮:衰老。

㉑抚:持,这里是指趁着。壮:盛壮之年。秽:污秽,这里指朝政的杂乱。

㉒此度:指上文"不抚壮而弃秽"的态度。

㉓骐(qí)骥(jì):骏马,在这里指贤良之才。

㉔道:同"导",引导。先路:先王的道路。

【译文】

　　我是古帝高阳的后裔啊,我已故父亲的名字叫伯庸。岁星运行到寅年寅月啊,我在庚寅这一天降生。父亲根据我初生时的气度啊,依据卦兆赐给我一个好名字:给我以"平"命名,意思是正则;取号为"原",如大地般灵善质均。我天生就有着美好的品质啊,还有我不断进取拥有的才能。我披上了芳香的离草和白芷啊,系结上秋兰做腰间的佩饰。时光如流水我赶不上啊!担心年华远去再也不等我。清晨我攀折山上的木兰啊,傍晚采摘沙洲中的宿莽。日月如梭不停留啊,春秋更迭永不变。想到草木都要凋零啊,我怕楚怀王也会步入老年。为什么不趁着壮年时除尽秽污啊,何不趁着现在改变态度?乘着骏马奔驰啊!来吧!我将在前面为你引路!

【原文】

　　昔三后之纯粹兮①,固众芳之所在②。杂申椒与菌桂兮③,岂维纫夫蕙茝④?彼尧舜之耿介兮⑤,既遵道而得路⑥。何桀纣之猖披兮⑦,夫唯捷径以窘步⑧。惟夫党人之偷乐兮⑨,路幽昧以险隘。岂余身之惮殃兮⑩,恐皇舆之败绩⑪。忽奔走以先后兮,及前王之踵武⑫。荃不察余之中情兮⑬,反信谗而齌怒⑭。余固知謇謇之为患兮⑮,忍而不能舍也。指九天以为正兮⑯,夫唯灵修之故也⑰。曰黄昏以为期兮,羌中道而改路。初既与余成言兮⑱,后悔遁而有他⑲。余既不难夫离别兮⑳,伤灵修之数化㉑。

【注释】

　　①三后:有很多种说法。第一种认为是指夏禹、商汤、周文王;第二种认为是指楚国三位开国的先王——熊绎、若敖、蚡冒;第三种是说三皇——黄帝、颛顼、帝喾;第四种认为仅指楚先君。纯粹:德行完美。

　　②众芳:比喻那些才华横溢的人。

　　③杂:会集。申椒:香木,花椒。菌桂:香木,桂树。

005

④维：同"唯"，唯独。蕙茝（zhǐ）：香草名。

⑤尧舜：唐尧和虞舜两位上古时的贤君。耿介：光明正大，光明磊落。

⑥遵道：遵循正途。

⑦何：多么。桀纣：夏桀和商纣王，暴君的代表。猖披：猖狂。

⑧夫：发语词。捷径：非正道。窘步：寸步难行。

⑨惟：思。党人：朝中为私利而拉帮结派的人。

⑩惮殃：害怕灾祸。

⑪皇舆：君王乘的车子，在这里比喻国家政权。

⑫踵武：指先王的足迹。

⑬荃：香草名。这里指君王。余：我，屈原自指。中情：忠心。

⑭信谗：听信谗言。齌（jì）怒：暴怒。

⑮固：本来。謇謇（jiǎn）：忠直敢言的样子。

⑯九天：天的八方和中央。正：通"证"，验证。

⑰灵修：原指神灵。这里指楚怀王，是楚人对君王的美称。

⑱成言：约定的话。

⑲悔遁：逃跑。他：其他。

⑳难：畏惧。

㉑数（shuò）化：屡次变化。

【译文】

古代三位贤王德行完美啊，朝廷里人才济济。会集的有花椒和桂树，岂止蕙草和茝草？想尧舜圣君光明磊落啊，遵循天地正途就步入了宽阔大道。夏桀商纣猖狂纵恣啊，贪图走捷径以至于最后寸步难行。结党营私的小人苟且偷安啊，国家前程昏暗而危机重重。我难道是担心自己遭到祸害吗？我是怕君王乘坐的车子坏掉。我急急忙忙地奔走在君王的左右啊，想辅助君王追随先王的足迹。君王却不明察我的忠心之情啊，听信谗言对我发怒。我原本就知道忠谏直言会给自己带来祸患啊，想忍却又忍不住！上指苍天来为我做证啊，一切都只为了君王的原因。当初说好黄昏为约期啊，谁知君王半途改变主意另有他求。我已经不再为君臣分隔而难过啊,只是哀惋君王的屡次变化反复无常。

【原文】

余既滋兰之九畹兮①,又树蕙之百亩②。畦留夷与揭车兮③,杂杜衡与芳芷④。冀枝叶之峻茂兮,愿竢时乎吾将刈⑤,虽萎绝其亦何伤兮⑥,哀众芳之芜秽⑦。众皆竞进以贪婪兮,凭不厌乎求索⑧。羌内恕己以量人兮⑨,各兴心而嫉妒⑩。忽驰骛以追逐兮,非余心之所急。老冉冉其将至兮⑪,恐修名之不立⑫。朝饮木兰之坠露兮⑬,夕餐秋菊之落英⑭。苟余情其信姱以练要兮⑮,长顑颔亦何伤⑯。擥木根以结茝兮⑰,贯薜荔之落蕊⑱。矫菌桂以纫蕙兮,索胡绳之纚纚⑲。謇吾法夫前修兮⑳,非世俗之所服。虽不周于今之人兮㉑,愿依彭咸之遗则㉒。

【注释】

①余:屈原自指。滋:种植。畹(wǎn):古代的面积单位,一畹等于三十亩。兰:兰花。

②树:种植。蕙:蕙兰。

③畦(qí):原指一小块田地,这里指分块种植。留夷、揭车:都是香草名。

④杂:间种。杜衡、芳芷:均为香草名。

⑤竢(sì)时:等待时机。刈(yì):收割。

⑥萎绝:枯萎凋落。何伤:何妨。

⑦哀:可怜。众芳:在这里指人才。芜秽:在这里指人才变质了。

⑧凭:满的意思。厌:满足。求索:索求。

⑨羌:楚人发语词,表反问和转折语气。量人:用自己的标准去估量别人。

⑩兴心:起心,打主意。

⑪冉冉:渐渐。

⑫修名:美好的名声。

⑬坠露:落下的露水。

⑭餐：吃。落英：初开的花朵。

⑮苟：只要。余情：内心。信姱（kuā）：诚然美好。练要：忠贞不二。

⑯颇（kǎn）颔：因吃不饱而面黄肌瘦的样子。

⑰擥（lǎn）：同"揽"，手持。木根：木槐的根。

⑱贯：贯穿。薜（bì）荔：一种蔓生植物。蕊：花心。

⑲索：搓绳索。胡绳：一种香草，蔓状，可用做搓绳用。𦆵𦆵（xǐ）：长而下垂。这里比喻织得整齐美好。

⑳謇（jiǎn）：发语词。法：效法。前修：以前的贤人。

㉑周：适合。

㉒彭咸：楚国的贤臣，屈原心目中敬仰的人。

【译文】

我种植了九畹的兰花啊，又培植上了百亩的蕙草。将留夷和揭车分垄种植啊，其间又掺杂着杜衡和芳芷。希望它们枝叶繁茂啊，我愿意等待时机收割。即使是枯萎凋零又有什么好感伤啊？伤心的是所有的芳草都变了质。众人都竞相贪求财物啊，争名夺利永不满足。他们以自己的标准来衡量别人啊，各怀鬼胎相互嫉妒。急急忙忙地追逐名利啊，那不是我心中想要的。人生暮年渐渐降临啊，我担心的是美名还没有树立。清晨饮着木兰滴下的露水啊，黄昏吃着秋菊初开时的花瓣。只要内心美好专一啊，即使长久以来面黄肌瘦又有何妨！持着木兰根系挂上白芷啊，把薜荔的小花蕊联结成串。举起香木菌桂缚上香蕙啊，胡绳编结的绳索修长又漂亮。我一心效法前代的圣贤啊，并非世俗所认为的只学穿着。既然不能迎合当世众多的人啊，我愿顺从彭咸留下的典范。

【原文】

长太息以掩涕兮①，哀民生之多艰。余虽好修姱以鞿羁兮②，謇朝谇而夕替③。既替余以蕙纕兮④，又申之以揽茝⑤。亦余心之所善兮，虽九死其犹未悔。怨灵修之浩荡兮⑥，终不察夫民心⑦。众女嫉余之蛾眉兮⑧，谣诼谓余以善淫⑨。固时俗之工巧兮，偭规矩而改错⑩。背绳墨以追曲兮⑪，竞周容以为度⑫。忳郁邑余侘傺兮⑬，吾独穷困乎此时也。宁溘死以流亡兮⑭，余不忍为此态也⑮。鸷鸟之不群兮⑯，自前世而固然。何方圜之能周兮⑰，夫孰异道而相安？屈心而抑志兮⑱，忍尤而攘诟⑲。伏清白以死直兮⑳，固前圣之所厚㉑。

【注释】

①太息：叹息。掩涕：拭泪。

②好：喜好。修姱：美好的修养和品德。鞿（jī）羁（jī）：原指马缰绳，这里指约束。

③谇（suì）：进谏。替：解职。

④既：已经。纕（xiāng）：佩带。

⑤申：重，加上。揽茝：采摘兰茝。

⑥浩荡：本意为水汹涌澎湃，这里指楚怀王荒唐糊涂。

⑦不察：不体察。民心：我的内心。

⑧蛾眉：细长的眉毛，犹如蚕蛾，在这里是指美好的容貌。

⑨谣诼（zhuó）：造谣诽谤，谗毁。淫：邪乱。

⑩偭（miǎn）：面对着。这里指违背。规矩："规"，画圆的工具。"矩"，画方的工具。规矩是指规则法度。错：同"措"，措施。

⑪绳墨：准绳与墨斗。这里指法度。追曲：违背正直，追求歪斜。

⑫周容：奉承讨好别人。度：法则。

⑬忳（tún）：愤懑。郁邑：同"郁悒"，抑郁烦恼。侘（chà）傺（chì）：失意而精神恍惚的样子。

⑭溘（kè）：忽然。流亡：随水漂流而去。

⑮此态：这里指奉承讨好别人的状态。

⑯鸷（zhì）鸟：凶猛的鸟，烈鸟。不群：不与众鸟同群，这里指不同流合污。

⑰圜（yuán）：同"圆"。周：合。

⑱屈心、抑志：均为按捺自己的心志。

⑲尤：过错。攘：取。诟：耻辱。

⑳伏:通"服",信服。死直:为正直而死。
㉑厚:看重。

【译文】

长长的一声叹息我拭干眼泪啊,伤感人生的道路如此艰辛。我虽有美好的德行却受到约束啊,早上进谏傍晚就遭了贬。先是谗毁我以蕙草作为佩饰啊,又说我不该用兰茝。它们都是我最喜好的啊,纵然万死也不后悔。埋怨怀王行事荒唐糊涂啊,始终不能明察我的忠心。众女忌妒我的美丽容貌啊,谣言中伤我生性荒淫。本来世俗就善于投机取巧啊,违背原则改变措施。抛弃了标准没有原则啊,争抢着迎合讨好且习以为常。忧郁烦恼失意不安啊,只有我在这个时代寸步难行。就算突然死去顺水漂流啊,也不忍心和他们一样做邪恶之态。鸷鸟不与凡鸟为伍啊,自古以来就是这样。方和圆怎么能够吻合啊,谁又能道不同却相安无事?委屈心志抑郁啊,包容他人的过错忍辱负重。坚持清白之身为正道而死啊,这本就是前代圣人所看重的。

【原文】

悔相道之不察兮①,延伫乎吾将反②。回朕车以复路兮,及行迷之未远。步余马于兰皋兮③,驰椒丘且焉止息④。进不入以离尤兮⑤,退将复修吾初服⑥。制芰荷以为衣兮⑦,集芙蓉以为裳⑧。不吾知其亦已兮,苟余情其信芳⑨。高余冠之岌岌兮⑩,长余佩之陆离⑪。芳与泽其杂糅兮⑫,唯昭质其犹未亏⑬。忽反顾以游目兮⑭,将往观乎四荒。佩缤纷其繁饰兮⑮,芳菲菲其弥章⑯。民生各有所乐兮⑰,余独好修以为常⑱。虽体解吾犹未变兮⑲,岂余心之可惩⑳?

【注释】

①相:察看。察:看清楚。
②延伫:长久地站立。反:同"返"。

③步余马：骑着我的马慢慢走。兰皋：长满兰花的水边高地。

④椒丘：长着椒木的土丘。焉：于此。止息：休息一下。

⑤进：进谏。不入：没有采纳。离：同"罹"，遭受。尤：罪过。

⑥退：隐退。复：重新。初服：原指当初的服装，这里当指当初的心愿。

⑦制：裁制衣服。芰：菱。衣：古时上身穿的叫衣。

⑧集：集聚。芙蓉：荷花。裳：古因下身穿的衣裙叫裳。

⑨苟：如果。信：确实。芳：芳香。

⑩岌岌（jí）：高耸的样子，这里指帽子高。

⑪佩：佩剑。陆离：长的样子。

⑫杂糅：混杂在一起。

⑬昭质：清白纯洁的本质。亏：亏损。

⑭反顾：回顾。游目：四下看。

⑮缤纷：繁盛的样子。繁饰：繁杂的饰物，形容饰物很多。

⑯芳菲菲：香气浓郁。章：同"彰"，明显。

⑰民生：人生。

⑱好修：喜欢修饰。常：习惯。

⑲体解：肢解。古代的酷刑之一。犹未变：尚且没有改变，这里指不改变初衷的意思。

⑳岂：怎能。惩：克制，制止。

【译文】

后悔选择道路时不曾仔细观察啊，站在那里久久凝望而后我要往回走。掉转我的马车回到原来的道路啊，趁着进入迷途还不算远。让我的马漫步在长满兰草的水边啊，奔跑着到长着椒树的山丘上在那里休息。进谏君王没被采纳反遭责难啊，隐退重新穿上当初的衣冠。用荷叶裁制成上衣啊，再用荷花做下裳。无人理解就算了吧！只要我内心高洁芬芳。把我的切云冠高高推起啊，将我的佩剑修饰得更长。芳香与污臭混杂在一起啊，只有我洁白的本质不曾损耗。猛然回头往四下看啊，我将去荒远的地方游览。佩戴丰繁华美的佩饰啊，浓郁的芳香四散飞扬。人生各有喜好啊,只有我修养美德的喜好成了习惯。就算把我的躯体进行肢解啊,我的心中还有何恐惧?

【原文】

女媭之婵媛兮[1],申申其詈予[2]曰:"鲧婞直以亡身兮[3],终然殀乎羽之野[4]。汝何博謇而好修兮[5],纷独有此姱节[6]?薋菉葹以盈室兮[7],判独离而不服[8]。众不可户说兮[9],孰云察余之中情?世并举而好朋兮,夫何茕独而不予听[10]。"

【注释】

①女媭(xū):有几种说法:第一种认为是屈原的姐姐或妹妹;第二种认为是女巫;第三种认为是女伴或侍女;第四种认为是妾;第五种认为是一个假想的女性。婵媛:也有几种说法:第一种认为是叹息,表示情绪激动;第二种认为是形容女媭的容貌;第三种认为是情意绵绵;第四种认为是言语婉转。

②申申:反复地。詈(lì):责骂。

③鲧(gǔn):远古传说中的人物,尧的臣子,禹的父亲。婞(xìng)直:刚直。亡:同"忘"。

④殀(yāo):早早死去。羽:羽山。

⑤博謇:过于刚直。

⑥姱(kuā)节:美好的节操。

⑦薋(cí):聚积。菉(lù)葹(shī):"菉",荩草。"葹",枲耳。菉葹均指普通的草。盈室:满屋。

⑧判独:分别离散,与众不同。离:弃去。服:使用,佩带。

⑨户说:一家一户地去说。

⑩茕(qióng)独:孤独。不予听:不听我的劝告。

【译文】

女媭情绪激动啊,反复地责骂我说:"鲧因为个性刚直而失去了生命,死在羽山的荒郊野外。你何必过于忠直啊,唯独保持这美好的节操。聚集的苨草、枲耳等凡花俗草堆满屋子啊,你为什么分得那么清楚偏偏不肯佩戴身上?不可能一家一户地去表明自己的想法啊,谁能明白我们内心的真诚呢?世人喜欢互相推举结党私营,你为什么茕然独立却不听我的劝告?"

【原文】

依前圣以节中兮①,喟凭心而历兹②。济沅湘以南征兮③,就重华而陈词④。启《九辩》与《九歌》兮⑤,夏康娱以自纵⑥。不顾难以图后兮⑦,五子用失乎家巷⑧。羿淫游以佚畋兮⑨,又好射夫封狐⑩。固乱流其鲜终兮⑪,浞又贪夫厥家⑫。浇身被服强圉兮⑬,纵欲而不忍。日康娱而自忘兮⑭,厥首用夫颠陨⑮。夏桀之常违兮⑯,乃遂焉而逢殃。后辛之菹醢兮⑰,殷宗用而不长⑱。汤禹俨而祗敬兮⑲,周论道而莫差⑳。举贤而授能兮,循绳墨而不颇。皇天无私阿兮㉑,览民德焉错辅㉒。夫维圣哲以茂行兮㉓,苟得用此下土㉔。瞻前而顾后兮,相观民之计极㉕。夫孰非义而可用兮?孰非善而可服㉖?阽余身而危死兮㉗,览余初其犹未悔。不量凿而正枘兮㉘,固前修以菹醢㉙。曾歔欷余郁邑兮㉚,哀朕时之不当㉛。揽茹蕙以掩涕兮㉜,沾余襟之浪浪㉝。

【注释】

①依:遵循。前圣:前代的圣贤。节中:折中,评判。

②喟(kuì):叹息声。凭心:愤懑在心的意思。历兹:经历如此打击。

③济:渡。沅湘:沅水和湘水。征:行。

④重华:虞舜的美称。

⑤启:夏启,禹的儿子。《九辩》《九歌》:古代乐曲名。

⑥夏:有四解:一释为大;二释为太康,即启子太康。三释为下;四释为夏王。一般取第一种解释。康娱:逸乐,安乐。

⑦不顾难：不回顾曾经的难处。以图后：为后代打算。

⑧五子：这里指启的五个儿子。家巷（hòng）：家族内部的斗争。巷，通"讧"。

⑨羿：相传是有穷氏的国君，善射。淫游：过度的游乐。佚（yì）畋（tián）：放纵打猎。

⑩封狐：大狐。

⑪乱流：逆行篡乱之流。鲜终：少有善终。

⑫浞（zhuó）：寒浞，本为羿相，怂恿羿放纵游乐打猎，最后又杀了后羿。贪：强取。厥家：羿的妻室。

⑬浇（ào）：过浇，寒浞的儿子。被（pī）服：依仗。强圉（yǔ）：强大的力量。

⑭康娱：安于享乐。自忘：忘记了自身的安危。

⑮厥：其。用夫：因而。颠陨：坠落。

⑯夏桀：夏朝的最后一个君主，暴君。常违：经常违背常道。

⑰后辛：殷纣王，商朝最后一王。菹（zū）醢（hǎi）：古代的一种酷刑，把人剁成肉酱。

⑱殷宗：殷朝的宗祀。不长：这里指被周武王所灭。

⑲汤：商汤，商代的开国之君。禹：夏启的父亲。俨：严肃、庄重。祗（zhī）敬：恭敬谨慎。

⑳周：指周初的文王、武王等。论道：讲求治国的道理。莫差：没有丝毫的差错。

㉑皇天：上天。阿（ē）：偏袒。

㉒览：察。民德：品德，这里指君王的品德。错辅："错"，同"措"。错辅，安排辅助。

㉓维：同"唯"。圣哲：有高深智慧的圣贤。茂行：美好的德行。

㉔苟：于是。用：拥有，治理。下土：天下。

㉕相观：观察。计极：兴亡的原因。

㉖非善：不做善事。服：行事。

㉗阽（diàn）：临近边缘，这里指危险。危死：濒临死亡。

㉘量:度量。凿:器物上安插榫头的孔眼。正:修改。枘(ruì):榫头。

㉙固:原本。前修:以前的贤臣。

㉚曾:屡次。歔(xū)欷(xī):抽泣。郁邑:忧伤的样子。

㉛当:遇上。

㉜揽:持着。茹:柔软。

㉝沾:浸湿。浪浪:泪流不止。

【译文】

　　遵循前代圣贤的标准来评判啊,可叹的是愤懑积胸直到如今。渡过沅水、湘水向南远行吧,到虞舜面前表述衷情:夏启创制《九辩》《九歌》妙音啊,却在恣意寻欢作乐中放纵自己。不回顾曾经的艰难也不为子孙后代做打算啊,五个儿子内讧篡位反叛始终不断。后羿过度沉迷打猎啊,喜好射大狐取乐。原本淫逸就没有好结果啊,家臣寒浞夺权后还占有了他的妻子。寒浞的儿子过浇依仗力壮武强啊,放纵欲望不能节制。每天沉浸在淫乐中而忘我啊,他的头颅因此而掉落。夏桀不近人情违背常道啊,最后自己遭到了大灾祸。纣王以酷刑残害忠良啊,殷商江山因而无法久长。商汤、夏禹严谨而恭敬啊,文王、武王深悉治国之道毫无差错。推举、任用贤能啊,遵循法度不偏颇。上天对人公正不偏袒啊,观察人的品德才给予佐助。只有那深具贤良睿智美德的人啊,才能拥有这个天下。细看前朝回顾后世啊,审视人世治变的道理。谁不是因为忠义而被任用啊,谁不是因为纯良美好而成为奉行的楷模!我身处险境几近赴死啊,静想初衷永不后悔。不度量榫孔就去削榫头啊,这就是前贤因此被剁成肉酱的原因。我唏嘘而忧伤啊,哀叹自己生不逢时。拿起柔软的蕙草擦拭眼泪啊,泪水婆娑浸湿了衣襟。

【原文】

　　跪敷衽以陈辞兮①,耿吾既得此中正②。驷玉虬以椉鹥兮③,溘埃风余上征④。朝发轫于苍梧兮⑤,夕余至乎县圃⑥。欲少留此灵琐兮⑦,日忽忽其将暮。吾令羲和弭节兮⑧,望崦嵫而勿迫⑨。路曼曼其修远兮,吾将上下而求索。饮余马于咸池兮⑩,总余辔乎扶桑⑪。折若木以拂日兮⑫,聊逍遥以相羊⑬。前望舒使先驱兮⑭,后飞廉使奔属⑮。鸾皇为余先戒兮⑯,雷师告余以未具⑰。吾令凤鸟飞腾兮⑱,继之以日夜。飘风屯其相离兮⑲,帅云霓而来御⑳。纷总总其离合兮,斑陆离其上下㉑。吾令帝阍开关兮㉒,倚阊阖而望予㉓。时暧暧其将罢兮㉔,结幽兰而延伫。世溷浊而不分兮㉕,好蔽美而嫉妒㉖。

【注释】

①敷衽(rèn):铺开衣襟。

②耿:光明。中正:这里指治国道理。

③驷:古代一驾四马,驷指驾车的四匹马。这里用作动词。虬(qiú):传说中的无角龙。椉(chéng):同"乘"。鷖(yì):传说中身着五彩的鸟。

④溘:突然。埃风:卷着尘埃的风。

⑤发轫(rèn):拿去支住车轮的木头,使车前进,在这里是出发的意思。苍梧:九疑山。舜死后葬在此处。

⑥县圃:神话中的地名,在昆仑山的顶部,神仙住的地方。

⑦灵琐:君门。

⑧羲(xī)和:神话中给太阳驾车者,也称太阳神。弭(mǐ)节:缓慢行驶。

⑨崦(yān)嵫(zī):神话中的山名,日落的地方。迫:接近。

⑩咸池:神话中谓日浴之处。

⑪总:系在一起。辔(pèi):缰绳。扶桑:神话中的一种树。

⑫若木:神话中的树名。拂:遮蔽。

⑬相羊:这里是徜徉、徘徊的意思。"羊",同"佯"。

⑭望舒:神话中为月驾车的神。

⑮飞廉:风神。属(zhǔ):跟随。

⑯鸾皇:瑞鸟。在这里指贤良人士。先戒:在前面警戒。

⑰雷师:神话中的雷神。具:车驾。

⑱凤鸟:凤凰。

⑲飘风：旋风。屯：聚合。离：同"丽"，依附。
⑳帅：同"率"，率领。云霓：彩云。
㉑斑：荣盛。陆离：色彩斑斓。
㉒阍（hūn）：宫门。这里指守门人。关：门闩。
㉓阊（cháng）阖（hé）：神话中的天门。
㉔暧暧（ài）：日光昏暗的样子。罢：罢散。
㉕溷（hùn）浊：混乱污浊。
㉖蔽美：遮蔽美好的东西。

【译文】

铺展衣襟跪下慷慨陈词啊，我得到了光明正道心中豁然开朗。驾驭着四条无角玉龙拉着的凤凰车啊，瞬间依托旋风向天际奔驰。清晨我从九疑山启程啊，黄昏就到了昆仑山的县圃。我想在神灵的住所前稍作停留啊，可惜太阳渐渐西下天将入暮。我祈求太阳神羲和缓步前行啊，望着日落的崦嵫山不要急着迫近。前途漫漫是遥远无边啊，我将上天入地去求索。先让我的马在咸池喝水啊，再把马系在太阳升起的扶桑树下。折下若木来遮蔽太阳光啊，姑且逍遥徜徉自由舒畅。让月神望舒在前开路啊，让风神飞廉追随在后。鸾皇为我警戒开道啊，雷神却告诉我严装未备。我命令凤凰展翅腾飞啊，日日夜夜不能停息。旋风忽聚忽散迎面而来啊，率领彩云前来迎接。缤纷的云霞离离合合啊，色彩斑斓上下翻飞。我叫天帝的守门人为我开门啊，他却倚靠在天门外冷眼旁观。暮色暗沉日将西落啊，我编结幽兰长久停驻。世间混浊良莠不分啊，喜欢遮掩贤良美德横生嫉妒。

【原文】

朝吾将济于白水兮①，登阆风而绁马②。忽反顾以流涕兮，哀高丘之无女③。溘吾游此春宫兮④，折琼枝以继佩⑤。及荣华之未落兮⑥，相下女之可诒⑦。吾令丰隆椉云兮⑧，求宓妃之所在⑨。解佩纕以结言兮⑩，吾令謇修以为理⑪。纷总总其离合兮⑫，忽纬𫍯其难迁⑬。夕归次于穷石兮⑭，朝濯发乎洧盘⑮。保厥美以骄傲兮⑯，日康娱以淫游。虽信美而无礼兮，来违弃而改求⑰。览相观于四极兮，周流乎天余乃下。望瑶台之偃蹇兮⑱，见有娀之佚女⑲。吾令鸩为媒兮⑳，鸩告余以不好。雄鸠之鸣逝兮，余犹恶其佻巧㉑。心犹豫而狐疑兮㉒，欲自适而不可。凤皇既受诒兮㉓，恐高辛之先我㉔。

【注释】

①济：渡。白水：神话传说中昆仑山下的一条河流。

②阆（làng）风：神话中神仙居住的地方。缲（xiè）：系住。

③高丘：楚国的地名。女：神女。在这里比喻理想的人，知音。

④溘：快速。春宫：神话故事中东方青帝居住的地方。

⑤琼枝：神话传说中的玉树。

⑥荣华：原指草木茂盛，在这里指容颜美丽。未落：没有凋落。

⑦下女：下界的女子。诒（yí）：同"贻"，赠送。

⑧丰隆：雷神。

⑨宓（fú）妃：神话中的人名，伏羲氏的女儿，洛水女神。

⑩佩纕（xiāng）：佩带的香囊。结言：约好，这里指信物。

⑪蹇修：人名，传说中伏羲的贤臣。理：媒人。

⑫纷总总：熙熙攘攘，形容人多。离合：言辞未定。

⑬纬𫍯（huà）：原指乖戾，这里指执拗，不相投合。难迁：难说动。

⑭次：住宿。穷石：神话传说中的山名。

⑮濯（zhuó）发：洗头发。洧（wěi）盘：神话中水名，据说在崦嵫山。

⑯保：依仗。厥美：她的美貌，这里指宓妃。骄傲：傲慢无礼。

⑰来：乃。违弃：抛弃。改求：另外寻求。

⑱瑶台：玉台。偃蹇：高耸的样子。

⑲有娀（sōng）：传说中的古国名。殷始祖契之妃简狄，即有娀氏女。佚：美。

⑳鸩（zhèn）：传说中的毒鸟。

㉑犹：尚且。恶（wù）：嫌弃。佻巧：行为轻佻。

㉒狐疑：猜疑。

㉓诒：在这里指聘礼。

㉔高辛：高辛氏，指帝喾。帝喾因为受封于辛，所以号为高辛氏。

【译文】

清晨我要渡过白水啊，登上阆风山顶系马驻足。猛然回头眺望潸然泪下啊，可叹楚国的高丘上竟然没有神女。我迅疾游历东方青帝居住的春宫啊，摘下玉树琼枝来补充佩饰。趁着琼花尚未凋零啊，寻访下界的美女送给她。我请雷神丰隆驾起云彩啊，寻找洛水女神宓妃的住所。解下佩带的香囊作为信物啊，我请蹇修当媒人。她总态度暧昧若即若离啊，乖戾的脾气难以迁就。晚上她到穷石住宿啊，清晨在洧盘洗发梳头。依仗美貌傲慢无礼啊，整天寻欢作乐花天酒地。虽然是美女却不知礼仪啊，来，回来吧！我打算放弃她另作追求。察看天下四方啊，周游过整个天界后又回到人世间寻觅。看见玉砌高台巍然耸立啊，我看见了美丽的简狄。我让鸩鸟为我做媒人，鸩鸟回来却告诉我她的种种不好。雄鸠一面鸣叫一面远去啊，我又厌恶它太过轻佻。心中犹豫又无法决断啊，想自己前去又觉得不合礼数。凤凰虽已带着聘礼前去啊，恐怕帝喾比我早去一步。

【原文】

欲远集而无所止兮①，聊浮游以逍遥②。及少康之未家兮③，留有虞之二姚④。理弱而媒拙兮，恐导言之不固⑤。世溷浊而嫉贤兮，好蔽美而称恶。闺中既以邃远兮⑥，哲王又不寤⑦。怀朕情而不发兮⑧，余焉能忍而与此终古⑨？

【注释】

①远集：远止。

②浮游：漫游，无目的地行走。

③少康：夏后相的儿子，夏代的中兴之王，夏启的曾孙。未家：未成家。

④有虞：上古国家的名字。二姚：有虞国君的两个女儿，有虞姚姓。

⑤导言：媒人撮合的言语。

⑥闺：女子居住的地方。邃远：深远。

⑦哲王：明哲的君王。不寤(wù)：不醒悟。

⑧怀：怀抱。不发：不能抒发。

⑨终古：永久。

【译文】

想去远方却不知道哪里可以落脚啊，暂且漫无目的地四处飘流吧。趁着少康还没有成家啊，有虞氏的两位姚姓姑娘正待字闺中。可惜媒人无能又笨拙啊，恐怕无法传达心曲不能让人信服。世道混浊嫉恨贤能啊，喜欢遮蔽美德而称扬恶行。深闺是那样的幽深遥不可及啊，明哲的君王又不醒悟。满怀忠贞之情却不能抒发啊，我如何才能隐忍了却终生？

【原文】

索藑茅以筳篿兮①，命灵氛为余占之②。曰③两美其必合兮④，孰信修而慕之⑤？思九州之博大兮⑥，岂唯是其有女⑦？曰⑧勉远逝而无狐疑兮⑨，孰求美而释女⑩？何所独无芳草兮，尔何怀乎故宇⑪？世幽昧以眩曜兮⑫，孰云察余之善恶？民好恶其不同兮，惟此党人其独异⑬！户服艾以盈要兮⑭，谓幽兰其不可佩。览察草木其犹未得兮，岂珵美之能当⑮？苏粪壤以充帏兮⑯，谓申椒其不芳。

【注释】

①索：索取。藑(qióng)茅：一种可用来占卜的草。以：与。筳(tíng)篿(tuán)：占卜用的竹片。

②灵氛：神巫。

③曰：这里是指神巫说。

④两美必成合：两个美好的人必定能结合。表面看是指男女，实际暗指君臣

关系。

⑤信修：诚然美好。慕：爱慕。

⑥九州：古代将中国分为冀、徐、梁、雍、兖、荆、扬、青、豫九州。九州即中国。

⑦是：此，这里指楚国。女：美女。

⑧曰：此处还是神巫的话，是劝告作者的话。

⑨勉远逝：努力远去。

⑩释：放。女：通"汝"，"你"的意思。

⑪尔：你。故宇：旧居。

⑫幽昧：黑暗。眩（xuàn）曜（yào）：迷惑混乱。

⑬党人：结党营私的人。

⑭服：佩戴。艾：艾草，属恶草。盈：满。要：通"腰"。

⑮珵（chéng）：美玉。

⑯苏：取。粪壤：粪土。帏：佩带的香囊。

【译文】

取来占卜用的茅草和卜签啊，请神巫为我占卜。神巫说："两种美好的事物注定结合啊，哪个真正美好的人不让人爱慕？想九州天下这么辽阔啊，难道只有这里才有美好的人？"神巫接着说："努力到远方去不要迟疑啊，哪个追求美好的人会把你放弃？天下何处无芳草？你为什么单单留恋在这里？"世道昏暗让人迷乱啊，谁能明察我是善是恶。每个人好恶的标准本来就不一样啊，只是那些结党营私的人特别奇怪。家家户户都把艾草和白蒿挂满腰间啊，却说幽香的兰草不适合做佩饰。识别草木都不真切啊，辨别美玉的重任又怎能担当？拿粪土塞满香囊啊，偏说那申椒一点都不芬芳。

【原文】

欲从灵氛之吉占兮，心犹豫而狐疑。巫咸将夕降兮①，怀椒糈而要之②。

百神翳其备降兮③，九疑缤其并迎④。皇剡剡其扬灵兮⑤，告余以吉故。曰⑥勉升降以上下兮⑦，求矩矱之所同⑧。汤禹严而求合兮⑨，挚咎繇而能调⑩。苟中情其好修兮⑪，又何必用夫行媒⑫？说操筑于傅岩兮⑬，武丁用而不疑⑭。吕望之鼓刀兮⑮，遭周文而得举⑯。宁戚之讴歌兮⑰，齐桓闻以该辅⑱。及年岁之未晏兮⑲，时亦犹其未央。恐鹈鴂之先鸣兮⑳，使夫百草为之不芳。何琼佩之偃蹇兮㉑，众薆然而蔽之㉒。惟此党人之不谅兮，恐嫉妒而折之。时缤纷其变易兮㉓，又何可以淹留？兰芷变而不芳兮，荃蕙化而为茅。何昔日之芳草兮，今直为此萧艾也㉔？岂其有他故兮，莫好修之害也。余以兰为可恃兮㉕，羌无实而容长㉖。委厥美以从俗兮㉗，苟得列乎众芳。椒专佞以慢慆兮㉘，榝又欲充夫佩帏㉙。既干进而务入兮㉚，又何芳之能祗㉛？固时俗之流从兮，又孰能无变化？览椒兰其若兹兮，又况揭车与江离㉜。惟兹佩之可贵兮，委厥美而历兹㉝。芳菲菲而难亏兮㉞，芬至今犹未沫㉟。和调度以自娱兮㊱，聊浮游而求女㊲。及余饰之方壮兮㊳，周流观乎上下。

【注释】

①巫咸：神巫。夕降：从天而降。

②糈(xǔ)：精米。要：同"邀"，拦截，这里是迎候的意思。

③翳(yì)：用羽毛做的华盖，这里形容遮天蔽日。备降：一同降临。

④九疑：山名，这里指九疑山的神。缤其：纷纷。

⑤皇剡剡(yǎn)：光闪闪的样子。扬灵：显扬神灵。

⑥曰：神巫说。

⑦升降以上下：上天入地，周游四方，有寻找贤君知己之意。

⑧求：寻求。矩(jǔ)矱(yuē)：画方和长短的工具，在这里指法度。

⑨汤禹：商汤和夏禹。严：同"俨"，严肃恭谨。求合：寻求志同道合。

⑩挚：伊尹，商汤的贤相。咎繇(yáo)：即皋陶，夏禹的贤臣。调：谐调。

⑪苟：如果。中情：内心。

⑫行媒：做媒。这里指往来传话的使者。

⑬说(yuè)：傅说，殷高宗时候的贤相。操：拿。筑：这里指筑墙用的工具。

⑭武丁：殷高宗的名字。

⑮吕望：姜太公。鼓刀：屠宰牛羊时摆弄刀具。

⑯周文：周文王。得举：得到重用。

⑰宁戚：春秋时卫人，曾在齐国的东门外作小贩。齐桓公夜出时，见他一边喂牛一边敲着牛角唱歌，说自己怀才不遇。齐桓公与他交谈后，任用他治国。

⑱齐桓：齐国国君姜小白，春秋五霸之一。该辅：进入辅佐大臣之列。

⑲及：趁着。晏：晚。

⑳鹈（tí）鴂（jué）：杜鹃。

㉑琼佩：玉佩。这里比喻好的德行。偃蹇：多而美丽的样子。

㉒萎（ài）：隐蔽的样子。

㉓时：时世。缤纷：纷乱。变易：变化。

㉔萧艾：臭草，杂草。常用来比喻品质不好的人。

㉕兰：楚怀王的小儿子子兰。

㉖无实：不结果实，这里指华而不实。羌：乃。容长：以容貌美见长。

㉗委：丢弃。厥：他，这里指子兰。从俗：追随世俗，这里指子兰和小人同流合污。

㉘专佞：专横谗佞。慢慆（tāo）：怠惰佚乐。

㉙樧（shā）：一种落叶乔木。佩帏：香囊。

㉚干：求。务入：这里指钻营。

㉛祗（zhī）：恭敬。

㉜揭车、江离：均为香草名，但香味没有椒兰正。在这里指那些变节的人。

㉝历兹：到了这个地步。

㉞菲菲：香气浓郁。亏：损。

㉟沬（mèi）：这里指香气消散。

㊱和调度：三字同义，都有调节的意思。自娱：自娱自乐。

㊲浮游：四处漂游。求女：寻求志同道合的人。

㊳饰：服饰，这里指外表看起来。方壮：强壮。

【译文】

　　我想听从神巫的吉利卜辞啊,但心里还是有些犹豫彷徨。巫咸傍晚就会降临啊,我怀抱花椒和精米去迎候。众神遮天蔽日纷纷降临啊,九疑山诸神纷纷来迎接。光芒四射皇天显灵啊,他们告诉我吉卦的原因。他们说:"努力上天入地跋山涉水啊,追求法度相同的知己。就像商汤、夏禹虔诚寻求合德的贤臣啊,伊尹、皋陶与之调合辅佐政事。只要内心真正追求美德啊,又何必用使者来沟通?傅说在偏远的傅岩打墙啊,殷高宗任用他毫不迟疑。姜太公在市场挥刀屠肉啊,遇见文王而得以重用。宁戚喂牛敲着牛角唱歌啊,齐桓公听见请他做辅臣。趁着年岁还不算太老啊,时光还没失尽。深怕杜鹃叫得太早啊,花草凋零不再芬芳。"玉佩多么瑰丽不凡啊,众人却把它的光芒遮蔽。想到那些结党私营者无义无信啊,恐怕会因为嫉妒将它伤害。世事纷乱多杂变化无常啊,我有什么理由在此滞留?兰草、白芷变质不再芳香啊,荃、蕙也变得跟茅草一样。为什么曾经的香草啊,如今变成了杂草。难道还会有其他的原因吗?这是不好修洁不要德行带来的危害。我以为幽兰可以依靠啊,谁知它只是华而不实虚有其表。抛弃原有的美质追随世俗啊,苟且偷生挤进众芳招摇。椒专横跋扈狂傲自大啊,樧混进香料被缝进香囊。一心只想钻营名利啊,又如何知道敬重芳芬?世俗本来就是随大流啊,谁能保持人格的永远不变?看到花椒、幽兰也这样啊,更不用说揭车和江离。只有我的佩饰高雅可贵啊,这样的美质却遭人鄙弃。香气袭人毫无缺损啊,芬芳经久不消永远不退。调节心情自娱自乐啊,姑且四处游览寻找知己。趁着我还年富力强啊,走遍四面八方去周游。

【原文】

　　灵氛既告余以吉占兮,历吉日乎吾将行①。折琼枝以为羞兮②,精琼靡以为粻③。为余驾飞龙兮,杂瑶象以为车④。何离心之可同兮?吾将远逝以自疏⑤。邅吾道夫昆仑兮⑥,路修远以周流。扬云霓之晻蔼兮⑦,鸣玉鸾之啾啾⑧。朝发轫于天津兮⑨,夕余至乎西极⑩。凤皇翼其承旂兮⑪,高翱翔之翼翼。忽吾行此流沙兮⑫，遵赤水而容与⑬。麾蛟龙使梁津兮⑭，诏西皇使涉予⑮。路修远以多艰兮，腾众车使径侍⑯。路不周以左转兮⑰，指西海以为期⑱。屯余车其千乘兮⑲，齐玉轪而并驰⑳。驾八龙之婉婉兮㉑，载云旗之委蛇㉒。抑志而弭节兮㉓，神高驰之邈邈㉔。奏《九歌》而舞《韶》兮㉕，聊假日以媮乐㉖。陟升皇之赫戏兮㉗，忽临睨夫旧乡㉘。仆夫悲余马怀兮㉙，蜷局顾而不行㉚。

【注释】

①历：选择。

②羞：同"馐"，美味。

③精：制作精细。麋（mí）：玉屑，玉粒。粻（zhāng）：粮食。

④瑶象：美玉、象牙。

⑤自疏：主动疏远，这里指远离楚国。

⑥邅（zhān）：掉转方向。

⑦扬：举。云霓：云霓作旗。晻（yǎn）蔼（ǎi）：这里指旌旗遮蔽了太阳，光线暗淡的样子。

⑧鸾：同"銮"，这里指车铃。啾啾：铃声。

⑨发轫：出发。天津：天河的渡口。

⑩西极：神话传说中西方的尽头，太阳落下的地方。

⑪翼：翅膀。承旂（qí）：承接旗子。

⑫忽：匆匆。流沙：指西方沙漠之地。因为沙漠随风而动，所以得名。

⑬遵：顺着。赤水：神话中的水名。容与：徘徊不前的样子。

⑭麾（huī）：古代指挥军队的旗子，这里指发指令。梁：桥，这里指架桥。津：渡口。

⑮诏：命令。西皇：西方的神仙。涉：渡过。

⑯腾：传告。径：捷径，这里指抄小路。侍：侍卫。

⑰不周：神话中的山名。

⑱西海：传说中西方之海。期：约定，这里指约定的地点。

⑲屯:聚集。千乘:千辆马车,形容马车多。

⑳轪(dài):车轮。

㉑婉婉:同"蜿蜒",这里指蜿蜒而行的样子。

㉒委(wēi)蛇(yí):这里形容车旗迎风飘动的样子。

㉓抑志:抑制心情。弭(mǐ)节:停车。

㉔邈邈:高远的样子。

㉕《韶》:《九韶》,夏启的舞乐。

㉖假:借。媮(yú):同"愉"。

㉗陟(zhì)升:升高。皇:天。赫戏:光耀辉煌的意思。

㉘临:居高临下看。睨:斜着眼睛看。旧乡:这里指楚国。

㉙仆夫:驾车的仆人。怀:思念。

㉚蜷局:屈曲不伸展。

【译文】

神巫已经说是吉利的卦啊,选好吉日我就要出发。采摘琼枝作珍馐美味啊,精制玉屑当作干粮。我驾着腾飞的龙车啊,珠玉和象牙装饰车身。离心离德的人怎么能共处啊,我将远去主动离开。调转车头我前往昆仑啊,路程遥远我四处环游。高举着云霓旌旗遮天蔽日啊,龙车上玉制的铃铛啾啾作响。清晨从天河渡口出发啊,黄昏到达了太阳落山的最西边。凤凰的翅膀和旌旗相连啊,高飞翱翔羽翼舒展。我急速来到西方的流沙地带啊,沿着赤水岸边徘徊不前。指挥蛟龙搭起桥梁啊,命令西皇少皞迎我涉水过河。路程遥远艰难重重啊,传令众车径直守候在我的车旁。路过不周山再向左转啊,遥指西海那聚会地点。我集结了车辆千乘啊,玉饰的车轮一起飞转。驾着八龙马车蜿蜒飞驰啊,载着飞舞的云旗迎风飘扬。气定神闲徐缓前进啊,神思却向高处飞翔。演奏《九歌》应《韶》乐起舞啊,姑且借用时光获得短暂的欢悦。登上浩瀚的天界辉煌灿烂啊,低头却瞥到了故乡。车夫悲伤我的马也怀念啊,曲屈回顾再也不向前。

【原文】

乱曰^①：已矣哉！国无人莫我知兮，又何怀乎故都^②。既莫足与为美政兮^③，吾将从彭咸之所居！

【注释】

①乱曰：楚辞全篇结尾的标志，和结束语相似。
②故都：这里指郢都。
③为：推行。美政：好的政治，在这里是指作者心目中的理想政治。

【译文】

结尾：算了吧，这个国家没有贤良没人理解我啊，我又何必眷恋郢都？既然没人愿意和我一起推行好的政治改革，我将追随彭咸到他栖息的居所！

九 歌

题解：

《九歌》原本是楚国民间流传的、祭祀神祇的乐歌，经屈原改写后，赋予了特殊的意义和价值。

由于《九歌》共有十一篇，所以也一直成为了学者们争议的焦点。

既然是《九歌》，为什么又是十一首呢？是弄错篇目了吗？如果没错，这个"九"又是什么意思呢？

张铣曾在《文选五臣注》中说："九者，阳数之极，自谓否极，取为歌名矣。"他的意思是"九"在这里并不是指文章和篇数。不过，他的这种说法又被朱熹在《楚辞集注》中否定了，他认为："篇名《九歌》而实十有一章，盖不可晓。旧以九为阳数者，尤为衍说。或疑犹有虞、夏《九歌》之遗声，亦不可考。今姑阙之，以俟知者，然非义之所急也。"

朱熹虽然否决了张铣的说法，但《九歌》为什么有十一首，他也没有结论。

明朝以来，很多学者，比如汪瑗、林云铭、胡文英等都在讨论这个问题。汪瑗在《楚辞蒙引》中说："（《九歌》）末一篇固前十篇之乱辞也。《大司命》《少司命》固可谓之一篇，如禹、汤、文武谓之三王，而文武固可为一人也。《东皇太一》也，《云中君》也，《湘君》也，《湘夫人》也，二《司命》也，《东君》也，《河伯》也，《山鬼》也，《国殇》也，非九而何？"

虽然汪瑗给出了解释，但到底对不对，还是没有达成共识，仍然就此在不停讨论着。陆侃如在认同汪瑗的基础上，又做了解释："《九歌》是楚国民间祭歌，共十一篇，前十篇每一篇祭一个神，最后一篇《礼魂》是送神曲。"

慢慢地，形成了一种大多数学者认可的观点：《九歌》中的《东皇太一》《云中君》《大司命》《少司命》《东君》是祭祀天神的歌；《湘君》《湘夫人》《河伯》《山鬼》是祭祀地祇的歌；《国殇》是为了祭祀楚国阵亡的将士，是在祭祀人；最后一篇《礼魂》则为送魂曲，是祭礼结束的标志。

所以祭祀天神五首、祭祀地祇四首、祭祀人鬼一首。虽然歌是十首，但却是祭祀"天""地""人"，迎合了"九九归一"的完整性，进而被称之为九歌。就是说，"九"并非是指多少篇目。

《九歌》的协调统一性还体现在四对配偶神上。众多学者认为，《九歌》中的东君和云中君、大司命和少司命、湘君和湘夫人、河伯和山鬼是配偶神。屈原写配偶神，也有他的想法。在原有的民间祭歌基础上，创作符合作者本身心意和写作特点的作品，让人们在品味歌声时，感受那委婉多情、悲欢离合的爱恋故事，这不得不说是屈原的另一个创作目的。

《九歌》用典雅清丽的辞句，同民间抒情歌曲相结合，创作出了有着音韵特点的"骚体"。有学者认为，屈原的《九歌》不应该是他被流放后的作品，如果是，他绝不会写出这么浪漫轻松的作品来。但也有学者提出反对意见，认为将屈原的政治遭遇和他的作品附会，有些牵强。甚至有人认为，屈原在流放后"怀忧若苦，愁思沸郁"，所以才通过制作祭神乐歌，寄托自己的真实思想感情。

实际上，不管《九歌》创作于什么时期，我们后人只要用心欣赏其结构、用词就好了。

以前，很多学者喜欢将《九歌》从政治、神话等角度进行诠释，姜亮夫甚至还从《九歌》的宗教色彩出发，认为屈原有"宗教情感"。他在《重订屈原赋校注》中说："《离骚》等十三篇，与《九歌》十一篇，有一相同之情怀，曰'宗教情感'。《离骚》十三篇所最景仰之情，为远游帝宫，西涉昆仑，寄意圣贤，匹偶圣姬，就重华而陈辞，依彭咸以为仪，求宓妃之所在，望瑶台之偃蹇，胥是也。而《九歌》之咏十神，天地、日月、山川、人先、鬼伯、国殇，无一非宗教之所崇祀。其所仰之神异，而其情则类也。虽然，其处理方法，则两者实大异：十三篇之所神祀者，以思想、情愫之景仰之主，从理智分析，得其美蔽善恶之辨。而自理想中结构一别然之宇宙，与个人修姱自洁之理想相结合，而欲归依与影从；或个人情思无法处理之时，欲依神圣为自解之计。自神化中有个人理性存在，为高度之自觉感。至《九歌》十一篇，则全部为神鬼事迹之描写，其写情处，亦纯从神鬼自身事象上立意，或借其神威灵感，以赞叹欣赏之，或借神鬼夫妇燕昵之情，以歌咏之；即有所寓寄，亦仅能于同底窥测一二，非十三篇之直述冀望感念者之可比。故《九歌》宗教感情之处理，乃写实化之描写也；十三篇宗教情感之处理，乃理想化之描写也。"

屈原是否真的有"宗教情感"？《九歌》中所体现的，是否为宗教情绪呢？我们不能妄下结论，即使有，作者也是怀着尊敬心情的，并没有玩亵之意。在《云中君》中，他用"思夫君兮太息，极劳心兮忡忡"来告白；在《湘君》《湘夫人》《河伯》《山鬼》等篇中，他也表达了自己质朴而真挚的情感……由此可见，这些祭祀的乐歌，只是楚地民众实现祈愿、表达祝福的仪式，是楚地民间质朴、热情、重祀的体现。同时，屈原还通过《九歌》，带给大家了一幅华美、缠绵、祝福、诗意的欢腾画面，让读者在阅读中，体会到了不一样的艺术美感和人文特质。

东皇太一

题解：

《东皇太一》是《九歌》之首，因为是祭祀乐歌，所以又被称为迎神曲。

"东皇太一"在这里指众神之首，其中"太一"却并非神名，而是指形成天地万物的元气。有学者认为"太一"应该和"太乙"相通。因为在《吕氏春秋·仲夏纪·侈乐》中的"太乙"一词，就是指神的名字。

也有学者认为，屈原在此故意用"太一"。宋玉在《高唐赋》中曾说：

"上皇即上帝之称变,言上皇者,以协韵之故,以此知战国时已以太一为上帝矣。"既而又进一步引申说:"细考先秦故籍,以一字表事物最高概念浸假而为造化之原,自《易》至《老》《庄》莫不有此思想。……道立于一,则一之又一曰太一,太者更加神圣之谓,故以太一为造物主,亦即为以太一为帝。惟此说北土渐衰,故惟屈子、道家尚存其说。"

也就是说,"一"为首,所以"太一"为天神、天帝很合理。同时,汉景帝、汉武帝时期,"太一"渐渐成为了天神和上帝的专用名字。此外,汉代以来,天文学家们将天极最明亮的星辰也取名为"太一"。

《天官书》言:"中官,天极星,皇其一明者,太一常居也。"由此可见,汉代的神话故事中,也是将"太一"当成天上的天极神的。既然"太一"为天神,那祭"太一"神也就顺理成章了。从古到宋,民间祭祀太一的风俗就一直存在,据《楚辞通故·书篇部》称:祭于东方的神叫东太一;西方的神为西太一;中央的神则为中太一。

本篇"东皇太一"中的"皇"指天帝,"太一"指天神、天帝。那么"东皇太一"就有复指强调的意思。当然,将"太一"视为天神来祭祀,最早也出现于《九歌》。既然东皇太一位于众神之首,那么从这篇文章描写的祭祀来看,整个祭祀过程都只有群巫在载歌载舞,扮演东皇太一的主巫却没有唱歌,这也是为了给太一树立威严高贵的形象。

美酒佳肴馨香妙音,处处让人生出美妙敬畏之心,形象地表达了众人对东皇太一的虔诚。

【原文】

吉日兮辰良①,穆将愉兮上皇②。抚长剑兮玉珥③,璆锵鸣兮琳琅④。

【注释】

①吉日:好日子。辰良:同"良辰",美好的时刻。
②穆:恭恭敬敬。愉:娱乐。上皇:东皇太一。

③玉珥：剑鼻，剑鞘出口处的突出部分。

④璆（qiú）：美玉。锵（qiāng）：金属器物撞击所发出的声音。琳琅：精美的石头，美玉。

【译文】

好日子啊！在这美好的时刻，恭恭敬敬地敬东皇。双手抚着宝剑，长长的宝剑用玉石做珥，宝剑上的玉饰琳琅满目，发出叮叮当当的声音。

【原文】

瑶席兮玉瑱①，盍将把兮琼芳②。蕙肴蒸兮兰藉③，奠桂酒兮椒浆④。

【注释】

①瑶席："瑶"指美玉，瑶席原指放着美玉的席案，在这里形容桌子的华美。玉瑱（zhèn）：镇桌子的玉器。"瑱"同"镇"。

②盍（hé）：同"合"，会集。琼芳：色泽如玉的芳草。

③蕙肴：用蕙草包裹着的佳肴，这里的佳肴是祭品。蒸：进献的意思。兰藉："兰"，兰草。"藉"，古人祭祀时用的草垫。这里的兰藉是指垫在祭品下的兰草。

④奠：祭奠。桂酒：桂花酒。椒浆："椒"是一种香料，椒浆是指用椒泡制的酒浆。

【译文】

装饰华美有玉镇的祭桌啊，摆上了色泽如玉的芳草。进献东皇的蕙草包裹着的祭品下垫着兰草啊，祭桌上还有桂花酒和椒浆。

【原文】

扬枹兮拊鼓①。疏缓节兮安歌②，陈竽瑟兮浩倡③。

【注释】

①枹(fú):同"桴",古时击鼓的槌。拊:敲打。

②安歌:歌声悠然。

③陈:排列有序。竽瑟:均为乐器。"竽"为吹奏乐器,"瑟"为弹拨乐器。浩倡:"倡"通"唱"。浩倡在这里是指声势浩大的歌声。

【译文】

举起鼓槌啊敲起了鼓,舒缓有节奏啊歌声悠扬,排列有序的鼓乐啊声势浩大。

【原文】

灵偃蹇兮姣服①,芳菲菲兮满堂。五音纷兮繁会②,君欣欣兮乐康③。

【注释】

①灵:巫师。偃蹇(jiǎn):姿态美好。姣服:华丽的服饰。

②五音:古时五音指宫、商、角、徵、羽。繁会:各种音乐会集在一起。

③君:东皇太一。乐康:欢乐无边。

【译文】

巫师姿态美好啊穿着华美的衣服,芳香浓郁啊溢满整个祭殿。各种乐器发出的声音啊,交会在一起。坐在大殿上的东皇太一喜气洋洋啊,欢乐无比。

云中君

题解：

和东皇太一一样，云中君也是一位神，一位神话故事中时常出现在云端的神。

有人说云中君是指云神丰隆。比如洪兴祖在《楚辞补注》中说："云神丰隆也。一曰屏翳。"对于云中君是云神丰隆的说法，朱熹、汪瑗、戴震也很认同。一直到清代，才有人对此提出异议。

首先怀疑的是徐文靖，他在《管城硕记》中认为云中君是云梦泽中之神，也就是湘君。这种说法也得到了王运、陈培寿等人的支持，甚至司马相如还在《子虚赋》中说："'云梦者，方九百里。'湘君有祠，世数如云中，可无祠乎？"

不过，此种说法很快又遭到了另一些学者的驳斥，何剑熏就在《楚辞拾沈》指出，云中君应该是指电神，"余意云中君者，电神也"。

另外，姜亮夫认为云中君是月神，他在《屈原赋校注》中说："《云中》在《东君》之后，与东君配，亦如大司命配少司命，湘君配湘夫人，则云中君月神也。"

当然，姜亮夫的"月神"之说又遭到了一些人的反对。这些学者说，既然云中君是指月神，《云中君》文中为什么会出现"蹇将憺兮寿宫，与日月兮齐光"之句？因为"寿宫"在王逸《楚辞章句》中解为"供神之处也，祠祀皆欲得寿，故名为寿宫也"。

同意"月神"之说的学者又辩解道：与日月齐光，只是一种暗喻，是指灯火通明，所以将云中君称为"月神"没有不当之处。

总之，云中君是指谁，一直以来都争论不下。

放下云中君是何神不谈，关于本篇的题旨，朱熹在《楚辞集注》中认为："此篇言神既降而久留，与人亲接，故既去而思之，不能忘也，足以见臣子慕君之深意矣。"

意思是说,这篇文章的题旨,其实是在说"忠君"。它用"人神相恋"的深情,说明君臣的关系。因为从《九歌》的整体来看,云中君是东皇太一的属神。从祭处火烛通明上来看,祭礼是在晚上举行的,这也突出了云中君是月神的说法。至于篇尾的"思夫君兮太息,极劳心兮忡忡",也说明云中君不仅对观测天象、制定历法、安排农事有重大贡献,而且也象征着男女之间的爱情。

《云中君》结构上分为两章,写法上除了描写祭祀过程外,还采用了主巫与扮云中君的巫对唱的形式,通过两方对唱,表达人们对云中君的思念,以及渴望云中君保佑的思想。

【原文】

浴兰汤兮沐芳①,华采衣兮若英②。灵连蜷兮既留③,烂昭昭兮未央④。

【注释】

①浴:古时单指洗身体。兰汤:放入兰草的沐浴水。古人祭神前,一定先用兰草沐浴。沐芳:用白芷洗头发。"芳"指白芷。

②若英:如花一样的美丽。

③灵:云中君。连蜷(quán):回环宛曲,这里形容身形美好。既留:流连忘返。

④烂昭昭:微微的亮光。未央:未尽。

【译文】

用兰草洗了澡啊用白芷洗了头,穿上漂亮的衣服啊如同花一样美好。云中君翩翩而来啊流连忘返,微微的亮光啊天空露出了鱼肚白。

【原文】

蹇将憺兮寿宫①,与日月兮齐光。龙驾兮虎服②,聊翱游兮周章③。

【注释】

①蹇:发语词。憺(dàn):安,居住。寿宫:供神的地方,本文指云中君在天上的住所。

②龙驾:龙拉的车。虎服:虎在旁边保驾。

③聊:悠闲。周章:四处盘桓。

【译文】

云中君就要来啊到神宫,发出的光啊与日月齐辉。坐着龙拉的车啊虎守候在身旁,他们悠闲地在空中翱翔啊游览四方。

【原文】

灵皇皇兮既降①,猋远举兮云中②。览冀州兮有余③,横四海兮焉穷④。

【注释】

①灵:指云中君。皇皇:同"煌煌",光辉万丈。

②猋(biāo):疾速,飞快地行进。举:高高地飞。

③览:看。冀州:古代九州之一,为九州之首。余:不止这些。

④横四海:遍及四海。焉穷:"焉",哪里。"穷",无止境。"焉穷"是指哪里有尽头?

【译文】

带着灿烂光辉啊云中君现身了,飞速飞行啊冲上了云霄。低头看冀州啊和其他地方,神州大地遍及四海啊哪里才是尽头?

【原文】

思夫君兮太息①,极劳心兮忡忡②。

【注释】

①夫(fú):与"此"相对,即"彼"。君:指云中君。太息:不停叹息。
②极劳:整日忧心劳碌。忡忡(chōng):心神不定的样子。

【译文】

想你啊!云中君,禁不住连声长叹啊心神不宁。

湘　君①

题解:

古代神话传说中,帝舜有两个妃子:娥皇和女英。最终帝舜化身成湘水的男神,二妃则化身为湘水的女神,成了一对配偶神。

帝舜和二妃的传说在很多资料上都有,比如《山海经·中山经》中:"洞庭之山……,帝之二女居之,是常游于江渊。"《礼记·檀弓上》中:"舜葬于苍梧之野,盖二妃未之从也。"

对于湘夫人为舜妃,张华的《博物志·史补篇》卷八中说:"尧之二女,舜之二妃,曰湘夫人。舜崩,二妃啼,以涕挥竹,竹尽斑。"

据说,舜帝南行的时候,二妃没有随行。在听到舜帝死于苍梧的消息后,她们赶到了洞庭湖滨抱头痛哭,并不顾一切地投入湘水而死,成为了湘水之神。渐渐地,这个传说就演变成了舜为湘水之男神(湘君),二妃为湘水之女神(湘夫人)。再之后便衍生出了许许多多关于他们的凄美的爱情故事。

不过,对于湘君是不是帝舜,湘夫人是不是舜妃,历史上也是纷争不断。近代的陆侃如和冯沅君在《中国诗史》上也将这几种推测归纳了下来:第一种说法出自《史记·始皇本记》，认为湘君是指舜的二妃，和湘夫人无关，这种说法刘向在《列女传》卷一中也表示认同；第二种说法出自王逸的《楚辞章句》，认为湘君指的是水神，湘夫人是舜的二妃，湘君与帝舜无关；第三种说法出自《博物志》中的《地理考》，认为湘夫人是帝舜的女儿，湘君并不是帝舜；第四种说法出自《昌黎先生集》中的《黄陵庙碑》，认为湘君是娥皇，湘夫人是女英；第五种说法：王夫之在《楚辞通释》中称湘君是湘水神，湘夫人是其配偶，和帝舜及二妃都无关。此种说法高秋月、曹同春在《楚辞约注》，陈本礼在《屈辞精义》中都表示认可；第六种说法出自顾炎武《日知录》，认为湘君、湘夫人是湘水神的两位夫人；第七种说法出自赵翼的《陔余丛考》中称，认为湘君、湘夫人是楚俗所祀湘山神夫妇；第八种说法出自刘梦鹏《屈子章句》，认为湘君、湘夫人为天帝的两个女儿……

结合《湘君》和《湘夫人》两篇文章，再看看以上的各种说法，相比较而言，王夫之的湘君为湘水神、湘夫人为其配偶的说法比较合理。

撇去他们到底是谁不谈，从两篇文章的内容来看，描写的是湘君与湘夫人约会，却不知何故未能相见的故事。《湘君》写湘君对湘夫人的思念，以及主动追寻爱人的过程；而《湘夫人》则写她对湘君的期盼和忠贞。

《湘君》共分五章，先是叙述湘君为了和湘夫人见面精心准备；接着写久候湘夫人不到便前去迎接；又写饱尝了艰辛的湘君遍寻湘夫人不到，重回约会地点；最后写相会不成黯然离去。故事虽短小且简单，但情节发展却曲折、缠绵。

将神话传说融入到自然景观中来写，给这篇普通的"约会诗"赋予了特别的含义，这也是民众对自然崇拜的一种表现，更表达出人们对纯真爱情和幸福生活的向往。

【原文】

君不行兮夷犹[2]，蹇谁留兮中洲[3]？美要眇兮宜修[4]，沛吾乘兮桂舟[5]。令沅湘兮无波[6]，使江水兮安流[7]！望夫君兮未来[8]，吹参差兮谁思[9]？

【注释】

①湘君：湘水之神，有人说是巡视南方时死于苍梧的舜。

②君：湘君的夫人。夷犹：犹豫不决的样子。

③謇：发语词。中洲：地名。

④要眇（miǎo）：美好的样子。宜修：修饰得恰到好处。

⑤沛：水流急的样子。吾：这里指湘君。桂舟：用桂木做的船。

⑥令：命令。沅湘：从贵州流出的沅水流向了湖南的湘水。无波：没有波浪。

⑦安流：缓缓地流。

⑧夫君：夫，语助词。君，湘夫人。

⑨参差：高低错落不齐，本文指排箫，据说是舜所造。谁思：谁会明白。

【译文】

你（湘君的夫人）犹豫不决啊终未赴约，到底是为谁啊留在中洲？仪容美好啊为你打扮修饰，驾着桂舟啊前去等候。下令沅湘水啊不要掀起波浪，让那水流啊缓缓流动。盼望你来啊你却没来，吹起排箫啊谁会明白我的思情悠悠？

【原文】

驾飞龙兮北征①，邅吾道兮洞庭②。薜荔柏兮蕙绸③，荪桡兮兰旌④。望涔阳兮极浦⑤，横大江兮扬灵⑥。

【注释】

①飞龙：龙形的桂船。北征：向北行驶。

②邅（zhān）：回转，掉头。洞庭：洞庭湖。

③薜荔：植物名，一种香草。柏：同"箔"，帘子。蕙绸：用蕙草编织的帷帐。

④荪（sūn）：香草，又称石菖蒲。桡（ráo）：船桨。兰旌：用兰草做旗。

⑤涔（cén）阳：地名，在涔水北岸，洞庭湖的西北方。极浦：遥远的水边。
⑥横：横渡。扬灵：扬帆前进。

【译文】

驾着龙船啊向北行走，掉转船头啊去了洞庭湖。用薜荔作帘啊以蕙草作帐，香荪为桨啊兰草为旗。远远看见了涔阳啊在遥远的水边，横渡大江啊扬帆前行。

【原文】

扬灵兮未极①，女婵媛兮为余太息②。横流涕兮潺湲③，隐思君兮陫侧④。桂棹兮兰枻⑤，斲冰兮积雪⑥。采薜荔兮水中，搴芙蓉兮木末⑦。心不同兮媒劳⑧，恩不甚兮轻绝⑨。石濑兮浅浅⑩，飞龙兮翩翩⑪。交不忠兮怨长⑫，期不信兮告余以不闲⑬。

【注释】

①极：至，到达。

②女：侍女，湘君的侍女。婵媛：一脸忧愁悲伤。余：我。

③横：横流。潺湲（yuán）：原指水缓慢流动的样子，这里是指眼泪默默地流着。

④隐：隐隐的伤痛。陫（fěi）侧：同"悱恻"，内心悲痛。

⑤棹（zhào）：船桨。枻（yì）：短舷。

⑥斲（zhuó）：同"斫"，砍、伐的意思。积雪：形容水花四溅的样子。

⑦搴（qiān）：拔取，采摘。芙蓉：荷花。木末：树梢。

⑧媒：媒人。劳：徒劳。

⑨甚：同"深"，深厚的意思。轻绝：轻易就能断绝。

⑩石濑（lài）：沙石间的浅水滩。浅浅（jiān）：水流湍急的样子。

⑪翩翩：形容轻盈疾快。

⑫交：交往。怨长：长久的怨恨。
⑬期：相约，约会。不闲：没有空闲时间。

【译文】

划着的船啊还是没有到达，身边的侍女啊也在为我忧愁叹息。鼻涕眼泪啊潸然而下，想起你来啊伤心难过。桂木为桨啊木兰为舷，劈波斩浪啊让水花四溅。就像在水中啊把薜荔摘取，爬到树梢啊把荷花采摘。两个心意不同的人啊媒人说合也徒劳，相爱不深啊感情更容易断。水流在石滩上啊湍急地流淌，我驾着龙船啊飞快地在水面行走。不能推心置腹地交往啊恨意绵长，不守信用赴约啊却说自己没有时间。

【原文】

鼌骋骛兮江皋①，夕弭节兮北渚②。鸟次兮屋上③，水周兮堂下④。

【注释】

①鼌（zhāo）：同"朝"，清晨。骋骛（wù）：急驰而行。江皋：江岸。
②弭（mǐ）节：将船停下。北渚：地名，洞庭湖北边一个地方。
③次：栖息。
④周：环绕。堂下：祭坛下面。

【译文】

早晨行驶在江边啊把你寻找，傍晚将船停下啊停靠在北岸。鸟儿栖息在啊屋檐之上，水流潺潺啊环绕着祭坛。

【原文】

捐余玦兮江中①，遗余佩兮醴浦②。采芳洲兮杜若③，将以遗兮下女④。时不可兮再得，聊逍遥兮容与⑤。

【注释】

①捐：抛弃，丢弃。玦（jué）：一种环形玉佩，通常是关系决裂的象征物。

②遗（yí）：留下。佩：古时系在衣带上的饰物。醴（lǐ）浦："醴"同"澧"，这条河流通向洞庭湖。

③芳洲：水中的芳草地。杜若：香草名。

④遗（wèi）：赠予。下女：指身边的侍女。

⑤聊：暂时。容与：舒缓放松的样子。

【译文】

我将玉玦啊抛向了江中，把佩饰啊留在了醴水畔。在芳草地里啊采摘杜若，我要将它啊送给侍女。时光来不及啊一去不复返，暂且放慢脚步啊逍遥在河边。

湘夫人

题解：

本篇和《湘君》相对应，写了湘夫人对湘君的思念，表达了无奈却始终不能相见的伤感惆怅的心情。

全诗共分四节，先是描述了湘夫人因为不能和湘君相见而忧愁烦恼；随后写思念湘君却又不能吐露心声的矛盾；接着想象了与湘君会面的美好场景；最后表达了未能与湘君相见的惆怅伤感。

也许因为受到了《湘君》和《湘夫人》互相思念而又不能相见的影响，后来的文人墨客很多都以"二湘"为题材，比如唐朝的杜甫曾在《祠南夕望》中写道："百丈牵江色，孤舟泛日斜。兴来犹杖屦，目断更云沙。山鬼迷春竹，湘娥倚暮花。湖南清绝地，万古一长嗟。"杜甫在文中提到了"湘娥"，实际是将湘君看作了帝舜,将湘夫人看作了舜妃。

和杜甫一样,贾至也写过关于"二湘"的诗,而且写的时候还直接借鉴了《湘君》和《湘夫人》。他们一方面颂扬娥皇、女英的贞烈事迹,另一面又营造悲情缠绵的爱情故事,形成了影响后世的"二湘"骚怨体。

李贺在写《帝子歌》时,一改悲情路线,写出了二湘相见的欢乐气氛:"洞庭明月一千里,凉风雁啼天在水。九节菖蒲石上死,湘神弹琴迎帝子。山头老桂吹古香,雌龙怨吟寒水光。沙浦走鱼白石郎,闲取真珠掷龙堂。"

李贺为了写出喜剧色彩,还描写了湘神迎见"帝子"(湘夫人)的场景。他让湘神弹奏琴弦,让欢乐的气氛弥漫在山间枝头。他甚至还让"二湘"享受逍遥自在的幸福生活,用圆满和美好来弥补屈原笔下的《湘君》和《湘夫人》伤感的爱情故事。

【原文】

帝子降兮北渚①,目眇眇兮愁予②。嫋嫋兮秋风③,洞庭波兮木叶下。

【注释】

①帝子:在这里指湘夫人。"子"是上古时期对儿子、女儿的统称。有人说湘夫人是舜妃,是帝尧之女,所以称为帝子。

②眇眇:极目远望的样子,又有望眼欲穿之意。愁予:让我忧愁。

③嫋嫋:同"袅袅",原本是指柔弱曼妙,这里指微风拂面的轻柔。

【译文】

湘夫人啊降临到了北渚,望眼欲穿啊满怀愁绪。凉爽的秋风啊轻柔地吹来,洞庭湖碧波荡啊树叶飘落。

【原文】

白薠兮骋望①,与佳期兮夕张②。鸟萃兮蘋中③,罾何为兮木上④?

【注释】

①白薠(fán):水草名,通常生长在秋季的沼泽地。骋望:放眼四望。

②与:同"为"。佳期:好日子。在这里指湘君和湘夫人约会的日子。夕:傍晚。张:布置,摆设,在这里指陈设帏帐、祭品等。

③萃:聚集,会集。蘋(pín):植物的名字,通常生长在浅水中。

④罾(zēng):用木头或竹杆为支架做成的方形鱼网。鱼网应当放入水中,文中却反说在木上;上句的鸟应当停在木上,却又在水中。这两句比喻事情无法得偿所愿。

【译文】

在长满白薠的丛中啊放眼四望,为约会啊布置妥当。鸟儿为什么啊会聚在水涧,鱼网为何啊挂在树梢?

【原文】

沅有茝兮醴有兰①,思公子兮未敢言②。荒忽兮远望③,观流水兮潺湲④。

【注释】

①沅:沅水,地名,在今天的湖南省。茝:白芷,香草名。醴:醴水。

②公子:指湘君。未敢言:不敢说出来。

③荒忽:同"恍惚",一脸迷茫的样子。

④潺(chán)湲(yuán):水流缓慢却一直不间断的样子。

【译文】

沅水有白芷啊醴水有兰草,思念着湘君啊又不能说出来。一脸迷茫啊放眼张望,只见那清澈的流水啊缓缓流淌。

【原文】

麋何食兮庭中①?蛟何为兮水裔②?朝驰余马兮江皋③,夕济兮西澨④。闻佳人兮召予,将腾驾兮偕逝⑤。

【注释】

①麋(mí):俗称"四不像"。它有鹿的角、驴的尾、牛的蹄、骆驼的颈,是珍贵的稀有兽类。庭中:堂中。

②水裔:水边。

③江皋:江边。

④济:渡水。澨(shì):水边。

⑤腾驾:骑马飞奔而去。偕逝:一起向前走。

【译文】

麋鹿为什么觅食啊要去庭院?蛟龙为什么被搁浅啊会在水边?早晨我骑马啊在江边奔驰,傍晚我渡水啊到了西岸。听到爱人啊在将我召唤,我立刻驾车飞奔啊与他一起向前。

【原文】

筑室兮水中,葺之兮荷盖①。荪壁兮紫坛②,匼芳椒兮成堂③。桂栋兮兰橑④,辛夷楣兮药房⑤。罔薜荔兮为帷⑥,擗蕙櫋兮既张⑦。白玉兮为镇⑧,疏石兰兮为芳⑨。芷葺兮荷屋⑩,缭之兮杜衡⑪。合百草兮实庭⑫,建芳馨兮庑门⑬。

九嶷缤兮并迎⑭，灵之来兮如云⑮。

【注释】

①葺(qì)：修补，这里是指用茅草盖房。盖：房顶。

②荪：香草名。紫坛："紫"，紫贝。"坛"，庭院。紫坛是指用紫贝砌成的庭院。

③匧：散布、涂抹。芳椒：植物的名字。堂：坛，在这里是指祭坛。

④栋：房屋的脊梁。橑(lǎo)：屋椽。

⑤辛夷：植物名，带有香气。楣：门上的横木，又称次梁。药：香草名，这里指白芷。房：偏房。

⑥罔：同"网"，在这里指编织。薜(bì)荔(lì)：一种植物，又称木莲。帷：帐幔。

⑦擗(pǐ)：剖开。蕙櫋(mián)：用蕙草做的"幔"。櫋，在这里做帐顶。张：放置。

⑧镇：镇压坐席的用具。

⑨疏：放置。石兰：香草名，兰草的一种。芳：同"防"，在这里指屏。

⑩荷屋：荷叶形状的屋。

⑪缭：缠绕。杜衡：一种香草，俗称"马蹄香"。

⑫实：充实。

⑬馨：散布很远的香气。庑(wǔ)：厢房，在这里指堂屋外的其他房间。

⑭九嶷(yí)：山名，在湖南宁远南。此借指九嶷山诸神。缤：纷繁众多的样子。

⑮灵：神灵。

【译文】

建一座别致的宫室啊在水中，用荷叶啊来做屋顶。用香荪装饰墙壁啊用紫贝堆砌地面，用芳椒和泥啊涂抹在祭坛。以桂木作梁啊用木兰为椽，用辛夷制成门楣啊用白芷点缀房间。编织薜荔啊用作帷帐，剖开蕙草做成幔啊放置在中央。用白玉做镇啊力压坐席，陈列石兰做成的屏啊芳香四溢。用白芷修葺啊荷叶盖顶，四面环绕的啊还有杜衡。会集百草啊摆满庭院，门廊之间啊香气弥漫。九嶷的众神啊纷纷道贺，众神降临啊齐集如云。

【原文】

捐余袂兮江中①，遗余褋兮醴浦②。搴汀洲兮杜若③，将以遗兮远者④。时不可兮骤得⑤，聊逍遥兮容与。

【注释】

①袂（mèi）：衣袖。
②遗（wèi）：赠送。褋（dié）：贴身的汗衫。
③搴：采摘。汀（tīng）洲：水中或水边的一块平地。
④远者：远来的，这里指湘君。
⑤骤得：轻易得到，一下子就得到的意思。

【译文】

把我的衣袖啊投进了湘江中，将我的贴身衣啊留在了醴水之滨。我到水中的绿洲上啊采来杜若，要把它送给啊我远方的爱人。欢乐的时光啊不能轻易得到，暂且悠然自得啊平静下来。

大司命

题解：

大司命，旧说多指星宿。孔颖达疏："《星传》云：三台一名天柱，上台司命，为大尉；中台司中，为司徒；下台司禄，为司空云。司命，文昌宫星者。亦据《星传》云，文昌宫第四曰司命，第五曰司中，天文俱载有司中、司命，故两载之。"对于大司命为星宿名，《晋书·天文志》中也有记载："三台六星，两两而居，西近文昌二星，曰上台，为司命，主寿。"

由此可见，大司命是掌握寿命的星宿和神灵。

然而，据一些资料记载，楚国最初并没有祭祀司命的传统，这个传统又是从哪里来的呢？

《史记·封禅书》载："长安置祠祝官、女巫。其梁巫，祠天、地、天社、天水、房中、堂上之属；晋巫，祠五帝、东君、云中（君）、司命、巫社、巫（祠）、族人、先炊之属……荆巫，祠堂下、巫先、司命、施糜之属。"

以上文字说明，长安是有祭祀司命的传统。这种说法也与洪兴祖的《楚辞补注》引《礼记·祭法》的"王立七祀，诸侯立五祀，皆有司命"相吻合。

楚国最早时候和中原纷争不断，到了战国中后期，楚国和中原的一些国家交往日趋频繁。而因为中原有祭祀司命的传统，想必楚地祭祀司命也是受到了中原礼俗的影响。

大司命掌管寿命，那么它和少司命又有什么区别呢？

王夫之《楚辞通释》认为："大司命统司人之生死，而少司命则司人子嗣之有无，……大司命、少司命，皆楚俗为之名而祀之。"这就是说，大司命是掌管人的生死的，而少司命则是掌管传宗接代的。

这一说法也从屈原的《大司命》和《少司命》中得到了证实。

《大司命》的"高飞兮安翔，乘清气兮御阴阳""一阴兮一阳，众莫知兮余所为""固人命兮有当，孰离合兮可为"等句，都可以说明大司命是掌管人的命数的；而《少司命》中的"夫人自有兮美子，荪何以兮愁苦""竦长剑兮拥幼艾，荪独宜兮为民正"等句，也能看出少司命在为世人传宗接代而忧虑。

那为什么很多学者认为"大司命"和"少司命"是一对配偶神呢？

汤炳正在《楚辞今注》中给了说明："大司命"为男性神，"少司命"为女性神。因为迎祭大司命的是女巫，迎祭少司命的则是男巫。而两篇的祭辞，也有互表爱慕之意。

【原文】

广开兮天门①,纷吾乘兮玄云②。令飘风兮先驱③,使冻雨兮洒尘④。

【注释】

①广开:大大地敞开。
②纷:多的意思。吾:我,在这里是指大司命(男巫扮)。玄云:黑云,浓云。
③飘风:旋风,暴风。王逸《章句》里有"回风为飘"。先驱:在前面开路。
④冻(dōng)雨:暴雨。洒尘:清洗道路。

【译文】

大大敞开啊天宫的大门,我从天门出来啊足蹬纷繁青云。让旋风在前啊为我开路,唤暴雨啊给我清洗尘路。

【原文】

君迴翔兮以下①,踰空桑兮从女②。

【注释】

①君:对大司命的尊称。迴翔:像鸟儿一样地盘旋飞翔。以下:下界。
②空桑:山的名字。从女:"从"为众,"女"为女巫。

【译文】

大司命盘旋飞翔啊降临下界,越过空桑山啊到了众女巫中间。

【原文】

纷总总兮九州①,何寿夭兮在予②!

【注释】

①纷总总：纷繁，众多的意思。九州：泛指全国。

②寿夭：生老病死。予：我，这里指大司命。

【译文】

人口众多啊全国的民众，为什么生老病死啊都要掌控在我的手中！

【原文】

高飞兮安翔①，乘清气兮御阴阳②。吾与君兮斋速③，导帝之兮九坑④。

【注释】

①安：从容，安然。

②御：掌控。阴阳：天地之间的阴阳二气，古人认为宇宙万物均由阴阳二气所定。以上两句均为男巫扮大司命所唱。

③吾：主祭者。君：大司命。斋速："斋"，恭敬虔诚的意思。"速"，相迎之意。

④导：引导。帝：天帝。九坑：九州之山。坑，山脊。

【译文】

大司命在高空中啊悠然飞翔，乘着清明之气啊驾驭着阴阳二气。我对您啊恭敬相迎，把帝王的权威啊引导向九州大地。

【原文】

灵衣兮被被①,玉佩兮陆离②。壹阴兮壹阳③,众莫知兮余所为④。

【注释】

①被被(pī):长大貌。
②陆离:色彩缤纷绚丽。
③壹阴兮壹阳:"阴"为死,"阳"为生。意谓大司命能执掌生死。
④为:掌控。

【译文】

神衣穿在身上啊潇洒飘逸,玉佩系在腰间啊色彩斑斓。天地之间啊生生死死,众人哪里知道啊是我在掌控。

【原文】

折疏麻兮瑶华①,将以遗兮离居②。老冉冉兮既极③,不寖近兮愈疏④。

【注释】

①疏麻:传说中馈赠的神物,又叫神麻。瑶华:神麻的花朵。
②遗(wèi):赠予。离居:离开此处,这里指大司命要离开。
③冉冉:渐渐。既极:进入衰老期,暮年期。
④寖(jìn):同"浸",浸渍,慢慢地。疏:疏远。

【译文】

折下神麻啊摘取如玉的花朵,准备送给啊那即将离去的神灵。我人已渐渐老去啊进入暮年,不慢慢亲近神灵啊很快就会疏远。

【原文】

乘龙兮辚辚①,高驼兮冲天②。结桂枝兮延伫③,羌愈思兮愁人④。愁人兮奈何,愿若今兮无亏⑤。固人命兮有当⑥,孰离合兮可为⑦?

【注释】

①辚辚:这里是指车声。

②驼:同"驰",飞驰而去。

③结:编织。延伫(zhù):长久地站立。

④羌:句首发语词。愁人:愁绪满怀,愁肠百结的意思。

⑤无亏:没有亏损,在这里指珍重的意思。

⑥固:本来,原本。当:定数。

⑦可为:可以掌握。以上六句是女巫所唱,表达了对大司命离去回宫的依恋和无可奈何。

【译文】

大司命驾驶着的龙车啊车声辚辚,腾入空中啊飞驰而去。手执编织的桂树枝啊久久伫立,越来越多的思念啊愁肠百结。愁绪满怀啊又能怎样?但愿每一天都能像今天一样啊道声珍重。人的生死啊原本就有定数,面对人神的离合啊又能做些什么?

少司命

题解:

在《大司命》的注解中我们得知,司命入祀是在战国中后期。我们也知道,大司命和少司命都为星宿名,在神话中,大司命主宰寿命,少司命主宰子嗣。

朱熹在《楚辞集注》中也称："按前辈（指《大司命》）注说有两司命，则彼固为上台，而此则文昌第四星欤？"南宋罗愿则在《尔雅翼》中称："少司命，主人子孙者也。"

他也被称为最早界定少司命权限的人。

到了近代，高亨等在《楚辞选》中更清楚地为《少司命》做了解读，认为："少司命神主宰少年儿童们的命运。楚人祭祀时，可能是由男巫扮少司命，而由女巫迎神，相互酬答着歌唱并舞蹈。所以歌辞是一对男女的对话，有人神恋爱的意味。"

《少司命》的祭歌分五部分，比《大司命》祭歌少了两部分。但和《大司命》一样，也遵循对唱形式。《少司命》里，先是女巫登场告慰少司命接祭奉，然后是少司命离去，群巫合唱，最后是众巫祈愿和述说对少司命的爱戴。整篇文章结构简单，祭祀过程是迎神、娱神、颂神、送神。在这简单的过程中，能清晰地感受到一种缠绵缱绻的情意，以及一丝淡淡的忧伤，而整篇文章却又庄重肃穆。作者笔下的少司命是亲切随和的，为了人类的子嗣，她仗剑辟邪，完全没有大司命不可一世的强硬。同时，篇中的一些实景描写，让整篇文章鲜活了很多，给人一种愉悦的感觉，与《大司命》篇末的忧虑形成了鲜明的对比。

【原文】

秋兰兮麋芜①，罗生兮堂下②。绿叶兮素枝③，芳菲菲兮袭予④。夫人自有兮美子⑤，荪何以兮愁苦⑥？

【注释】

①秋兰：一种叶茎皆香的香草。麋芜：同"蘼芜"，也是一种香草。

②罗：罗列，排列。堂下：厅堂台阶下，在此为祭堂的台阶下。

③素枝：素花。"枝"在此为花。素花也是白色的花。

④袭：香气扑人。予：我，男巫以大司命口吻自谓。

⑤夫人：世人，每个人，是一种远指。美子：美好的子女。
⑥荪：溪荪，石菖蒲，一种香草，这里借指少司命。何以：为什么。

【译文】

兰草啊麋芜，遍布生长在啊祭堂的台阶下。碧绿的叶子啊洁白的小花，浓郁的芳香啊扑面而来。世人都会有啊美好的子女，少司命为什么啊还要忧心忡忡？

【原文】

秋兰兮青青①，绿叶兮紫茎。满堂兮美人②，忽独与余兮目成③。入不言兮出不辞④，乘回风兮载云旗。悲莫悲兮生别离，乐莫乐兮新相知。

【注释】

①青青：同"菁菁"，草木茂盛的样子。以下是在为少司命而唱。
②美人：美好的人，这里指所有参与祭祀的妇女。
③忽：很快地。余：我，少司命自谓。目成：用目光传情。
④入不言：进来时不说话。

【译文】

秋兰啊青翠茂盛，嫩绿的叶子中啊长出了紫茎。满堂上啊都是迎神的美人，忽然间都与我（少司命）啊眉目传情。我来时无语啊走也不告辞，凭着疾风啊扬起了旗帜。世上最大的悲哀啊是生死离别，最大的快乐啊莫过于新结识了知己。

【原文】

荷衣兮蕙带，儵而来兮忽而逝①。夕宿兮帝郊②，君谁须兮云之际③？

【注释】

①儵(shū)：同"倏"，迅疾的样子。逝：离去。

②帝：天国。

③君：少司命。须：等待，等候。

【译文】

用荷花做衣啊用蕙草做带，忽然前来啊又忽然离去。傍晚在天国的郊野啊停下住宿，您在等谁啊在那云际之处？

【原文】

与女游兮九河，冲风至兮水扬波。与女沐兮咸池①，晞女发兮阳之阿②。望美人兮未来③，临风怳兮浩歌④。

【注释】

①女(rǔ)：汝，"你"的意思。咸池：神话中的天池。

②晞(xī)：干燥，在这儿指晒干。阳之阿(ē)："阿"同"婀"。阳之阿指阳谷，太阳出来的地方。

③美人：少司命。

④临风：在风中。怳(huǎng)：同"恍"，神思恍惚的样子。浩歌：放声高歌。

【译文】

多想与您啊在天河中畅游，但暴风来临啊水中掀起巨浪。多想与您在天池中一起清洗秀发啊，到那日出之处啊将它晒干。不停张望啊您还没有来，迎风恍惚啊放声高歌。

【原文】

孔盖兮翠旍①,登九天兮抚彗星②。竦长剑兮拥幼艾③,荪独宜兮为民正④。

【注释】

①孔盖:用孔雀毛制作的车盖。翠旍(jīng):"旍"同"旌",翠旍,翠鸟的羽毛制作的旌旗。

②九天:古代传说天有九重,九天指最高的地方。抚:抚摸。

③竦:肃立,此处指笔直地举起。拥:抱着,在这里指守护着。幼艾:少年男女。

④正:主也。民正:为人民作主持正。

【译文】

用孔雀翎作车盖啊用翠鸟羽作旌旗,登上九天啊去抚彗星。笔直高举长剑啊守护着幼童,只有您(少司命)最适合啊为人民作主持正。

东 君

题解:

古书记载中,羲和多被称为日神。但楚地风俗将日神称为东君。而之所以叫东君,则是因为日出东方。

姜亮夫在《楚辞通故》中说:"《周礼》云'大宗伯以实柴祀日月星辰',则古载日月祀典甚明。《仪礼·觐礼》云'天子乘龙,载大旂。象日月。升龙降龙。出拜日于东门之外。反祀方明。礼日于南门外。礼月与四渎于北门外。礼山川丘陵于西门外'。《礼记·玉藻》云'天子玉藻十有二旒,前后邃延,龙卷以祭,玄端朝日于东门之外,听朔于南门之外'。则祭日必于东方行之，盖日出于东，故迎日于东，而其神亦曰东君矣。东君，犹后世东王之意云耳。按《觐礼》拜日东门云云，郑注引《朝事仪》曰'天子冕而执镇圭，帅诸侯而朝日于东郊，所以敬尊之也'。盖皆楚之习也。"

东君为日神，专家学者都没有异议，而屈原的《东君》也是中国文学史上礼赞太阳的第一曲。《东君》作为祭祀太阳的乐歌，不仅用祭者和神灵交替歌唱的方式表现了日神战胜邪恶、为民除害的英雄气概，更赞颂了它普照万物、惩除邪恶、保佑众生的光辉形象，描绘了大众对太阳和光明的无限渴望。

从篇中的内容我们不难看出，《东君》的祭祀场面没有《东皇太一》的大，但篇末的"撰余辔兮高驼翔，杳冥冥兮以东行"还是让整个祭祀过程显得庄严肃穆，使日神的形象越发高大，让人平生崇敬之情。

【原文】

暾将出兮东方①，照吾槛兮扶桑②。抚余马兮安驱③，夜皎皎兮既明④。

【注释】

①暾（tūn）：温暖，在这里是形容刚刚升起的太阳。

②吾：主祭者的自称。槛（jiàn）：栏杆。扶桑：树的名字，古时相传太阳是从扶桑下出来的。

③抚：抚摸，在这里指轻轻拍着。余：代神说话的主祭者。安驱：安稳地驱驰。

④皎皎：同"皎皎"，皎洁明亮。明：天亮。

【译文】

温暖的太阳啊从东方升起，照在我的门槛上啊光芒来自扶桑。轻轻拍打龙马啊让它慢些行驶，皎洁的夜色散去啊即将迎来黎明。

【原文】

驾龙辀兮乘雷①，载云旗兮委蛇②。长太息兮将上③，心低徊兮顾怀④。

【注释】

①辀（zhōu）：车辕。乘雷：龙车发出的轰隆声。

②云旗：这里指云作旗子。委蛇（yí）：同逶迤，舒卷蜿蜒的样子，在这里形容云旗飘扬。

③将上：即将高高飞起。

④低徊：犹豫不决的样子。顾怀：眷顾怀恋。顾，回头看。

【译文】

驾着龙车手扶车辕啊车声震天，云彩作的旌旗啊蜿蜒飘扬。长长地叹息一声啊我将直上云霄，内心犹豫啊眷恋大地不停回望。

【原文】

羌声色兮娱人①，观者憺兮忘归②。

【注释】

①羌：发语词。声色：迷人的景色，这里指日出时的奇景。娱人：同"愉人"，愉悦人。

②憺（dàn）：安乐，这里有迷恋的意思。

【译文】

迷人的景色啊让人心情愉悦，众多的人啊流连忘返。

【原文】

　　絙瑟兮交鼓①，箫钟兮瑶簴②。鸣篪兮吹竽③，思灵保兮贤姱④。翾飞兮翠曾⑤，展诗兮会舞⑥。应律兮合节，灵之来兮蔽日。

【注释】

　　①絙（gēng）瑟："絙"原指绳索，这里引申为紧绷。絙瑟即为紧绷在琴瑟上的弦。交鼓：两个人相对击鼓。

　　②箫：原本是乐器的一种，但在这里是敲击的意思。钟：是一种由青铜做成的打击乐。瑶簴（jù）："瑶"，同"摇"。"簴"，古代挂钟磬的架子上的立柱。

　　③篪（chí）：竹制的吹奏乐器，有些像笛子，有八个孔。竽：古代管制乐器，类似于笙。

　　④灵保：神巫。贤姱：很美好。

　　⑤翾（xuān）飞：飞翔。翠：翠鸟。曾：此处是展翅的意思。

　　⑥展诗：赋诗吟诗。会舞：配合舞蹈。

【译文】

　　绷紧琴弦啊对敲鼓乐，敲击铜钟啊钟架摇摆。吹响篪啊奏起竽，思念着神灵啊想着他们的美好。轻柔地飞啊翠鸟在展翅飞翔，赋诗吟诗啊轻歌曼舞。应着歌的音乐啊舞的节拍，纷纷前来的神灵啊遮蔽了阳光。

【原文】

　　青云衣兮白霓裳①，举长矢兮射天狼。操余弧兮反沦降②，援北斗兮酌桂浆③。撰余辔兮高驰翔④，杳冥冥兮以东行⑤。

【注释】

　　①衣：上身装。裳：裤子、裙子，下身装。

②操：拿起。弧：木弓，这里是星名。沦降：坠落，这里指西下。

③援：端上。酌：斟上。

④撰：握住。辔（pèi）：缰绳。驼：同"驰"。

⑤杳：幽暗，深广。冥冥：黑暗。

【译文】

上身穿着青云啊下身穿着白霓，举起长箭啊射杀了天狼。手持木弓啊返回西方，端起北斗星啊斟满了桂花酒。握住缰绳啊向高处飞翔，冥冥夜色中啊去了东方。

河 伯

题解：

河伯，又叫河神，神话传说中的黄河之神。从战国时期起，就有很多关于河伯的神话传说。

王逸在《楚辞章句》中曾说："河为四渎长，其位视大夫。屈原亦楚大夫，欲以官相友，故言女也。"但汪瑗却不同意这种观点，他在《楚辞集解》中说："曰伯者，称美之词，如湘君、东君之类，非如侯伯、爵位等级之称也。"同时对于祭河神，也有自己的理解。他认为黄河不在楚国的境内，楚国有着祀不越望的原则，所以祭河神是僭越的行为。

对于祭河神是僭越的行为，王夫之在《楚辞通释》中解释说："楚昭王有疾，卜曰：河为祟。昭王谓非其境内山川，弗祀焉。昭王能以礼正祀典，故已之，而楚固尝祀之矣。民间亦相蒙僭祭，遥望而祀之，《序》所谓'信鬼而好祠'也。"

"河伯之祭是楚地的淫祀"，王夫之的这一说法得到了后世很多学者的认同。

当然，关于河伯的神话还有很多，流传最广的应该是"河伯娶妻"，也就是"以女童祭河伯"的故事了。鉴于这个故事流传很广，有学者就认为屈原的这篇《河伯》，实际上就是在咏河伯娶妻之辞。然而，整篇文章丝毫看不出有"爱情"的热烈和温馨，反而更多的是淡淡的友情。先是描写了祭巫在想象中与河神遨游九河，随即登昆仑、入龙宫、游河渚，最后依依惜别。整个祭祀过程轻松愉快，友好淡然，正像篇末的"子交手兮东行，送美人兮南浦"。

而正是屈原的这篇《河伯》，让"南浦"成为后代送别的惯用之典。正如朱熹在《楚辞集注》中所说："交手者，古人将别，则相执手，以见不忍相远之意。晋、宋间犹如此也。"

这篇文章所散发出的淡然清雅气质，给后人留下了许多启发，很多人开始模仿此种写法，比如江淹的《恨赋》《别赋》等"感别赋"。

【原文】

与女游兮九河①，冲风起兮横波②。乘水车兮荷盖，驾两龙兮骖螭③。

【注释】

①女：同"汝"，"你"的意思。九河：黄河的总称。传说大禹治水到兖州，把河水分为九道，分别是徒骇、太史、马颊、覆釜、胡苏、简、洁、钩盘、鬲津。
②冲风：暴风，大风。横波：翻滚的波浪。
③骖（cān）：古时用四匹马拉车，中间的两匹马叫服，两边的叫骖，这里是驾驭的意思。螭（chī）：传说中没有角的龙。

【译文】

我和你游览在啊九河之上，大风卷起浪花啊波涛汹涌。乘着水车啊以荷叶作盖，驾驶着两条龙的车啊螭龙在两旁。

【原文】

登昆仑兮四望①,心飞扬兮浩荡②。日将暮兮怅忘归,惟极浦兮寤怀③。

【注释】

①昆仑:山名,传说是黄河的发源地。
②浩荡:无拘无束,形容心情好。
③惟:思念。极浦:遥远的水边。寤(wù)怀:"寤",睡醒。"怀",想念。这里指日思夜想。

【译文】

登上昆仑啊向四处张望,心绪飞扬啊浩浩荡荡。但恨天色已晚啊忘了归去,我还对河水尽处啊日思夜想。

【原文】

鱼鳞屋兮龙堂①,紫贝阙兮朱宫②。灵何为兮水中③?

【注释】

①鱼鳞屋:用鱼鳞做的房屋。龙堂:用龙鳞装饰的厅堂。
②紫贝阙:用紫贝装饰的宫门。朱宫:"朱"同"珠",用珍珠做的宫殿。
③灵:神灵,这里指河伯。

【译文】

鱼鳞盖屋啊龙鳞装饰殿堂,紫贝砌城阙啊珍珠做宫殿,神灵(河伯)为什么啊停留在水中?

【原文】

乘白鼋兮逐文鱼①,与女游兮河之渚。流澌纷兮将来下②。

【注释】

①鼋(yuán):大鳖。文鱼:有斑纹的鱼。
②流澌(sī):融解的冰块。

【译文】

坐着大白鼋啊五彩鲤鱼紧跟随,与你(河伯)一起游啊在那河中小洲,融化的冰块啊缓缓地流淌。

【原文】

子交手兮东行①,送美人兮南浦②。波滔滔兮来迎,鱼鳞鳞兮媵予③。

【注释】

①子:这里指河伯。交手:拱手告别。
②浦:河岸边。
③鳞鳞:同"粼粼",这里形容很多。媵(yìng):送别。予:我,祭祀河伯的巫师。

【译文】

与你拱手道别啊你要去东方,我送你啊到南方的河岸边。波浪滔滔啊奔涌迎接,众多鱼儿啊前来送别。

山 鬼

题解：

山鬼是神是鬼？是什么神什么鬼？一直存在着歧义。

以清朝的顾成天为代表的一些人称"山鬼即是巫山神女瑶姬"，这一说法得到了郭沫若、马茂山、汤炳的认同；另一种是以洪兴祖、王夫之为代表的"山鬼为山魈"的精怪说；还有一种则是以汪瑗为代表的"山鬼是山神"之说。

"山鬼"一词最早出现在《史记·秦始皇本纪》里："使者从关东夜过华阴平舒道，有人持璧遮使者曰：'为吾遗滈池君。'因言曰：'今年祖龙死。'使者问其故，因忽不见，置其璧去。使者奉璧具以闻。始皇默然良久，曰：'山鬼固不过知一岁事也。'"

然而，华阴在渭河下游的陕西省东部，同楚地相隔甚远，所以这里的"山鬼"并不是屈原笔下的"山鬼"。

对于"山鬼即是巫山神女瑶姬"的说法，李善注在《文选·别赋》的"君结绶兮千里，惜瑶草之徒芳"句下称："宋玉《高唐赋》曰：我帝之季女，名曰瑶姬，未行而亡，封于巫山之台，精魂为草，寔曰灵芝。《山海经》曰：姑瑶之山，帝女死焉，名曰女尸，化为䔄草，其叶胥成，其花黄，其实如兔丝，服者媚于人。"由此他们认为，"瑶姬"是巫山神女。而由于《高堂赋》中的巫山神女与屈原的《山鬼》从样貌到自然环境都有很多相似之处，因此山鬼很可能就是巫山神女瑶姬。

不管山鬼是神还是鬼，总之屈原的《山鬼》里，祭祀的是位温柔多情、缠绵悱恻的山中女精灵。

本篇先是描述了山鬼与思慕的人约会前的盛装准备，以及见面时的欣喜和焦虑，随即又写了迟迟未见，相约成空后的哀怨和忧伤。整篇始终以描写山鬼的心理活动为主线，把恋爱中的少女患得患失、忧伤喜悦掺杂的矛盾心情描写得丝丝入扣，令人难忘。而山鬼也以温柔婉丽的形象，完全区别于山神的威严逼人。

和《河伯》一样，《山鬼》对后世诗歌的创作也有很大影响，唐代很多诗人曾为山鬼（巫山女神）创作了一首首哀婉的诗歌。比如皇甫冉的《巫山峡》："巫峡见巴东，迢迢出半空。云藏神女馆，雨到楚王宫。"还有李贺的《神弦曲》："女巫浇酒云满空，玉炉炭火香咚咚。海神山鬼来座中，纸钱鸣旋风。……终南日色低平湾，神兮长在有无间。神嗔神喜师更颜，送神万骑还青山。"

李贺通过描写"山鬼"接受祭礼的过程，将"山鬼"的娇媚美丽形象深深地印在了读者心里。

【原文】

若有人兮山之阿①，被薜荔兮带女罗②。既含睇兮又宜笑③，子慕予兮善窈窕④。乘赤豹兮从文狸⑤，辛夷车兮结桂旗⑥。被石兰兮带杜衡，折芳馨兮遗所思。

【注释】

①若：隐隐约约。阿：山的拐弯处。

②被：披。女罗：一种植物名，又名松萝。

③含睇（dì）：含情脉脉地看着。"睇"，微盼。宜笑：甜美的微笑。

④子：山鬼对思念的人的称呼。予：我，山鬼的自称。窈窕：婀娜多姿。

⑤乘：驾驶。赤豹：毛色红褐的豹。文狸：毛色上有花纹的狸猫。

⑥结桂旗：编织桂枝作旗。

【译文】

隐隐约约看见有人啊在那山的拐弯处，身披薜荔啊腰束女罗。含情脉脉啊嫣然一笑，您爱慕我啊妖娆美丽。驾着赤豹啊文狸紧跟身边，辛夷为车啊编桂枝为旗。披着石兰啊带着杜衡,折枝鲜花啊送给我爱慕的人。

【原文】

余处幽篁兮终不见天①,路险难兮独后来②。表独立兮山之上③,云容容兮而在下④。杳冥冥兮羌昼晦⑤,东风飘兮神灵雨⑥。留灵修兮憺忘归⑦,岁既晏兮孰华予⑧。

【注释】

①余:山鬼自称。幽篁(huáng):幽暗的竹林。"篁",竹林。

②后来:姗姗来迟。

③表:用独特的方式。

④容容:同"溶溶"。水流的样子,这里形容云气浮动。

⑤杳冥冥:阴暗无光。羌:发语词。

⑥神灵雨:雨神下的雨。

⑦灵修:这里指爱慕的人。憺:快乐,安宁。

⑧晏:迟暮,老去。华予:给我如花的容颜。

【译文】

我住在竹林深处啊终日不见阳光,道路险峻啊我姗姗来迟。孤身一人啊伫立在山巅,云海茫茫啊在脚下飘荡。天色昏暗啊白天也如黑夜,东风狂卷啊神灵在降雨。想挽留朝思暮想的爱人啊让他乐而忘返,岁月远去啊谁给我如花的容颜。

【原文】

采三秀兮于山间①,石磊磊兮葛蔓蔓②。怨公子兮怅忘归③,君思我兮不得闲。山中人兮芳杜若④,饮石泉兮荫松柏。君思我兮然疑作⑤。雷填填兮雨冥冥⑥，猨啾啾兮又夜鸣⑦。风飒飒兮木萧萧，思公子兮徒离忧⑧。

【注释】

①三秀：灵芝草，据说灵芝一年开三次花，所以又称为"三秀"。

②葛：葛藤。蔓蔓：缠绕。

③公子：山鬼所思念的人。怅：惆怅，失望。

④山中人：山鬼。芳杜若：如同杜若一样的芳香。

⑤然疑：半信半疑。"然"，相信。"疑"，怀疑。作：兴起，发作。

⑥填填：轰隆隆的雷声。冥冥：绵绵。

⑦猨（yuán）：同"猿"，似猕猴。啾啾：猕猴的叫声。

⑧离忧："离"通"罹"，遭受。离忧，遭受忧伤。

【译文】

我采摘灵芝啊在山间，岩石堆积啊葛藤四处缠绕。怨恨我爱的人啊惆怅忘返，你思念我啊却没时间来。我这山中人啊如杜若般芳洁，我口饮山泉啊居住松柏下。你思念我啊是真是假。雷声滚滚啊阴雨绵绵，猿猴鸣叫啊长夜不停。风声飒飒啊落叶萧萧，思慕你啊只能独自忧伤。

国　殇

题解：

国殇，指为国捐躯的人。"殇"，原指未成年而死。戴震在《屈原赋注》中称："殇之义二：男女未冠（二十岁）笄（十五岁）而死者，谓之殇；在外而死者，谓之殇。殇之言伤也。国殇，死国事，则所以别于二者之殇也。歌此以吊之，通篇直赋其事。"

洪兴祖在《楚辞补注》中说："谓死于国事者。《小尔雅》曰：无主之鬼谓之殇。"汪瑗在《楚辞集解》也称："《小尔雅》曰：无主之鬼谓之殇。此曰国殇者,谓死于国事者,固人君之所当祭者也。此篇极叙其忠勇节义之志,读之令人足以壮浩然之气,而坚确然之守也。后世《乐府》有《从军行》,其或昉于此乎?汉魏而下,虽多能言之士,何足以逾之。"

由以上可以看出,这是一首追悼楚国阵亡士卒的挽诗。

楚国在怀王后期,与秦国的交战频繁起来,而且大都以失败告终。屈原的《国殇》也正是从两军激战的惨烈场面开始写起,一方面写出了楚国战士的英勇神武,另一方面歌颂了楚国战士的英雄气概。

全诗情感真挚、节奏鲜明,在传达出悲壮的同时,也给我们展现了一股阳刚之美,以此来激励民众,实现退敌保国的愿望。

【原文】

操吴戈兮被犀甲①,车错毂兮短兵接②。旌蔽日兮敌若云,矢交坠兮士争先③。凌余阵兮躐余行④,左骖殪兮右刃伤⑤。霾两轮兮絷四马⑥,援玉枹兮击鸣鼓⑦。天时坠兮威灵怒⑧,严杀尽兮弃原野⑨。

【注释】

①吴戈:吴地制造的戈,因锋利而闻名。被:同"披",穿着。犀甲:犀牛皮制作的铠甲。

②车错:战车交错,这里指敌我双方的战士来来去去。毂(gǔ):车轮的中心部分,轮轴。短兵接:"短兵",刀剑一类的短兵器。短兵接是短兵相接。

③矢:箭。交坠:相互坠地,这里指两军相射的箭纷纷坠落在阵地上。

④凌:侵犯。躐(liè):践踏。行:行列。

⑤左骖(cān)殪(yì):左边的骖马倒地而死。"殪",死。右刃伤:右边的骖马被兵刃所伤。

⑥霾(mái):掩埋。絷(zhí):绊住,拴住。

⑦援玉枹(fú):手持镶嵌着玉的鼓槌。"枹",鼓槌。

⑧天时:上天,天道。威灵:威严的神灵。

⑨严杀:残酷的厮杀。尽:皆,都,全都。

【译文】

　　手执锐利的吴戈啊身披犀皮甲,车轮飞转啊与敌人短兵相接。敌方旌旗遮盖了太阳啊敌寇多如云,双方箭雨纷坠啊将士奋勇向前。敌寇进犯我军阵地啊践踏了我军队列,左侧的战马倒毙啊右侧的战马被刀剑所伤。埋住了车轮啊拴住了战马,拿过玉槌啊擂动了鼓点。天道沧丧啊神灵愤怒,被残杀的勇士啊被抛弃在了荒野。

【原文】

　　出不入兮往不反①,平原忽兮路超远②。带长剑兮挟秦弓③,首身离兮心不惩④。诚既勇兮又以武⑤,终刚强兮不可凌⑥。身既死兮神以灵⑦,子魂魄兮为鬼雄⑧。

【注释】

①出:出征。反:同"返"。
②忽:渺茫,看不清楚。超远:遥远的没有尽头。
③挟:夹持。秦弓:秦地产的弓。战国时,秦地木材质地坚实,制造的弓射程最远。
④心不惩:心里不害怕,壮心不变。惩,畏惧。
⑤诚:诚然,确实。以:且,连词。武:威武。
⑥终:始终。凌:侵犯。
⑦神以灵:"神"在这里指精神,神以灵是英灵不泯,精神永存的意思。
⑧子:去世的战士。鬼雄:鬼中的豪杰。

【译文】

　　出征的时候啊就没想过要回家,平原辽阔啊路途遥远。身上带着长剑啊臂下挟着秦弓,即使身首异处啊壮心也不改。诚然英勇无比啊武艺高强,始终刚正不阿啊绝不能被侵犯。如今虽然死去啊精神却永存,你们为国捐躯的魂魄啊也是鬼中的豪杰。

礼　魂

题解:

　　礼魂,更准确地说应该是送神。

　　汪瑗在《楚辞集解》中称:"礼,一作祀。或曰:礼魂,谓以礼善终者,俱非是。盖魂犹神也,礼魂者,谓以礼而祭其神也,即章首'成礼'之'礼'字。一作祀者,祀与俗'礼'字相似而讹也。"

　　洪兴祖在《楚辞补注》中也有相同看法,觉得"礼魂"实际上应该是"祀魂",是因形近而误传而已。

　　不管是"礼魂"还是"祀魂",总之,这是一首送神曲。古代的宗教祭典结束后,都会有种特定表示欢庆的仪式。而由于这个仪式送的不仅有神,还包括人鬼,所以才称之为礼魂,而不是礼神。

　　《礼魂》是大家公认的总结前十篇的终结辞。姜亮夫在《楚辞通故》中解释说:"盖魂者气之神也,即神灵之本名,故以之概九神也。按此《九歌》最后之大合乐,盖总概《东君》《云中君》《湘君》《湘夫人》《大司命》《少司命》《河伯》《山鬼》《国殇》。九祀作最后之总结,篇首《东皇太一》为迎神曲,与此相合,有叙有结,蔚成套数,故曰《九歌》也。"

　　送神在古代的祭祀中,是最庄重的祭祀礼仪。整个过程先由美丽的女巫领唱,然后男女青年随歌起舞,声势浩大。整个仪式鼓乐声密集,鲜花、舞蹈、合唱,组成了一次热烈隆重的送神仪式。而这篇文章中的诸多语句,也与

《九歌》首篇《东皇太一》遥相呼应，比如《礼魂》中的"会鼓"和《东皇太一》中的"扬兮拊鼓"；《礼魂》中的"传芭"与《东皇太一》中的"灵偃蹇兮姣服"等。

【原文】

成礼兮会鼓①，传芭兮代舞②，姱女倡兮容与③。春兰兮秋菊④，长无绝兮终古⑤。

【注释】

①成礼：祭祀仪式结束。会鼓：急速击鼓，形容鼓点密集。

②芭（bā）：一种香草名，这里指花。代舞：翩翩起舞。

③姱（kuā）：美好。倡：同"唱"。容与：舒缓。

④春兰：春天祭祀用的兰花。秋菊：秋天祭祀用的菊花。

⑤终古：世世代代，永远。

【译文】

祭祀仪式结束了啊开始了密集的击鼓，传递手中花啊翩翩起舞，姣美的女子唱着歌啊从容自如。春天用兰花祭奠啊秋天用菊花，长此以往不断绝啊直到永远。

天　问

题解：

什么是"天问"？王逸在《楚辞章句》中说："何不言'问天'？天尊不可问，故曰'天问'。"

《天问》是屈原继《离骚》后，又一长篇代表作。该篇采用了层层设问的方式，在对一些问题表示疑惑的同时，也表达了自己的人生观和价值取向。此文情理交融，令人读来兴趣盎然，因此被历代学者称为经典之作，清代学者刘献庭甚至在《离骚经讲录》中称其为"千古万古至奇之作"。

屈原作《天问》的原因历来有很多说法，归纳为以下几种。第一种以王逸在《楚辞章句》中说的"呵壁问天"为代表："屈原放逐，忧心愁悴，彷徨山泽，经历陵陆。嗟号昊昊，仰天叹息。见楚有先王之庙及公卿祠堂，图画天地山川神灵，琦玮僪佹，及古贤圣怪物行事。周流罢倦，休息其下，仰见图画，因书其壁，何而问之，以渫愤懑，舒泻愁思。楚人哀惜屈原，因共论述，故其文义不次序云尔。"

第二种，以洪兴祖在《楚辞补注》中所说的"借问天实自解"为代表："《天问》之作，其旨远矣。盖曰遂古以来，天地事物之忧，不可胜穷。欲付之无言乎？而耳目所接，有感于吾心者，不可以不发也。欲具道其所以然乎？而天地变化，岂思虑智识之所能究哉？天固不可问，聊以寄吾之意耳。楚之兴衰，天邪人邪？吾之用舍，天邪人邪？国无人，莫我知也。知我者其天乎？此《天问》所为作也。"

第三种，以姜亮夫在《屈原赋校注》中的"拷问远古历史"为代表。姜亮夫认为，"天"是对一切无法知晓的世间万物的总称，"天问"正是对世间万物的疑问。甚至林庚在《天问论笺》中还认为《天问》实际上是一部人类兴亡史诗。

不管写《天问》的原因是什么，总之，《天问》的发问，实际上是屈原所处年代的人们对大自然运行规律的一种探讨。

《天问》全篇共有三百七十四句，一百七十多个问题，是一篇以四字句为基本格式的长诗。整篇问题涉及天文、地理、历史、哲学等方面。这些问题有些是作者怀疑，但在那个时代却无法解决的；有些又是他明知故问的；更有些是对历史的提问；还有些是对大自然的提问。

那些纵观历史兴衰的提问，表达着屈原对楚国命运的担忧；对大自然的提问，则表现了他对宇宙的探索精神……

《天问》以新奇的艺术手法传达出了精深的内容，整篇气势磅礴，雄壮奇特。

虽然很多人认为《天问》晦涩难懂，但却仍有很多模仿者，比如晋傅玄的《拟天问》、梁江淹的《遂古篇》，北齐颜之推的《归心篇·释一》，唐杨炯的《浑天赋》、柳宗元的《天对》、明方孝孺的《杂问》、王廷相的《答天问》九十五首、陈稚言的《天对》六篇、黄道周的《续天问》等。

这些都说明了《天问》在文学史上的重要地位和辉煌成就。

【原文】

曰：遂古之初[1]，谁传道之？上下未形[2]，何由考之？冥昭瞢暗[3]，谁能极之？冯翼惟像[4]，何以识之？明明暗暗，惟时何为[5]？阴阳三合[6]，何本何化？圜则九重[7]，孰营度之[8]？惟兹何功[9]，孰初作之？斡维焉系[10]，天极焉加[11]？八柱何当[12]，东南何亏？九天之际[13]，安放安属[14]？隅隈多有[15]，谁知其数？天何所沓？十二焉分[16]？日月安属[17]？列星安陈？出自汤谷[18]，次于蒙汜[19]。自明及晦，所行几里？夜光何德[20]，死则又育[21]？厥利维何[22]，而顾菟在腹[23]？女岐无合㉔，夫焉取九子？伯强何处㉕？惠气安在㉖？何阖而晦㉗？何开而明？角宿未旦㉘，曜灵安藏㉙？

【注释】

①遂古：远古的意思。"遂"，同"邃"，辽远。

②上下：天地。未形：没有形成。

③冥：幽暗。瞢（méng）：目光不明。

④冯（píng）翼：大气弥漫的样子。惟像：同"未象"，没有形状。

⑤时：是。

⑥三：同"参"。三合：参错结合，也就是交融的意思。

⑦圜：同"圆"，指天，在古人的意识中，天是圆的。

⑧营度：进行度量。

⑨兹：此。

⑩斡（guǎn）：运转的枢纽。维：绳子。古代认为天体像是一个车轮，一直在围绕一个轴心旋转，轴上有根绳子。在这里可以当作是空间维度。

⑪天极：天的顶端。加：放置。

⑫八柱：古代传说中支撑天的八根柱子。

⑬九天：天的四面八方。

⑭放：到。属（zhǔ）：连接。

⑮隅（yú）隈（wēi）：角落和弯曲之处。

⑯十二：古人认为太阳在天空中运行的轨迹是圆圈，这圆圈被称之为黄道，黄道又被分为了十二等份。

⑰属：附属。

⑱汤（yáng）谷：同"旸谷"，传说中太阳升起的地方。

⑲次：休息。蒙汜（sì）：传说中太阳落下的地方。

⑳夜光：古时对月亮的又一种叫法。

㉑死：指月缺而渐没。育：指月没而复圆。

㉒厥：其，这儿指月亮。利：黑影。

㉓菟(tù)：这里指蟾蜍。

㉔女岐：神话传说中的人名，传说她无夫而生九子。无合：没有婚配。

㉕伯强：风神。

㉖惠气：这里指和风。

㉗阖(hé)：关闭。晦：黑暗，这里指天黑。

㉘角宿：星座名，二十八宿之一。旦：这里指日出。

㉙曜(yào)灵：太阳。

【译文】

　　试问：远古最初的形态，是谁把它流传下来的？天地还没有形成之前，是依据什么来考证得出的结论？宇宙一片昏暗混沌，又是如何考察清楚的？大气弥漫没有固定的形状，是根据什么辨认出来的？白昼光明夜晚黑暗，为什么会这样分明？阴阳二气互相交融，哪是本原哪是化生？圆圆的天体被分为九层，是谁把它度量出来的？这么浩大一个工程，最初又是谁来完成的？天体围绕轴心转的枢纽上的绳子又是系在什么地方的？天的顶端又是架在哪里的？支撑天体的八根柱子又是安放在哪里的？东南的地势为什么塌下去一块？天体的四面八方和中央位置又都在哪里？它们又是怎样连接成一体的？天体的角落曲曲弯弯，谁知道确切的数目？天上的日月是在什么地方会合的？天体上的黄道又是怎么被划分出十二个星区的？太阳和月亮是怎么悬挂天上不掉下来的？众星又都是如何摆放整齐井然有序的？太阳从汤谷出来，晚上又到蒙汜休息，从天亮到天黑，它一天要奔行多少里？月亮有什么功德，竟然能够月缺月圆死而复生？它上面的黑影是什么，难道是蟾蜍在肚子里？女岐从没有过婚配，她怎么又能生出九个孩子的？风神伯强居住在什么地方？那祥和的风又是从什么地方吹来的？为什么天门一关闭就到了晚上？为什么一打开就到了白天？天门在没有打开的时候，太阳还没出来时又是藏身在什么地方的？

【原文】

不任汩鸿①，师何以尚之②？佥曰何忧③？何不课而行之④？鸱龟曳衔⑤，鲧何听焉⑥？顺欲成功⑦，帝何刑焉？永遏在羽山⑧，夫何三年不施⑨？伯禹愎鲧⑩，夫何以变化？纂就前绪⑪，遂成考功⑫。何续初继业⑬，而厥谋不同⑭？洪泉极深，何以窴之⑮？地方九则⑯，何以坟之⑰？河海应龙⑱，何尽何历⑲？鲧何所营？禹何所成？康回冯怒⑳，墬何故以东南倾㉑？九州安错㉒？川谷何洿㉓？东流不溢，孰知其故？东西南北，其修孰多？南北顺㯠㉔，其衍几何㉕？昆仑县圃，其尻安在㉖？增城九重㉗，其高几里？四方之门，其谁从焉？西北辟启，何气通焉？日安不到？烛龙何照㉘？羲和之未扬㉙，若华何光㉚？何所冬暖？何所夏寒？焉有石林？何兽能言？焉有虬龙，负熊以游㉛？雄虺九首㉜，儵忽焉在㉝？何所不死？长人何守㉞？靡萍九衢㉟，枲华安居㊱？一蛇吞象㊲，厥大何如？黑水玄趾㊳，三危安在㊴？延年不死㊵，寿何所止？鲮鱼何所？魃堆焉处㊶？羿焉彃日㊷？乌焉解羽㊸？

【注释】

①汩（gǔ）：治理。鸿：同"洪"，大水。

②师：众人。尚：推举。

③佥（qiān）：皆，全部。

④课：试验。

⑤鸱（chī）龟：传说中的神龟。曳衔：牵引连接。

⑥鲧（gǔn）：传说是夏禹的父亲。

⑦顺欲：按照其做法。

⑧永遏（è）：永远阻止，这里有关禁闭的意思。羽山：神话中的地名。

⑨三年：这里的三年实为多年。施：解脱。

⑩愎：同"腹"，意思是禹从鲧的肚子里出来。

⑪纂：继承。绪：事业。

⑫考：对已死父亲的称呼。

⑬初：当初决定。

⑭厥：在这里指大禹。谋：指治水的方法。

⑮窴（tián）：同"填"。

⑯九则：九等。禹将九州的土地划分为九等。

⑰圢：在这里是区分的意思。

⑱应龙：有翼的龙。

⑲历：经过。

⑳康回：共工，人名。传说中的帝王。冯（píng）怒：大怒。

㉑墬（dì）：同"地"。

㉒错：同"厝"，安置。

㉓洿（wū）：洼陷，形容深。

㉔楕：扁长。古代认为大地南北的距离比东西的距离短。

㉕衍：多余的部分。

㉖尻：同"𡱈"。原指臀部，这里指山脊尽处。

㉗增城：神话中的城名，在昆仑山上。

㉘烛龙：神话中神的名字，红色，人面蛇身，用眼睛照明。

㉙羲和：伏羲，神话中人类的始祖。扬：这里指日出。

㉚若华：若木的花。

㉛虬（qiú）龙：传说中没长出角的小龙。负：背着。

㉜虺（huǐ）：毒蛇。

㉝儵忽：行动迅速。

㉞长人：长寿之人。

㉟靡蓱（píng）：分枝多的浮萍。"蓱"，同"萍"。九衢（qú）：原指分叉多，这里指九条四通八达的大道。

㊱枲（xǐ）华：麻的花。

㊲蛇吞象：神话传说中的故事。南方的灵蛇，吞食象后，三年象骨头才吐出来。

㊳黑水：古代神话传说中的水。玄趾：古时的地名。

㊴三危：地名。

㊵延年不死：传说中三危国人长寿不死。

㊶䳃（qí）堆：传说中的一种怪鸟。

㊷弹：射。

㊸乌：金乌，传说中的三足乌。解羽：指乌死。

【译文】

鲧不能胜任治理洪水，众人为什么还要推崇他？众人都说：不必担心，何不试试再说呢？神龟首尾相接，鲧何德何能让神龟帮忙？他依照此种做法能将洪水治好，天帝为何还要对他用刑？他的尸体长久被弃在羽山，为什么多年后不腐完好如生？剖开鲧腹就有个伯禹，怎么会发生这么神奇的事情？伯禹继承父亲的遗志，终于成就了亡父未完的事业。禹继承了鲧的事业，为什么他们采取的方法却不一样呢？洪水那么深，禹是用什么来填平的呢？九州大地被分成了九等，禹又是依照什么标准来划分的呢？帮助禹导河入海的应龙，怎么把洪水排干净的呢？鲧在治水中做了哪些事情？禹又是怎么取得成功的？共工为什么一发怒，大地就会向东南倾斜？九州是如何设定的？大川溪谷的水为什么那么深？河水向东流，为什么东海一直不溢出来？东西南北哪个方向的距离最长？南北狭长成椭圆，它比东西长多少？昆仑山上有县圃，它们的山尾都在哪里？增城高九层，它的高度到底是多少？昆仑山四方都有门，什么人会从哪个门出入？西北面的大门常常敞开着，什么风从那里吹过来？太阳照不到哪儿？烛龙照耀着什么地方？伏羲尚未把车鞭扬起，若木花为何能发出光来？什么地方冬天温暖？什么地方夏天寒冷？什么地方有石林？什么野兽能说人话？哪里有无角的虬龙，背着大熊游来游去？一条大蛇九个头，来去如电到底哪儿有？什么地方的人长生不死？那些长命的人为何能长寿？分枝极多的浮萍与麻花生在哪里？一条灵蛇吞大象，它的身体该有多大？黑水、玄趾和三危都在什么地方？那里的人长寿永远不死，他们究竟要活到什么时候？人面鲮鱼哪里有？吃人的怪鸟又在哪里？后羿怎么射下的九个太阳？太阳中的金乌鸟又是怎么死的？

【原文】

禹之力献功①，降省下土四方②。焉得彼嵞山女③，而通之于台桑④？闵妃匹合⑤，厥身是继⑥。胡维嗜不同味⑦，而快鼌饱⑧？启代益作后⑨，卒然离蠥⑩。何启惟忧⑪，而能拘是达⑫？皆归躬籂⑬，而无害厥躬⑭。何后益作革⑮，而禹播降⑯？启棘宾商⑰，《九辩》《九歌》⑱。何勤子屠母⑲，而死分竟地⑳？帝降夷羿㉑，革孽夏民㉒。胡射夫河伯㉓，而妻彼雒嫔㉔？冯珧利决㉕，封豨是射㉖。何献蒸肉之膏㉗，而后帝不若㉘？浞娶纯狐㉙，眩妻爰谋㉚。何羿之射革㉛，而交吞揆之㉜？阻穷西征㉝，岩何越焉㉞？化为黄熊㉟，巫何活焉？咸播秬黍㊱，莆雚是营㊲。何由并投㊳，而鲧疾修盈㊴？白蜺婴茀㊵，胡为此堂㊶？安得夫良药㊷，不能固臧㊸？天式从横㊹，阳离爰死。大鸟何鸣㊺，夫焉丧厥体？蓱号起雨㊻，何以兴之？撰体协胁㊼，鹿何膺之㊽？鳌戴山抃㊾，何以安之？释舟陵行㊿，何以迁之？惟浇在户㉑，何求于嫂？何少康逐犬㉒，而颠陨厥首㉓？女歧缝裳㉔，而馆同爰止㉕。何颠易厥首㉖，而亲以逢殆㉗？汤谋易旅㉘，何以厚之？覆舟斟寻㉙，何道取之？桀伐蒙山㉚，何所得焉？妹嬉何肆㉛，汤何殛焉㉜？舜闵在家㉝，父何以鳏㉞？尧不姚告㉟，二女何亲㊱？厥萌在初㊲，何所亿焉？璜台十成㊳，谁所极焉？登立为帝，孰道尚之？女娲有体㊴，孰制匠之？舜服厥弟㊵，终然为害。何肆犬体㊶，而厥身不危败？吴获迄古，南岳是止㊷。孰期去斯，得两男子㊸？缘鹄饰玉㊹，后帝是飨㊺。何承谋夏桀㊻，终以灭丧？帝乃降观㊼，下逢伊挚㊽。何条放致罚㊾，而黎服大说㊿？

【注释】

①力：勤劳地工作。献功：进献其功，这里指治水的功绩。

②降省：到下面察看。土四方：这里指天下。

③嵞（tú）山：同"涂山"。人名，传说禹在治水途中娶了涂山的女儿为妻。

④通：相约。台桑：地名。

⑤闵：怜爱。妃、匹、合：均是配偶的意思。

079

⑥厥身：这里指禹。继：原指继承，这里引申为后代。

⑦胡维：为什么。嗜不同味：这里指各方面都不同。

⑧快：满足。鼌（zhāo）饱："鼌"同"朝"。"饱"，满足。

⑨启：禹的儿子。益：人名，禹时代的贤臣，曾被禹选定为继承人。后：君王。

⑩卒：同"猝"。离蠥（niè）：遭受灾难。

⑪惟：遭遇。

⑫拘：拘留，囚禁。达：逃脱。

⑬躬鞠：同"射鞠"，射箭，这里引申为交战。

⑭厥躬：这里指禹的儿子启。

⑮作革："作"通"祚"，国祚。革，变革，指启代益为王。

⑯播降：家族兴旺。

⑰棘：急忙。宾商：祭祀上帝的意思。

⑱《九辩》、《九歌》：古代乐曲名。

⑲勤子：贤子。这里指启。屠母：传说禹的妻子涂山女化为石头后，禹大喊："归我子！"石破而生下了启。故曰屠母。

⑳死：尸体。竟地：满地都是。

㉑帝：天帝。夷羿：上古时期传说中射日的羿。

㉒孽：灾祸。夏民：夏朝的民众。

㉓躬夫：射瞎。

㉔雒（luò）嫔：同"洛嫔"。洛水中的女神，名宓妃。

㉕冯：持，拿。珧（yáo）：蚌壳，这里指饰有贝壳的弓。利：精良，质量好。决：拇指上钩弦发箭的器具。

㉖封狶（xī）：大野猪。

㉗蒸肉：祭祀时用的肉。膏：祭祀时用的膏脂。

㉘后帝：天帝。不若：不允许。"若"，同"诺"。

㉙浞：寒浞，人名，后羿的相。纯狐：后羿的妻子。

㉚眩妻：同"玄妻"，纯狐氏的名字，喜欢迷惑人的妻子。爰（yuán）：于是。

㉛躬革：射穿皮革。

㉜吞揆（kuí）：吞没。

㉝阻穷：阻隔，在这里是指鲧被永远囚禁在了羽山。

㉞岩：这里指羽山。

㉟黄熊：神话故事中鲧被困于羽山后，幻化成了黄熊。

㊱秬（jù）黍（shǔ）：黑米。

㊲莆、雚（huán）：两种均为水草名。

㊳并投：一起流放。

㊴疾：恶。修盈：满了，这里指鲧的罪恶很多。

㊵白蜺：“蜺”同“霓采”，这里指嫦娥的白色衣裙。婴茀（fú）：妇女的头饰和颈饰。

㊶胡为：何为，为什么。堂：厅堂。

㊷良药：这里指不死的药。

㊸固：牢固。臧：同“藏”，保存。

㊹天式：天道，这里指自然法则。从横：同“纵横”，这里指阴阳的结合。

㊺大鸟：神鸟，王子侨死后幻化成的鸟。

㊻蓱（píng）：雨神。

㊼撰：通“巽”，柔顺。协：合顺。

㊽鹿：风神飞廉。膺（yīng）：接受，响应。

㊾鳌（áo）：传说中的大龟。抃（biàn）：原指拍手，这里是游动的意思。

㊿释：放置。陵行：在陆地上行走。

(51)浇（ào）：人名，传说中的大力士。

(52)少康：夏国君相的儿子。浇杀相，后少康又杀浇，恢复了夏朝。逐犬：打猎。

(53)颠陨：掉落，此指浇被杀。厥首：指浇的首级。

(54)女歧：女艾，浇的嫂子。缝裳：缝衣服。

(55)馆同：同房的意思。爰止：一起居住。

(56)易：错换，这里指杀错头了。少康杀浇，错杀女歧。

(57)亲：女艾。逢殆（dài）：遭到祸害，这里指杀头。

(58)汤：少康。易：整顿。

(59)斟寻：古时国家的名字。

(60)桀：夏代亡国之君。蒙山：古国名。

(61)妺（mò）嬉：夏桀的妃子。何肆：不放肆。

(62)殛（jí）：惩罚。

(63)闵：妻室。

(64)鳏（guān）：同“鳏”，成年未婚男子。

(65)姚：此处指舜的父母。

(66)二女：尧的两个女儿娥皇、女英。

(67)萌：同“民”。

(68)璜台：玉台。十成：十层，这里指很高。

(69)女娲：传说中的神女。

(70)服：顺从。弟：指象，舜的异母弟弟。

(71)犬体：心术不正，像狗一样。

(72)南岳：泛指南方的大山。止：居住。

(73)两男子：太伯和仲雍，贤良之人。

(74)缘：装饰。鹄：天鹅，这里指有着天鹅装饰的煮食物用的鼎。饰玉：鼎上的玉饰。

(75)后帝：这里指汤。飨（xiǎng）：赏识。

(76)承谋：接受图谋。传说商汤派伊尹做夏桀的大臣，并与妺嬉里应外合，灭掉了夏朝。

(77)灭丧：灭亡。帝：指汤。观：体察民情。

(78)伊挚：即伊尹，名挚。

(79)条：鸣条，地名。放：流放。致罚：受到上天惩罚。

(80)黎服：普通老百姓。说：同“悦”。喜欢。

【译文】

夏禹勤劳治水，从天而降巡视天下。他是怎会遇到涂山的女儿的？并和她私会在台桑的？大禹和那女人结婚，因此有了后代。为什么他们彼此有很多不同，却为短暂的私欲满足而放纵？夏启想代替伯益做君王，突然遭遇祸患。为什么夏启陷入危境，却能从拘禁中逃脱？伯益和夏启两个部族交战箭如雨下，为什么夏启没受到任何伤害？为什么伯益的政权丢了，大禹的后代却很兴旺？夏启急切地向上帝祭祀，得到了《九辩》和《九歌》。为什么这么贤良的儿子（夏启）却会害死自己的母亲，并让她的尸体散落满地？天帝将后羿降落人间，为的是解除夏民的忧患，为什么他却要射瞎河伯的眼睛，并将河伯的妻子洛神占为己有？后羿拿着强弓利箭射死了大野猪。为什么他给上帝献祭美味，上帝却不保佑他？寒浞娶了后羿的妻子纯狐，善于迷惑人的妻子于是和寒浞合谋把后羿算计。为什么后羿力大能射穿牛皮，却被他们合谋灭了？鲧被放逐到羽山向西行进，高山峻岭他要怎么越过？他变成了黄熊，巫师又是怎么把他救活的？禹和鲧都曾辛苦播种黑黍，铲除杂草。一样被流放，为什么鲧的名声更坏，难道他的罪更多吗？嫦娥穿着白色的衣裙，佩戴着精美的首饰，为什么要打扮得这么美丽？羿从哪里得到的不死药，却为什么不能妥善收藏？自然的法则不可抵抗，阳气散尽就会死亡。王子侨死后为什么会变成大鸟，还会发出悲鸣的声音？他是怎样失去了原有的身体？萍翳发出鸣叫声就会下雨，这雨是怎么兴起的？鸟鹿合体的风神飞廉，他又是怎样来呼应的？巨鳌顶着大山四肢划动，它是怎么让大山安稳下来的？把船放在陆地上，怎么才能够让它移动？大力士浇在家，为什么还要求助他嫂子？少康打猎放出猎狗，为什么又砍下了浇的头？女歧替浇缝补衣服，并同他睡在一间房里。为什么少康砍错了脑袋，女歧自身遭了殃？少康假装打猎动用武力，如何增强军事力量？浇打翻斟寻的战船，少康胜他又用的什么计谋？夏桀征伐蒙山，他得到了什么？妹嬉有什么罪过，商汤要将她逐放？舜家里就有妻室，为什么却叫他鳏夫？尧不告诉舜的父母，又怎么将两个女儿嫁给他？舜当初是一介农民，又怎能料到会有登基之事？十层的玉石高台，又有谁能登到顶上？舜被立为君王，是谁引导他上台？女娲那不停变幻的形体，是谁制造出来的？舜仁义爱戴他的弟弟象，最终却酿成祸患。为什么象极端放肆，他自己却没有遭到祸灾？吴国从立国起就国运长久，一直到南岳山一带。谁能料到会是这种情况，难道是因为出了两个贤才太伯和仲雍？伊尹用精美的器具将美味献祭给汤，因而得到了赏识。伊尹如何做内应为夏桀谋划，使夏桀最终灭亡？汤到民间体察下情遇见了伊尹。夏桀被惩罚和放逐，老百姓为什么非常高兴？

【原文】

简狄在台①，喾何宜②？玄鸟致贻③，女何喜④？该秉季德⑤，厥父是臧⑥。胡终弊于有扈⑦，牧夫牛羊？干协时舞⑧，何以怀之？平胁曼肤⑨，何以肥之⑩？有扈牧竖⑪，云何而逢？击床先出⑫，其命何从？恒秉季德⑬，焉得夫朴牛⑭？何往营班禄⑮，不但还来⑯？昏微遵迹⑰，有狄不宁⑱。何繁鸟萃棘⑲，负子肆情⑳？眩弟并淫㉑，危害厥兄。何变化以作诈㉒，后嗣而逢长？成汤东巡，有莘爱极㉓。何乞彼小臣㉔，而吉妃是得㉕？水滨之木，得彼小子㉖。夫何恶之，媵有莘之妇㉗？汤出重泉㉘，夫何罪尤㉙？不胜心伐帝㉚，夫谁使挑之？

【注释】

①简狄：帝喾的妃子。

②喾（kù）：帝喾。宜：祭祀。

③玄鸟：黑色的鸟。致贻：赠送礼物。

④女：简狄。喜：怀孕生子。

⑤该：殷侯亥，殷人的祖先。季：殷侯亥的父亲。

⑥臧：以此为善的意思。

⑦弊：困厄。有扈：有易，古国名。

⑧干：盾。协：和合。时舞：古代一种大型乐舞。

⑨平胁：形体俊美。曼肤：皮肤润泽。

⑩肥：形体丰美。

⑪牧竖：指王亥。

⑫击床：指刺杀王亥。

⑬恒：殷侯王恒，王亥之弟。季：王亥、王恒的父亲。

⑭朴牛：拉车的牛。

⑮营：谋求的意思。班禄：爵禄的意思。

⑯不但：不得。

⑰昏微：指殷侯上甲微。

⑱有狄：有易，古国名。

⑲繁鸟萃棘：比喻荒淫之事。

⑳负子：疑指上甲微。肆情：纵欲。

㉑眩弟：惑乱的弟弟。

㉒变化：这里指帝王继承顺序的改变。作诈：行奸诈之事。

㉓有莘：古国名。爰：乃。

㉔小臣：伊尹，商代对奴隶的称呼。

㉕吉妃：良配。

㉖小子：伊尹。

㉗媵（yìng）：陪嫁之人。

㉘重泉：地名。

㉙尤：过失。

㉚胜心：压住怒气。帝：这里指夏桀。

【译文】

简狄深居九层高台，帝喾为什么还对她如此钟爱？燕子给简狄送来了礼物，简狄吃后为什么会怀孕生产？王亥继承了父亲季的美德，和他父亲一样善良。为什么最后会在有易为人牧牛放羊？王亥拿着盾牌跳舞，为什么能吸引有易氏？那女人肌体丰满，皮肤细腻，是什么让她如此丰美的？他们一个是有易的美女，一个是低贱的放牧人，如何与易女相逢？刺杀王亥前，王亥还未出门又是怎么保住性命的？王恒也继承了季的美德，他怎么得到哥哥那驾车的牛的？他为什么要去有易谋求赏赐爵禄，最后却没达到目的就回来了？上甲微遵循先祖的踪迹，打得有易人不得安宁。为什么他晚年荒淫无度放纵情欲？昏惑的弟弟与哥哥一起淫乱，最后谋害了他的哥哥。为什么诡计多端的小人，却能子孙昌盛？成汤在东方巡视，到达有莘国才停下。他为什么想寻找小臣伊尹，却得到个美丽的妃子？在伊水边的空心桑树中，捡到了初生的婴儿伊尹。有莘氏为什么厌恶他，要他做有莘氏女儿的陪嫁？成汤被夏桀囚禁在重泉，他到底犯了什么罪？成汤压抑不住胸中的怒火，讨伐夏桀，他讨伐到底又是受了谁的挑唆？

【原文】

会鼂争盟①，何践吾期②？苍鸟群飞③，孰使萃之？到击纣躬④，叔旦不嘉⑤。何亲揆发足⑥，周之命以咨嗟⑦？授殷天下，其位安施？反成乃亡，其罪伊何？争遣伐器⑧，何以行之？并驱击翼，何以将之？昭后成游⑨，南土爰底⑩。厥利惟何，逢彼白雉⑪？穆王巧梅⑫，夫何为周流？环理天下⑬，夫何索求？妖夫曳衒⑭，何号于市？周幽谁诛？焉得夫褒姒⑮？天命反侧，何罚何佑？齐桓九会⑯，卒然身杀。彼王纣之躬⑰，孰使乱惑？何恶辅弼⑱，谗谄是服⑲？比干何逆⑳，而抑沉之？雷开阿顺㉑，而赐封之？何圣人之一德，卒其异方㉒？梅伯受醢㉓，箕子详狂㉔？稷维元子㉕，帝何竺之㉖？投之于冰上，鸟何燠之㉗？何冯弓挟矢㉘，殊能将之？既惊帝切激㉙，何逢长之㉚？伯昌号衰㉛，秉鞭作牧㉜。何令彻彼岐社㉝，命有殷国？迁藏就岐，何能依？殷有惑妇，何所讥？受赐兹醢㉞，西伯上告。何亲就上帝罚㉟，殷之命以不救？师望在肆㊱，昌何识㊲？鼓刀扬声，后何喜？武发杀殷㊳，何所悒㊴？载尸集战㊵，何所急？伯林雉经㊶，维其何故？何感天抑墬㊷，夫谁畏惧？皇天集命㊸，惟何戒之㊹？受礼天下㊺，又使至代之？初汤臣挚㊻，后兹承辅。何卒官汤㊼，尊食宗绪㊽？勋阖梦生㊾，少离散亡。何壮武厉，能流厥严？彭铿斟雉㊿，帝何飨(51)？受寿永多，夫何久长？中央共牧(52)，后何怒？蜂蛾微命(53)，力何固？惊女采薇(54)，鹿何祐？北至回水(55)，萃何喜？兄有噬犬(56)，弟何欲(57)？易之以百两，卒无禄(58)。

【注释】

①会鼂（zhāo）：即“朝会”。

②践：践行。吾：代武王而言。期：约定的日期。

③苍鸟：鹰，这里指伐纣的各路诸侯。

④萃：聚集。到击：列击，就是各个击破，分解的意思。纣躬：纣王的身体。

⑤叔旦：周公旦。不嘉：不赞许。

⑥揆：揆度，在这里引申为谋划。发：武王姬发。足：作"定"用。

⑦咨嗟：叹息。

⑧争遣：争相派遣。伐器：作战的武器，引申为军队。

⑨昭后：周昭王。成：同"盛"，这里指出军规模大。

⑩南土：南方，这里指楚国。底：至，到。

⑪逢：迎。白雉：白色的野鸡。

⑫穆王：周穆王，昭王的儿子。巧梅：善于执鞭，驾马车。"梅"，马鞭。

⑬环理：周游。

⑭妖夫：不祥的人。曳衒：拉扯着炫耀。

⑮褒姒(sì)：周幽王的妃子。

⑯九会：这里指(齐桓公)多次招集诸侯会盟。九会是指次数多。

⑰王纣：殷纣王。躬：自身。

⑱何恶：为什么厌恶。辅弼：辅佐，这里指辅佐的贤臣。

⑲谗谄：谄邪小人。服：任用。

⑳比干：纣王的叔叔，因劝告纣王行善去恶，被纣王剖心而死。逆：触犯。

㉑雷开：纣时的佞臣。阿顺：阿谀奉承。

㉒卒：最终，最后。异方：不同的结局。

㉓梅伯：纣时的诸侯。醢：古代酷刑，把人剁成肉酱。

㉔箕(jī)子：纣王的叔父。详狂：假装疯狂。

㉕稷：周人的始祖。维：是。元子：嫡长子。

㉖帝：帝喾。竺：在这里是"毒"的意思。

㉗燠(yù)：暖、热。

㉘冯(píng)弓：持着弓。挟矢：拿着箭。

㉙惊帝：惊动上帝。切激：激烈。

087

㉚逢长：兴旺长盛。

㉛伯昌：周文王姬昌。号：发号施令。衰：衰亡。

㉜秉鞭：比喻执政。牧：地方长官。

㉝彻：毁坏。岐社：周氏祭祀的场所。

㉞受：纣王的名。兹：子，指纣王杀文王子伯邑考，烹以为羹，赐文王食。

㉟亲：这里指纣王亲自。上帝罚：接受上帝的惩罚。

㊱师望：太师吕望。肆：店铺。

㊲昌：周文王姬昌。

㊳武发：周武王姬发。杀殷：攻打纣王。

㊴恎：愤恨。

㊵载尸：用车载着灵位。集战：会战。

㊶伯林：殷纣王。雉经："雉"，绳索。雉经，上吊自杀。

㊷感天抑墬："墬"，地。感天抑墬，感天动地。

㊸集命：集天命于一身。

㊹戒：告诫。

㊺礼：同"理"，治理。

㊻臣挚：以挚为臣。"挚"在这里指伊尹。

㊼卒：终于。官汤：使汤成为统治天下的君王。

㊽尊食：这里指伊尹死后，配享受汤的宗庙。宗绪：原指宗庙，这里指世世代代。

㊾勋：功勋。阖：春秋时吴王阖庐。梦：寿梦，吴王阖庐的祖父。生：同"姓"。

㊿彭铿：彭祖。斟雉：调制野鸡羹。

㉛飨（xiǎng）：享用。

㉜中央：周王朝。共牧：共同治理。

㉝蛾：同"蚁"字。蜂蛾，在这里指百姓。

㉞惊女：惊动女子。采薇："薇"，一种野菜。采薇，采摘野菜。

㉟回水：首阳山河水中的一处。

㊹兄：春秋时秦国的国君秦景公。噬犬：凶猛的狗。

㊺弟：秦景公的弟弟。

㊻卒：停止。无禄：失去了爵禄。

【译文】

  甲子日诸侯会师争相宣誓，众多诸侯怎么履行约期？雄鹰一般的将士，是谁把他们招集在一起的？武王砍断纣王的身体，周公并不赞许。周公亲自指挥伐纣，安定了周王朝却又为何叹息？上帝既然把天下给了殷朝，王位为什么又会改变？先使殷朝建成又使它灭亡，是什么人造的孽？诸侯争先恐后派兵，是如何组织进行的？将士们并驾齐驱，两翼夹击，是由谁做统领的？周昭王进行盛大的巡游，一直到了南方的楚地。他到底在贪图什么？仅仅只为那只白色的野鸡？周穆王心志远大，又为什么要周游四方？他环游天下，又有什么追求？恶人夫妇拖着东西叫卖，为什么还敢在闹市吆喝？周幽王要诛杀谁？他是怎么得到褒姒的？天命反复无常，它又会惩罚谁保佑谁？齐桓公多次招集诸侯，最终为什么那样身死？殷纣王这个人，是谁让他迷惑变得昏庸？他为什么厌恶辅佐的忠臣，而任用那些谗谄的小人？比干到底哪里冒犯了纣王竟被剖腹挖心？雷开怎样阿谀奉承，为什么就能得到封赏？为什么圣人的美德一样，最终的结局却不同？梅伯直谏被剁成肉酱，箕子避祸假装疯狂。后稷是帝喾的嫡长子，帝喾为什么那么讨厌他？把他抛弃在寒冷的冰地上，大鸟为什么会用羽翼去温暖他？后稷务农，为什么会弯弓射箭，还能统率军队指挥打仗？他的出生既然让天帝惊慌，为什么还让他子孙繁衍昌盛？文王姬昌在乱世发号施令，成为地方霸主。武王姬发为什么放弃岐地的宗社，却要随天命占有殷商？太王带着宝藏迁往岐山，是什么让百姓跟从他的？殷纣王被妲己迷惑，哪里还能听从进谏？殷纣王把文王儿子做成羹汤给文王，文王向上帝告状。为什么纣王受到了上帝的惩罚，但殷王朝的命运却无可挽回？姜太公在肉铺里宰牛，文王姬昌怎么认识他？太公敲刀吆喝卖肉的声音，文王听了为什么高兴？武王姬发砍下纣王的脑袋，为什么会这么愤怒？用车载着文王的灵牌去会战，为什么会这么着急？纣王被悬尸于柏树上，那是什么缘故？伐纣感天动地，武王还有什么畏惧？上天降赐天命给殷王室，又是如何告诫他的？纣王受命治理天下，为什么又让周王室来代替？当初伊尹只是汤的小臣，辅佐成汤。为什么最后做汤的宰相，并配祀商汤，接受献祭？吴王阖庐是寿梦的孙子，从小遭遇流亡的厄运。为什么长大后英武威猛，威名远扬？彭祖调制好的野鸡汤，天帝为什么喜欢品尝？赐给他的寿命那么长，彭祖为什么还惆怅？周公、召公共同执政，周厉王为什么要发怒？百姓如蜂蚁一样低贱，力量为什么那么顽强？伯夷、叔齐采薇为食惊动女子，神鹿为什么要庇佑他们？他们向北走到首阳山的回水，为什么双双死去还高兴？哥哥秦景公有猛犬，弟弟为什么想要？他用一百辆车来交换，为什么最终却连爵禄都失掉？

【原文】

薄暮雷电①，归何忧？厥严不奉②，帝何求③？伏匿穴处④，爰何云⑤？荆勋作师⑥，夫何长？悟过改更，我又何言？吴光争国⑦，久余是胜⑧。何环穿自闾社丘陵⑨，爰出子文⑩？吾告堵敖以不长⑪。何试上自予⑫，忠名弥彰？

【注释】

①薄暮：傍晚。

②厥：这里指楚国。奉：保持。

③帝：指天帝。

④伏匿：隐身藏匿。穴处：住在山洞。

⑤爰：于是。

⑥荆勋：楚国的功勋贵族。作师：兴兵打仗。

⑦吴光：吴公子姬光，也就是吴王阖庐。争国：这里指阖庐杀吴王的事。

⑧久余是胜："久胜余"。"余"，我们，指楚国。这句是说（吴公子光）战胜了我们楚国。

⑨环穿：环绕穿过。闾、社：古代最小的行政单位，指村。丘陵：土山，这里指幽会淫荡之处。

⑩子文：楚成王时的令尹。
⑪堵敖：熊胜，楚文王子，在位五年为其弟熊恽弑杀。
⑫试：同"弑"。上：指堵敖。自予：（熊恽）自立为王。

【译文】

　　傍晚电闪雷鸣，回去又有什么可担心的呢？国与君的尊严都得不到保护，对上天祈求又有什么用？我隐居在荒山洞穴里，义愤填膺还能说些什么呢？楚国贵族们好大喜功兴师，这样的国家还能支撑多久？君王要是对自己的过错悔悟，我何必多说什么？吴王阖庐与我们楚国交战，长期以来都在胜出。子文的父母从村子走到山丘幽会，怎么生出了令尹子文这贤相？我曾说堵敖的行径难以长久。为什么杀堵敖后熊恽自立为王，他的忠贞名声更远扬？

九 章

题解：

　　"九章"是屈原创作的《惜诵》《涉江》《哀郢》《抽思》《怀沙》《思美人》《惜往日》《橘颂》《悲回风》的总称。

　　西汉前，这九篇都是以单篇的形式出现的。最早提及《九章》中单篇文章的是司马迁的《史记·屈原贾生列传》，文中说："乃作《怀沙》之赋。""余读《离骚》《天问》《招魂》《哀郢》，悲其志。"此后，《汉书·扬雄传》中也说："（扬雄）又旁《惜诵》以下至《怀沙》一卷，名曰《畔牢愁》。"

　　西汉后，这九篇单篇才以一个整体的形式出现，有了《九章》这个总题。而最早提出《九章》名的则是刘向。刘向在《九叹·忧苦》中说："叹《离骚》以扬意兮，犹未殚于《九章》。"

　　对于是谁将这九篇文章编纂在了一起的，无从考据，不过姜亮夫在《楚辞通故·书篇部》中说："虽不可确考，而其必后于屈原而前于王褒、刘向之徒。当景、武之前，诸贵盛在朝，能为楚辞者，有贾谊、刘安、枚乘、邹阳、司马相如、朱买臣、严助；而汉廷乐府亦多楚声（当时贾谊、刘安实为楚辞大家，谊所为《惜誓》，俨同《九章》，《鵩鸟》则方物《卜居》，安为《离骚传》，文辞美备）；度当时传屈子之作者必甚多。则辑《惜诵》等篇为一卷者，虽不必即贾、刘、司马、朱、严之徒，而亦必为不甚远之专家为之。淮南王聚天下文学之士，大为专书，又曾受诏为《离骚传》，且朝受诏而食时上，自必早有辑定之本，故能迅捷至此。安后虽不得其死，而其侍从文学之士，亦多在朝者，则《九章》之辑，盖必成于淮南幕府无疑。"

《九章》中的"章"是篇章的意思，也就是乐曲的结束部分。《说文·音部》说："章，乐竟为一章。从音，从十。十，数之终也。"

然而，对于"九章"是九篇文章的说法，王逸在《楚辞章句》中却有着不同的理解，他说："屈原放于江南之野，思君念国，忧心罔极，故复作《九章》。章者，著也，明也。言己所陈忠信之道，甚著明也。"

虽然对《九章》中的"章"有着不同看法，但丝毫不影响大家对这九篇文章的崇尚。但在深究细研之后，又对这九篇文章的创作时间和创作地点有了异议。

以班固为代表的学者认为，《九章》里的这九篇文章，屈原均创作于被顷襄王流放到江南的时候。班固在《离骚赞序》中说："至于襄王，复用谗言，逐屈原。在野又作《九章赋》以风谏，卒不见纳。"对于这种说法，王逸在《楚辞章句》中也认同，他说："屈原放于江南之野，思君念国，忧心罔极，故复作《九章》。"

除了班固和王逸，洪兴祖在《楚辞补注》，王夫之在《楚辞通释》，清人刘梦鹏在《屈子章句》、今人汤炳正在《屈赋新探·九章时地管见》《楚辞今注》中，也都倾向于顷襄王时期，屈原被流放江南所作的说法。为了证明这种说法是正确的，汤炳正还根据1957年在安徽寿城出土的秦楚文物"鄂君启金节"上记载的楚国水陆交通路线，追踪和探索屈原的行踪。

以朱熹为代表的一部分人则认为，《九章》里的九篇文章，并非在同一时期、同一地方创作。

朱熹在《楚辞集注》中说："屈原既放，思君念国，随事感触，辄形于声。后人辑之，得其九章，合为一卷，非必出于一时之言也。"

然而，对于具体篇章的创作时间和地点，朱熹等人又各有说法。明晚期的黄文焕在《楚辞听直》中说，《思美人》《抽思》是屈原在怀王时写的，创作地在汉北；清初的林云铭在《楚辞灯》中说，《惜诵》《思美人》《抽思》都是在怀王时创作的，其中的《惜诵》和《思美人》《抽思》不在同一地方创作，后两篇才是在汉北创作的，其余六篇则创作于襄王时期的江南，创作先后顺序为:《涉江》《橘颂》《悲回风》《惜往日》《哀郢》《怀沙》。

林云铭的说法获得了很多人的认同,蒋骥在《山带阁注楚辞》上又作了部分修正,他认为:"《九章》杂作于怀襄之世。其迁逐固不皆在江南,即顷襄迁之江南,而往来行吟,亦非一处。……《思美人》《抽思》,乃怀王斥之汉北所为。《涉江》《哀郢》六篇,方是顷襄时作于江南者,……《惜诵》当作于《离骚》之前,……《思美人》宜在《抽思》之后,……《九章》当首《惜诵》,次《抽思》,次《思美人》,次《哀郢》,次《涉江》,次《怀沙》,次《悲回风》,终《惜往日》。惟《橘颂》无可附,……"

后人对他们的观点做了研究分析后,最后基本有了统一意见,那就是:这九篇文章的创作顺序由前到后依次为《橘颂》《惜诵》《抽思》《思美人》,创作时间是怀王时期,创作地点为汉北;接着是襄王时期、被流放到江南后创作的《涉江》《哀郢》;《悲回风》《怀沙》《惜往日》则是屈原跳入汨罗江前的作品,其中的《惜往日》为他的绝命诗。

惜　诵

题解:

"惜诵"是首句"惜诵以致愍兮"的前两个字,这种以首句某几个字为标题的形式在《楚辞》里还有很多,比如《思美人》《惜往日》和《悲回风》等。

"惜诵"是什么意思呢?自古以来也有很多说法。一种是王逸在《楚辞章句》里说的"惜,贪也。诵,论也。……言己贪忠信之道,可以安君。论之于心,诵之于口,至于身以疲病,而不能忘";第二种则是洪兴祖在《楚辞补注》中所说的"惜诵者,惜其君而诵之也";第三种是林云铭在《楚辞灯》中所说的"惜,痛也。即《惜往日》之惜。不在位而犹进谏,比之朦诵,故曰诵"。

最终,"以痛惜的心情来叙述自己因直言进谏而遭谗被疏的事"成了大多数人能够接受的观点。

此篇屈原的写作状态，众学者并无异议，都认为是在受谗被疏后所作。对此种说法，姜亮夫在《屈原赋校注》中还做了解释，他说："《周语》有瞍赋矇诵之制，盖古之谏官也。古巫史实掌谏纳之事，屈子为怀王左徒，左徒乃宗官之长，入则图议国事，出则应对诸侯，其职实与汉之太常宗左相类，故得自比于古之瞍矇也。"

虽然大家认可是屈原受谗被疏后所写，但到底是写于怀王时期还是顷襄王时期，又有了分歧。

认为作于怀王时期的理由是本篇的内容没有《离骚》那么沉痛，也看不出被放逐后的失落。对于此种说法，汪瑗还在《楚辞集解》中做了解释："大抵此篇作于谗人交构，楚王造怒之际，故多危惧之词，然尚未遭放逐也。"

此种说法得到了大部分人的认同，对于怀王时期的具体时间，蒋骥在《山带阁注楚辞》中认为写于"初失位"时，也就是屈原刚刚开始被怀王疏远时。

到底写于什么时候，我们不得而知，但作为《九章》的第一篇，因为与《离骚》的前半篇相似，又被学者们称之为"小离骚"。在这篇"小离骚"里，屈原先是讲述了自己在政治上遭受打击的情况，随即又写了对待这种打击的态度，表达了自己对国家和君王的忠诚。

【原文】

惜诵以致愍兮[1]，发愤以抒情[2]。所作忠而言之兮[3]，指苍天以为正。令五帝以析中兮[4]，戒六神与向服[5]。俾山川以备御兮[6]，命咎繇使听直[7]。

【注释】

[1] 惜：痛惜、哀伤。诵：陈述。致：表达。愍（mǐn）：忧伤，此处指内心的痛苦。

[2] 发：发誓。愤：忠心。抒情：抒发情怀。

③所作:"所"在这里是"假设"的意思。古人往往在誓词前加个"所"字来表达。"作"是"非"的意思。所作是假如不,如果不的意思。

④令:让。五帝:五方之神。五神分别是:东方的太皞、南方的炎帝、西方的少昊、北方的颛顼、中央的黄帝。析(xī)中:指对某件事情做出公平的判断。析,即析,分判、明辨。

⑤戒:同"诫",告诉、命令。六神:日、月、星、水旱、四时、寒暑六神。向服:对证事实的意思。"向",对。"服",事。

⑥俾(bǐ):使。山川:山河大川,这里指山川之神。备御:陪侍,在这里是陪审的意思。

⑦咎(gāo)繇(yáo):皋陶,舜时掌管刑法的大臣,传说是执掌法制和监狱的大臣。听直:判定是非。"听",听讼。"直",案情的曲直。

【译文】

哀伤地讲述以此表达我内心的痛苦,发泄愤懑来抒发情绪。假如不是忠诚的心声,就指天为我做证。让五方大神为我做出公正判断,请六神参与来对证事实。叫山川之神来做陪审,命法官咎繇来辨明对错。

【原文】

竭忠诚以事君兮①,反离群而赘肬②。忘儇媚以背众兮③,待明君其知之④。言与行其可迹兮,情与貌其不变⑤。故相臣莫若君兮⑥,所以证之不远⑦。吾谊先君而后身兮⑧,羌众人之所仇⑨。专惟君而无他兮,又众兆之所雠⑩。壹心而不豫兮,羌不可保也⑪。疾亲君而无他兮⑫,有招祸之道也⑬。

【注释】

①竭:竭尽。

②离群:远离群体,这里指受到了众人的排挤。赘(zhuì)肬(yóu):本指肉瘤,在这里是指多余无用的东西。"肬"指"疣"。

③ 儇（xuān）：轻浮，巧佞。媚：谄媚。

④ 待：期待。明君：贤明的君主。之：代词，代指"忠心"。

⑤ 情与貌其不变：意指表里如一。

⑥ 故：所以。相：清楚，了解。

⑦ 所以：想要。

⑧ 谊：同"宜"，应当。身：自己。

⑨ 羌：句首发语词。

⑩ 雠（chóu）：同"仇"，意为怨恨。

⑪ 不可保也：自身难保。

⑫ 疾：急。

⑬ 道：根源，原因。

【译文】

竭尽忠诚地服务君王啊，反倒被众人排斥如多余的肿瘤。不懂得取巧谄媚才背离庸众啊，只希望贤明的君主了解我的忠心。言行一致有据可查啊，表里如一不会变。考察臣子没人能比得上君王啊，验证的方法并不难求。我行事都是先君王后自己啊，所以与众人结下了怨仇。一心为君王没有私念啊，却又遭众多小人的怨恨。我一心为君毫不犹豫啊，竟导致自身难保。急切想亲近君王没有他念啊，反倒成为招来祸事的根由。

【原文】

思君其莫我忠兮，忽忘身之贱贫①。事君而不贰兮，迷不知宠之门②。忠何罪以遇罚兮，亦非余心之所志③。行不群以巅越兮④，又众兆之所咍⑤。纷逢尤以离谤兮⑥，謇不可释⑦。情沉抑而不达兮，又蔽而莫之白⑧。心郁邑余侘傺兮⑨，又莫察余之中情⑩。固烦言不可结诒兮⑪，愿陈志而无路⑫。退静默而莫余知兮⑬，进号呼又莫吾闻⑭。申侘傺之烦惑兮⑮，中闷瞀之忳忳⑯。

【注释】

①忽：忘记。贱贫：屈原在被怀王疏远后，失去了重要的政治地位，相对于那些得宠的贵族，开始了贫贱的生活。

②迷：本来指分辨不清，这里引申为找不到。宠之门：获得宠信的途径。

③志：同"知"，料想，知道。

④行不群：行为和别人不一样，不合群。在这里指不能融入那些人的生活中。巅越：坠落，在这里指恶劣的环境。

⑤咍（hāi）：讥笑，嘲笑。

⑥纷逢：很多次。离谤：遭到诋毁、诽谤。

⑦謇：句首发语词。

⑧莫之白：不能证明清白。

⑨郁邑：忧愁苦闷不能诉说。侘（chà）傺（chì）：失意的样子。

⑩莫察：无人明了。中情：内心的情感。

⑪固：本来。烦言：要说的话多而烦乱。诒：赠送。

⑫陈志：陈述内心的情感。

⑬静默：隐退沉默。

⑭号呼：呼喊。

⑮申：反复，重复。烦惑：烦乱迷惑。

⑯闷瞀（mào）：心中苦闷烦乱。瞀，乱。忳忳（tún）：忧愁的样子。

【译文】

思念君王有谁比我忠诚啊，忘记自己贫贱的出身。侍奉君主我忠贞不无二啊，却找不到得宠的途径。忠心有什么罪要遭到责罚啊，这是怎么也没想到的事情。行为与庸众不同而栽了跟头啊，却又被众人嘲弄耻笑。那么多次受到责难和诋毁啊，却没有办法解释清楚。心情抑郁不能表达啊，又被众人蒙蔽无法表明清白。内心苦闷我忧愁沉闷啊，没人懂得我的一片衷情。心里有很多话无法说清啊，想要陈述衷情却没有途径。隐退沉默无人了解我的苦心啊，大声疾呼也无人肯听。屡屡失望而彷徨不安啊，苦闷烦乱忧虑重重。

【原文】

昔余梦登天兮①，魂中道而无杭②。吾使厉神占之兮③，曰有志极而无旁④。终危独以离异兮⑤，曰君可思而不可恃⑥。故众口其铄金兮⑦，初若是而逢殆⑧。惩于羹者而吹齑兮⑨，何不变此志也？欲释阶而登天兮⑩，犹有曩之态也⑪。众骇遽以离心兮⑫，又何以为此伴也？同极而异路兮⑬，又何以为此援也？晋申生之孝子兮⑭，父信谗而不好⑮。行婞直而不豫兮⑯，鲧功用而不就⑰。

【注释】

①余：我。

②杭：同"航"，意为渡船。

③厉神：大神，这里指附在占梦者身上的神，会占卜。

④有志极：志向高远。旁：辅佐，帮助。

⑤危独：处于危险境地孤立无援。离异：分离，此处指与楚王的分离。

⑥恃：依靠。

⑦众口其铄金：形容谗言可畏。"铄"，熔化。

⑧初：当初。若是：像这样。殆：危险。

⑨惩：惩戒。羹：肉汤，热食。齑（jī）：指切得细细的凉菜。此句比喻吃过亏的人，遇事就显得特别小心。

⑩释：同"舍"，抛弃。阶：阶梯。

⑪曩（nǎng）：往昔，从前。态：状态。

⑫骇遽（jù）：惊慌。离心：心不合。

⑬同极：同样的目的。异路：追求不同。

⑭申生：春秋时晋献公的太子，因晋献公听信骊姬的谗言，逼死了申生。

⑮好：喜欢。

⑯婞（xìng）直：刚直不阿。豫：安乐，和顺，从容不迫。

⑰鲧：古代传说中部落的酋长，禹的父亲。不就：没有完成。

【译文】

　　我曾在梦中登上了天庭啊，魂魄却在半路无法前进。我让厉神给占卜此梦啊，他说："心志虽高却没有依靠。""难道会陷入危险境地孤立无援？"他说："君王可以思念却不可以依赖。众说一词的谗言也可将真金熔化啊，当初你就是依靠君王而惹下祸端。被热汤烫伤过，吃凉菜也要吹吹啊，为何如此固执不改变忠直的志向？想要舍弃阶梯去登上天啊，必然遭到以往失败的下场。众人怕与君主离心离德啊，又怎能和你志同道合？都想获得君王信任但走的路不同啊，怎会伸手相救？晋国申生是孝子啊，父王也会听信谗言而不喜欢。行为刚直不阿而不和顺啊，鲧的治水的大业因此没有完成。"

【原文】

　　吾闻作忠以造怨兮，忽谓之过言①。九折臂而成医兮，吾至今而知其信然。矰弋机而在上兮②，罻罗张而在下③。设张辟以娱君兮④，愿侧身而无所⑤。欲儃佪以干傺兮⑥，恐重患而离尤⑦。欲高飞而远集兮⑧，君罔谓汝何之⑨。欲横奔而失路兮⑩，坚志而不忍⑪。背膺牉以交痛兮⑫，心郁结而纡轸⑬。梼木兰以矫蕙兮⑭，糳申椒以为粮⑮。播江离与滋菊兮⑯，愿春日以为糗芳⑰。恐情质之不信兮⑱，故重著以自明⑲。矫兹媚以私处兮⑳，愿曾思而远身㉑。

【注释】

①忽：忽略，不在意。谓：认为。

②矰（zēng）弋：古代系着丝绳用来射飞鸟的短箭。机：安装并发射。

③罻（wèi）罗：捕鸟所用的网。张：张开。

④张辟：罗网，一种捕鸟的工具。娱：同"虞"，猜度。

⑤侧身：伏着身子。所：地方。

⑥儃（chán）佪（huái）：徘徊，留恋而不忍远去。干傺（chì）：寻找机会，寻找机遇。

⑦重：增加。离：同"罹"，遭受。尤：祸患。
⑧远集：到远处安家。
⑨罔：莫非。之：往。
⑩横奔：乱跑。失路：不走正道，比喻行事违背正义。
⑪坚志：意志坚定。
⑫膺（yīng）：胸。胖（pàn）：分裂。
⑬纡（yū）轸（zhěn）：隐痛。"纡"，曲折。"轸"，悲痛。
⑭梼（dǎo）：同"捣"。木兰：香树名。矫：揉、和。
⑮糳（zuò）：舂。申椒：香木名，即花椒。
⑯江离：一种香草名。滋：栽种、培植。
⑰糗（qiǔ）芳：有香味的干粮。
⑱情质：真心。
⑲重著：一再地申述。自明：表明自身。
⑳矫：举起。媌：美好，指美德。私处：独处。
㉑曾：再，反复。远身：脱身而去，远离世俗，不与之同流合污。

【译文】

我听说做忠臣会招来祸端啊，心里不以为然，认为是夸大其词。折臂多少次才能成为良医啊，我现在才明白果真如此。短箭装好朝着天上啊，地上的罗网也张设起来。巧设圈套讨好君王啊，忠良想要规避却无处藏身。我徘徊试图寻找机会啊，又担心再次招惹祸端。想要离开这里远走高飞呀，又担心君王问我要去何方。我想横冲直撞不问道路啊，但内心的坚定却又不容许我这样。前胸后背如同裂开一般疼痛难忍啊，心里的忧怨纠结隐痛。捣碎木兰再揉碎芳草啊，舂碎申椒来做充饥的点心。种上江离培植秋菊啊，希望能作春天芬芳的干粮。只怕真心不被人识啊，反复述说一再地表明自身。身怀美德我独居隐退啊，再三深思不与世俗同流合污！

涉　江

题解：

"涉江"，渡江的意思。这是屈原被顷襄王放逐后在江南写的。本篇叙述了他渡江溯沅水而上，到达溆浦一带的艰辛和怨愤。

对于此篇的创作地点和时间，学者们并没有很大争议，清人蒋骥在《山带阁注楚辞》中说："皆顷襄时放于江南所作。然《哀郢》发郢而至陵阳，皆自西徂东。《涉江》从鄂渚入溆浦，乃自东北往西南，当在既放陵阳之后。"

对于此篇文章，洪兴祖和汪瑗都对其题旨和内容进行了概括。洪兴祖在《楚辞补注》中说："此章言己佩服殊异，抗志高远，国无人知之者，徘徊江之上，叹小人在位，而君子遇害也。"而汪瑗在《楚辞集解》中也说："此篇言己行义之高洁，哀浊世而莫我知也。欲将渡湘沅，入林之密，入山之深，宁甘愁苦以终穷，而终不能变心以从俗，故以《涉江》名之。"

本篇在写法上是游记加抒情。作者首先描写了沅水流域的山川景物，如同钱钟书在《管锥编·楚辞洪兴祖补注一八则·九章（一）写景》中所说，"开后世诗文写景法门"。

屈原先是通过对特征性景物的描写，形象地勾勒出深山密林的险峻和幽邃。而这些景物的描写，又恰到好处地烘托了作者寂寥悲伤的情愫。

作者这种游记加抒情的写法也引发了后人的频频模仿，如刘歆《遂初赋》、班彪《北征赋》、蔡邕《述行赋》等，都沿用了这一写作手法。对于后人的模仿潮，清人胡文英在《屈骚指掌》中也有记载："《涉江篇》，由今湖北至湖南途中所作，若后人述征纪行之作也。"

【原文】

余幼好此奇服兮①，年既老而不衰②。带长铗之陆离兮③，冠切云之崔嵬④。被明月兮珮宝璐⑤。世溷浊而莫余知兮⑥，吾方高驰而不顾⑦。驾青虬兮骖白螭⑧，吾与重华游兮瑶之圃⑨。登昆仑兮食玉英，与天地兮同寿，与日月兮同光。哀南夷之莫吾知兮⑩，旦余济乎江湘。

【注释】

①奇服：奇装异服，不同于常人的服装。

②衰：减退。

③长铗（jiá）：长剑。陆离：形容宝剑长的样子。

④切云：冠名，古时一种高耸的帽子。崔嵬（wéi）：高大耸立的样子。

⑤被：同"披"。明月：明月珠。珮：同"佩"。宝璐：美玉的名字。

⑥溷（hùn）：肮脏，混浊。

⑦方：刚刚、正好。高驰：远走高飞。顾：回顾，回头看。

⑧虬（qiú）：传说中有角的龙。螭（chī）：无角的龙。

⑨重华：舜的名。瑶之圃：神话传说中天帝和众神仙居住的地方。

⑩南夷：古时对南方少数民族的蔑称，在此指楚国南部的土著民族。

【译文】

我从小就喜欢这身奇装异服啊，年纪大了这样的兴致依然不减。腰间挂着的是长长的宝剑啊，头上戴着高高的帽子。身上披着明月珠啊，腰里佩戴着美玉。世道混浊没人了解我啊，我却昂首阔步不再回顾。驾着有角的青龙啊，配上无角的白龙，我要和重华一起去游仙宫啊，到那天上的玄圃。登上昆仑山啊，品尝那美玉般的花朵，我要与天地啊同寿，和日月啊同光。可悲的是楚国也没人了解我啊，清早我便要渡过湘水，去江南。

【原文】

乘鄂渚而反顾兮①，欸秋冬之绪风②。步余马兮山皋③，邸余车兮方林④。乘舲船余上沅兮⑤，齐吴榜以击汰⑥。船容与而不进兮⑦，淹回水而疑滞⑧。朝发枉陼兮⑨，夕宿辰阳⑩。苟余心其端直兮，虽僻远之何伤？

【注释】

①乘：登。鄂渚：地名，在如今的湖北鄂州。反顾：回头望。

②欸（āi）：感叹。绪风：大风。

③步：使行走。山皋：山边。

④邸（dǐ）：原指高级官员的住所，这里指停留。

⑤舲（líng）船：有窗子的船。上沅：沅水的上流。

⑥吴榜：船桨。汰：水波。

⑦容与：船随波浪摇荡的样子。

⑧淹：滞留。回水：漩涡。疑滞：停滞不前。

⑨枉陼：地名，沅水下游一个地方。

⑩辰阳：地名，在今湖南辰溪县。

【译文】

登上鄂渚回头看啊，感叹秋冬时节大风寒冷。让我的马慢慢地走啊，去了山边，将我的车停靠在啊，大片的树林边。坐着船沿着沅水向上游啊，船夫们一齐摇桨划船。船儿停滞不肯前行啊，停留在回旋的水流间。清早我从枉陼启程啊，晚上在辰阳歇息。只要我的心正无偏啊，就是被放逐到偏远的地方又有什么可伤感的？

【原文】

入溆浦余儃佪兮①，迷不知吾所如②。深林杳以冥冥兮③，猿狖之所居④。山峻高以蔽日兮，下幽晦以多雨⑤。霰雪纷其无垠兮⑥，云霏霏而承宇⑦。哀吾生之无乐兮，幽独处乎山中⑧。吾不能变心而从俗兮⑨，固将愁苦而终穷。

【注释】

①溆浦:地名,因溆水而得名。僮佪:徘徊不前。

②所如:去向何方。

③杳:晦暗阴沉。冥冥:昏暗。

④猨(yuán):一种猕猴。狖(yòu):猿猴的一种。

⑤下:山下。

⑥霰(xiàn):小雪珠。垠:边际。

⑦承宇:云气与屋檐相连。"宇",屋檐。

⑧幽独:孤独寂寞。

⑨变心:改变气节。从俗:随波逐流。

【译文】

进入溆浦我又迟疑徘徊起来啊,心里迷惑不知该去向何处。幽深的树林昏暗阴沉啊,这是猿猴的住所。高山峻岭遮住了太阳啊,山下晦涩阴雨绵绵。雪花纷纷飘落无边无际啊,浓云密布与屋檐相连。悲哀的是我的生活没有快乐可言啊,寂寞孤独地居住在山中。我不能改变气节随波逐流啊,固然会愁苦终身而不得志。

【原文】

接舆髡首兮①,桑扈赢行②。忠不必用兮,贤不必以③。伍子逢殃兮④,比干菹醢⑤。与前世而皆然兮,吾又何怨乎今之人⑥!余将董道而不豫兮⑦,固将重昏而终身⑧!

【注释】

①接舆:人名,春秋时楚国的隐士。髡(kūn):剃发,古代的一种刑罚。

②桑扈(hù):人名,古代的隐士。赢(luǒ)行:裸体而行。"赢",同"裸"。

③以:任用。

④伍子：伍子胥，春秋末吴国的大夫。

⑤比干：殷末贤臣，被纣王剖心而死。菹（zū）醢：剁成肉酱。

⑥今之人：今天的君王。

⑦董道：正道。豫：犹豫。

⑧重昏：异常昏暗。

【译文】

接舆被剃去了头发啊，桑扈裸体行走。忠臣不一定会被任用啊，贤臣不一定能发挥才能。伍子胥遭到灾祸啊，比干被剁成肉酱。以前的时代都是这样啊，我又何必埋怨当今的君王！我要正道而行毫不犹豫啊，当然难免在黑暗中度过余生。

【原文】

乱曰①：鸾鸟凤皇②，日以远兮。燕雀乌鹊③，巢堂坛兮④。露申辛夷⑤，死林薄兮⑥。腥臊并御⑦，芳不得薄兮⑧。阴阳易位，时不当兮。怀信侘傺⑨，忽乎吾将行兮⑩。

【注释】

①乱：楚国时乐曲的最后一章称为乱，也就是结尾的意思。

②皇：同"凤"。鸾鸟和凤凰在古人眼里是神鸟，所以在这里喻指贤能之士。

③燕雀乌鹊：这是普通的鸟类，在这里喻指奸佞小人。

④堂：朝唐、庙堂。坛：用土筑成的高台。

⑤露申：一种香草，又名瑞香。辛夷：香木名。

⑥薄：草木丛生的地方。

⑦腥臊：恶臭的气味，这里比喻奸佞小人。御：使用，任用。

⑧薄：靠近，接近。

⑨怀信：怀抱忠诚之心。侘傺：惆怅失意的样子。

⑩忽：迷惑、迷茫。行：远行。

【译文】

尾声：鸾鸟、凤凰，一天天地远去啊。燕雀、乌鹊，在厅堂和庭院做窝啊。露申、辛夷，死在了草木丛生的地方啊。腥臭的都被使用，芳香的却不能接近啊。阴阳颠倒，生不逢时啊。我满怀忠信却惆怅失意，迷茫中只能远行啊！

哀 郢

题解：

《说文·邑部》里曾说"郢，故楚都，在南郡江陵北十里"，《水经注·沔水》里也曾说："江陵西北有纪南城，楚文王自丹阳徙此，平王城之，班固言楚之郢都也。"

由此可见，"郢"是楚国的都城，在今天的湖北江陵纪南城。"哀"是哀悼、悲痛的意思。"哀郢"也就是对郢都的哀悼。

想知道屈原为什么要写这篇文章，还需要看看作品的创作背景。这篇文章写的是楚顷襄王即位初，那场规模颇大的战役后的事。那时候，由于楚军大败，楚国政局陷入动荡，人人自危，民众逃的逃，死的死，局面相当混乱。而在此种情况下，倾襄王还让奸佞之人子兰任令尹，并排挤屈原，将他逐放出郢都，居住陵阳。

戴震在《屈原赋注·音义下》中说："屈原东迁，疑即当顷襄元年，秦发兵出武关攻楚，大败楚军，取析十五城而去。时怀王辱于秦，兵败地衰，民散相失，故有'皇天不纯命'之语。"据《史记·楚世家》记载："顷襄王横元年，秦要怀王不可得地，楚立王以应秦。秦昭王怒，发兵出武关攻楚，大败楚军，斩首五万，取析十五城而去。"

虽然屈原这篇文章的写作背景是那时候的，但很多人并不认为屈原写的是当时的情况,而是认为这是他写的回忆文,这种说法的代表是林云铭、蒋骥和屈复。他们认为这篇文章是屈原被逐放九年后,回忆起那时的一些情景而写的。之所以这么说是因为篇中有句"忽若去不信兮,至今九年而不复"。

然而,这种说法也遭到了另一些人的怀疑,他们觉得如果真是秦军破郢九年后写的,应该心情开始平复了,怎么会写出"哀郢"的作品来呢?而且屈原对楚国有着极其深厚的感情,秦军破郢这么大的打击都没击垮他,还能有什么事承受不了,最终要去沉江呢?

不过,怀疑归怀疑,却也没有任何证据证明这就是屈原在秦军破郢后不久写的,所以大家更愿意接受第一种说法。

不管屈原此篇文章是不是九年后的回忆之作,本篇记叙他离开郢都后,东行去陵阳的这个事实却是不容置疑的,更不容怀疑的是他对故国深深的思念和爱。

【原文】

皇天之不纯命兮①,何百姓之震愆②?民离散而相失兮③,方仲春而东迁④。去故乡而就远兮,遵江夏以流亡⑤。出国门而轸怀兮⑥,甲之鼂吾以行⑦。

【注释】

①皇天:古人眼里占有至高无上地位的主宰神。"皇",美,大。

②百姓:指楚国的贵族、官僚集团。震愆(qiān):震动不安。

③民:大众百姓,民众。失:失散。

④方:正当。仲春:阴历二月。迁:迁移,在这里指逃难。

⑤遵:循、沿。江夏:长江、夏水。

⑥国门:郢都城门。轸怀:悲伤痛苦。

⑦甲之鼂:"鼂",同"朝"。甲之鼂即甲日的早晨。

【译文】

皇天不施厚命啊,为何让宗亲贵族们在动乱中惊恐不安?民众流离家人失散啊,正当仲春二月却要向东逃难。离别家乡去远方啊,沿着长江、夏水流亡。出了郢都门我悲痛难舍啊,甲日的早晨我开始上路。

【原文】

发郢都而去闾兮①,荒忽其焉极②?楫齐扬以容与兮③,哀见君而不再得。望长楸而太息兮④,涕淫淫其若霰⑤。过夏首而西浮兮⑥,顾龙门而不见⑦。心婵媛而伤怀兮⑧,眇不知其所蹠⑨。顺风波以从流兮,焉洋洋而为客⑩。凌阳侯之氾滥兮⑪,忽翱翔之焉薄⑫。心絓结而不解兮⑬,思蹇产而不释⑭。将运舟而下浮兮,上洞庭而下江。去终古之所居兮⑮,今逍遥而来东⑯。羌灵魂之欲归兮⑰,何须臾而忘反⑱。背夏浦而西思兮⑲,哀故都之日远⑳。登大坟以远望兮㉑,聊以舒吾忧心㉒。哀州土之平乐兮㉓,悲江介之遗风㉔。当陵阳之焉至兮㉕,淼南渡之焉如㉖?曾不知夏之为丘兮㉗,孰两东门之可芜㉘?

【注释】

①闾:楚国三大贵族"昭""屈""景"居住的地方,也称三闾。

②荒忽:同"恍惚"。焉极:哪里是尽头。

③楫:船桨。容与:徘徊不前。

④长楸(qiū):高大的楸树。太息:长长的叹息。

⑤淫淫:流泪不止的样子。霰:原指炮弹的一种,这里是指小雪珠。

⑥夏首:长江与夏水的汇合处。西浮:迅浮,快速向前的意思。

⑦顾:回头看。龙门:郢都的东城门。

⑧婵媛:眷恋,牵挂。

⑨眇:同"渺",遥远。所蹠(zhí):驻足的地方。"蹠",踩、踏。

⑩焉:于是。洋洋:漂泊不定的样子。为客:流落他乡。

⑪凌:乘。阳侯:古代传说中掌管波浪的神,这里指掀起波浪。氾滥:水决堤

后泛滥的样子。

⑫忽：快速地。焉薄：停在什么地方。"薄"，停留。

⑬絓（guà）结：缠绕，这里指内心情感郁结。

⑭蹇（jiǎn）产：曲折缠绕，这里形容心情纠结。

⑮终古：楚国历代祖先。

⑯逍遥：悠闲自在，在这里指漂泊流浪。

⑰羌：句首发语词。

⑱须臾：顷刻。反：返回。

⑲背：离开。西思：思念西方，这里的西方是指郢都。

⑳哀：伤感。日远：日渐远去。

㉑坟：江中岛屿沙洲。

㉒聊：权当，就当。

㉓哀：哀怜。平乐：富饶安乐。

㉔江介：江边。遗风：古代遗留下来的淳朴风俗。

㉕当：抵达。陵阳：地名。

㉖淼（miǎo）：水面无边无际的样子。焉如：何处。

㉗夏：高大的房屋。丘：丘墟，废墟。

㉘孰：谁料。芜：荒芜。

【译文】

从郢都出发去向三间啊，神色恍惚不知到何处去？船桨划动，船却徘徊不前啊，可怜我再也见不到君王。看见故国那高大的乔木，我不禁哀声长叹啊，泪水像雪粒一样纷纷下落。经过夏浦又快速行驶啊，回头看郢都东门却不见影子。心里牵挂不舍而又无限忧伤啊，前路茫茫不知在何处落脚。顺着风随着江河漂泊吧，于是流离失所异客他乡。船儿行驶在滚滚的波浪之上啊，人却像鸟儿飞翔不知在何处停栖。心神不定苦闷无法解脱啊，愁肠百结心情难以舒畅。将要驾船向下顺流而去啊，过了上游洞庭湖又进下游长江。离开先人居住的场所啊，如今漂泊来到了东方。我的灵魂时时刻刻想着归去啊，哪里有片刻忘记故乡？离开夏水边就思念郢都啊，悲伤的是故都日渐遥远！登上沙洲举目四望啊，以此来舒缓我忧愁的心情。可叹楚地富饶安乐啊，伤感的是江汉盆地还保持着故俗遗风。抵达陵阳不知该去向何处啊？南渡浩瀚大江又要去向何方？不曾想到大厦也成丘墟啊，谁能料到郢都大门是否也化为荒芜？

【原文】

心不怡之长久兮，忧与愁其相接。惟郢路之辽远兮①，江与夏之不可涉②。忽若不信兮③，至今九年而不复。惨郁郁而不通兮④，蹇侘傺而含戚⑤。外承欢之汋约兮⑥，谌荏弱而难持⑦。忠湛湛而愿进兮⑧，妒被离而鄣之⑨。尧舜之抗行兮⑩，瞭杳杳而薄天⑪。众谗人之嫉妒兮，被以不慈之伪名⑫。憎愠惀之修美兮⑬，好夫人之忼慨⑭。众踥蹀而日进兮⑮，美超远而逾迈⑯。

【注释】

①惟：同"唯"，在这里延伸为想起。

②不可涉：难以渡过。

③忽：恍惚。不信：不相信。在这里是指离开故土的时间很短，不相信离开过。

④惨：忧愁。郁郁：忧心忡忡的样子。不通：无法释怀。

⑤蹇：句首发语词。侘傺：惆怅失意的样子。戚：忧伤。

⑥外承欢：外表美好，欢乐。汋(chuò)约：原指柔软美丽的样子，这里形容小人谄媚。

⑦谌(chén)：确实。荏(rěn)弱：软弱。

⑧湛湛：厚重，忠厚。愿进：愿有所作为。

⑨被离：分离，离散。鄣：同"障"，阻塞。

⑩抗行：高尚的行为。"抗"，高尚。

⑪瞭：眼明。杳杳：高远的样子。薄天："薄"，靠近。薄天，靠近天。

⑫被(pī)：加。不慈：不慈爱，这里指尧舜传位不传给儿子。伪名：与事实不

符的名声。

⑬愠(yùn)惀(lùn)：心有所蕴积而不善表达。修美：美好的修为。

⑭夫人：那些人。忼慨：同"慷慨"，此指巧言令色，能说会道。

⑮众：奸佞小人。踥(qiè)蹀(dié)：小步行走的样子。日进：日益得势。

⑯美：忠贤君子。超：远。逾：行进。迈：远走高飞。

【译文】

心中久久不快啊，忧愁再添惆怅。想到郢都的路途是那样遥远啊，长江和夏水有船都难以渡过。神情恍惚中仿佛刚刚离开故土啊，不能回郢都已有九年时光。悲伤忧郁的心情无法舒缓啊，怅然失意满怀悲伤。小人们表面奉承君王，谄媚不停啊，实际上软弱不堪，不能辅国。忠厚之士愿意为国效力啊，却遭到众多嫉妒者的阻碍。唐尧、虞舜具有高尚的品德啊，高智远虑可达九天。奸佞的人心怀妒忌啊，给他们的头上加上"不慈"的恶名。君王厌恶不善言辞的忠贤之臣啊，却喜欢听那些小人表面的慷慨激昂。小人们奔走钻营日益得势啊，贤臣却越来越被疏远。

【原文】

乱曰：曼余目以流观兮①，冀壹反之何时②？鸟飞反故乡兮，狐死必首丘③。信非吾罪而弃逐兮④，何日夜而忘之⑤？

【注释】

①曼：张大。流观：四处观看。

②冀：盼望。反：同"返"。

③首丘：头朝着山丘。

④信：实在，确实。弃逐：被流放。

⑤何：何尝。

【译文】

结尾：张大眼睛四下观望啊，盼望着什么时候能返回郢都一趟？鸟儿远飞终要返回旧巢啊，狐狸死时头一定要向着狐穴所在的方向。确实不是我的罪过而被流放啊，何尝日日夜夜忘记过我的故乡？

抽 思

题解：

"抽思"的意思，蒋骥在《山带阁注楚辞》中说："抽，拔也。抽思，犹言剖露其心思，即指上陈之耿著言。"也就是说，这是一篇剖析文，是屈原剖陈心迹，抒发心中郁结的诗篇。

对于本篇的创作时间和创作地，也有两种说法，一种是以王逸、汪瑗以及王夫之为代表的写于顷襄王时期江南之野的说法。

这种说法由来已久，最后遭到以清朝林云铭为代表的学者的反驳，他们认为：《抽思》写于楚怀王时，是屈原身居汉北时所作。

林云铭在《楚辞灯》中说："屈子置身汉北，无所考据。刘向《新序》止云怀王放之于外，并未有汉北字样。即《史记》亦但云疏绌不复在位，其作《离骚》虽有放流等语，但亦未有汉北字样。今读是篇，明明道出汉北不能南归一大段，则当年怀王之迁原于远，疑在此地，比前尤加疏耳，但未尝羁其身如顷襄之放于江南也。"

对于林云铭的说法，蒋骥也认可，并在《山带阁注楚辞》中说："此篇盖原怀王时斥居汉北所作也。"

显然林云铭的说法更被大家认可，觉得《抽思》表达的就是屈原被怀王疏远后，在汉北忧心国事，想要回归的心情，同时也表达了屈原陷入心系怀王，却又无法表达的苦闷心理。

本篇在作品结构上有着非常独特之处。比如除了有"乱曰"外，还有"少歌曰""倡曰"。"乱曰"是音乐组织形式的术语，在文章中出现表示结尾，通俗的说法就是结束语；"倡曰"也是音乐的结构组织形式，是发端起唱，在这里也是开始的起始语；而"少歌曰"则是指对前一小结内容的总结，起收束作用。

从"少歌曰""倡曰"和"乱曰"中我们能看出，此篇文章的结构是二元结构。两部分由"倡曰"隔开，由"乱曰"结尾。

除了结构上的独特外，作者在写法上也颇下了一番工夫。比如在"倡辞"中从"望孟夏之短夜兮"写到了"魂识路之营营"，这是一段对离魂和魂游的描写。作者通过梦境和灵魂出窍，让自己回到了日夜思念的郢都，这正表达了屈原对国家和故乡的怀念、依恋之情。

这种写作手法影响了后人，很多文学家开始借鉴，比如沈约的《别范安成诗》"梦中不识路，何以慰相思"；杜甫的《梦李白》"恐非平生魂，路远不可测。魂来枫林青，魂返关塞黑"等。

【原文】

心郁郁之忧思兮①，独永叹乎增伤②。思蹇产之不释兮③，曼遭夜之方长④。悲秋风之动容兮，何回极之浮浮⑤。数惟荪之多怒兮⑥，伤余心之忧忧。愿摇起而横奔兮⑦，览民尤以自镇⑧。结微情以陈词兮，矫以遗夫美人⑨。

【注释】

①郁郁：忧伤郁结。忧思：心绪忧愁。

②永叹：长叹。增伤：加倍忧伤。

③蹇产：心情繁乱，得不到舒展。释：化解。

④曼：同"漫漫"，漫长的意思。

⑤回极：回旋到极至，这里说的是风的动态。浮浮：飘浮不定的样子。

⑥数惟：屡次想到。"数"，多次。"惟"，思念。荪：一种香草，在这里是指君王。

⑦摇起：跃起。横奔：疾速奔跑。

⑧览民:看到百姓。尤:同"疣",病痛。

⑨矫:举。美人:这里指君王。

【译文】

心里烦闷心绪郁结啊,独自叹息感伤加剧。心里的郁闷不能化解啊,漫漫的长夜什么时候到头。悲叹秋风一吹万物萧条啊,为什么风旋转起来一切飘浮不定。屡次想到君王发怒我心神不安啊,想疾速狂奔啊,但看到人民的灾难又镇定下来。总结衷情幽思啊,我向君王表达忠心。

【原文】

昔君与我诚言兮①,曰黄昏以为期②。羌中道而回畔兮③,反既有此他志④。憍吾以其美好兮⑤,览余以其修姱⑥。与余言而不信兮⑦,盖为余而造怒⑧。愿承间而自察兮⑨,心震悼而不敢⑩。悲夷犹而冀进兮⑪,心怛伤之憺憺⑫。

【注释】

①昔:昔日,以前。诚言:彼此说定的话。

②期:约会。

③羌:句首语气词。回畔:中途转折,这里有反悔之意。

④反既:转身离去。他志:别的想法和打算。

⑤憍(jiāo):通"骄",在这里是矜持的意思。

⑥览:展示给别人看,有炫耀之意。修姱:美好。

⑦不信:不可靠,不守信用。

⑧盖:同"盍",为什么。造怒:发怒。

⑨承间:寻找机会和空间。自察:表白自己。

⑩震悼:恐惧,害怕。

⑪夷犹:犹豫,迟疑。冀进:希望靠近。

⑫怛（dá）：伤痛，忧伤。憺（dàn）憺：心情跌宕起伏。

【译文】

曾经君王和我约好啊，在黄昏的时候见面。但他在半途又改变了主意啊，转身而去有了其他想法。向我炫耀他的美好啊，向我展示他的才能。跟我说过的话全都不算数啊，为什么还要对我发怒。希望找个机会向您表白啊，心里害怕又不敢随意行动。悲伤踌躇，盼望能靠近进言啊，心里彷徨不已忧愁难安。

【原文】

兹历情以陈辞兮①，荪详聋而不闻②。固切人之不媚兮③，众果以我为患④。初吾所陈之耿著兮⑤，岂至今其庸亡⑥？何毒药之謇謇兮⑦？愿荪美之可完⑧。望三五以为像兮⑨，指彭咸以为仪⑩。夫何极而不至兮⑪，故远闻而难亏⑫。善不由外来兮，名不可以虚作。孰无施而有报兮，孰不实而有获？

【注释】

①兹：此。历：列举。

②荪：香草名，这里指君王。详（yáng）：同"佯"，假装。

③固：本来。切人：恳切、整治的人。媚：献媚。

④患：祸害。

⑤初：当初。耿著：明白。

⑥庸亡：遂即忘了。"庸"，遂。"亡"，忘。

⑦毒：同"独"。药（yuè）：同"乐"。謇謇：正直忠良之貌。

⑧完：发扬光大的意思。

⑨三五：指三皇五帝。像：榜样。

⑩彭咸：传说中的贤士。仪：法则。

⑪夫：转折语气词，如果这样。

⑫远闻:声名远播。亏:消失,失去。

【译文】

　　历数这些事情来陈述啊,君王却假装耳聋听不见。原本正直的人都不会阿谀奉承啊,一些小人果然把我当作了祸患。以前我所陈述的明明白白啊,难道现在全都忘了?我为什么总这么刚正不阿啊,是希望君王的美德发扬光大。以圣明的三皇五帝为榜样啊,以贤士彭咸作为标准。如果这样还有什么不能做到尽善尽美啊,此后就会声名远播永远流传下去。善行不会自己到来啊,好名声不会凭空出现。谁能不付出就有回报啊,谁能不播种就能收获?

【原文】

　　少歌曰:与美人抽怨兮①,并日夜而无正②。憍吾以其美好兮③,敖朕辞而不听④。

【注释】

　　①少歌:古代乐章结构的组成部分,是对前一部分的总结。美人:君王。抽怨:诉说衷肠。
　　②并:合并。无正:无从评判。
　　③憍:同"骄"。
　　④敖:同"傲"。朕:我。

【译文】

　　少歌:与君王诉说衷肠啊,夜以继日却得不到评判。骄傲地展示他的美好啊,傲慢地将我的话抛到一边。

【原文】

倡曰：有鸟自南兮①，来集汉北②。好姱佳丽兮，牉独处此异域③。既茕独而不群兮④，又无良媒在其侧⑤。道卓远而日忘兮⑥，愿自申而不得⑦。望北山而流涕兮，临流水而太息。望孟夏之短夜兮⑧，何晦明之若岁⑨！惟郢路之辽远兮，魂一夕而九逝⑩。曾不知路之曲直兮，南指月与列星⑪。愿径逝而未得兮⑫，魂识路之营营⑬。何灵魂之信直兮⑭，人之心不与吾心同！理弱而媒不通兮⑮，尚不知余之从容⑯。

【注释】

①倡：同"唱"。启唱，古代乐章的结构组织形式之一。鸟：在这里屈原暗指自己。南：郢都。

②集：栖息。

③牉：离别，分别。异域：他乡。

④茕（qióng）独：孤独。

⑤良媒：好的媒人，这里指能让作者和君王沟通的人。

⑥卓远：遥远。日忘：一天天地忘记。

⑦自申：自己陈述。

⑧孟夏：初夏。

⑨若岁：不能入睡。"岁"同"睡"。

⑩逝：去往。

⑪南指月与星列：在这里指从汉北到郢都的路上，靠着月亮和群星辨别方向。

⑫径逝：一直往前，在这里指返回郢都。

⑬营营：形容来回走动的样子。

⑭信直：忠信正直。

⑮理：替我沟通的人。

⑯从容：行为思想。

【译文】

　　唱道：有只鸟儿从南方飞来啊，停留在了汉北。容貌美丽动人啊，却孤独地在异乡作客。既孤单不合群啊，又没有好的媒人来介绍。道路太远日渐被人遗忘啊，想要自己陈述也没有机会。望着北山落泪啊，对着流水叹息。初夏的夜晚本来就短啊，为何却是度日如年无法入睡？回郢都的路途那么遥远啊，灵魂一夜也要走上九遍。不管那条路是直还是弯啊，只好靠着星月来指认南去的方向。想要一直走去郢都又不能啊，只有灵魂辨别来往的路。为什么灵魂那么忠贞信直啊，别人的想法却和我不同！替我做使者的人能力太弱啊，还有谁知道我的行为思想。

【原文】

　　乱曰：长濑湍流①，泝江潭兮②。狂顾南行③，聊以娱心兮④。轸石崴嵬⑤，蹇吾愿兮⑥。超回志度⑦，行隐进兮⑧。低佪夷犹⑨，宿北姑兮⑩。烦冤瞀容⑪，实沛徂兮⑫。愁叹苦神⑬，灵遥思兮。路远处幽，又无行媒兮。道思作颂⑭，聊以自救兮。忧心不遂⑮，斯言谁告兮。

【注释】

①濑（lài）：滩流。

②泝（sù）：逆着水流的方向走。

③狂顾：心神不定左顾右盼。

④娱：抚慰。

⑤轸：形容石头奇形怪状。崴嵬：石头高低不平。

⑥蹇：行走困难，这里是曲折的意思。

⑦超回：徘徊。志度：踯躅。

⑧隐进：一点点前进。

⑨低佪夷犹：迟疑犹豫。

⑩北姑：地名，汉北一带。

⑪烦冤：烦闷忧愁的样子。瞀（mào）容：头晕眼花，容颜憔悴。

⑫沛徂：颠沛困苦地行进。

⑬苦神：伤神。

⑭道思：表达忧思。作颂：作歌。

⑮遂：舒畅。

【译文】

尾声：长长的沙石滩上水流湍急，沿着深潭逆流而上啊。心神迷乱回望南方，抚慰我的心伤啊。怪石林立路面高低不平，让我回家的路更艰难啊。徘徊踟蹰慢慢前行，犹豫不决露宿在了北姑啊。心烦意乱走得非常艰辛，叹息悲伤灵魂飞向了远方啊。地偏路远，没人为我牵线啊。表达忧思写下歌词，用以自我解脱啊。心事积压无法舒畅，又该向谁倾诉啊？

怀 沙

题解：

"怀沙"是怀抱沙石自沉还是怀念长沙？自古以来就引起了文人学者的争论。

"沙"是指"沙石"。所谓"怀沙"就是怀抱沙石，这里指自沉的意思。这种说法由汉到宋一直被视为主流。而这种提法的代表人物就是东方朔，他曾在《七谏·沉江》中写道："怀沙砾以自沉兮，不忍见君之蔽壅。"

认可这种说法的还有司马迁，他在《史记·屈原贾生列传》中说："于是怀石，遂自沉汨罗以死。"这种说法同样得到了洪兴祖在《楚辞补注》、朱熹在《楚辞集注》中的认可。

"沙"指"长沙"，所谓"怀沙"就是怀念长沙的说法最先来自于明代的汪瑗。他在《楚辞集解》中说："世传屈原自投汨罗而死，汨罗在今长沙府。……怀者，感也。沙指长沙。题《怀沙》云者，犹《哀郢》之类也。"

汪瑗的说法得到了蒋骥的认可，他在《山带阁注楚辞》中说："《怀沙》之名，与《哀郢》《涉江》同义。沙本地名，《遁甲经》：'沙土之祇，云阳氏之墟。'《路史》纪云阳氏、神农氏，皆宇于沙，即今长沙之地，汨罗所在也。曰怀沙者，盖寓怀其地，欲往而就死焉耳。……长沙为楚东南之会，去郢未远，固与荒徼绝异，且熊绎始封，实在于此，原既放逐，不敢北越大江，而归死先王故居，则亦首邱之意，所以惓惓有怀也。"

到底这《怀沙》是何意呢？如今争论依然存在。

除了标题，有异议的还有本篇的创作时间。大多数学者都认为这是屈原自沉前不久所写，但是否为屈原的绝命辞就有了不同看法。由于《七谏》和《史记》里都说屈原"怀沙砾而自沉"，所以很多人就认为这是屈原的绝命辞。

但朱熹却在《楚辞辩证》中反驳道："《骚经》《渔父》《怀沙》虽有彭咸、江鱼、死不可让之说，然犹未有决然之计也，是以其词虽切而犹未失其常度。……至《惜往日》《悲回风》，则其身已临沅湘之渊而命在晷刻矣。"

这种说法获得了蒋骥在《山带阁注楚辞》中的支持："虽为近死之音，然纡而未郁，直而未激，犹当在《悲回风》《惜往日》之前，岂可遽以为绝笔欤？"

当然，这篇《怀沙》虽然未必是屈原的绝命辞，但写作时间却距离投水非常近。本篇言词激烈、哀伤，一方面重申自己所受的打击，同时也不忘志节；另一方面又把矛头对准了楚国昏乱颠倒的政治，批判了小人当道和国君昏聩的朝廷。这是人在深深的绝望后，即将面对死亡时的激愤和痛苦的体现。

【原文】

滔滔孟夏兮①，草木莽莽。伤怀永哀兮，汨徂南土②。眴兮杳杳③，孔静幽默④。郁结纡轸兮，离慜而长鞠⑤。抚情效志兮⑥，冤屈而自抑⑦。

【注释】

①滔滔：形容初夏的气候，暖洋洋的。

②汩徂：急行。

③眴（xuàn）：看的意思。

④孔：很，非常。幽默：深沉，寂静无声。

⑤离慜（mǐn）：遭忧患。鞠：困苦。

⑥惩：反省。

⑦自抑：自我压抑。

【译文】

暖洋洋初夏的天气啊，草木郁郁葱葱。伤感和哀思永不停息啊，急匆匆地向南方走去。眼前一片苍茫啊，安静得听不出一点声响。心里的忧思难忘啊，何时能解除我的困苦？安抚心情反省志向啊，暗自压抑内心的冤屈。

【原文】

刓方以为圜兮①，常度未替②。易初本迪兮③，君子所鄙。章画志墨兮④，前图未改⑤。内厚质正兮，大人所盛⑥。

【注释】

①刓（wán）方以为圜（yuán）：把方的削成圆的。"刓"，削。"圜"，同"圆"。

②常度："度"，法则。常度，正常的法则。替：废弃。

③易初：改变初心。本迪：本来的道路。

④章：明也。志：记也。

⑤图：法度。

⑥大人：圣德之人。

【译文】

把方的削成圆的啊，正常的法则不能废弃。改变本来的道路啊，是君子所要鄙视的。彰显原则为准绳啊，以前的法度不能改。内心浑厚端正啊，是圣德之人所赞赏的。

【原文】

巧倕不斵兮①，孰察其拨正②？玄文处幽兮③，矇瞍谓之不章④。离娄微睇兮⑤，瞽以为无明⑥。变白以为黑兮，倒上以为下。凤皇在笯兮⑦，鸡鹜翔舞⑧。同糅玉石兮⑨，一概而相量。夫惟党人鄙固兮⑩，羌不知余之所臧⑪。任重载盛兮，陷滞而不济⑫。怀瑾握瑜兮⑬，穷不知所示⑭。邑犬之群吠兮⑮，吠所怪也。非俊疑杰兮⑯，固庸态也。文质疏内兮⑰，众不知余之异采⑱。材朴委积兮⑲，莫知余之所有。

【注释】

①倕（chuí）：人名，传说是虞舜时的巧匠。斵（zhuó）：砍，削。

②孰察：谁明白。拨正：曲直。"拨"，弯曲。"正"，直。

③玄文：黑色纹路。"玄"，黑色。"文"，纹路。

④矇（méng）瞍（sǒu）：瞎子。章：文采。

⑤离娄：人名，传说中视力超群的人。睇：微微睁开眼睛看。

⑥瞽（gǔ）：瞎子。

⑦笯（nú）：竹笼。

⑧鹜：鸭子。

⑨糅：混杂。玉石：喻指君子和小人。

⑩鄙固：卑鄙顽固。

⑪臧：同"藏"，指藏于胸中的抱负。

⑫不济：达不到目标。

⑬瑾、瑜：都是指美玉。

⑭穷：身陷困境。

⑮邑：城市。

⑯非：同"诽"，诽谤，诋毁。

⑰文质：外在和本质。"文"，外表。"质"，内在。疏内：本性木讷。

⑱异采：出众的文采。

⑲材朴：可以使用的木材，这里比喻人的才干。委积：在一旁堆积着。

【译文】

巧匠倕如果不砍不削啊，谁知道是弯是直？黑色花纹在暗处啊，瞎子说它不漂亮。离娄微闭着眼睛啊，盲人认为他也是盲人。黑的说成白的啊，高的说成低的。凤凰关进笼子啊，鸡鸭在随意飞舞。宝玉与石头混在一道啊，用一个标准衡量它们。结党营私的他们卑鄙顽固啊，不知道我胸中的抱负。责任重大承载过多啊，陷入停滞难以达到目标。怀揣美玉手拿宝石啊，身处困境不知向谁说起。城里的狗成群结队啊，见了它们不常见的人就狂叫。诽谤才俊嫉妒贤能啊，这是庸人的常态。外表纯朴本性木讷啊，众人不知我的才华。我鸿才博学啊，别人却都看不见。

【原文】

重仁袭义兮①，谨厚以为丰②。重华不可遻兮③，孰知余之从容④！古固有不并兮⑤，岂知其何故？汤禹久远兮⑥，邈而不可慕⑦。

【注释】

①重（chóng）：积累，重叠。袭：培养。

②谨厚：敦厚仁义。丰：充实。

③重华：人名，古代的一个圣王。遻：遇。

④从容：行为举止。

⑤不并：不能相遇，这里指明君和贤臣不会生在一个时代。

⑥汤禹：商汤、夏禹均为人名，明君。
⑦邈：遥远。

【译文】

积累宽厚仁慈培养忠义两全啊，用敦厚仁义充实自己。重华不可遇啊，谁能明白我的言行举止？自古以来明君贤臣都不能生在同一年代啊，谁知这又是什么原因？开国的商汤和夏禹距今如此之远啊，远得让人无从表达思慕之情。

【原文】

惩连改忿兮①，抑心而自强。离愍而不迁兮②，愿志之有像。进路北次兮③，日昧昧其将暮④。舒忧娱哀兮⑤，限之以大故⑥。

【注释】

①惩：抑住、克制。连：怨恨。
②离：遇到，受到。愍（mín）：祸患。
③次：停下。
④昧昧：形容黑夜慢慢降临的样子。
⑤舒：消除，消散。娱：快乐，开心。
⑥以：到了。大故：死亡。

【译文】

抑制住心中的愤怒啊，平静心情让自己坚强。遇到祸患我也不变心啊，希望志节成为榜样。向北进发暂时停息啊，天色越来越昏暗已到了黄昏。排解悲哀的心情啊，期限到了死亡将降临。

【原文】

　　乱曰：浩浩沅湘①，分流汨兮②。修路幽蔽③，道远忽兮④。怀质抱情⑤，独无匹兮。伯乐既没，骥焉程兮⑥。万民之生，各有所错兮⑦。定心广志⑧，余何畏惧兮？曾伤爰哀⑨，永叹喟兮⑩。世溷浊莫吾知⑪，人心不可谓兮。知死不可让，愿勿爱兮。明告君子，吾将以为类兮⑫。

【注释】

①浩浩：形容水势大的样子。
②汨：指水流急，或为水的急流声。
③修：长。幽蔽：幽深昏暗。
④远忽：辽阔苍茫。
⑤怀质：内心美好。抱情：品格纯良。
⑥骥（jì）：好马。焉：怎么，哪里。程：量也。
⑦错：同"措"，安排。
⑧广志：坚定志向。
⑨曾：同"增"。爰（yuán）哀：悲哀无休无止。
⑩喟：叹息。
⑪溷（hùn）：混乱。
⑫类：法则、标准。

【译文】

　　尾声：浩荡的沅湘之水，水流湍急波浪涌动啊。长路幽深阴晦，苍茫辽阔啊。心怀美好的理想和纯良的品格，无人能比啊。伯乐已死，好马怎么衡量啊。万民降临，每个人的命运不同啊。平静心态来坚定志向，我还有什么好畏惧的啊？满腹悲哀无休无止，叹息长久不绝啊。世间的混浊无人了解，和别人也是无话可说啊。知道死亡不可回避，我不愿爱惜身体啊。明白地告诉君王，我将以此作为标准啊。

思美人

题解：

"思美人"由篇首语"思美人兮，擥涕而伫眙"而来，所谓"思"为思念，那么"美人"又是什么意思呢？

以王逸为代表的学者认为是指"怀王"或"襄王"。王逸在《楚辞章句》中说："言己忧思，念怀王也。"《思美人》抒发了思念君王却又没有机会表达，无法接受变节、不愿同流合污的思想。同时，也表达了作者始终执守高洁人格和坚守美政思想的信念。

对于本篇的创作地点和创作时间，以王逸为代表的学者认为是屈原在楚顷襄王时期，流放江南时所作。但清代林云铭却在《楚辞灯》中提出："与江南之野所作无涉。"屈复也在《楚辞新集注》中说："此亦迁汉北时作也。"

林云铭等学者认为，这首《思美人》写于怀王时期的汉北，而这种说法最终被更多人认可。

何时、何地写不谈，如果从屈原的创作手法上来说，他是采用了"依诗取兴，引类譬喻"的手法。比如用"美人"来喻"君王"，这也缘于屈原喜欢用男女爱情关系来比喻君臣关系；除此之外，本篇还运用了"香草"喻，如他将散心时所采摘的"芳芷""宿莽"等香草，象征美好德行、理想人格。这种"美人喻"和"香草喻"在屈原的其他作品中也随处可见。

【原文】

思美人兮，擥涕而伫眙①。媒绝路阻兮②，言不可结而诒③。蹇蹇之烦冤兮④，陷滞而不发⑤。申旦以舒中情兮⑥，志沉菀而莫达⑦。愿寄言于浮云兮，遇丰隆而不将⑧。因归鸟而致辞兮，羌宿高而难当⑨。

【注释】

①美人:君王。擥(lǎn):收的意思,在这里是擦干的意思。伫(zhù)眙(chì):注视。

②媒绝:没有媒人。这里的媒人是指能牵线让作者和君王沟通的人。

③诒(yí):送给。

④蹇蹇:原意是行动迟缓,在这里指情绪滞塞。烦冤:心情烦乱得不到发泄。

⑤陷滞:陷入停滞中。

⑥申旦:通宵达旦。中情:内心的情感。

⑦沉菀(yùn):心思郁结。

⑧丰隆:古代神话中的云神。不将:不听从命令。

⑨羌:句首语气词。宿:同"速",迅速。

【译文】

思念着君王啊,擦干眼泪而久久眺望。没人介绍又路途遇阻啊,有话想对君王说却无法成章。情绪滞结得不到发泄啊,陷入停滞中无法向前。通宵达旦想要表明心迹啊,心思郁结无法达到。希望浮云为我捎信啊,丰隆这个云神不听命令。想托鸿鸟为我传书啊,鸿鸟疾速而去远走高飞。

【原文】

高辛之灵盛兮①,遭玄鸟而致诒②。欲变节以从俗兮,愧易初而屈志。独历年而离愍兮,羌冯心犹未化③。宁隐闵而寿考兮④,何变易之可为!知前辙之不遂兮⑤,未改此度⑥。车既覆而马颠兮,蹇独怀此异路⑦。勒骐骥而更驾兮⑧,造父为我操之⑨。迁逡次而勿驱兮⑩,聊假日以须时⑪。指嶓冢之西隈兮⑫,与纁黄以为期⑬。

【注释】

①高辛：五帝之一。灵盛：神灵精力充沛，气场好，有运气。

②玄鸟：青鸟，传说中的神鸟。致诒："诒"，礼物。致诒，送礼物。

③冯（píng）：愤怒，愤懑。未化：不能化解。

④隐闵：隐忍。寿考：终身，一生。

⑤前辙：未来的路。遂：顺利。

⑥度：原则。

⑦謇：句首发语词。异路：和世人不同的路。

⑧勒：驾驭、控制。骐骥：骏马的一种。

⑨造父：人名，周朝时一位善于驾车的人。操：执鞭驾车。

⑩迁：前进。逡（qūn）次：缓行。

⑪须时：等待时机。

⑫嶓（bō）冢（zhǒng）：山名。隈（wēi）：山水弯曲的地方。

⑬纁（xūn）黄：黄昏之时。纁，同"曛"。

【译文】

神灵高辛多么荣盛啊，遇上玄鸟为他传送礼物。想要改变志节随大流啊，但又以改变节气而有愧。多年来我独自忍受痛苦煎熬啊，内心的愤懑依然丝毫不减。宁愿隐忍而失意终身啊，又怎能改变初衷？我明知未来的路很难顺利啊，正路难通却不改我的原则。尽管车翻马倒啊，这条不同寻常的路却是我选的。驾驭骏马重新起驾啊，请造父为我执鞭。慢慢地走不必疾驰啊，姑且等待好的时机。指着嶓冢山的西边啊，约好黄昏在那里见面。

【原文】

开春发岁兮，白日出之悠悠①。吾将荡志而愉乐兮②，遵江夏以娱忧③。擥大薄之芳茝兮④，搴长洲之宿莽⑤。惜吾不及古人兮⑥，吾谁与玩此芳草⑦？解蓊薄与杂菜兮⑧，备以为交佩。佩缤纷以繚转兮，遂萎绝而离异⑨。吾且僮佪以娱忧兮⑩，观南人之变态。窃快在其中心兮，扬厥凭而不竢⑪。

【注释】

①悠悠：形容时间漫长。

②荡：放纵。

③遵：沿着。娱忧：解除忧愁。

④茝（zhǐ）：一种香草。

⑤搴（qiān）：摘取。长洲：无边无际的沙洲。宿莽：一种草本植物。

⑥不及：等不到，在这里是指没有在那个年代。

⑦玩：玩赏。

⑧蓊薄："蓊"，一种草本植物。"薄"，丛生的杂草。蓊薄是指丛生的蓊蓄。

⑨萎绝：枯萎零落。离异：丢在一边。

⑩僮佪：徘徊。

⑪扬：丢弃。厥凭：愤懑之心。

【译文】

春天到来新年开始啊，白天的时间越来越长。我敞开心扉寻找快乐啊，沿着江水、夏水行走消解忧愁。摘下丛林中芬芳的茝草啊，摘取一望无际沙洲上的宿莽。可惜我没有生长在古时啊，如今要和谁一起玩赏芬芳的花草？采下蓊蓄和蔬菜啊，准备做成可以相交的环佩。它们缤纷美丽环绕身边啊，最终却要枯萎凋零被丢在一边。我姑且徘徊逍遥啊，看着南方人的异态。窃喜在心中啊，把愤懑抛开等待时机。

【原文】

芳与臭其杂糅兮，羌芳华自中出①。纷郁郁其远承兮②，满内而外扬。情与质信可保兮，羌居蔽而闻章③。

【注释】

①芳：芳香。华：同"花"。

②郁郁：芳香浓郁。远承：远远传出。

③闻章：美名远播。

【译文】

芳香与污秽混杂在一起啊，花朵的芳香依然无法遮盖。浓郁的香气远远传来啊，深邃的内心和本质必将发光。美好的志向深藏在心啊，住处虽然封闭也能美名远扬。

【原文】

令薛荔以为理兮①，惮举趾而缘木②。因芙蓉而为媒兮，惮褰裳而濡足③。登高吾不说兮，入下吾不能。固朕形之不服兮④，然容与而狐疑⑤。广遂前画兮⑥，未改此度也。命则处幽，吾将罢兮⑦，愿及白日之未暮⑧。独茕茕而南行兮，思彭咸之故也。

【注释】

①薜荔：香草名。理：媒人，中间人。

②举趾：提起脚。

③褰（qiān）：通"褰"，提起，揭起。濡（rú）：沾湿。

④朕：我。不服：不适应。

⑤容与：迟疑不前的样子。狐疑：犹豫不决。

⑥遂：道路。画：分布。

⑦罢：同"罢"，作罢。

⑧白日之未暮：白天还没黑，这里指还有时间。

【译文】

想让薜荔替我说和啊,又怕抬脚攀上树木。想要荷花替我说和啊,又怕撩起裤子把脚弄湿。向高处爬吧我不高兴啊,往低处走吧我也不想。固然是我不适应啊,我迟疑不前犹豫不定。广阔道路向前方延伸啊,我始终不肯改变。命中注定我要住在幽静之处啊,我将就此作罢。但仍愿趁年轻有所作为。独自向南行啊,这是思念彭咸的原因。

惜往日

题解:

"惜往日"从篇首"昔往日之曾信兮"中的前三个字而来。

对于本篇是否为屈原所作,一直存在着争议。南宋时魏了翁的《鹤山渠阳经外杂钞》、明人许学夷的《诗源辨体》和清人曾国藩的《求阙斋读书录》,也都因语气而怀疑此篇不是屈原的作品。清人吴汝纶在《古文辞类纂评点》中,更说此文浅显不是屈原所作。还有陆侃如、冯沅君的《中国诗史》、谭介甫的《屈赋新编》等,都对本篇是不是屈原作品产生了怀疑,但最终又因为所举例子不够有说服力,无法令人信服而作罢。

更多人认为,本篇是屈原临终前的作品,但是否为绝笔,学者中又有了不同的意见。林云铭在《楚辞灯》中称,《怀沙》才是屈原的绝笔;王夫之在《通释》中则认为《悲回风》是屈原的绝笔。不过,蒋骥的《山带阁注楚辞》及姜亮夫的《楚辞今绎讲录》,却认为《惜往日》是屈原的绝命作。

姜亮夫在《屈原赋校注》中说:"言己初见信任,楚几于治。而怀王不知君子小人之情,以忠为邪,以谗为信,忠臣无辜,遂以见逐。然楚君昏暗,任私无法,而秦方朝夕以谋东略,则国亡无日,义恐再辱,遂欲赴渊,又惧无益君国,徒死无用,遂剀切以陈……"

对于这种说法,很多人表示认同,钱澄之在《庄屈合诂》中更是说:"《惜往日》者,思往日之王之见任而使造为宪令也。始曰'明法度之嫌疑'，终曰'背法度而心治'，原一生学术在此矣。楚能卒用之，必且大治；而为上官所谗，中废其事，为可惜也。原之惜，非惜己身不见用，惜己功之不成也。"

【原文】

惜往日之曾信兮①，受命诏以昭诗②。奉先功以照下兮③，明法度之嫌疑。国富强而法立兮，属贞臣而日娭④。秘密事之载心兮⑤，虽过失犹弗治⑥。心纯厖而不泄兮⑦，遭谗人而嫉之。君含怒而待臣兮，不清澈其然否。蔽晦君之聪明兮⑧，虚惑误又以欺⑨。弗参验以考实兮⑩，远迁臣而弗思⑪。信谗谀之溷浊兮，盛气志而过之。何贞臣之无罪兮，被离谤而见尤⑫。惭光景之诚信兮⑬，身幽隐而备之。

【注释】

①惜：追惜。曾信：曾经被信任重用。

②命诏：君王发布的诏令。昭诗：时政。

③先功：以前的功业、功绩。照下：昭示天下。

④属（zhǔ）：同"嘱"，嘱咐、嘱托。娭（xī）：嬉戏、游乐。

⑤秘密：勤勉，勤恳。载心：全心全意。

⑥弗治：没有治罪。

⑦厖（máng）：敦厚老实。不泄：不泄露，引申为不随便乱说话。

⑧蔽晦：遮蔽，隐蔽。聪明：耳聪目明，引申为辨明是非。"聪"指耳朵。"明"指眼睛。

⑨虚：空虚。惑：使之疑惑。误：使之颠倒黑白。

⑩参：互为比较。考实：考察核实。

⑪弗思：不假思索。

⑫被：蒙受。离：诽谤。尤：罪过。

⑬光景：日月光影。景，同"影"。诚信：忠诚可信。

【译文】

追惜往年曾被君王信任重用啊,收到诏命去管理时政。守着先人的丰功伟绩关照百姓啊,阐明法度解决疑难。国家富强而法度已立啊,君王把政事托付给忠臣轻松游乐。勤于国事我全心全意啊,虽有过失也不至于治罪。心地敦厚而不随便乱说话啊,竟也遭到奸人的嫉妒和诋毁。君主满含怒火地对待下臣啊,不去澄清其中的是是非非。小人们蒙蔽了君王的耳目啊,虚言假语误导了君王。君王不去核实事情的真相啊,远远放逐我而不加考虑。听信谗言和奉承啊,对我怒气冲冲大加责难。为何忠贞无罪的臣子啊,却遭受诽谤而被贬?惭愧的是如日月光影般忠诚啊,只有在身处幽远之地时才能显现。

【原文】

临沅湘之玄渊兮①,遂自忍而沉流?卒没身而绝名兮②,惜壅君之不昭③。君无度而弗察兮,使芳草为薮幽④。焉舒情而抽信兮⑤,恬死亡而不聊⑥。独鄣壅而蔽隐兮⑦,使贞臣为无由⑧。

【注释】

①玄渊:水呈黑色的深渊。

②卒:结果。没身:身死。

③壅君:被蒙蔽的君王。不昭:不觉悟。

④薮(sǒu):生长着很多草的水源。

⑤舒情:打开心扉。抽信:展示诚信。

⑥恬:恬静。聊:苟且偷安。

⑦鄣壅:"鄣"同"障",障碍、阻碍。

⑧无由:无从。

【译文】

走近沅湘那黑水的深渊啊,怎么忍心深流自沉?那样结果就是身死名灭啊，可惜君王被蒙蔽不觉悟。君王无原则也不明察啊，把芳草丢在了幽深的大泽中。该如何打开心扉抒发衷情啊，安静地死亡而不苟且偷安。只因隔着重重阻障啊，使忠臣无从靠近君王。

【原文】

闻百里之为虏兮①，伊尹烹于庖厨②。吕望屠于朝歌兮③，宁戚歌而饭牛④。不逢汤武与桓缪兮⑤，世孰云而知之？吴信谗而弗味兮⑥，子胥死而后忧⑦。介子忠而立枯兮⑧，文君寤而追求⑨。封介山而为之禁兮，报大德之优游⑩。思久故之亲身兮，因缟素而哭之⑪。

【注释】

①百里：百里奚，春秋时人。

②伊尹：商初成汤的大臣。庖厨：厨房。

③吕望：即吕尚，也就是助武灭商的姜子牙。朝歌：地名，殷纣时的国都。

④宁戚：春秋时卫人，贤臣，被齐桓公所用。饭牛：喂牛。

⑤逢：遇上。汤：商汤。武：周武王。桓：齐桓公。缪：秦穆公。

⑥吴：吴王夫差。弗味：不考虑。

⑦子胥：伍子胥。后忧：日后的亡国之忧。

⑧介子：介子推。春秋时晋国人，曾跟随晋文公重耳流亡十九年。立枯：抱着树被烧死。

⑨文君：晋文公。寤（wù）：醒悟。

⑩优游：德行高大。介子推在晋文公逃亡中，曾割股给文公吃，故称介子推有"大德"。

⑪缟素：白色的服装，通常指丧服。

【译文】

听说百里奚做过俘虏啊，伊尹在厨房里烹煮过食物。吕望曾在朝歌做过屠夫啊，宁戚唱着歌喂过牛。倘若没有遇到商汤、周武王、齐桓公、秦穆公啊，世间谁又知道他们的好处？吴王听信谗言不仔细判断啊，伍子胥被赐死后国家败亡。介子推忠于晋文公却抱着树被烧死啊，晋文公醒悟后立刻访求。封了介山禁止砍柴打猎啊，报答介子推的大恩大德。想起多年的亲密伙伴啊，穿上丧服痛哭流泪。

【原文】

或忠信而死节兮，或訑谩而不疑①。弗省察而按实兮，听谗人之虚词。芳与泽其杂糅兮，孰申旦而别之②？何芳草之早殀兮③，微霜降而下戒④。谅聪不明而蔽壅兮，使谗谀而日得。

【注释】

①訑（tuó）谩（mán）：欺诈的意思。

②申旦：夜以继日。别：辨识。

③殀（yāo）：夭折。

④下戒：下降。

【译文】

有人忠贞诚信为节操而死啊，有人欺诈而不受怀疑。不去审察核对事实啊，只听小人的虚妄之词。芳香和腥臭混杂在一起啊，谁能夜以继日认真辨识？为什么芳草会早早枯死啊，微霜初降就值得警惕。确实是君主耳目不明受人蒙蔽啊，才使进谗献谀者日益得势。

【原文】

自前世之嫉贤兮，谓蕙若其不可佩。妒佳冶之芬芳兮，嫫母姣而自好①。虽有西施之美容兮，谗妒人以自代。愿陈情以白行兮②，得罪过之不意。情冤见之日明兮③，如列宿之错置④。

【注释】

①嫫（mó）母：古代丑妇，传说是黄帝的次妃。自好：自以为美好。

②陈情：陈述衷情。白行：表白所为。

③情冤："情"，真情。"冤"，冤枉，委屈。情冤在这里指是非曲直。日明：一天天明白过来。

④错置：安置。"错"，同"措"。

【译文】

自古以来就有嫉妒贤能的人啊，都说蕙草杜若不能佩戴。嫉妒佳丽的美貌啊，嫫母丑陋却自以为妩媚可爱。即使有了西施的绝顶美貌啊，小人也会以自己取代。我愿意陈述衷情表白所为啊，想不到竟有了罪过。是非曲直终有一天明白过来啊，有如天上的星宿排列有序。

【原文】

乘骐骥而驰骋兮，无辔衔而自载；乘氾泭以下流兮①，无舟楫而自备。背法度而心治兮②，辟与此其无异③。宁溘死而流亡兮④，恐祸殃之有再。不毕辞而赴渊兮⑤，惜壅君之不识。

【注释】

①氾（fàn）泭（fú）：船上的筏子。下流：顺流而下。

②心治：带着私心去处理。

③辟：同"譬"，譬如。无异：没什么两样。

④溘死：突然死去。"溘"，突然。

⑤毕辞：把话说完。

【译文】

骑上骏马自由地奔跑啊,没有辔缰和马嚼全凭自己控制。乘坐筏子向下游行驶啊,没有船桨也要自己准备。背离法度凭一己私心处事啊,这跟上面的情况没有两样。我宁肯忽然死去随流而下啊,又怕(国家)再次遭受祸端。不等把话说完就投入深渊啊,痛惜受蒙蔽的君主仍不明白。

橘　颂

题解：

"橘"橘子,橘树。"颂",歌颂、赞美的意思。

所谓"橘颂",洪兴祖在《楚辞补注》中说:"美橘之有是德,故曰颂。"意思是说,对有着美好品德的橘进行赞美。

本篇和屈原的很多作品一样,创作时间和地点都产生了异议。王逸觉得《橘颂》是屈原晚年被流放江南时所写的,理由是"橘颂"中的"南国"借指"江南";明人汪瑗在《楚辞集解》中对王逸的说法表示了怀疑,他说:"此篇乃平日所作,未必放逐之后所作者也。"汪瑗的说法获得了清人陈本礼的认同,并在《屈辞精义》中说:"其曰'嗟尔幼志''年岁虽少',明明自道,盖早年童冠时作也。"

和以上两种说法不同的是,陈子展在《楚辞直解》中认为,《橘颂》是屈原在担任三闾大夫时写的作品。

不管作品写于何时,都不能抹去它在我国文学史上的地位,这是我国文学史上第一首吟物诗,也可以说是开创了吟物诗的先河。

本篇在写法上先对橘树的外形进行描写,笔调细腻生动,寥寥几笔便将橘树的美丽形象展现在了读者的面前。接着,开始了由外到内的描写,用拟人化的手法,将橘树喻为坚守贞操、品格美好的君子,同时还挖掘出了它独立不迁、深固难移、遗世独立、闭门自慎、柔德无私的品格。

因为有了屈原的这篇《橘颂》,从东汉中期开始,咏物赋大兴其道,而

"橘"也成了文人墨客们比较关注的题材之一,才有了王粲之的《初征》《登楼》《槐赋》《征思》;徐幹之的《玄猿》《圆扇》《橘赋》等。

无外乎晋人郭璞在《山海经·中山经图赞》中以《橘柚》为诗道:"朱实金鲜,叶蒨翠蓝。灵均是咏,以为美谈。"

【原文】

后皇嘉树①,橘徕服兮②。受命不迁,生南国兮。深固难徙,更壹志兮③。绿叶素荣④,纷其可喜兮。曾枝剡棘⑤,圆果抟兮⑥。青黄杂糅,文章烂兮⑦。精色内白,类可任兮⑧。纷缊宜修⑨,姱而不丑兮⑩。

【注释】

①后皇:即后土、皇天,指地和天。

②徕(lái)服兮:适宜南方水土。"徕",同"来"。"服",习惯。

③壹志:志向专一。"壹",专一。

④素荣:白色的花。

⑤曾枝:多枝。剡(yǎn)棘:尖利的刺。

⑥抟(tuán):同"团",圆圆的。

⑦文章:文采,错综华美的色彩或花纹。"文",花纹。"章",文采。烂:斑斓,明亮,色彩鲜艳。

⑧类可任兮:像肩负重任的君子。"类",像。"任",承担。

⑨纷缊:长得繁茂旺盛。宜修:修饰得体。

⑩姱:美好。

【译文】

天地喜欢的树,橘树最适宜啊。禀承天地之命而不外迁,生长在南方啊。根深蒂固难以迁走,那是意志的坚定啊。绿色的叶子白色的花,繁茂得惹人喜爱啊。层层树枝上面有尖锐的刺,圆圆的果实聚在一起啊。青黄两色掺杂在一起，色泽多么绚丽啊。外观亮丽内心纯洁，就像那品德高尚的君子啊。风姿优美修饰得当，婀娜多姿毫无瑕疵啊。

【原文】

嗟尔幼志①，有以异兮。独立不迁，岂不可喜兮？深固难徙，廓其无求兮②。苏世独立③，横而不流兮④。闭心自慎⑤，不终失过兮。秉德无私，参天地兮⑥。愿岁并谢，与长友兮⑦。淑离不淫⑧，梗其有理兮⑨。年岁虽少，可师长兮。行比伯夷，置以为像兮⑩。

【注释】

①嗟：感叹词，表示一种语气。

②廓：胸怀开阔。

③苏世独立：独立于世，保持清醒。"苏"，苏醒，指对世事有所觉悟。

④横而不流："横"，坚定。横而不流指坚定地立在水中，不随波逐流。

⑤闭心：安静下来，保持内心洁净。自慎：自省。

⑥参：三的意思。天地相配合为三，这里指与天地相配。

⑦长友：你，橘树。

⑧淑离：美丽善良的样子。

⑨梗：正直。

⑩像：榜样，标杆。

【译文】

啊！你从小的志向就与众不同啊。特立独行永不改变，怎能不令人喜欢啊。坚定不移的品质，心胸开阔没有私求啊。保持清醒独立于世，志节坚毅决不随波逐流啊。平静内心不受外界影响，自始至终不犯过失啊。秉承道德公正无私，融合苍天与大地啊。愿与岁月成长，和你结成知己永远为友啊。美丽善良而不放荡，坚强正直而有条理啊。年纪虽小，却可作人师啊。品性道德能和伯夷相提并论,把你树立成榜样向你学习啊。

悲回风

题解:

"悲回风"延续了用首句"悲回风之摇蕙兮"中的前三字为标题的写法。此篇最大的争论在于《悲回风》是不是屈原的作品。南宋魏了翁在《鹤山渠阳经外杂钞》中说,本篇从风格上来看不像是屈原的作品,更像宋玉或景差的作品;而明人许学夷也在《诗源辨体》中以语气不像屈原而提出了质疑;清人吴汝纶在《古文辞类纂点勘记》中则更以文字太奇而质疑……当然,最终怀疑不是屈原作品的学者们因为无法找到更合理的证据而作罢。

除了作者,还有本篇的写作时间也存在着颇多异议。陆侃如在《屈原评传》中说:《悲回风》是屈原在怀王十六年,被放逐到汉北时所作;林云铭在《楚辞灯》、夏大霖在《屈骚心印》、郭沫若在《屈原研究》中,又认为是在顷襄王六、七年间所作;蒋骥在《山带阁注楚辞》中则认为是屈原自沉汨罗江的前一年秋天所作;王夫之在《楚辞通释》中则认定这是屈原自沉时的绝笔。

……

但是这篇文章的内容题旨却没人质疑,正如汪瑗在《楚辞集解》中所说:"此篇因秋夜愁不能寐,感回风之起,凋伤万物,而兰独芳,有似乎古之君子遭乱世而不变其志者,遂托为远游访古之辞,以发泄其愤懑之情。然而遍游天地之间,愈求而愈远,其同志者,终不可得一遇焉,故心思之沉抑而竟不能已也。"

屈原的每一篇文章,都有其写作特点,《悲回风》的特点就是没有叙事成分,整篇都是主人公内心的独白。作者首先从"回风之摇蕙",联想到了美好的事物因为遭受摧残而被毁灭;随即又进行了大量的内心情感描写,突显主人公的悲伤情绪。这种悲伤气氛和绝望情绪相交加的写法,很容易让读者走进主人公的内心,感受主人公的悲伤。

正如姜亮夫在《屈原赋校注》中所说:"全章皆以思理惑,不知所释为主;而最为萦惑者,则是非善恶,本不相容,而实又不能显别;因而心伤,作为伤心之诗。诗中描绘心思,出入内外远近不同之情,上下左右前后之态,而仍不知所止,悲感与思理相挟持,而遂思入眇茫,从彭咸之所居。既至天上,忽又感烟雨之终不可永久浮游上天,遂思追踪介子、伯夷。既申徒之死而无益,又自回惑不解。大体情辞苦,惶惑不安。"

【原文】

悲回风之摇蕙兮①,心冤结而内伤②。物有微而陨性兮③,声有隐而先倡④。夫何彭咸之造思兮⑤,暨志介而不忘⑥!万变其情岂可盖兮,孰虚伪之可长!鸟兽鸣以号群兮⑦,草苴比而不芳⑧。鱼葺鳞以自别兮⑨,蛟龙隐其文章⑩。故荼荠不同亩兮,兰茝幽而独芳。惟佳人之永都兮⑪,更统世而自贶⑫。眇远志之所及兮⑬,怜浮云之相羊⑭。介眇志之所惑兮⑮,窃赋诗之所明。

【注释】

①回风:旋风。蕙:一种香草。

②冤结:心情忧伤、愁闷的样子。伤:悲伤,忧伤。

③物:在这里指蕙草。性:同"生",生命。

④声:风声。隐:藏起来。倡:倡议,倡导。

⑤造思:树立的思想。

⑥暨(jì):与,和。志介:坚定志节。"介",坚定。

⑦号:招呼。

⑧苴(chá):浮草,枯草。芳:芳香。

⑨葺:整治,修理。自别:区别与其他。

⑩文章:纹理。

⑪惟:思念。

⑫更:经历。统世:世世代代。贶(kuàng):给予,赐予。

⑬眇：遥远。

⑭相羊：同"徜徉"，这里形容白云飘浮不定。

⑮惑：迷惑。

【译文】

悲痛旋风摇落蕙草啊，我心中郁结内心感伤。物有因美好而本性凋丧啊，声有因隐微而不能起唱。何以彭咸产生的思想啊，与其心志相联始终不忘。遭遇万变其中情由岂能遮盖啊，虚伪做作又怎能保持久长。鸟兽鸣叫呼唤它们的同类啊，鲜草枯茸杂合就没有芬芳。鱼儿叠起鳞片显示自己特别啊，蛟龙隐藏起它身上的纹章。苦荼甜荠不在一块田里生长啊，兰花芷草在幽深处独含清香。想那君子是永久美丽的啊，经过几代之久能自求多福。远大的志向所达到的高度啊，爱白云在天空自由飘浮。忠诚抱着远大志向感于世事啊，私下赋诗来表明心志。

【原文】

惟佳人之独怀兮①，折若椒以自处②。曾歔欷之嗟嗟兮③，独隐伏而思虑。涕泣交而凄凄兮④，思不眠以至曙。终长夜之曼曼兮，掩此哀而不去。寤从容以周流兮⑤，聊逍遥以自恃⑥。伤太息之愍怜兮，气於邑而不可止⑦。纡思心以为纕兮⑧，编愁苦以为膺⑨。折若木以蔽光兮，随飘风之所仍。存髣髴而不见兮⑩，心踊跃其若汤。抚佩衽以案志兮⑪，超惘惘而遂行⑫。岁曶曶其若颓兮⑬，时亦冉冉而将至⑭。薠蘅槁而节离兮⑮，芳以歇而不比⑯。怜思心之不可惩兮⑰，证此言之不可聊⑱。宁逝死而流亡兮，不忍为此之常愁。孤子吟而抆泪兮⑲，放子出而不还。孰能思而不隐兮⑳，照彭咸之所闻。

【注释】

①惟：思念。

②若椒："若"和"椒"都是香草。

③曾：重复，不停。歔欷：哭泣，哽咽。嗟嗟：不断叹息。

④凄凄：形容悲痛、悲伤的样子。

⑤寤（wù）：睡醒。周流：四处游荡。

⑥聊：姑且，假如。逍遥：潇洒遨游。恃：依赖，依靠。

⑦於（wū）邑（yì）：呜咽，哽咽。

⑧纠（jiū）思心：心思纠结。"纠"，纠结。纕（xiāng）：佩带。

⑨膺：胸，这里指贴胸的内衣。

⑩存：客观存在的事物。髣（fáng）髴（fú）：同"仿佛"，依稀，好像。

⑪衽（rèn）：衣襟。案志："案"，按住，抑制。案志，抑制情绪。

⑫惘惘：惆怅，怅惘。

⑬智智：同"忽忽"，迅。颓：颓败，下坠。

⑭冉冉：形容渐渐前进的意思。

⑮蘋（fán）、蘅（héng）：均为香草名。节离：枝节断开。

⑯歇：停下。不比：不再茂盛。

⑰惩：止。

⑱聊：信赖。

⑲吟：呻吟，叹息。抆泪：擦泪。

⑳隐：心痛。

【译文】

想起佳人那与众不同的胸襟啊，采杜若和花椒独自居住。哭泣不停频频叹息啊，独自隐居思索考虑。泪流满面如此悲伤啊，想来想去无法入眠直到天亮。熬过了漫漫的长夜啊，压抑心头的悲伤久久不散。醒来后悠然地周游四方啊，暂且以逍遥来自我娱乐。长吁短叹实在太可怜啊，声音哽咽无法停止。缠绕忧思作为佩带啊，编织愁苦作为背心。折下若木遮蔽日光啊，随风飘扬仍紧紧跟随。仿佛存在的一切都辨不清啊，心如沸水般地在激荡。抚着带玉佩的衣襟抑制情绪啊，怅惘失意中动身前行。岁月匆匆有如流水啊，时光冉冉也渐近黄昏。白蘋杜蘅枯槁断落啊，芬芳鲜花已停下不再茂盛。可怜思念君王的心情无法改变啊,证明谎言不可信赖。宁愿忽然死去顺水而逝啊,不能忍受停不了的哀愁。孤独的人悲伤地拭去泪水啊,被放逐的人不能返回。谁能想到不心痛啊?我明白了彭咸所作所为的真伪。

【原文】

登石峦以远望兮①,路眇眇之默默②。入景响之无应兮③,闻省想而不可得④。愁郁郁之无快兮,居戚戚而不可解⑤。心鞿羁而不形兮⑥,气缭转而自缔⑦。穆眇眇之无垠兮⑧,莽芒芒之无仪⑨。声有隐而相感兮⑩,物有纯而不可为⑪。邈蔓蔓之不可量兮⑫,缥绵绵之不可纡⑬。愁悄悄之常悲兮⑭,翩冥冥之不可娱⑮。凌大波而流风兮⑯,托彭咸之所居。

【注释】

①石峦:陡峭的小山坡。

②眇眇:形容很遥远。默默:非常寂静。

③景:同"影"。无应:没有回应。

④闻省想:听、看、想。

⑤戚戚:忧愁痛苦。

⑥鞿(jī)羁:马缰绳,这里指受到约束。

⑦自缔:"缔"纠缠在一起。自缔,自我解开。

⑧穆:幽深。

⑨芒芒:同"茫茫",宽阔辽远。仪:仪貌。

⑩相感:相互感应。

⑪物有纯:纯洁美好的事物。

⑫邈:通"邈",遥远。蔓蔓:同"漫漫",漫长久远。

⑬纡(yū):弯曲,环绕。

⑭悄悄:忧愁的样子。

⑮冥冥:又高又远,看不到边的样子。

⑯凌大波：乘浪。流风：顺风漂流。

【译文】

登上陡峭的山坡向远处望啊，道路漫长而又寂静。进入空旷之地声响都无回应啊，看、听、想都一无所获。忧愁苦闷没有一点快乐啊，居处悲凉更不能排解。心中有束缚解不开啊，气血郁结不能打通。四周无垠没有边际啊，苍茫茫没有任何形态。有声音在微微地相互感应啊，纯洁美好的事物都无奈陨落。思绪悠远不可度量啊，悠悠长长不能绕回。满怀忧愁自感悲苦啊，远走高飞也没有欢乐。乘着大风大浪随风飘逝啊，悠思寄托在彭咸所居之处。

【原文】

上高岩之峭岸兮，处雌蜺之标颠①。据青冥而摅虹兮②，遂儵忽而扪天③。吸湛露之浮源兮④，漱凝霜之雰雰⑤。依风穴以自息兮⑥，忽倾寤以婵媛⑦。冯昆仑以瞰雾兮⑧，隐岷山以清江⑨。惮涌湍之礚礚兮⑩，听波声之汹汹。纷容容之无经兮⑪，罔芒芒之无纪⑫。轧洋洋之无从兮⑬，驰委移之焉止⑭。漂翻翻其上下兮⑮，翼遥遥其左右⑯。氾潏潏其前后兮⑰，伴张弛之信期⑱。观炎气之相仍兮⑲，窥烟液之所积⑳。悲霜雪之俱下兮，听潮水之相击。借光景以往来兮，旋黄棘之枉策㉑。求介子之所存兮㉒，见伯夷之放迹㉓。心调度而弗去兮㉔，刻著志之无适㉕。

【注释】

①雌蜺：古人将彩虹色彩暗淡的地方称为蜺，因为暗淡则属阴，所以叫雌蜺。明亮的地方叫虹，也叫雄虹。标颠：顶部。

②青冥：青天。摅（shū）：同"舒"，展开。

③儵忽：形容速度很快。扪（mén）：按，摸。

④湛露：浓厚的露水。浮源：形容露水很多的样子。

⑤漱：漱口，这里指含着。雰雰（fēn）：霜雪缤纷的样子。

⑥风穴:产生风的洞穴。自息:独自歇息。

⑦倾痡:全部都知道。婵媛:悲伤,伤感。

⑧冯,同"凭"。瞰雾:低下头看雾。

⑨清江:看清江水。

⑩惮:害怕,恐惧。

⑪容容:动乱的样子。无经:没有经纬,在这里指没有条理。

⑫芒芒:同"茫茫",茫然的样子。无纪:没有头绪。

⑬轧:止住。洋洋:彷徨的样子。无从:不知所措。

⑭委移:同"逶迤",曲折难行的样子。

⑮翻翻:形容上下翻飞的样子。

⑯遥遥:不停摆动。

⑰氾:泛滥。潏潏(yù):水涌出的样子。

⑱伴:伴随。张弛:涨落的意思。信期:潮汐有一定的规律,涨落有时。

⑲炎:同"焰"。仍:跟随的意思。

⑳烟:在这里指云。液:在这里指雨。

㉑黄棘:一种带刺的植物。枉:弯曲。策:鞭子。

㉒介子:介子推。所存:指介子推的隐居之处。

㉓放迹:放逐的地方。

㉔调度:心中思量。

㉕刻著志:下定决心。适:往。

【译文】

登上高而陡峭的崖壁啊,处于彩虹的最高处。依靠青天舒展一道彩虹啊,于是刹那间抚摸到了苍天。吸吮着浓厚的露水啊,嚼着纷纷凝结的寒霜漱口。倚着风穴口歇息啊,忽然领悟了全部的悲伤。靠着昆仑山往下看云雾啊,依傍着岐山看清了江流。害怕急流中水石发出的撞击声啊,听着波涛汹涌发出的怒吼。心思纷乱没有规律啊,精神迷惘没有头绪。要止住彷徨却不知道怎么做啊,连绵的悲愁何处才是终点?心如泛滥的水上下翻飞啊,伴随着潮水涨落定时的汛期。观看那火焰与烟气相运而生啊,看见了云雨聚积显现。悲愤霜与雪一起降下啊,听着那潮水激荡的声响。借着光与影来来往往啊,用那棘刺做成的弯鞭来驾驭。去寻介子推隐居的地方啊,再见一见伯夷放逐之处。心中思量惆怅难除啊,意志坚定哪儿也不会去。

【原文】

曰:吾怨往昔之所冀兮,悼来者之愁愁①。浮江淮而入海兮②,从子胥而自适。望大河之洲渚兮③,悲申徒之抗迹④。骤谏君而不听兮⑤,重任石之何益⑥。心结结而不解兮,思蹇产而不释⑦。

【注释】

①愁愁(ti):忧虑恐惧的样子。

②浮:顺着。

③洲:水中的陆地,沙洲。

④申徒:申徒狄,殷末的贤臣,谏纣王不听,投水自尽。抗迹:高尚的行为。

⑤骤:多次。

⑥重任:抱着。

⑦蹇:不顺畅。

【译文】

结尾:我怨恨以前所抱的那些期望啊,哀悼未来感到更加恐惧。顺着江淮水向东入海啊,追随伍子胥自求适应。眺望大河中的沙洲啊,悲伤申徒狄的高尚行为。屡屡劝谏君王而不听啊,抱着石头自尽又有什么好处?心里打了死结不能解开啊,思绪不畅终究无法释怀。

远 游

题解：

  本篇作者是谁，一直有很大的争议。有人说是屈原的原创，这是由汉到清的主流看法，这些人以王逸、朱熹为代表；还有种说法是模仿楚辞的拟作，这种说法的代表人物是清朝的胡濬源、吴汝纶。胡濬源在他的《楚辞新注求确》中认为"《远游》一篇，犹是《离骚》后半篇，而文气不及《离骚》深厚真实，疑汉人所拟"。甚至有人认为，《远游》是司马相如所写。

  对于拟作的说法，陈子展的《楚辞直解》、姜亮夫的《屈原赋校注》、姜昆武和徐汉澍的《远游真伪辨》等，都予以反驳，认为从《远游》的文风、文法和屈原其他作品的统一性上来看是一致的，因此认为《远游》就是屈原的作品。

  即使认定是屈原创作，对于他何时创作，仍有不同意见。

  关于《远游》的创作时间，王逸和朱熹都认为是受谗后放逐期间所作，汪瑗则认为是在放逐前所写，林云铭认为是在江南的时候写的。而姜亮夫则认为是屈原晚年决心沉江时所作，是写在《怀沙》前的绝命作。

  也有人称此篇是屈原投江前的寓言。比如屈复在《楚辞新集注》中说："《远游》，寓言也。自沉汨罗，即是远游。远游之乐，即是自沉于乐。"

  抛开其他，《远游》在写作上分为两步：第一步写主人公在天上感受到了没有恶浊的快乐；第二步则写主人公用道家的出世思想来养生修炼。作者在写的时候，给读者描绘了一幅精神和灵魂在天上漫游的虚幻画面，表达了作者对卑污世俗的不满，以及对纯真美好的追求。

虽然有人怀疑《远游》不是屈原的作品,但这篇文章在文学史上的意义却是不容小觑的。比如司马相如的《大人赋》,就是借鉴了《远游》而作。

洪兴祖曾这么评价《大人赋》:"司马相如作《大人赋》,宏放高妙,读者有凌云之意。然其语多出于此。至其妙处,相如莫能识也。"

《远游》作为一篇"游仙诗",给后世文学开了先河,它的魅力和价值同样值得我们学习。比如以《游仙诗》十四首闻名的郭璞,曾在诗中写道:"逸翮思拂霄,迅足羡远游。""六龙安可顿,运流有代谢。""登仙抚龙驷,迅驾乘奔雷。鳞裳逐电曜,云盖随风回。手顿羲和辔,足蹈阊阖开,东海犹蹄涔,昆仑若蚁堆。遐邈冥茫中,俯视令人哀。"……都有《远游》的影子。

【原文】

悲时俗之迫阨兮①,愿轻举而远游②。质菲薄而无因兮③,焉托乘而上浮④?遭沉浊而污秽兮⑤,独郁结其谁语?夜耿耿而不寐兮⑥,魂茕茕而至曙⑦。

【注释】

①迫阨(è):阻塞,困难。
②轻举:飞上,升上。远游:四处周游。
③质菲薄:生性鄙陋,此处为自谦之词。
④托乘:攀附仙车。上浮:上天周游。
⑤沉浊:污浊。
⑥耿耿:心神不安的样子。
⑦茕茕:孤独的样子。

【译文】

悲伤世情让人困难重重啊,愿高飞远处去漫游。可惜我生性鄙陋缺少机缘啊，怎能攀附仙车上天周游？遭遇世俗混浊污秽满身啊，愁思郁结向谁去说？整夜心神不安难以入眠啊，灵魂孤独直到天亮。

【原文】

惟天地之无穷兮，哀人生之长勤①。往者余弗及兮②，来者吾不闻③。步徙倚而遥思兮④，怊惝怳而乖怀⑤。意荒忽而流荡兮⑥，心愁悽而增悲。神儵忽而不反兮⑦，形枯槁而独留。内惟省以端操兮⑧，求正气之所由。漠虚静以恬愉兮⑨，澹无为而自得⑩。

【注释】

①勤：在这里是劳碌、困苦的意思。

②往者：以前的人和事。弗及：赶不上。

③来者：以后的人和事。不闻：不能看见。

④徙倚：徘徊不定。遥思：思绪飘得很远。

⑤怊（chāo）：惆怅失意。惝（chǎng）怳（huǎng）：失意伤感。乖：背离。

⑥荒忽：同"恍惚"，心神不定的样子。流荡：游荡。

⑦儵忽：形容快速的样子。反：同"返"。

⑧内：指内心。惟省：思考省察。端操：端正操守。

⑨漠：淡漠，淡泊。愉：悠然自得。

⑩澹（dàn）：恬淡，安静的样子。无为：顺应自然。

【译文】

想到天地辽阔无穷尽啊，哀叹人生劳碌艰辛。过去的人和事我赶不上啊，未来的我也不能见到。我徘徊不定思绪飘得很远啊，惆怅失意背离了初衷。神情恍惚四处游荡啊，心中愁苦倍增心酸。灵魂忽然飞远回不来啊，形体枯槁孤单影只。内心省察端正操守啊，探求正气从何而来。淡漠恬静才能悠然自得啊，淡泊无为而怡然心安。

【原文】

　　闻赤松之清尘兮①，愿承风乎遗则②。贵真人之休德兮③，美往世之登仙④。与化去而不见兮，名声著而日延⑤。奇傅说之托辰星兮⑥，羡韩众之得一⑦。形穆穆以浸远兮⑧，离人群而遁逸⑨。因气变而遂曾举兮，忽神奔而鬼怪。时髣髴以遥见兮⑩，精晈晈以往来⑪。绝氛埃而淑尤兮⑫，终不返其故都。免众患而不惧兮⑬，世莫知其所如⑭。

【注释】

①赤松：赤松子，传说中的仙人。清尘：清静淡泊的境界。

②承：继承。遗则：遗留的法则。

③真人：道家修道成仙之人。休德：美德。

④美：羡慕。往世：在这里指古人。

⑤著：著名，显赫。日延：一天天地延长、扩大。

⑥傅说（yuè）：人名，殷高宗时的贤相。传说死后灵魂升了天。辰星：星宿名。

⑦韩众：传说中的仙人。得一：道家术语，得道的意思。

⑧穆穆：默默，静寂。浸远：渐远。

⑨遁逸：隐居。

⑩髣髴：同"仿佛"，依稀，好像，看不清楚的样子。

⑪精：精灵。晈晈（jiǎo）：同"皎皎"，光明的样子。

⑫氛埃：污秽的东西。淑尤：达到了奇异的境界。

⑬免：摆脱。众患：一群小人。

⑭如：去处。

【译文】

　　听说赤松子内心清高无为啊，愿继承他的遗则风范。敬重得道高人的美德啊，羡慕古人能得道成仙。身躯虽然化去消失啊，名声远播千古流传。惊奇傅说死后能化为辰星啊,羡慕韩众能得道成仙。他们形体静穆渐渐远去啊,脱离人群避世隐居。凭借精气变化高飞上天啊,飘忽忽像鬼神出没。有时仿佛远远看见啊,精灵闪闪正来来往往。超越浊世来到奇异的地方啊,始终不愿返回自己的故乡。摆脱了小人无所畏惧啊,世人都不知道我的去向。

【原文】

恐天时之代序兮①,耀灵晔而西征②。微霜降而下沦兮,悼芳草之先零。聊仿佯而逍遥兮③,永历年而无成。谁可与玩斯遗芳兮④?晨向风而舒情。高阳邈以远兮⑤,余将焉所程⑥。

【注释】

①代序:代谢。

②耀灵:闪耀的太阳,这里指君王。晔(yè):闪光。

③聊:暂且。仿(páng)佯(yáng):同"彷徉",彷徨,徘徊。

④玩:玩赏。遗芳:遗留的香草。"芳",香草。

⑤邈(miǎo):遥远。

⑥程:足迹。

【译文】

担心岁月流逝啊,闪耀着的太阳冉冉西沉。薄薄的霜雪慢慢地降落啊,哀悼香草早早凋零。暂且徘徊寻求自在逍遥啊,年复一年而事业无成。谁能同赏遗留的芳草啊?清晨迎着清风抒情。古帝高阳离我们很远啊,我将如何追寻他的足迹?

【原文】

重曰①:春秋忽其不淹兮②,奚久留此故居③?轩辕不可攀援兮④,吾将从王乔而娱戏⑤！餐六气而饮沆瀣兮⑥，漱正阳而含朝霞⑦。保神明之清澄兮，精气入而麤秽⑧除。顺凯风以从游兮⑨，至南巢而壹息⑩。见王子而宿之兮⑪，审壹气之和德⑫。

【注释】

①重曰：在诗中，重曰是另起一层的意思。

②淹：停留。

③奚：为什么。

④轩辕：古代帝王的名字。攀援：攀附。

⑤王乔：古时仙人的名字。传说是周灵王的太子，又叫王子乔。

⑥六气：仙人所食的六种自然之气。沆（hàng）瀣（xiè）：夜间的露水。

⑦正阳：六气中的一种，日中之气。

⑧麤秽：粗浊污秽之气。

⑨凯风：南风。

⑩南巢：指南方荒远之国。

⑪宿：住宿，这里指停下休息。

⑫壹气：元气，纯一不杂之气。和德：高妙的修养境界。

【译文】

再一次说：春去秋来交替不停啊，为什么要长久留在此地？轩辕黄帝不可攀附啊，我将跟随王子乔嬉戏游玩。食天地六气饮清露啊，吸正阳气含着朝霞。保持心灵清澈透明啊，精气多吸污秽排弃。乘着南风到处游历啊，到了南巢稍作休息。见到王子乔我停下脚步啊，向他询问成仙之道。

【原文】

曰：道可受兮①，不可传②；其小无内兮，其大无垠；无滑而魂兮③，彼将自然④。壹气孔神兮⑤，于中夜存⑥；虚以待之兮，无为之先；庶类以成兮⑦，此德之门。

【注释】

①受：指心领神会。

②传：用语言传授。

③滑（gǔ）：这里是凌乱的意思。

④自然：天然。

⑤壹气孔神：得道的最佳境界。

⑥于中夜存：夜半万籁无声，人的精神容易达到虚静无为的境界。

⑦庶类：万物。

【译文】

他说："'道'只能心领神会啊，不能言传；它小到不能再分啊，大到无边无际；内心不混乱啊，得道成自然；得道的最佳境界啊，在夜半，虚心沉静去等待啊，顺其自然；万物都是这样啊，这是得道之门。"

【原文】

闻至贵而遂徂兮①，忽乎吾将行。仍羽人于丹丘兮②，留不死之旧乡。朝濯发于汤谷兮③，夕晞余身兮九阳④。吸飞泉之微液兮，怀琬琰之华英⑤。玉色頩以脕颜兮⑥，精醇粹而始壮⑦。质销铄以汋约兮⑧，神要眇以淫放⑨。嘉南州之炎德兮⑩，丽桂树之冬荣。山萧条而无兽兮，野寂漠其无人。载营魄而登霞兮⑪，掩浮云而上征。命天阍其开关兮⑫，排阊阖而望予⑬。召丰隆使先导兮⑭，问大微之所居⑮。集重阳入帝宫兮⑯，造旬始而观清都⑰。

【注释】

①至贵：非常珍贵，这里指王子乔所言。徂（cú）：往，去。

②仍：因此。羽人：传说中的仙人。丹丘：传说中神仙住的地方。

③濯(zhuó)发：洗头发。汤(yáng)谷："汤"同"旸"，汤谷是传说中日出的地方。

④晞：晒干。九阳：九个太阳。

⑤琬(wǎn)琰(yǎn)：美玉。华英：玉中最好的部分。

⑥颒(pīng)：面色。腕(wàn)颜：皮肤有光泽。

⑦醇粹：纯粹。始壮：强壮。

⑧质：形体。销铄：消亡。汋(chuò)约：同"绰约"，形容姿态美好。

⑨要眇：精深微妙。淫放：精力充沛旺盛。

⑩嘉：赞美。南州：南方。炎德：火德。阴阳家把东、西、南、北、中分属五行，南方属火，故称炎德。

⑪营魄：魂魄。

⑫天阍(hūn)：天帝的守门人。

⑬阊(chāng)阖(hé)：神话中的天门。

⑭丰隆：神话中的云神。

⑮大微："大"同"太"。太微是古代星名，天庭。

⑯集：止，到。重阳：天顶。

⑰旬始：星名。清都：上帝所居之地。

【译文】

听到至理名言随后前往啊，匆匆忙忙我就起航。跟随仙人到了丹丘圣地啊，停留在长生不死之乡。早晨在汤谷里洗头发啊，傍晚在九阳之中晒干我的全身。吸饮昆仑飞泉清凉甜美啊，怀抱美玉中的精华。我的面色如玉般润泽美丽啊，精神纯美气息强壮。脱胎换骨形体轻丽柔美啊，神气旺盛精力充沛。赞南方的气候温暖啊，赞飘香的桂花冬天吐芳。群山萧条没有野兽出没啊，原野寂静不见人的踪迹。载着魂魄登上彩霞啊，披云着月登上天庭。叫守门人打开天门啊，他推开天门朝我看。招呼云神做向导啊，探问太微宫在什么地方。来到九重天进入帝宫啊，造访旬始星到清都参观。

【原文】

朝发轫于太仪兮①，夕始临乎于微闾②。屯余车之万乘兮，纷溶与而并驰。驾八龙之婉婉兮③，载云旗之逶蛇④。建雄虹之采旄兮⑤，五色杂而炫燿⑥。服偃蹇以低昂兮⑦，骖连蜷以骄骜⑧。骑胶葛以杂乱兮⑨，斑漫衍而方行⑩。撰余辔而正策兮⑪，吾将过乎句芒⑫。历太皓以右转兮⑬，前飞廉以启路⑭。阳杲杲其未光兮⑮，凌天地以径度⑯。风伯为余先驱兮，氛埃辟而清凉。凤凰翼其承旂兮⑰，遇蓐收乎西皇⑱。擥彗星以为旍兮，举斗柄以为麾⑲。叛陆离其上下兮⑳，游惊雾之流波㉑。时暧曃其曭莽兮㉒，召玄武而奔属㉓。后文昌使掌行兮，选署众神以并毂㉔。路曼曼其修远兮，徐弭节而高厉㉕。左雨师使径侍兮，右雷公以为卫。欲度世以忘归兮，意恣睢以担挢㉖。内欣欣而自美兮，聊媮娱以自乐㉗。涉青云以汎滥游兮，忽临睨夫旧乡㉘。仆夫怀余心悲兮㉙，边马顾而不行。思旧故以想像兮，长太息而掩涕。氾容与而遐举兮㉚，聊抑志而自弭㉛。指炎神而直驰兮，吾将往乎南疑㉜。

【注释】

①发轫：原指支住车轮的木头，在这里指让车前进。太仪：天庭。

②于微闾：神话中的山名。

③婉婉：同"蜿蜿"，蜿蜒曲折。

④逶（wēi）蛇（yí）：形容车旗迎风飘扬的样子。

⑤旄（máo）：旄牛尾上装饰的旗子。

⑥燿：同"耀"，光彩夺目。

⑦服：马。古代一驾四马，中间的两匹马称为服。偃（yǎn）蹇：高耸。低昂：一下一上，这里是形容马在奔跑时的样子。

⑧骖：一驾四马中两边的马。连蜷：形容马的矫健。骄骜（áo）：马恣意奔驰的样子。

⑨胶葛：交错杂乱。

⑩斑：这里指马排列形状的多样。漫衍：同"蔓延"，绵延不断。方行：

157

并行。

⑪撰：持、拿。策：马鞭。

⑫句（gōu）芒：古代神话中的木神。

⑬太皓：传说中帝王的名字。

⑭飞廉：风神。启路：开路的意思。

⑮杲杲（gǎo）：明亮的样子。

⑯凌：超越。

⑰承旂（qí）：连接。

⑱蓐收：神话中的西方之神。西皇：西方天帝，即少昊。

⑲麾（huī）：指挥军队的旗子。

⑳陆离：五彩斑斓。

㉑惊雾：云海。

㉒暧曃（dài）：昏暗。晻（tǎng）莽：阴晦不明。

㉓玄武：星宿名，二十八宿之北方七宿。奔属：相伴，相随。

㉔并毂（gǔ）：并驾齐驱。

㉕弭节：停车。高厉：高高腾起。

㉖恣（zì）睢（suī）：放任自得的样子。担（jiē）挢（jiāo）：高举。

㉗媮：同"愉"，快乐。

㉘临睨：俯视。

㉙仆夫：车夫。

㉚氾容：从容泛游。逴举：远行，飞行。

㉛抑志：抑制情感。自弭：自我安慰。

㉜南疑：山名，九疑山。

【译文】

早晨从天庭启程啊，傍晚到了微闾山。上万辆马车聚集在一起啊，从容安详并驾齐驱。驾着八条飞龙蜿蜒而行啊，载着云旗长空绵延。插上绘着雄虹的彩色旌旗啊，五色缤纷夺人眼球。居中的马高大矫健俯仰自如啊，两边的马奔驰蜷曲纵恣向前。车马参差交错啊，队列绵延并列前行。手持缰绳紧握马鞭啊，经过木神句芒继续向前。再过天帝太皓向右转啊，让风神飞廉在前开路。太阳初亮还未大放光明啊，越过天池继续前行。风伯为我做开路的先驱啊，扫除尘土天宇清凉。凤凰展开双翼高举旌旗啊，在西帝那里遇到了蓐收。摘下彗星装饰我的旌旗啊，举起斗柄指挥车骑队形。五彩斑斓忽上忽下啊，云海翻滚似流波泛星。天色渐暗阴晦不明啊，叫来北方玄武紧跟相伴。让文昌在后面带领啊，安排众神并驾前进。道路漫长前途远长啊，掌握车驾腾空而起。左边有雨师在路边侍候啊，右边有雷公护卫身旁。我要超脱尘世忘记归去啊，放纵心意高飞向上。内心欣喜自认美好啊，暂且欢娱求得心情舒畅。飞越青云漫游四方啊，忽然低头看见故乡。车夫知我心悲伤啊，两边的马也停止前行回头张望。思念故友很想归去啊，长长叹息涕泪纵横。慢慢高飞远去啊，暂且压抑思乡之情。朝着南方火神奔去啊，我将前往仙界九疑山上。

【原文】

览方外之荒忽兮，沛罔象而自浮①。祝融戒而还衡兮②，腾告鸾鸟迎宓妃。张《咸池》奏《承云》兮③，二女御《九韶》歌④。使湘灵鼓瑟兮⑤，令海若舞冯夷⑥。玄螭虫象并出进兮⑦，形蟉虬而逶蛇⑧。雌蜺便娟以增挠兮⑨，鸾鸟轩翥而翔飞⑩。音乐博衍无终极兮⑪，焉乃逝以徘徊。舒并节以驰骛兮，逴绝垠乎寒门⑫。轶迅风于清源兮⑬，从颛顼乎增冰⑭。历玄冥以邪径兮⑮，乘间维以反顾⑯。召黔嬴而见之兮⑰，为余先乎平路。经营四荒兮⑱，周流六漠⑲。上至列缺兮⑳，降望大壑㉑。下峥嵘而无地兮，上寥廓而无天。视儵忽而无见兮，听惝怳而无闻㉒。超无为以至清兮，与泰初而为邻㉓。

【注释】

①沛：形容水流动的样子。罔(wǎng)象：同"魍象"，古代传说中的水怪，形容水势大。

②祝融：火神。

③《咸池》：古代的乐曲名。《承云》：传说中黄帝的乐曲。

④二女：这里指娥皇和女英。御：弹奏。《九韶》歌：舜时的乐曲名。

⑤湘灵：古代传说湘水中的神灵。鼓瑟：敲击瑟乐。

⑥海若：古代神话中的海神。冯夷：河神。

⑦玄螭(chī)：传说中的无角龙。虫象：水中的神物。

⑧蟉(liú)虬(qiú)：盘曲的样子。

⑨挠：缠绕。

⑩轩鬐(zhù)：飞举。

⑪博衍：宽平，形容乐声舒缓平和。

⑫逴(chuō)：遥远。绝垠：很远的地方。寒门：地名，非常寒冷的一个地方。

⑬轶：超越，超过。清源：指北极寒风的源头。

⑭颛(zhuān)顼(xū)：人名，传说中的上古帝王。增冰："增"同"层"。增冰，厚冰的意思。

⑮玄冥：北方的水神。邪径：弯路。

⑯间维：指天地之间。反顾：四下回顾。

⑰黔赢：造化之神。

⑱经营：不断往来。四荒：四方荒地。

⑲周流：四处游玩。六漠：指天地四方。

⑳列缺：同"列缺"。天顶上的裂痕，古人将闪电称为列缺。

㉑大壑：大海。

㉒恍惚：模糊不清。

㉓泰初：道家术语，天地形成前的混沌之气。

【译文】

看那世外景象荒远无垠啊，我像在汪洋大海中沉浮。火神祝融劝我掉头回返啊，我传告鸾鸟迎接宓妃。宓妃演奏《咸池》和《承云》啊，娥皇女英把《九韶》来唱。让湘水女神鼓瑟新曲啊，令海神与河伯对舞蹁跹。黑龙水怪一起来跳舞啊，形体蜿蜒姿态万千。彩虹轻盈环绕啊，鸾鸟高飞上下盘旋。音乐舒缓没有停止啊，我远去徘徊蹒跚。放开缰绳任凭马儿飞奔啊，到了天边北极的冰寒之处。超越疾风来到寒风源头啊，跟从颛顼登上层层厚冰。经过水神的崎岖小路啊，在天地之间顾盼回首。召来天神黔嬴与他见面啊，让他为我铺路在前。驾着马车走过四方荒凉啊，天地四方周游一遍。向上直触闪电啊，向下直到大海深渊。下面深邃看不到大地啊，上面高远望不到青天。视力模糊什么也看不见啊，恍惚间什么也听不见。超然无为到清虚境界啊，与原始太初结伴为邻。

卜 居

题解：

"卜居"，蒋骥在《山带阁注楚辞》中曾说："谓所以自处之方。"也就是说，通过占卜来解决自己去向的问题，在这里也可引申为占卜自己该用什么态度对待现实。

和《远游》一样，这篇的作者是否是屈原也有争议。

王逸说："《卜居》者，屈原之所作也。屈原履忠贞之性，而见嫉妒。念谗佞之臣，承君顺非，而蒙富贵。已执忠直，而身放弃，心迷意惑，不知所为。乃往至太卜之家，稽问神明，决之蓍龟，卜己居世何所宜行，冀闻异策，以定嫌疑。故曰《卜居》也。"

然而，近现代的一些楚辞研究者，包括郭沫若、游国恩、陆侃如等人却认为这篇是"伪作"，甚至将《卜居》和《渔父》排除在了屈赋之外。但最终，陈子展在《楚辞直解》中对"伪作说"进行了驳斥，并得到了姜亮夫、汤炳正、蒋天枢等人的认同。

《卜居》再次进入屈赋。

这篇文章采用了散文式的叙述手法，通过提出一系列的占卜问题，来表明自己的处世态度，以及和黑暗现实作激烈抗争的心愿。同时在表明自己对美善的坚持和对丑恶的厌弃时，又因为要作出种种选择而痛苦不堪。最终，忠贞而坚持美善的屈原还是不得不作出取舍，而这种取舍也造就了他生活的艰难和困苦，造就了他悲惨的命运。

本篇最后用郑詹尹的回答来结尾："夫尺有所短，寸有所长，物有所不足,智有所不明……"这充满了智慧的哲学语言,既是对屈原的开导和安慰,也是对后人的警示,是后世赋辞杂文中出现最多的语言。

【原文】

屈原既放①,三年不得复见。竭知尽忠②,而蔽障于谗③。心烦虑乱,不知所从。往见太卜郑詹尹曰④:"余有所疑,愿因先生决之。"詹尹乃端策拂龟⑤,曰:"君将何以教之⑥?"屈原曰:"吾宁悃悃款款朴以忠乎⑦?将送往劳来斯无穷乎⑧?宁诛锄草茅以力耕乎⑨?将游大人以成名乎⑩?宁正言不讳以危身乎⑪?将从俗富贵以媮生乎⑫?宁超然高举以保真乎⑬?将哫訾栗斯⑭,喔咿儒儿以事妇人乎⑮?宁廉洁正直以自清乎?将突梯滑稽⑯,如脂如韦⑰,以洁楹乎⑱?宁昂昂若千里之驹乎⑲?将氾氾若水中之凫乎⑳,与波上下,偷以全吾躯乎?宁与骐骥亢轭乎㉑?将随驽马之迹乎?宁与黄鹄比翼乎?将与鸡鹜争食乎?此孰吉孰凶?何去何从?世溷浊而不清,蝉翼为重,千钧为轻㉒;黄钟毁弃,瓦釜雷鸣㉓;谗人高张㉔,贤士无名。吁嗟默默兮㉕,谁知吾之廉贞?"詹尹乃释策而谢㉖,曰:"夫尺有所短,寸有所长,物有所不足,智有所不明,数有所不逮,神有所不通。用君之心,行君之意,龟策诚不能知此事㉗。"

【注释】

①放:放逐。

②竭:尽。知:同"智"。

③蔽障:阻挠。谗:谗言。

④太卜:官名,掌管国家卜卦的官员。郑詹尹:名字,占卜的官员。

⑤端:摆正。策:占卜用的蓍草。龟:龟壳。"策""龟"都是古代用以占卜的工具,筮用策,卜用龟。在占卜前一定要把策端端正正地摆好,把龟壳拂拭干净,以示虔诚。

⑥教:告诉。

⑦悃(kǔn)悃款款:忠诚勤勉的样子。朴:本来的面目。

⑧将：还是。送往：送别。劳：慰劳。无穷：终日。

⑨宁：宁愿。

⑩游：游说。大人：权要之人。

⑪正言不讳：忠言直谏。危身：奋不顾身。

⑫从俗：追求。媮(tōu)：同"偷"，在这里是苟且求生的意思。

⑬高举：远离世俗。保真：保全纯真的本性。

⑭哫(zú)訾(zī)：阿谀奉承。栗斯：惊恐的样子，此处是形容献媚的丑态。

⑮喔咿儒儿：强作欢颜，以讨人喜欢的样子。妇人：指怀王的宠姬郑袖。

⑯突梯：圆滑。滑稽：巧言谄媚。

⑰韦：熟牛皮，这里意为"柔软"。

⑱洁：同"絜"，测量圆叫絜。楹：屋柱。

⑲昂昂：昂然奋发的样子。

⑳氾氾：漂浮不定的样子。凫：野鸭子。

㉑亢轭(è)：并驾齐驱。

㉒钧：古时三十斤为一钧。

㉓瓦釜(fǔ)：陶制的炊具，这里代表不好的音乐。

㉔高张：气焰嚣张。

㉕吁(xū)嗟(jiē)：感慨叹息。默默：不发一言。

㉖释：放下。

㉗策诚：占卜。知此事：知道此事。

【译文】

屈原被放逐后，三年不能见楚王。他用尽才智和忠诚，却遭到小人的诬陷和阻挠。心烦意乱，无所适从。于是他去拜访太卜郑詹尹，说："我心中有疑难的事，希望先生来帮助决断。"郑詹尹摆正蓍草，拂净龟壳，问道："您有什么要问的呢？"屈原说："我应该勤勤恳恳，质朴忠厚呢？还是迎来送往，不停应酬周旋度日？是应该锄草铲田过一生呢？还是游说王公大臣来成就虚名？是应该忠言直谏不顾性命呢？还是贪图富贵苟且偷生？是超然世外保持自己的本真呢？还是阿谀奉承，强装笑颜来讨好人？是应该廉洁正直，洁身自好呢？还是圆滑世故，如油脂滑腻，似熟牛皮柔软来缠住大柱子？是应该像昂首长嘶的千里神驹呢？还是像在水中漂游的野鸭，随波逐流为保全自己的躯体？是应该与骏马并驾齐驱呢？还是跟在劣马的后面？是应该与黄鹄比翼齐飞呢？还是与鸡鸭争食？这一切，怎样做是吉，怎样做是凶？哪些该抛弃，哪些该依从？世道混浊是非不清：说薄薄的蝉的翅膀重，千钧之物反说轻；乐器黄钟被毁弃不用，瓦锅却敲得声如雷鸣；谗佞小人嚣张跋扈，声名大振，贤人志士却默默无名。唉！还是沉默吧，谁能了解我的廉洁忠贞！"郑詹尹听后，放下蓍草辞谢道："一尺有嫌短的时候，一寸也有嫌长的时候；任何事物都有不足的地方，智者也有不知道的时候；占卜有时也难卜吉凶，神仙也有办不到的事情。就随您的心意而为吧，龟壳蓍草决断不了这些事情！"

渔 父

题解：

标题显浅易懂，"渔父"，即捕鱼的老人，这里也可以引申为打鱼的隐者。

对于此篇作者，在很长时间里，在文学家、史学家眼里，均是屈原的作品。比如王逸说："《渔父》者，屈原之所作也。屈原放逐，在江湘之间，忧愁叹吟，仪容变易。而渔父避世隐身，钓鱼江滨，欣然自乐。时遇屈原川泽之域，怪而问之，遂相应答。楚人思念屈原，因叙其辞以相传焉。"

朱熹和蒋骥也分别在《楚辞集注》和《山带阁注楚辞》中认为这确实为屈原作品。

直到清朝，《渔父》才被崔述称为伪作。对于崔述的伪作说，姜亮夫在《屈原赋校注》中予以了反驳："至近世崔述以庾信《枯树赋》以称桓大司马，谢惠连《雪赋》之称相如，因以定《渔父》《卜居》之称，屈原为假托成文。假托成文，固亦《庄子》寓言之例，而尤以为辞赋家之常事；……史公非可以伪托欺者也，何以尚录之本传？又沧浪之歌明载乎《孟子》，其为江汉民间流行之曲，能假为《渔父》之文者，未必不读《孟子》，而渔父之歌之可供采择者亦至多，托伪者乃不之采，而取孺子所歌，大义与上文了不相属，又未必为渔者至高之境界，此不为当时直录所历，不计巧拙，亦将无以解于此疑。"

姜亮夫有理有据的反驳，让后世不再怀疑这是屈原所作，因为此篇思想性和可读性都非常强，是难得一见的优美辞篇。

此篇的内容是写屈原遭谗被逐后，心情非常沮丧，他形容枯槁地漫步在江畔，遇到了一位渔父。渔父说他身份不低，为何会如此憔悴不堪？然后两个人通过一问一答的方式，很好地揭示出了屈原的处世态度：洁身自好，不与世俗同流合污，同时也体现出了他不惜舍生取义的精神。

通过渔父的话语，我们知道他是位主张"与世推移"的隐者。对这位渔父隐者，明代的王夫之曾在《楚辞通释》中说："江汉之间，古多高蹈之士，隐于耕钓，若接舆、庄周之流，皆以全身远害为道，渔父盖其类也。"

渔父与时浮沉的处世思想，同屈原形成了强烈的对比：一个看透尘世纷扰，恬淡随性，乐天知命；另一位却执着坚守人格精神，宁愿舍弃生命也不同流合污。全篇在两个人的简短对话中，成功地塑造了两种对立的人生态度和处世哲学。

屈原写这篇文章的时候，一定没有想到，世人对这篇文章中"渔父"处世哲学的推崇，高于对他处世哲学的推崇。比如晋人王胡之在《与庾安西笺》中说："百姓投一纶、下一筌者，皆夺其渔器。不输十匹，则不得放。不知漆园吏何得持竿不顾，渔父鼓枻而歌沧浪也。"这正说明了他们对"渔父"生活方式和处世哲学的向往。

到了唐宋以后，歌颂"渔父"的诗文就更多了。如北宋范仲淹的《出守桐庐道中》："笑解尘缨处，沧浪无限清。"南宋严羽给自己的诗取名《沧浪诗话》，足以看出此篇文章中的"渔父"对后人的影响。

除此而外，这篇《渔父》对七言诗的发展也有一定的影响，明朝的徐祯卿在《谈艺录》中说："七言始起，咸曰柏梁。然宁戚扣牛，已肇《南山》之篇矣。其为则也，声长字纵，易以成文。故蕴气雕词，与五言略异。要而论之：《沧浪》擅其奇，《柏梁》宏其质，《四愁》坠其隽，《燕歌》开其靡。"

虽然徐祯卿只提到了《渔父》中的"沧浪歌"部分，但也能看出《渔父》为七言律诗的发展和变化所起的作用。

【原文】

屈原既放,游于江潭,行吟泽畔①,颜色憔悴②,形容枯槁。渔父见而问之曰:"子非三闾大夫与③?何故至于斯?"屈原曰:"举世皆浊我独清,众人皆醉我独醒,是以见放。"渔父曰:"圣人不凝滞于物④,而能与世推移⑤。世人皆浊,何不淈其泥而扬其波⑥?众人皆醉,何不铺其糟而歠其醨⑦?何故深思高举⑧,自令放为?"屈原曰:"吾闻之,新沐者必弹冠⑨,新浴者必振衣⑩。安能以身之察察⑪,受物之汶汶者乎⑫?宁赴湘流,葬于江鱼之腹中。安能以皓皓之白⑬,而蒙世俗之尘埃乎!"渔父莞尔而笑,鼓枻而去⑭。歌曰:"沧浪之水清兮,可以濯吾缨;沧浪之水浊兮,可以濯吾足。"⑮遂去,不复与言。

【注释】

①泽畔:河边。

②颜色:脸色。

③三闾大夫:掌管楚国王族屈、景、昭三姓事务的官。

④凝滞:拘泥,固执。

⑤推移:变化改变。

⑥淈(gǔ):扰乱。波:波浪,在这里是浊浪,浑水。

⑦歠(chuò):饮,喝。醨:通"漓",味道清淡的酒,薄酒。

⑧高举:自命清高,高出世俗的行为。

⑨弹冠:弹去帽子上的灰。

⑩振衣:抖去衣服上的灰尘。

⑪察察:洁净的样子。

⑫汶汶:污浊的样子。

⑬皓皓:洁白纯净的样子。

⑭鼓枻(yì):划桨。

⑮沧浪:水名,汉水的支流,在湖北境内,或谓沧浪之水清澈的样子。

【译文】

屈原被放逐之后,在江边独行。他边走边唱,脸色憔悴,形容枯槁。渔父看到他后问他道:"您不就是三闾大夫吗?为什么会落到如此地步?"屈原说:"世上的人全都污浊,只有我最清白;每个人都醉了,只有我最清醒,因此被放逐。"渔父说:"圣德之人不会被世事束缚,他们能随着世道变化而变化。既然世上的人都是肮脏龌龊的,您为什么不把水搅得更浑浊,扬起浊浪?既然个个都沉醉不醒,您为什么不跟着吃酒糟喝薄酒?为什么自命清高与众不同,使自己落到被放逐的下场呢?"屈原说:"我听说:刚刚洗过头的人一定要弹去帽子上的灰尘,刚刚洗好澡的人一定要抖净衣服上的灰尘。怎么能让洁白的身体去接触污浊的外物?我宁愿跳进湘江,葬进鱼腹。怎么可以让洁白的身躯蒙受世俗的尘埃?"

渔父微微一笑,摇起船桨离身而去,口中唱道:"沧浪的水清又清啊,可以洗我的帽缨;沧浪的水浊又浊啊,可以洗我的双脚。"渔夫唱完便离开了,不再和屈原说话。

九　辩

题解：

　　"九辩"，"九阙"或"九遍"的意思。《九辩》和《九歌》一样，是夏启从天上带来的乐曲，"九辩"为古乐曲名，是指由若干乐章组合而成的曲调。由于本篇的作者是屈原的学生宋玉，所以有人说这是宋玉借用古乐曲名自铸新词为纪念老师屈原而写的。

　　对于宋玉其人，《史记·屈原贾生列传》中说："屈原既死之后，楚有宋玉、唐勒、景差之徒者，皆好辞而以赋见称。然皆祖屈原之从容辞令，终莫敢直谏。"

　　《九辩》有二百五十多句，是继《离骚》之后，又一首感情深挚的自叙性长篇抒情诗。

　　作品以渐渐衰败的楚国为背景，通过叙述主人公的经历，感叹主人公的遭遇，抒发其情志。作者以悲秋和忠君为主题，在反映社会现实状况的同时，也体现出了主人公和作者的忧国忠君情怀，同时感慨"贫士失职而志不平"。

　　在内容上，《九辩》一开始就把秋季万木黄落、山川萧瑟的自然现象，同主人公失意巡游、心绪飘浮的悲怆有机地结合了起来，并加以细致而详细的描写；随后又反复抒写着悲秋的原因，将人的感情投射到自然界，让读者感受到了主人公那不为世俗所容的孤独和凄凉；最后又写了主人公在清醒地认识到楚国朝廷的混乱和污浊后，由于不愿顺从世俗，放弃人格和尊严，不得不远走高飞的情怀。

　　整篇文章通过现实和想象的强烈对比，把悲秋主题渲染得淋漓尽致，在给读者带来悲怆感的同时，也勾起人们对自然变化、人事浮沉的感叹。

作为宋玉的一篇代表作，《九辩》在结构上既各有主旨地独立存在，又相互关联互为融合，整体结构严谨而精美。篇中对秋景的描绘，更是令人读来意犹未尽，成为后世学习和模仿的经典之作。

汉武帝的《秋风辞》、曹植的《秋思赋》、曹丕的《燕歌行》等，无不是从"萧瑟兮草木摇落而变衰，憭慄兮若在远行，登山临水兮送将归"中找到的灵感，并模仿而作。

后人在模仿《九辩》的时候，其实《九辩》也在借鉴和模仿着屈原的《离骚》，如《九辩》中的"圜凿而方枘兮，吾固知其锄而难入"，正是从《离骚》"不量凿而正枘兮""何方圜之能周兮"中发展而来的。因此也可以说，宋玉的《九辩》和屈原的《离骚》是一脉相承之作。

【原文】

悲哉秋之为气也！萧瑟兮草木摇落而变衰①，憭慄兮若在远行②，登山临水兮送将归。泬寥兮天高而气清③，寂寥兮收潦而水清④。憯悽增欷兮薄寒之中人⑤，怆怳懭悢兮⑥，去故而就新⑦，坎廪兮贫士失职而志不平⑧，廓落兮羁旅而无友生⑨。惆怅兮而私自怜。燕翩翩其辞归兮⑩，蝉寂漠而无声⑪。雁廱廱而南游兮⑫，鹍鸡啁哳而悲鸣⑬。独申旦而不寐兮⑭，哀蟋蟀之宵征。时亹亹而过中兮⑮，蹇淹留而无成⑯。

【注释】

①萧瑟：草木被风吹动时发出的声音。

②憭（liáo）慄（lì）：凄凉的意思，这里形容心情凄惨悲凉。

③泬（xuè）寥（liáo）：晴空万里，天空高阔无云的样子。气清：空气清爽。

④寂寥：同"寂寥"，空旷寂静，没有声音。收潦（lǎo）：雨后的积水。

⑤憯（cǎn）悽（qī）：悲痛、伤心难过的样子。欷（xī）：叹息声。薄寒：轻微的寒冷。中（zhòng）：伤害，在这里作动词用。

⑥怆(chuàng)怳(huǎng)、懭(huǎng)悢(lǎng)：都是形容人不得志失意的样子。

⑦去：离开。就：靠近。

⑧坎廪(lǐn)：穷困潦倒的样子。

⑨廓落：空旷寂寥，这里指空虚寂寞。羁(jī)旅：客居，旅居。友生：朋友。

⑩翩翩：鸟飞起来好看的样子。

⑪宋漠：寂静，没有声音。

⑫雝雝(yōng)：鸟和鸣发出的声音。

⑬鹍(kūn)鸡：鸟名，样子很像鹤，黄白色。啁(zhāo)哳(zhā)：声音繁杂而细碎。

⑭申旦：通宵达旦。

⑮宵征：原指夜行，这里指蟋蟀在夜间不停活动。亹亹(wěi)：行进不停的样子。

⑯蹇：句首的语助词。淹留：停留，停止。

【译文】

悲凉啊暮秋的天气！萧瑟啊草木凋零枯黄，心里好凄凉啊好像游子在远行，登山临水啊送别友人踏上归程，晴空万里啊天空高阔无云空气清新，清澈平静啊积水清澈澄明，悲伤叹息啊微寒阵阵袭来，恍惚惆怅啊离乡远去到他方，路途坎坷啊丢了官职又心中难平，处境寂寥啊客居他乡无朋友。失意悲伤啊只能暗自伤情，燕子翩翩飞故乡啊，秋蝉静默没了声音。大雁鸣叫着向南飞啊，鹍鸡不停啾啾来悲鸣。独自通宵达旦不能入眠啊，蟋蟀彻夜鸣叫增添悲情。时光流逝转瞬过了半生啊，滞留他乡仍然一事无成。

【原文】

悲忧穷戚兮独处廓①，有美一人兮心不绎②。去乡离家兮徕远客③，超逍遥兮今焉薄④？专思君兮不可化⑤，君不知兮可奈何⑥！蓄怨兮积思⑦，心烦憺兮

172

忘食事⑧。愿一见兮道余意,君之心兮与余异。车既驾兮揭而归⑨,不得见兮心伤悲。倚结轮兮长太息⑩,涕潺湲兮下霑轼⑪。忼慨绝兮不得⑫,中瞀乱兮迷惑⑬。私自怜兮何极,心怦怦兮谅直⑭。

【注释】

①穷戚:非常贫穷,陷入困窘中的意思。廓:大而空旷,这里形容心情寂寞无聊。

②有美一人:有一个具有高尚美德的人。绎:原指抽丝,这里形容人的心绪烦乱,无法理清。

③俫:同"来"。远客:异客,客居的意思。

④超:远。逍遥:原指悠闲自在,在这里指无依无靠。焉:哪里。薄:停止。

⑤君:君王。化:改变的意思。

⑥可奈何:无可奈何。

⑦怨:忧虑,忧愁。

⑧烦惛:内心烦乱。忘食事:忘记吃饭和做事。

⑨揭(qiè):去,离开。

⑩倚:靠着。结轮(líng):古时马车车箱上的横木。

⑪潺(chán)湲(yuán):河水缓慢流动的样子,这里形容泪流不止。霑:同"沾"。轼:古时马车上乘坐者扶的横木。

⑫忼慨:情绪激昂。不得:做不到。

⑬瞀乱:混乱不堪。

⑭怦怦:形容心跳急速,这里指心情迫切。谅直:诚实正直。

【译文】

悲愁困窘啊独自空虚寂寞,有一位高尚美德的人啊心绪烦乱。离乡背井啊客居异乡,孤独漂流啊要归向何处?思念君王啊我忠心不变,君王不知我的心意啊又能怎样!满腔哀怨啊思虑万千,心里烦闷啊没有心情吃饭。愿见一面啊向君王表心意,君王心思啊却与我迥异。驾好马车啊走远又返回,不见君王

173

啊心伤悲。倚着车栏啊长叹息，泪水涟涟啊沾湿了车上的横木。情绪激昂想绝决啊又做不到，心里烦乱啊心中迷茫。独自哀怜啊忧心之极，心情迫切啊始终诚实正直。

【原文】

皇天平分四时兮①，窃独悲此廪秋②。白露既下百草兮③，奄离披此梧楸④。去白日之昭昭兮⑤，袭长夜之悠悠⑥。离芳蔼之方壮兮⑦，余萎约而悲愁。秋既先戒以白露兮⑧，冬又申之以严霜。收恢台之孟夏兮⑨，然欿傺而沉藏⑩。叶菸邑而无色兮⑪，枝烦挐而交横⑫。颜淫溢而将罢兮⑬，柯仿佛而萎黄⑭。萷櫹椮之可哀兮⑮，形销铄而瘀伤⑯。惟其纷糅而将落兮⑰，恨其失时而无当⑱。揽骖辔而下节兮⑲，聊逍遥以相佯⑳。岁忽忽而遒尽兮㉑，恐余寿之弗将㉒。悼余生之不时兮，逢此世之俇攘㉓。澹容与而独倚兮㉔，蟋蟀鸣此西堂。心怵惕而震荡兮㉕，何所忧之多方㉖？卬明月而太息兮㉗，步列星而极明㉘。

【注释】

①四时：这里指四季。

②廪：同"凛"，寒冷。

③下：降下。古人以为露也和雨雪一样是由天上落下来的。

④奄：忽然，这里是快速的意思。离披：形容树叶凋零的萧瑟样子。梧楸（qiū）：梧桐树和楸树。

⑤昭昭：光明。

⑥袭：接着，接下来的意思。

⑦蔼：形容枝叶繁茂。壮：茂盛。

⑧戒：警告，警示。

⑨恢台：广大的样子，这里形容万物茂盛。

⑩然：句首发语。欿（kǎn）傺（chì）：枯萎、停止。

⑪菸（yū）邑（yì）：枯萎，形容树叶枯损的样子。

⑫烦挐(rú)：缠缠绕绕，烦乱。
⑬颜：容，这里指树的外表。淫溢：过分。罢：通"疲"，指枝叶落尽。
⑭柯：草木的茎。彷佛：模糊，看不清楚。"彷"同"仿"。
⑮葂(shāo)：树梢。槮(xiāo)椮(sēn)：形容树叶凋落后光秃秃的样子。
⑯销铄(shuò)：销毁，摧残。瘀：血液凝积。
⑰惟：这里是想的意思。纷糅：纷乱，杂乱。
⑱恨：遗憾，痛惜。失时：这里指失去了好的时间。当：遇到。
⑲掔：抓住。骒(fēi)辔：马缰绳。下节：停止甩鞭，这里指让马缓缓前行。
⑳相佯：徜徉，自由自在地来往。
㉑忽忽：形容时间飞逝。逎(qiú)尽：接近尽头。
㉒弗将：无法长久的意思。"弗"，不，无。"将"，长久。
㉓㤂攘：混乱，纷乱不安的样子。
㉔澹：安然的样子。容与：闲散的样子。独倚：自己靠自己。"倚"，依靠。
㉕怵(chù)惕：心里害怕，恐惧。震荡：心神不定。
㉖多方：形容多的样子。
㉗卬(yǎng)：同"仰"，抬头看。
㉘列星：形容星星很多，布满天空。

【译文】

　　皇天将一年分为四季啊，我唯独为这寒秋暗生悲伤。白露已经降在了百草上啊，树叶凋零树枝稀疏的是梧桐和楸树。朗朗白日已经过去了啊，紧接着就是漫漫黑夜。没有了繁盛的花令时节啊，只剩下花谢叶凋让人悲。秋天先降白露是为警示啊，寒冷的冬天又覆盖上了层层冰霜。收起了盛夏的葱郁生机啊，深藏起万物的生机勃勃。树叶枯萎无光啊，枝干纷乱错杂又无章；色彩黯淡将凋落啊，树枝零落早枯黄；枯枝萧疏令人悲啊，外形枯槁好似有瘀伤。想起败叶衰草即将凋零啊，感慨错失了美好时光。牵着缰绳停止挥马鞭啊，姑且自在缓慢前行。岁月匆匆一年到尽头啊，恐怕我的寿命不会长久。伤感生不逢时啊，遇上世道这样的凌乱不安。恬淡悠闲独倚栏杆啊，听见蟋蟀鸣叫在那西堂。心中惊惧忐忑不安啊，为何忧伤聚集如此之多？仰望明月久久叹息啊，徘徊星空下直到天亮。

【原文】

窃悲夫蕙华之曾敷兮①，纷旖旎乎都房②。何曾华之无实兮③，从风雨而飞飏④。以为君独服此蕙兮⑤，羌无以异于众芳⑥。闵奇思之不通兮⑦，将去君而高翔。心闵怜之惨悽兮，愿一见而有明⑧。重无怨而生离兮⑨，中结轸而增伤⑩。岂不郁陶而思君兮⑪？君之门以九重⑫。猛犬狺狺而迎吠兮⑬，关梁闭而不通⑭。皇天淫溢而秋霖兮⑮，后土何时而得漧⑯！块独守此无泽兮⑰，仰浮云而永叹。

【注释】

①蕙华：蕙草开的花。"华"同"花"。曾敷："曾"同"层"。"敷"，开放。曾敷，重重开放。

②旖（yǐ）旎（nǐ）：柔美的样子。都（dū）房：豪华美丽的房屋。

③无实：不结果实。

④飞飏（yáng）：飘扬。

⑤服：在这里是佩戴的意思。

⑥羌：句首发语词。

⑦闵：哀伤。奇思：在这里指忠诚的心。不通：不能通达。

⑧有明：自我表白，在这里指向君王表明自己的心意。

⑨重：深思。无怨：没做让人（君王）怨恨的事。生离：生生隔离，在这里指被逐出。

⑩中：内心。结轸：郁结悲痛。

⑪郁陶（yáo）：忧思郁结的样子。

⑫九重：原指天门，这里形容君门深邃，难得一进。

⑬狺狺（yín）：狗叫的声音。迎吠：对着人狂叫。

⑭关梁:关隘桥梁。
⑮淫溢:这里指不停下雨。秋霖:秋雨。
⑯后土:大地,古人常用"后土"与"皇天"对称。漧(gān):干。
⑰块:孤独的样子。芜泽:同"芜泽",乱草丛生的沼泽之地。

【译文】

暗自悲叹蕙花层层开放啊,繁盛娇美布满华丽殿堂。为何花朵累累却不结果实啊,在风雨中四处飞扬。本以为君王独爱佩戴蕙花啊,谁料在他眼中和其他花没有区别。哀伤一片忠心君王不知啊,我将离开君王远走他乡。心藏悲哀倍感凄凉啊,希望再见君王一面诉说衷肠。深感无罪却要被放逐啊,悲痛郁结更添哀伤。忧思满怀怎不思念君王啊?无奈宫门幽深重重关卡。守门的猛犬向我狂吠啊,关梁阻塞道路不通。上天降下了绵绵秋雨啊,大地何时才能变干!独自守在荒芜的沼泽啊,仰望浮云哀声长叹。

【原文】

何时俗之工巧兮①,背绳墨而改错②!却骐骥而不乘兮,策驽骀而取路③。当世岂无骐骥兮,诚莫之能善御。见执辔者非其人兮,故騑跳而远去④。凫雁皆唼夫梁藻兮⑤,凤愈飘翔而高举。圜凿而方枘兮⑥,吾固知其鉏铻而难入⑦。众鸟皆有所登栖兮,凤独遑遑而无所集⑧。愿衔枚而无言兮,尝被君之渥洽⑨。太公九十乃显荣兮⑩,诚未遇其匹合。谓骐骥兮安归?谓凤皇兮安栖?变古易俗兮世衰,今之相者兮举肥⑪。骐骥伏匿而不见兮,凤皇高飞而不下。鸟兽犹知怀德兮⑫,何云贤士之不处⑬?骥不骤进而求服兮⑭,凤亦不贪馁而妄食⑮。君弃远而不察兮,虽愿忠其焉得?欲寂漠而绝端兮⑯,窃不敢忘初之厚德。独悲愁其伤人兮,冯郁郁其何极⑰!霜露惨悽而交下兮⑱,心尚幸其弗济⑲。霰雪雰糅其增加兮⑳,乃知遭命之将至。愿徼幸而有待兮㉑,泊莽莽与埜草同死㉒。愿自往而径游兮,路塞绝而不通㉓。欲循道而平驱兮㉔,又未知其所从。然中路而迷惑兮,自压桉而学诵㉕。性愚陋以褊浅兮㉖,信未达乎从容㉗。

【注释】

①时俗：时下风气。工巧："工"，擅长。"巧"，投机取巧。

②绳墨：绳线和墨斗，木工画线的工具，在这里借指规则法度。错：同"措"，举措。

③驽(nú)骀(tāi)：劣马。取路：上路。

④踘(jú)跳：跳跃。

⑤凫：野鸭。雁：大雁。唼(shà)：水鸟或鱼吃东西。梁：粟米。藻：藻类植物。

⑥圜：同"圆"。凿：凿开，这里指洞眼。枘(ruì)：圆的洞眼安方的榫子。

⑦吾：我。固：本来。钼(jǔ)铻(yǔ)：彼此不相合，互相抵触。

⑧凤：凤凰。遑遑：惶惶不安的样子。无所集：没有栖息的地方。

⑨渥(wò)洽(qià)：深厚的恩泽。

⑩太公：姜太公。荣：荣耀。

⑪相：看，观察。举肥：只看马的肥壮，这里喻指选人才只看表面。

⑫怀德：感恩戴德。

⑬何云：反问语气词。不处：不留这里。

⑭骤进：迅速前进。服：驾车，拉车。

⑮餧(wèi)：同"喂"，喂养的意思。妄食：胡乱地吃。

⑯寂漠：同"寂寞"。绝端：断绝。

⑰冯(píng)：同"凭"，在这里是内心愤懑的意思。

⑱交下：一起降落。

⑲幸：同"幸"，希望。济：成功。

⑳霰：雪珠。雾糅：纷乱繁杂。

㉑微幸：同"侥幸"。

㉒泊：止。

㉓壅(yōng)绝：堵塞。

㉔循：遵循。平驱：平稳地驰骋。

㉕压桉(àn)：压抑。桉,同"案"。学诵：学习写宜于读诵的韵文。

㉖褊(biǎn)浅：狭隘浅薄。

㉗达：明白,懂得。从容：言行举止。

【译文】

为什么时下的风气是投机取巧啊,背离法则乱改举措！拒绝千里马不骑啊,却骑着劣马去赶路。当世难道没有骏马啊,实在是没有人把它驾驭。看到不是好驭手啊,骏马就会扬蹄远离。野鸭大雁鱼食粟米水藻啊,凤凰展翅高飞去。凿圆孔却用方榫头啊,我早知必定会互相抵触。群鸟都有栖息地啊,凤凰却难找到安身处。愿像衔枝一样什么都不说啊,却又难忘君王对我的深厚恩泽。姜太公九十岁才得赏识啊,实在是之前没遇上明主。良马啊哪里是归宿？凤凰啊栖息在何处？变古易俗啊世道衰,相马也只看马外形的肥硕。骏马都藏匿起来不出现啊,凤凰高飞也不返回。鸟兽都知道感恩图报啊,怎能说贤士不肯帮助明主？良马不会因为急于求进而去驾车啊,凤凰也不会贪图果腹而乱吃。君王疏远我不加以明察啊,我虽愿竭尽忠心又能如何？也想要自甘寂寞断绝对君王的眷恋啊,暗地里却不敢忘记君王当初的恩德。独自悲愁很伤人啊,愤懑抑郁哪有尽头！霜露齐降很凄凉啊,心里还希望灾祸不降临。雪纷纷扬扬越下越大啊,才知道恶运即将降临。怀着侥幸之心在等待啊,却只能与茫茫野草同枯败。我想径直前去游一番啊,路途阻塞难走通。想遵循大道平稳驰骋啊,又不知道该去向何处。走到中途心愈迷茫啊,克制情感把诗歌吟诵。生性愚笨又浅薄啊,实在不明白要如何行事。

【原文】

窃美申包胥之气盛兮①,恐时世之不固②。何时俗之工巧兮？灭规矩而改凿③。独耿介而不随兮④,愿慕先圣之遗教⑤。处浊世而显荣兮,非余心之所乐。与其无义而有名兮,宁穷处而守高。食不媮而为饱兮⑥,衣不苟而为温⑦。窃慕诗人之遗风兮,愿托志乎素餐⑧。蹇充倔而无端兮⑨,泊莽莽而无垠⑩。无衣裘以御冬兮,恐溘死不得见乎阳春⑪。

【注释】

①窃美:私下赞美。申包胥:春秋时楚国的大夫,为了救楚国,曾在秦国朝廷哭了七天七夜,终于感动秦哀公出兵救楚。

②不固:不一样。

③凿:在这里是"措",措施的意思。

④耿:耿直,正直。不随:不随波逐流。

⑤慕:在这里是效法的意思。遗教:遗范。

⑥媮(tōu):苟且。

⑦苟:随便的意思。

⑧素餐:白吃饭,这里指俭朴的饮食。

⑨充倔:充塞,隔绝。

⑩泊莽莽:形容无边无际的样子。

⑪溘:突然。

【译文】

暗暗称赞申包胥的爱国壮举啊,恐怕时势和以前已经大不同。为何世俗风气善于投机取巧啊?丢弃规矩方圆乱改法度。独自正直不随波逐流啊,愿效法前代圣贤的遗范。身处浊世而得到显贵荣耀啊,绝非我乐意做的事。与其不讲正义只为虚名啊,宁愿穷困独处坚守节操。食不苟且只图果腹啊,衣不随便只求温暖。我仰慕古代诗人的遗风啊,甘心以俭朴的生活寄托志向。断绝了通道没有出路啊,只能在茫茫荒野独自飘荡。没有皮衣来御严寒啊,恐怕突然死去看不到明媚的阳光。

【原文】

靓杪秋之遥夜兮①,心缭悷而有哀②。春秋逴逴而日高兮③,然惆怅而自悲④。四时遰来而卒岁兮⑤,阴阳不可与俪偕⑥。白日晼晚其将入兮⑦,明月销铄而减毁⑧。岁忽忽而遒尽兮,老冉冉而愈弛⑨。心摇悦而日幸兮⑩,然怊怅而无冀⑪。中憯恻之悽怆兮⑫,长太息而增欷⑬。年洋洋以日往兮⑭,老嵺廓而无处⑮。事亹亹而觊进兮⑯,蹇淹留而踌躇。

【注释】

①靓(jìng):同"静"。杪(miǎo)秋:"杪",树的末端。杪秋,秋天的末尾,晚秋。

②缭悷(lì):这里形容心中忧思久久不散的样子。"悷",悲伤。

③春秋:本指时间,这里指岁月和年龄。逴(chuō)逴:远而高的样子。高:在这里是老去的意思。

④然:首发语词。自悲:自感悲凉。

⑤遰(dì):同"遞",更替。卒岁:年终。

⑥俪偕:并,一起。

⑦晼(wǎn)晚:太阳西落,天色已晚。

⑧销铄:损耗,削弱,这里指月缺。

⑨冉冉:渐渐地。弛:松弛。

⑩摇悦:喜悦。日幸:每天都庆幸。

⑪怊(chāo)怅:悲伤失意的样子。冀:希望。

⑫憯(cǎn)恻:悲哀,惨痛。

⑬增欷:更长的叹息。

⑭洋洋:舒缓的样子。

⑮嵺(liáo)廓:空旷,空虚。

⑯亹(wěi)亹:勤勉不倦的样子。觊(jì):希望。

【译文】

清清冷冷的晚秋长夜啊,愁绪缭绕无限悲凉。岁月如流年事高啊,暗自惆怅自感悲伤。四季更迭又到了岁末啊,阴阳交替无法相随。太阳昏暗就要西下了啊，月缺又少了清辉。岁月匆匆已经到了尽头了啊，越来越老让精力衰退。曾怀抱喜悦侥幸期待，最终悲伤失望放弃了希望。内心悲伤欲绝啊，声声长叹更加伤感。日子一天天过去啊，年老空虚寂寞不知归向何处。继续行进不止企图进取啊，却只能长留此处独自踌躇。

【原文】

何氾滥之浮云兮[1]，猋壅蔽此明月[2]！忠昭昭而愿见兮[3]，然霠曀而莫达[4]。愿皓日之显行兮[5]，云蒙蒙而蔽之。窃不自聊而愿忠兮[6]，或黕点而污之[7]。尧舜之抗行兮[8]，瞭冥冥而薄天[9]。何险巇之嫉妒兮[10]，被以不慈之伪名[11]？彼日月之照明兮，尚黭黮而有瑕[12]。何况一国之事兮，亦多端而胶加[13]。

【注释】

①氾滥：同"泛滥"，在这里形容乌云密布。

②猋（biāo）：原指狗跑动的样子，这里形容浮云流动很快。雍蔽：遮掩。

③见：同"现"，显露出来的意思。

④霠（yīn）：乌云蔽日。曀（yì）：天色阴暗。莫达：无法达到。

⑤皓日：明亮的太阳，这里指明君。显行：带着光芒运行。

⑥聊：同"料"，考虑，料想。

⑦黕（dǎn）点：污点。

⑧抗行：高尚的德行。"抗"，高尚。

⑨瞭冥冥：明亮而深远。薄：接近。

⑩险巇（xī）：险恶，这里指小人作梗。

⑪被：同"披"。

⑫黭黮（dàn）：昏暗不明。

⑬胶加：纠缠不清。

【译文】

为什么浮云滚滚啊,很快就遮掩了明月?忠心耿耿愿表明心迹啊,但乌云蔽日难以实现。希望太阳明亮的照耀啊,但云雾蒙蒙把它遮掩。没有过多考虑只想一心报君啊,竟遭到无端诽谤与污蔑。尧帝舜帝的高尚德行啊,光辉能照向云天。为什么险恶小人要嫉妒啊,让他们蒙受不慈的冤名?太阳和月亮光辉万丈啊,尚且有黯淡黑斑出现的时候。何况一个国家的政事啊,更是头绪纷繁错杂迷乱。

【原文】

被荷裯之晏晏兮①,然潢洋而不可带②。既骄美而伐武兮③,负左右之耿介④。憎愠惀之修美兮⑤,好夫人之慷慨⑥。众踥蹀而日进兮⑦,美超远而逾迈⑧。农夫辍耕而容与兮⑨,恐田野之芜秽⑩。事绵绵而多私兮⑪,窃悼后之危败⑫。世雷同而炫曜兮⑬,何毁誉之昧昧⑭!今修饰而窥镜兮,后尚可以窜藏⑮。愿寄言夫流星兮,羌儵忽而难当⑯。卒壅蔽此浮云兮,下暗漠而无光。尧舜皆有所举任兮,故高枕而自适。谅无怨于天下兮,心焉取此怵惕?粢骐骥之浏浏兮⑰,驭安用夫强策⑱?谅城郭之不足恃兮⑲,虽重介之何益?遭翼翼而无终兮⑳,忳惛惛而愁约㉑。生天地之若过兮㉒,功不成而无效。愿沉滞而不见兮㉓,尚欲布名乎天下㉔。然潢洋而不遇兮㉕,直怐愗而自苦㉖。莽洋洋而无极兮,忽翱翔之焉薄㉗?国有骥而不知乘兮㉘,焉皇皇而更索㉙?宁戚讴于车下兮㉚,桓公闻而知之。无伯乐之善相兮㉛,今谁使乎誉之。罔流涕以聊虑兮㉜,惟著意而得之㉝。纷纯纯之愿忠兮㉞,妒被离而鄣之㉟。

【注释】

①荷裯(dāo):用荷叶做的短衫。晏晏:漂亮美艳。

②潢洋:衣服宽大不贴身。

③骄美:自以为很美好。伐武:炫耀武力。

④负：自负。左右：这里指君王的左右，也就是大臣、近侍。耿介："介"，铠甲。耿介在此指雄壮威武。

⑤愠愉：不善言语，心里有话说不出来。

⑥夫：那，指示代词。人：指小人。慷慨：能说会道，在这里有大言不惭的意思。

⑦踥（qiè）蹀（dié）：小步行走的样子。

⑧美：具有美德的人。超远：转身远去。逾迈：越走越快。

⑨容与：懒散悠闲。

⑩芜秽：田地荒芜，杂草丛生。

⑪绵绵：连续不断。私：私欲。

⑫后之危败：将来国势的危难衰败。

⑬雷同：相同，这里指随声附和。炫曜（yào）：夸耀，互相吹捧。

⑭昧昧：昏暗不明的样子。

⑮窜藏：藏起来，这里指谨慎自保。

⑯儵忽："儵"，同"倏"。儵忽，形容速度很快。

⑰浏浏：原指水清澈的样子，这里形容骏马的奔驰如同流水一样顺畅。

⑱强策：用力甩马鞭。

⑲城郭：城墙。

⑳邅（zhān）：回旋不前。翼翼：小心谨慎的样子。

㉑忳（tún）：郁闷。惛惛（hūn）：精神萎靡，神志不清的样子。约：约束，束缚。

㉒若过：若白驹过隙，形容时间过得飞快。

㉓沉滞：沉下去埋在地下，这里是埋没人才的意思。见：同"现"。

㉔布名乎天下：扬名天下。

㉕漭洋：在这里是茫茫然的意思。不遇：遇不到明君。

㉖恂（kòu）愗（mào）：愚昧，反应迟钝。

㉗焉薄：住宿，落脚的意思。

㉘椉（chéng）：同"乘"，在这里是驾驭马车的意思。

㉙皇皇：同"惶惶"，在这里是迷迷糊糊的意思。索：索求。
㉚宁戚：人名。春秋时卫国人，受到齐桓公重用。讴：唱歌。
㉛善相："善"同"擅"。善相在这里是指识别人才的能力。
㉜罔：同"惘"。聊虑：沉思。
㉝著（zhuó）意：集中注意力。
㉞纯纯（zhūn）：形容忠诚、诚挚的样子。
㉟被（pī）离：纷乱杂沓的样子。鄣：阻隔。

【译文】

　　披着荷叶短衣很柔美啊，但太过宽松不能束腰带。君王自认为有美德且勇武啊，依赖看似雄武的近臣。嫌弃不善言词的忠诚之士啊，偏爱听小人们的大言不惭。小人们急功近利飞黄腾达啊，贤士孤傲脱俗只能越来越疏远。农夫停下耕种悠闲玩乐啊，田里也会杂草丛生成荒芜。事事充满欲望只谋私利啊，暗自担心国家也会衰亡。世人随声附和相互夸耀啊，毁坏名誉就在是非善恶不分！如今修饰容貌揽镜自照啊，以后还能怎样谨慎自保逃过危险。我想托那流星捎个心愿啊，但它忽然飞走难以赶上。日月被浮云遮蔽啊，世间暗淡没有光亮。尧舜都能任用贤臣啊，所以高枕无忧自适安逸。确实没有用错人啊，心中怎么会有忧惧担心？骑上骏马欢快驰骋啊，驾驭岂用强甩马鞭？城门再牢也不足以依恃啊，重重的厚甲又有什么作用？谨慎前行看不到结果啊，穷愁潦倒心烦意乱。人生于天地之间如过客啊，功业不成效力难。想要隐退不再露面啊，却还想声名远播留传于世。可是希望渺茫难遇明君啊，生性愚钝固执自讨苦吃。荒野茫茫看不到边际啊，四处飘泊要停在何方？国有骏马却不知驾乘啊，为何迷迷糊糊另寻访？宁戚在牛车下叩角唱歌啊，桓公便看出了他的不同凡响。没有伯乐相马的好本领啊，谁能辨识贤人不寻常？怅惘流涕细细思量啊，专心访求才能得贤良。满怀热忱愿意效忠君王啊，奸邪妒忌却把路途阻挡。

【原文】

愿赐不肖之躯而别离兮①,放游志乎云中。粲精气之抟抟兮②,骛诸神之湛湛③。骖白霓之习习兮④,历群灵之丰丰⑤。左朱雀之茇茇兮⑥,右苍龙之躍躍⑦。属雷师之阗阗兮⑧,通飞廉之衙衙⑨。前轻辌之锵锵兮⑩,后辎乘之从从⑪。载云旗之委蛇兮,扈屯骑之容容⑫。计专专之不可化兮⑬,愿遂推而为臧⑭。赖皇天之厚德兮,还及君之无恙⑮!

【注释】

①不肖:不贤,这里是自谦。

②精气:精灵之气,天地万物均由此而生。抟抟(tuán):形容凝聚如团的样子。

③骛(wù):奔跑,在这里是追逐的意思。湛湛:形容很多东西聚集在一起的样子。

④习习:快速飞行的样子。

⑤群灵:众星宿之神。丰丰:众多。

⑥朱雀:星宿名。茇茇(pèi):轻快飞翔的样子。

⑦苍龙:星宿名。躍躍(qú):蜿蜒而行的样子。

⑧属:接下来。雷师:雷神。阗阗(tián):此处形容雷声洪大。

⑨通:开道。飞廉:风神。衙衙:向前行进的样子。

⑩轻(zhì)辌(liáng):一种轻型马车。锵锵:金属撞击发出的声音,在这里指车铃声。

⑪辎:载重的重型马车。从从:车铃声。

⑫扈:扈从,侍从。屯骑:聚集的车骑。容容:众多的样子。

⑬专专:专一。

⑭臧:善,美。

⑮无恙:原指无病,这里指没有烦恼,幸福安康。祝福用语。

【译文】

　　请赐不贤的我远去啊，我将远游在天地间。乘着日月的一团团精气啊，去追随一群群的神灵。驾着白虹频频飞动啊，跟随群灵游历众神仙宫。左边的朱雀翩翩飞舞啊，右边的苍龙蜿蜒前行。雷师把鼓敲响啊，风神把路来开通。前边有轻便车铃声锵锵啊，后边有重型车响声隆隆。载着云旗首尾相应啊，随从的众骑蜂拥前行。我专一为君忠心不变啊，愿君王惩恶扬善心相同。仰仗上天的大恩大德啊，保佑君王无忧安康！

招　魂

题解：

"招魂"是从古代兴起的一种巫术仪式，招魂分招"死人魂"和"生人魂"。所谓招死人魂，就是让那些客死异乡的人的魂魄回归家乡；招生人魂就是为那些活着却又"失魂落魄"的人招回魂魄。

《招魂》这篇文章，历来有着很大的争议，这争议首先表现在作者和招魂的对象上。

以王逸为代表的学者说，《招魂》是作者宋玉为招屈原的魂而作。王逸在《楚辞章句》中说："《招魂》者，宋玉之所作也。招者，召也。以手曰招，以言曰召。魂者，身之精也。宋玉怜哀屈原忠而斥弃，愁懑山泽，魂魄放佚，厥命将落，故作《招魂》，欲以复其精神，延其年寿，外陈四方之恶，内崇楚国之美，以讽谏怀王，冀其觉悟而还之也。"唐人李善、李周翰、宋人朱熹等也都赞成王逸的说法。

然而还有第二种说法，认为这是屈原的自招之作，或者是屈原为招楚怀王的魂而作。因为《招魂》中描写了宫室、侍女、舞宴、美食等，种种内容显示，应该第二种说法更严谨，更有说服力。

如若《招魂》是屈原的作品，应该是写于任三闾大夫期间。

屈原将"招魂"的民间习俗仪式经过了吸收和加工后，变成了一种独特的艺术作品。

在写法上，《招魂》中对天地四方罪恶的诅咒以及对故园闾里惬意的赞美形成了很大的反差,而结束曲又从对被招魂者的同情,升华到了为国家民族的安危忧虑的境界。

刘勰曾在《文心雕龙·祝盟》中说:"若夫楚辞《招魂》,可谓祝辞之组丽也。"而梁启超更称《招魂》"实全部《楚辞》中最酣恣、最深刻之作"。

《招魂》被誉为楚辞中仅次于《离骚》的优秀作品,对后世文学的影响也不言而喻。篇中对宫女、歌舞、游猎的描写,更是在以后的汉赋中有了更多应用。而《招魂》所体现出的忧患意识长久以来得到了后人的共鸣,如梁元帝萧绎的《玄览赋》:"鼓洪涛于万里,曾未动于汨罗。……见旧楚之凄凉,试极目乎千里。何春心之可伤,其旧渚宫也。"北朝庾信的《哀江南赋》里有句"魂兮归来哀江南",感伤时事,眷怀故国,与楚辞屈赋非常相像,可以看出也是受到了《招魂》的影响;还有唐朝司空曙的《送郑明府贬岭南》,那句"青枫江色晚,楚客独伤春"其意象何尝不是脱胎于《招魂》的乱辞呢?

【原文】

朕幼清以廉洁兮①,身服义而未沬②。主此盛德兮③,牵于俗而芜秽④。上无所考此盛德兮,长离殃而愁苦⑤。帝告巫阳曰⑥:"有人在下⑦,我欲辅之⑧。魂魄离散,汝筮予之⑨!"巫阳对曰:"掌梦⑩。上帝其难从。""若必筮予之⑪,恐后之谢⑫,不能复用巫阳焉。"

【注释】

①朕:我,这是屈原的自指。廉洁:正派高尚。

②沬(mèi):同"昧",微暗。

③主:守、持有,固持。

④芜秽:萎枯腐烂,这里比喻污浊混乱的环境。

⑤离殃:遭遇祸患。

⑥帝:上帝。巫阳:古代神话里的巫师。

⑦人：在这里指楚王。
⑧辅：帮助，辅佐。
⑨筮（shì）予之："筮"，用蓍草占卦。筮予之是指通过占卜，知道魂魄在哪儿，再还返其身的意思。
⑩掌梦：掌管梦的官。
⑪若：你，这里指巫阳。
⑫谢：凋零、零落。

【译文】

我年幼时就高尚无私啊，践行道义从不昏暗不清。持有这种盛大的美德啊，却被世俗牵制进入污浊环境。君王不明察这种美德啊，让我长期遭受祸患愁苦不已。上帝诏告巫阳说："有位贤人在下界，我很想去帮助他。但他的魂魄已经离散，你可以用占卦将灵魂还给他。"巫阳回答说："占卦是掌梦官做的事，上帝的命令我难以遵从。""你一定占卦把魂魄还给他，恐怕迟了魂魄就消散了，再招来也没有用了。"

【原文】

乃下招曰：魂兮归来！去君之恒干①，何为四方些②？舍君之乐处，而离彼不祥些！魂兮归来！东方不可以托些。长人千仞③，惟魂是索些。十日代出，流金铄石些④。彼皆习之，魂往必释些。归来兮！不可以托些。魂兮归来！南方不可以止些。雕题黑齿⑤，得人肉以祀，以其骨为醢些⑥。蝮蛇蓁蓁⑦，封狐千里些⑧。雄虺九首⑨，往来倏忽，吞人以益其心些。归来兮！不可以久淫些⑩。魂兮归来！西方之害，流沙千里些。旋入雷渊⑪，靡散而不可止些⑫。幸而得脱，其外旷宇些。赤蚁若象，玄蜂若壶些⑬。五谷不生，藂菅是食些⑭。其土烂人⑮，求水无所得些。彷徉无所倚，广大无所极些。归来兮！恐自遗贼些⑯。魂兮归来！北方不可以止些。增冰峨峨⑰，飞雪千里些。归来兮！不可以久些。魂兮归来！君无上天些⑱。虎豹九关，啄害下人些。一夫九首⑲,拔木九千些⑳。豺狼从目㉑,往来侁侁些㉒;悬人以娱㉓,投之深渊些。致命于帝,然后得瞑些㉔。归来!往恐危身些。魂兮归来!君无下此幽都些㉕。土伯九约㉖,其角䚢䚢些㉗。敦脄血拇㉘,逐人駓駓些㉙。参目虎首㉚,其身若牛些。此皆甘人㉛,归来!恐自遗灾些。魂兮归来!入修门些㉜。工祝招君㉝,背行先些㉞。秦篝齐缕㉟,郑绵络些㊱。招具该备,永啸呼些。魂兮归来!反故居些㊲。

【注释】

①去:离开。君:你。恒干:躯体、肉体。

②四方:一种古代的祭礼仪式。些(suò):句末助词。类同"兮""焉""矣"等。

③长人:传说中的巨人。仞:古代的一种长度单位。

④流金铄石:让金属熔化,形容天气酷热。"铄""流",都是熔化的意思。"金",金属。

⑤雕题黑齿:指额头上刻有花纹,牙齿染成了黑色。在这里指南方未开化的野人。"题",额头。

⑥醢(hǎi):肉酱。

⑦蓁蓁(zhēn):草木茂盛的样子,在这里指积聚在一起。

⑧封狐:大狐。

⑨虺(huǐ):毒蛇。

⑩淫:久留。

⑪旋:漩涡,这里指卷入。雷渊:神话中的深渊。

⑫靡(mí):粉碎。

⑬壶:同"瓠",葫芦。

⑭丛(cóng):聚集。菅(jiān):一种草本植物,细叶绿花褐果。

⑮烂人:将人烤烂,指天气酷热。

⑯贼:残害,伤害。

⑰增:同"层"。峨峨:形容高而尖的样子。

⑱君：你。

⑲夫：这里指怪物。

⑳拔木九千：拔掉九千根木头。

㉑从目：竖着的眼睛。

㉒侁侁（shēn）：形容很多的样子。

㉓娭（xī）：同"嬉"，玩弄、戏弄。

㉔得瞑：小睡。"瞑"，闭着眼睛。

㉕幽都：神话中地下鬼神统治的地方。

㉖土伯：土地神。约：矛。

㉗觺觺（yí）：尖利的样子。

㉘敦脄（méi）：厚实的脊背。血拇：带血的拇指。

㉙駓駓（pī）：跑得很快的样子。

㉚参：同"三"。

㉛甘人：以食人为美味。

㉜修门：郢都城南三门之一。

㉝工祝：工巧的巫人。招君：招魂。

㉞背行：倒退着走。

㉟秦篝：竹笼，用来盛装被招者的衣物。齐缕：丝线，用以装饰"篝"。篝、缕均为招魂用具。

㊱郑绵络：郑国出产的丝棉，遮盖竹笼用。

㊲反：同"返"。

【译文】

巫阳于是降到人间招魂说：魂灵啊回来吧！为什么离开你的躯体，四处游荡呀？舍弃你安乐的住处，却要忍受那些灾难呀！魂灵啊回来吧！东方不能寄居停顿，那里的巨人身高千仞，专门索要你的魂呀。十个太阳交替照射，金属石块都被熔化了呀。他们都已习惯了高温，而你的魂灵一到必定消散。回来吧，那里不能落脚呀。魂灵啊回来吧！南方不可以栖息。野人额上刻花纹染黑牙齿，将人肉作祭祀用，还把人的骨头磨成浆汁呀。那里毒蛇丛集，巨狐千里内到处都是呀。虺蛇长着九个脑袋，来来往往飘忽迅捷，吃人满足它们的贪婪呀。回来吧！不要长久滞留。魂灵啊归来吧！西方有大灾害，千里之外都是流沙呀。被流沙卷进雷渊，搅成碎末不停止呀。倘幸逃脱出来，外面是空旷死寂的荒野呀。红蚂蚁大得像巨象，黑蜂大得像葫芦呀。那里五谷不能生长，只能以食茅草为生呀。那里的沙土能把人烤烂，水源到处找不到呀。徘徊怅惘没有依靠，广漠荒凉走不到尽头呀。回来吧，恐怕会遭受荼毒呀！魂灵啊回来吧！北方不可以停留呀。那里层层冰封高耸入云，大雪纷飞千里茫茫呀。回来吧，不要耽搁得太久呀！魂灵啊归来吧！不要登上天呀。虎豹把守着九重天呀，咬伤下界的人呀。有个怪物有九个头，能连根拔起九千棵大树呀。还有豺狼长着竖目，来来往往片刻不停呀；把人悬挂起来嬉戏，最后扔到深不见底的深渊呀。它们向上帝复命，之后才小睡一会儿呀。回来吧，去了恐怕也会危及生命呀！魂灵啊回来吧！不要下到幽冥王国去。那里有插满剑戟的土伯，头上的尖角锐利无比。脊背肥厚拇指沾血，追起人来如疾似飞呀。还有三只眼睛的虎头怪，身体像牛一样健壮。这些怪物都以人为美味，回来吧！恐怕要遭受祸害呀。魂灵啊回来吧！从楚国郢都的修门进来呀。巫祝为你招魂，他背向前方为你引路呀。秦国的竹笼齐国的丝线，还有郑国丝绵做的灵幡呀。招魂的器具全都准备齐全，长长地呼啸呀。魂灵啊回来吧！返回你的故乡。

【原文】

天地四方，多贼奸些①。像设君室②，静闲安些。高堂邃宇③，槛层轩些④。层台累榭⑤，临高山些。网户朱缀，刻方连些⑥。冬有突厦⑦，夏室寒些。川谷径复⑧，流潺湲些。光风转蕙⑨，氾崇兰些⑩。经堂入奥⑪，朱尘筵些⑫。砥室翠翘⑬，挂曲琼些⑭。翡翠珠被⑮，烂齐光些。蒻阿拂壁⑯，罗帱张些。纂组绮缟⑰，结琦璜些⑱。室中之观，多珍怪些。兰膏明烛⑲，华容备些。二八侍宿⑳，射递代些㉑。九侯淑女㉒，多迅众些。盛鬋不同制㉓，实满宫些。容态好比，顺弥代些。弱颜固植㉔，謇其有意些㉕。姱容修态㉖，絚洞房些㉗。蛾眉曼睩㉘，目腾光些。靡颜腻理㉙，遗视矊些㉚。离榭修幕㉛，侍君之闲些。

翡帷翠帐，饰高堂些。红壁沙版㉜，玄玉梁些㉝。仰观刻桷㉞，画龙蛇些。坐堂伏槛，临曲池些㉟。芙蓉始发，杂芰荷些㊱。紫茎屏风㊲，文缘波些㊳。文异豹饰㊴，侍陂陁些㊵。轩辌既低㊶，步骑罗些。兰薄户树㊷，琼木篱些。魂兮归来！何远为些？

【注释】

①贼奸：害人之物。

②像：此处指遗像。

③邃（suì）宇：深远的房屋。

④槛：栏杆。轩：走廊。

⑤累榭：层叠台上的房屋。"累"，重重叠叠。"榭"，在台上建起的房子。

⑥方连：一种由方块相连组成的图案。

⑦突（yào）：深邃。

⑧径复：指川谷水流的曲折。

⑨光风：有太阳的日子里吹的风。转蕙：吹到了蕙草上。

⑩氾：摇摆。崇兰：指丛丛的兰草。"崇"，丛丛。

⑪奥：内屋。

⑫尘筵：铺在地上的竹席。

⑬砥室：地面和墙壁像被磨平了一样的房屋。翠翘：翠鸟尾上的毛羽。

⑭曲琼："琼"，玉。曲琼指玉钩。

⑮翡翠珠被：翡翠宝玉镶嵌的被子。

⑯蒻（ruò）阿：柔软的缯帛。"蒻"，柔软的蒲席。"阿"，缯帛。拂（fú）壁：原本是擦壁的意思，在这里指将蒻阿铺在壁上。

⑰纂（zuǎn）组绮（qǐ）缟（gǎo）：指四种不同颜色的丝带。"纂"，赤色丝带；"组"，杂色丝带；"绮"，带花纹的丝带；"缟"，白色丝带。

⑱琦璜：美玉。

⑲兰膏：带着香气的油脂。

⑳二八：十六，在这里指十六岁的女孩。

㉑䠙（xī）：同"夕"，夜晚。递：更替。

㉒九侯：这里指各诸侯。

㉓盛鬋（jiǎn）：浓密的鬓发。"鬋"，下垂的鬓发。

㉔弱颜固植：外表柔弱，内心坚强。

㉕謇：发语词。

㉖姱：美好。修：美。

㉗絙（gèng）：绵延。

㉘曼：同"漫"，漫长。睩（lù）：眼珠不停转动。

㉙靡：细致。腻：光滑。理：肌肤。

㉚眄（mián）：目光深远的样子。

㉛离榭：离开别馆。修幕：长而大的帷幕。

㉜沙版：用丹砂涂隔板。"沙"，同"砂"。"版"，隔板。

㉝玄玉梁：用黑玉装饰的房梁。

㉞桷（jué）：方的椽子。

㉟曲池：弯弯曲曲的池子。

㊱芰（jì）荷：荷叶。

㊲屏风：在这里是植物名，水葵，一种水生植物。

㊳文：同"纹"，指波纹。

㊴文异：纹彩奇异。豹饰：以豹皮为饰品，这里指侍卫武士的装束。

㊵陂（bēi）陀（tuó）：高低不平的山坡。

㊶轩：有篷的车。辌（liáng）：可以躺下休息的车。低：同"抵"，到达。

㊷薄：这里指草木丛生。

【译文】

天地上下四面八方，多是一些残害人的奸佞之人。你的遗像摆在厅堂，显得舒适又恬静呀。高高的厅堂到深远的屋宇，回廊蜿蜒围栏绵长呀。层层亭台重重楼榭，依着崇山峻岭呀。镂空房门涂上了红色，方格图案紧密相连呀。冬天的房屋温暖深远，夏天的房屋凉爽怡人呀。山谷中路径曲折，溪流发出潺潺的声音呀。阳光下的微风让蕙草摆动，丛丛香兰芳馨四溢呀。经过大堂进入内室，红色幕布下有竹席铺陈呀。石室光滑平整装饰着翠羽，墙上的玉钩挂着衣服呀。翡翠珠宝镶嵌着被子，光辉灿烂艳丽无比呀。细软的缯帛垂悬壁上，罗纱帏帐摆在中间呀。四种不同的丝带，系结着美玉呀。内室的景观，多是珍宝奇景呀。兰草膏脂做的烛光亮彻通宵，灯具上的图案美不胜收呀。二八女子服侍起宿，夜晚倦了便轮流替换呀。她们是列国诸侯的淑美女子，人数众多数不胜数呀。发质柔美发式各异，充满了后宫呀。容颜美丽姿态姣好，温柔美丽绝世无双呀。娇柔的面貌健康的身体，缠绵情意令人心怡呀。美丽的容颜娇美的身段，遍布内室呀。纤秀的弯眉下明眸转动，顾盼之间秋波流转呀。肌肤细腻肤如凝脂，留下动人一瞥意味深长呀。离开别馆庭院深深，服侍君王消闲解闷呀。翡翠帷帐，挂满高高殿堂呀。红漆抹墙丹砂涂隔板，还有黑玉装修的大梁呀。抬头看那雕刻的方椽，上面有龙蛇的形象呀。坐在堂上倚着栏杆，看见的是弯弯曲曲的池塘呀。莲花初开，荷叶碧连呀。水葵紫茎，纹理在绿波中浮动呀。侍从们穿着纹彩奇异的豹皮服饰，守在岸边等候呀。有篷有窗的车到了，走路的、骑马的随从分列两旁呀。丛生的兰草种植在门外，以树当作篱笆呀。魂灵啊回来吧！为何还要滞留在远方？

【原文】

室家遂宗①，食多方些。稻粢穱麦②，挐黄粱些③。大苦醎酸④，辛甘行些⑤。肥牛之腱，臑若芳些⑥。和酸若苦，陈吴羹些⑦。胹鳖炮羔⑧，有柘浆些⑨。鹄酸臇凫⑩，煎鸿鸧些⑪。露鸡臛蠵⑫，厉而不爽些。粔籹蜜饵⑬，有饧餭些⑭。瑶浆蜜勺，实羽觞些⑮。挫糟冻饮⑯，酎清凉些。华酌既陈，有琼浆些。归来反故室⑰，敬而无妨些。肴羞未通⑱，女乐罗些。陈钟按鼓⑲，造新歌些。《涉江》、《采菱》，发《扬荷》些⑳。美人既醉，朱颜酡些㉑。娭光眇视㉒，目曾波些㉓。被文服纤㉔，丽而不奇些。长发曼鬋㉕，艳陆离些。二八齐容㉖，起郑舞些㉗。衽若交竿㉘，抚案下些㉙。竽瑟狂会㉚，搷鸣鼓些㉛。宫庭震惊，发《激楚》些㉜。吴歈蔡讴㉝，奏大吕些㉞。士女杂坐，乱而不分些。放陈组缨③，班其相纷些。郑卫妖玩㊱，来杂陈些。《激楚》之结㊲，独秀先些。菎蔽象棋㊳，有六簙些㊴。分曹并进㊵，遒相迫些㊶。成枭而牟㊷，呼五白些㊸。晋制犀比㊹，费白日些。铿钟摇簴㊺，揳梓瑟些㊻。娱酒不废，沉日夜些。兰膏明烛，华镫错些㊼。结撰至思㊽，兰芳假些㊾。人有所极，同心赋些。酎饮尽欢，乐先故些㊿。魂兮归来！反故居些。

【注释】

①室家：家族。遂：闾里。宗：宗族。

②粢（zī）：粟米。穛（zhuō）：早熟的麦子。

③挐（rú）：纷乱，掺杂。黄粱：黄小米。

④鹹（xián）：同"咸"。

⑤辛：辣。行：使用。

⑥臑（ěr）：煮，煮烂。若：而，转折词。

⑦吴羹：吴地的浓汤。

⑧胹（ěr）：烹煮。炮：烤。

⑨柘（zhè）浆：甘蔗汁。"柘"，同"蔗"。

⑩鹄：天鹅。臇（juǎn）：少汁的肉羹。

⑪鸿鸧（cāng）一种类似于鹤的水鸟。"鸿"，大雁；"鸧"，鸧鸹。

⑫露：卤。臛（huò）：肉羹。蠵（xī）：大龟。

⑬粔（jù）籹（nǚ）：古代的一种食品，用蜜和面粉制成的环状饼。饵：糕。

⑭餦（zhāng）餭（huáng）：即麦芽糖，也叫饴糖。

⑮羽觞：古代一种酒器。

⑯挫糟：挤出酒糟。

⑰反故室：返回故乡的房间。

⑱肴羞："羞"同"馐"。肴羞，佳肴珍馐美味。

⑲陈：敲。按：打。

⑳发：演奏。《扬荷》：和《涉江》《采菱》同为楚国歌曲名。

㉑酡（tuó）：饮酒后脸红。

㉒娭光：撩人的目光。眇视：偷看。

㉓曾：同"层"。

㉔被文服纤：被、服都为穿的意思。"文"，同"纹"，花纹。"纤"，细柔。

㉕曼鬋：垂下的有光泽的头发。

㉖二八：在这里指两队女乐手。齐容：装束一样。

㉗郑舞：郑国的舞蹈，比较放纵。

㉘衽：衣襟。交竿：衣襟相交。

㉙抚：同"拊"，拍击。案：同"按"。下：弯腰下屈。

㉚竽瑟：均为乐器。狂：疯狂，猛烈。

㉛搷（tián）：猛击。

㉜《激楚》：楚国的歌舞曲名。

㉝吴歈（yú）：吴地的歌曲。蔡讴：蔡地的歌曲。

㉞大吕：乐调名。

㉟组：系佩饰的丝带。缨：帽子上的带子。

㊱妖玩：妖娆的女子。

㊲结：舞者特殊的发式。

㊳菎（kūn）蔽：赌博用具。象棋：象牙做的棋子。

㊴六簙（bó）：古代一种下棋游戏，可用以赌博。

㊵分曹：对局的两方。

㊶遒：急迫。

㊷枭：赌博游戏术语。牟：取。

㊸五白：五颗骰子组成的赌博游戏。

㊹犀比：犀角做的带钩，用作赌胜负时的彩注。

㊺铿：象声词。簴（jù）：钟架。

㊻揳（xiē）：原指抚，这里是弹奏。梓瑟：梓木所制之瑟。

㊼错：在这里是指镂空花纹。

㊽结撰：构思。至思：尽心思考。

㊾假：在这里是到来的意思。

㊿先故：先祖与故旧。

【译文】

　　同里家族聚会都到齐了，饮食丰富花样众多呀。有稻谷稷麦，还有金黄的粟米呀。苦的咸的酸的应有尽有，辣的甜的也都调和上了呀。肥牛的蹄筋，炖得酥烂香气扑鼻呀。调和好了酸味和苦味，端上来了吴国的羹汤呀。清煮甲鱼火烤羊羔，再浇上甘蔗糖浆呀。用酸味调天鹅肉用汁子烹制野鸭，烹煮大雁和鸽鹑呀。卤鸡配上大龟熬的肉羹，味道浓烈而不损坏口感呀。甜面饼和蜜米糕作点心，还有麦芽糖呀。琼浆美酒掺和蜂蜜，斟满刻有羽纹的酒杯呀。取掉酒糟的酒冷却，饮来醇香清凉可口呀。华美的酒具都已摆好，里面盛满玉液琼浆呀。回到以前居住的地方，礼敬有加没有障碍呀。佳肴珍馐还没撤去，歌伎舞乐都列队登场呀。敲起钟来打起鼓，把新作的乐歌来演唱呀。唱罢《涉江》再唱《采菱》，更有《扬荷》一曲清扬呀。美人喝得微醉，红润的面庞更添红光呀。目光撩人偷偷觑视，眼中秋波流转眉目传情呀。披着绣有花纹的轻柔衣衫，色彩华丽却不单一呀。亮发修长，风华绝代呀。十六个歌伎妆容一样，跳着郑国的舞蹈呀。衣襟像竹枝摇曳交叠，弯下身子轻柔舞蹈呀。吹竽鼓瑟狂热地合奏，击打鼓面咚咚直响呀。厅堂庭院都惊动了，《激楚》的歌声高昂凄清呀。吴国蔡国的歌声合起，和大吕乐曲声声相应呀。男男女女混坐一起，位子散乱不分彼此呀。解开绶带帽缨放一边，色彩斑斓乱杂陈呀。郑国卫国的妖娆女子，纷至沓来排列堂上呀。《激楚》舞伎发式奇特与众不同呀。摆出饰玉筹码和象牙棋，用来玩六簙棋游戏呀。两两对弈齐头并进，厉声催促丝毫不让呀。双双到达势均力敌，大呼最后一局求胜心切呀。晋国的犀角赌具聚集一方，一天耗尽毫不在意呀。钟声铿锵钟架摇晃，抚弦再把梓瑟弹起呀。饮酒娱乐不肯中止，沉湎其中日夜不停呀。兰花膏的烛光多明亮，华美的灯盏错落有致呀。苦心竭力构思写作，文采斐然兰香到来呀。饮尽美酒尽情欢笑，让先祖也心旷神怡呀。魂灵啊回来吧！快快返回你的故乡。

【原文】

乱曰：献岁发春兮①，汨吾南征②。菉蘋齐叶兮白芷生③。路贯庐江兮左长薄④。倚沼畦瀛兮遥望博⑤。青骊结驷兮齐千乘⑥，悬火延起兮玄颜烝⑦。步及骤处兮诱骋先⑧，抑骛若通兮引车右还⑨。与王趋梦兮课后先⑩。君王亲发兮惮青兕⑪，朱明承夜兮时不可以淹⑫。皋兰被径兮斯路渐⑬。湛湛江水兮上有枫⑭。目极千里兮伤春心。魂兮归来哀江南⑮！

【注释】

①献：进。发春：春天来了。

②汨(yù)：形容匆匆而行。

③菉(lù)：同"绿"。蘋：一种水草。齐叶：叶子繁茂。白芷：一种香草。

④贯：通。庐江：江河名。长薄：高大浓密的山林。

⑤倚：沿着。畦：水田。瀛(yíng)：大水。博：广阔空旷的原野。

⑥青骊(lí)：青黑色的马。千乘：千辆马车，这里形容马车多。

⑦悬火：夜间打猎驱兽时的火把。玄颜：黑里透红的面容，这里指天色。烝(zhēng)：上升。

⑧步：走路。骤：奔驰。处：停下。诱：诱导，这里指打猎时的向导。

⑨抑：抑制，停下。骛：飞快地跑。若：顺畅，这里指进退自如。

⑩梦：云梦泽，地名，楚国的一个大猎场。课：在这里是考核、比试的意思。

⑪惮青兕(sì)：害怕射中青兕。楚人传说猎得青兕者，会遭厄运。

⑫朱明：太阳。淹：停留。

⑬皋：水边的高地。渐：遮盖，淹没。

⑭湛湛：形容水深而宽广的样子。

⑮哀江南：江南，楚国的地名。哀江南是为江南哀叹。

【译文】

尾声：新一年的春天来了呀，我匆匆向南行。绿蘋上长满了新叶啊，白芷吐出了新蕊。一路贯通穿越庐江啊，左边岸上是高大浓密的山林。站在泽沼地里啊，远远眺望无边旷野。四匹青骊齐驾一辆车啊，千乘马车并驾前行。举起火把火焰四射啊，把黑色的夜空映照得黑里透红。步行的、奔跑的、停下的呀，狩猎的向导又首当其冲。引导的进退自如啊，掉转车头向右转。与君王在云梦泽狩猎啊，比一比谁的猎物更多。君王亲自发箭射猎物啊，又怕射中了青兕惹灾祸。太阳接连起起落落啊，光芒始终无法遮掩。水边的兰草长满了道路啊，这条道被遮得看不见。清澈的江水在潺潺流啊，岸上的枫叶很耀眼。纵目远望千里地呀，春色惹得心发酸。魂灵啊回来吧，来这江南哀叹！

大　招

题解：

"大招"也属于"招魂"。和《招魂》一样，关于《大招》的作者和招谁的魂，也一直存在着争议。

《大招》的作者，以王逸为代表的学者认为是屈原或景差。王逸在《楚辞章句》中说："《大招》者，屈原之所作也。或曰景差，疑不能明也。屈原放流九年，忧思烦乱，精神越散，与形离别，恐命将终，所行不遂，故愤然大招其魂。盛称楚国之乐，崇怀襄之德，以比三王，能任用贤，公卿明察，能荐举人，宜辅佐之，以兴至治，因此风谏，达己之志也。"

而以林云铭为代表的学者则认定是屈原的作品。林云铭在《楚辞灯》中说："《大招》一篇，王逸既谓屈原所作，又以或言景差为疑，尚未决其为差作也。……玉与差皆原之徒，若招其师之魂，何以见差之招当为大，玉之招当为小乎？后人守其说而不敢变，相沿至今，反添出许多强解，附会穿凿，把灵均绝世奇文，埋没殆尽，殊可叹也。"

以朱熹为代表的学者则直接认为就是景差的作品。朱熹曾在《楚辞集注》中说："《大招》不知何人所作，或曰屈原，或曰景差，自王逸时已不能明矣。其谓原作者，则曰词义高古，非原莫及。其不谓然者，则曰《汉志》定著原赋之二十五篇，今自《骚经》以至《渔父》，已充其目矣。其谓景差则绝无左验，是以读书者往往疑。然今以宋玉大小言赋考之，则凡差语，皆平淡醇古，意亦深靖间退，不为词人墨客浮夸艳逸之态，然后乃知此篇决为差作无疑也。"

近代的梁启超、游国恩、刘永济则认为是秦汉时期的拟作。朱季海在《楚辞解故》中甚至还说是淮南王刘安或他的门客写的。

除了对作者是谁的怀疑，对于招谁的魂，和《招魂》一样，也存在着两种观点：一种认为是招屈原的魂；另一种则认为是招怀王的魂。

对于谁是作者，一直都无法认定，但从本篇所铺陈的人物和场景来说，学者们则认定是招帝王的魂，也就是招怀王的魂。

同为"招魂"，所以很多人将《招魂》和《大招》并称为"二招"。

《招魂》和《大招》的不同点在于，《大招》没有叙文和乱辞，全文都是招魂辞。怀王被骗入秦国后，顷襄王三年在秦国死去。怀王死去的消息传入楚国后，楚国便为他举行了招魂仪式，这也是《招魂》和《大招》的背景。

从写法上来说，本篇一开始就按招魂辞的格式陈述了四方的险恶，旨在呼唤魂灵不要去这些地方；然后又写了楚国宫廷的美味佳肴、美女音乐，宫室的富丽堂皇和珍禽异鸟；最后赞美楚国的幅员辽阔、人民富裕、政治清明。这在描绘屈原理想化的美政的同时，也在诱使灵魂回归。

有人称，《大招》在语言上虽然不及《招魂》浪漫奇诡，但其华美的语言，仍然给我们展现了一幅绚丽多姿的画面。

【原文】

青春受谢①，白日昭只②。春气奋发，万物遽只③。冥凌浃行④，魂无逃只。魂魄归来！无远遥只。

【注释】

①青春：春天。受谢："谢"，离去。受谢，在这里指春天接受冬天的离去，也就是冬去春来的意思。

②昭：明媚、耀眼。只：语气词。

③遽（jù）：急，仓促，这里指竞争。

④冥：幽暗，这里或指北方之神玄冥。凌：驰骋。浃（jiā）：湿透，这里指

遍布。

【译文】

四季交替冬去春来,阳光明媚灿烂。春天的气息蓬勃奋发,万物急速地生长。幽冥之神驰骋于天地之间,魂灵也没有地方可以逃。魂魄归来吧!不要去遥远的地方。

【原文】

魂乎归来!无东无西,无南无北只。东有大海,溺水浟浟只①。螭龙并流②,上下悠悠只③。雾雨淫淫④,白皓胶只⑤。魂乎无东!汤谷宋只⑥。魂乎无南!南有炎火千里,蝮蛇蜒只⑦。山林险隘,虎豹蜿只⑧。鰅鳙短狐⑨,王虺骞只⑩。魂乎无南!蜮伤躬只⑪。魂乎无西!西方流沙,漭洋洋只⑫。豕首纵目⑬,被发鬤只⑭。长爪踞牙⑮,诶笑狂只⑯。魂乎无西!多害伤只。魂乎无北!北有寒山,逴龙艳只⑰。代水不可涉⑱,深不可测只。天白颢颢⑲,寒凝凝只。魂乎无往!盈北极只⑳。

【注释】

①溺水:这里指水深,容易沉溺万物。浟浟(yóu):水流迅疾的样子。

②螭(chī)龙:古代一种没有角的龙。并流:顺流而行。

③悠悠:慢悠悠,形容游走的样子。

④淫淫:绵绵,形容连绵不绝。

⑤皓胶:原指冰冻的样子,这里指雨雾白茫茫一片,像凝固在天空一样。

⑥汤谷:同"旸谷",传说中日出的地方。宋:同"寂",寂静。

⑦蜒:长而弯曲的样子。

⑧蜿:行走的样子。

⑨鰅(yú)鳙(yōng):传说中一种凶恶的鱼。短狐:传说中能含沙射人的动物。

⑩ 虺(huǐ)：大毒蛇。骞：昂首。

⑪ 蜮(yù)：短狐。躬：身体。

⑫ 漭(mǎng)洋洋：形容流沙满天的样子。

⑬ 豕(shǐ)：猪。纵目：眼睛竖起。

⑭ 被：同"披"。鬤(ráng)：毛发散乱的样子。

⑮ 踞牙：牙齿如锯的意思。"踞"，同"锯"。

⑯ 诶(xī)：同"嬉"。狂：发狂。

⑰ 逴(chuō)龙：烛龙，神话传说中人面蛇身的怪物。虺(xì)：赤色。

⑱ 代水：神话中的水名。

⑲ 颢颢：闪光的样子，这里指冰雪照耀的样子。

⑳ 盈：整个，全部。

【译文】

魂啊归来吧！不要去东也不要去西，不要去南也不要去北呀。东边有苍茫的大海，能沉溺万物呀。无角的螭龙顺流而行，上上下下地游动呀。迷雾阵阵阴雨绵绵，白茫茫一片像凝结的胶冻呀。魂啊不要去东边！旸谷空旷寂静呀。魂啊不要去南边！南方有烈焰千里，蝮蛇又长又大呀。深山老林充满险阻，虎豹横行呀。鳄鳞短狐这些怪物聚集害人，大毒蛇王虺把头高扬呀。魂啊不要去南边！鬼蜮躬身含沙会把人害呀。魂啊不要去西边！西边有漫天流沙，无边无际呀。猪头妖怪竖着眼睛，毛发散乱地披在身上呀。长长的爪子还有锯一般的牙齿，嬉笑中露出疯狂呀。魂啊不要去西边！那儿有很多害人的东西呀。魂啊不要去北边！北边有寒冷彻骨的冰山，烛龙全身通红凶恶异常呀。代水无法过去，水下深不见底呀。天空白茫茫一片，寒气凝结四方呀。魂啊不要往前走！整个北极冰天雪地呀。

【原文】

魂魄归来！闲以静只。自恣荆楚①，安以定只。逞志究欲②，心意安只。

穷身永乐③,年寿延只。魂乎归来!乐不可言只。

【注释】

①恣(zì):放纵,无拘无束,随心所欲。

②逞:施展,称心。究:极尽。

③穷身:终身。

【译文】

魂魄归来吧!这里悠闲舒适又安静啊。无拘无束地在荆楚大地畅游,多么的安定自在呀。称心如意,随心所欲呀。终身快乐,延年益寿呀。魂魄归来吧!这里有说不出的快乐。

【原文】

五谷六仞①,设菰粱只②。鼎臑盈望,和致芳只③。内鸧鸽鹄④,味豺羹只⑤。魂乎归来!恣所尝只。鲜蠵甘鸡⑥,和楚酪只⑦。醢豚苦狗⑧,脍苴蓴只⑨。吴酸蒿蒌⑩,不沾薄只⑪。魂兮归来!恣所择只。炙鸹烝凫⑫,煔鹑陈只⑬。煎鰿臛雀⑭,遽爽存只⑮。魂乎归来!丽以先只⑯。四酎并孰⑰,不歰嗌只⑱。清馨冻饮⑲,不歠役只⑳。吴醴白蘖㉑,和楚沥只㉒。魂乎归来!不遽惕只㉓。

【注释】

①六仞:"仞",古代的长度单位。一仞为八尺。

②设:陈列。菰(gū)粱:一种粮食,菰米。

③鼎:古代烹煮食物的器皿。臑:煮烂。盈望:到处都是。和致芳:几种味道相调,让其味道鲜美。

④内:同"肭",肥的意思。鸧:黄鹂。

⑤味:品味。

⑥蠵(xī)：大龟。

⑦酪：乳浆。

⑧醢：肉酱。苦狗：加有苦胆汁的狗肉。

⑨脍：切开的肉，这里指切细。苴(jū)莼(pò)：一种香草。

⑩蒿蒌：香蒿。蒌：一种香草。

⑪沾薄：浓淡。

⑫炙(zhì)：烤。鸹(guā)：乌鸦。烝：同"蒸"。凫：野鸭。

⑬煔(qián)：将肉放在沸汤中烫。

⑭鲭：鲫鱼。臛(huò)：肉羹。

⑮遽(qú)：同"渠"，如此。爽存：爽口之气存于此。

⑯丽：美味。

⑰酎(zhòu)：醇酒。孰：同"熟"。

⑱涩(sè)嗌(ài)：味涩刺激到了咽喉。

⑲歈：同"饮"。

⑳歠(chuò)：喝。役：仆役。

㉑醴：甜酒。白蘖(niè)：酿酒的米曲。

㉒沥：清酒。

㉓遽：同"惧"。

【译文】

五谷粮食高高地堆积，桌上摆放着菰米饭呀。鼎中煮熟的肉满眼都是，几种调料调出的味道散发出了香气呀。黄鹂、鸽子和天鹅，还有味美的豺狗肉羹呀。魂魄归来吧！任意品尝各种美食呀。有新鲜的大龟、美味的肥鸡，还有楚国的酪浆呀。乳猪肉酱和略加胆汁的狗肉，再加上切细的香菜茎呀。吴人腌制的蒿蒌，不浓不淡口味正好呀。魂魄归来吧！可任意选择荤菜呀。火鸹蒸鸭、烫熟鹌鹑摆上去呀。煎炸鲫鱼炖山雀，爽口味美齿留香呀。魂魄归来吧！美味先来尝上一口。四重酿制的美酒好了，喝起来爽口又不涩呀。清冽芳香冰镇后最佳，不能让仆役们偷喝呀。吴国的甜酒曲酿制，和着楚国的清酒呀。魂魄归来吧！不要恐惧害怕，不要有戒备之心呀。

【原文】

代秦郑卫①，鸣竽张只②。伏戏《驾辩》③，楚《劳商》只④。讴和《扬阿》⑤，赵萧倡只⑥。魂乎归来！定空桑只⑦。二八接舞⑧，投诗赋只。叩钟调磬⑨，娱人乱只⑩。四上竞气⑪，极声变只⑫。魂乎归来！听歌譔只⑬。朱唇皓齿，嫭以姱只⑭。比德好闲⑮，习以都只⑯。丰肉微骨，调以娱只⑰。魂乎归来！安以舒只。嫮目宜笑⑱，娥眉曼只⑲。容则秀雅，稚朱颜只⑳。魂乎归来！静以安只。姱修滂浩㉑，丽以佳只。曾颊倚耳㉒，曲眉规只。滂心绰态㉓，姣丽施只㉔。小腰秀颈，若鲜卑只㉕。魂乎归来！思怨移只㉖。易中利心㉗，以动作只。粉白黛黑㉘，施芳泽只。长袂拂面，善留客只。魂乎归来！以娱昔只㉙。青色直眉㉚，美目婳只㉛。靥辅奇牙㉜，宜笑嘕只㉝。丰肉微骨，体便娟只㉞。魂乎归来！恣所便只。

【注释】

①代秦郑卫：原指当时的四个国家，在这儿指代、秦、郑、卫四国的音乐。

②竽：一种乐器。张：张开，这里指音乐响起。

③伏戏：关于远古帝王伏羲的戏。《驾辩》：乐曲的名称。

④《劳商》：楚国的乐曲名。

⑤讴：没有音乐的清唱。《扬阿》：歌名。

⑥赵：指赵国人。倡：同"唱"。

⑦定：调整。空桑：瑟名。

⑧二八：女乐两列，每列八人。接舞：舞蹈此起彼伏。

⑨磬（qìng）：古代的一种打击乐。

⑩乱：这里指狂欢。

⑪四上：代、秦、郑、卫四种音乐。竞气：竞相争奇斗艳。

⑫声变：音乐上的变化。

⑬诼（zhuàn）：陈述，表达。

⑭嫿（hù）：美丽。姱：美丽。

⑮比德：指众女之才艺不分上下。好闲：指性情温和喜欢安静。

⑯习：娴熟，指熟悉礼仪。都：仪态大方。

⑰调：性情温顺。

⑱嫮（hù）：同"嫿"，美好的意思。

⑲娥眉：细而长的眉毛，古代以此种眉毛为美。

⑳稺（zhì）：同"稚"。朱颜：面色红润。

㉑姱修：美丽修长。滂浩：广大的样子，这里指身体健美壮实。

㉒曾颊：面部丰满。倚耳：两耳贴后，这里指生得匀称、俊俏。

㉓滂心：心胸宽，经得起玩笑。

㉔施：呈现。

㉕鲜卑：束在腰间的带子。

㉖思怨移：除去忧愁。

㉗易中利心：内心正直温和。

㉘粉：脂粉。黛：古代女子用于画眉的青黑色颜料。

㉙昔：傍晚。

㉚青色：指用黛青描画的眉毛。直眉：双眉相连。

㉛婳（mián）：眼睛美的样子。

㉜靥辅：脸颊上的酒窝。奇牙：奇而好的牙。

㉝嘕（xiān）：同"嫣"，笑得好看。

㉞便（pián）娟：轻盈美好的样子。

【译文】

代、秦、郑、卫四国的音乐响起，竽管齐鸣呀。有伏羲氏的乐曲《驾辩》，楚地的乐曲《劳商》呀。合唱的《扬阿》歌曲，由赵国洞箫吹响。魂魄归来吧！调理好宝瑟的旋律。两列各八个舞女轮换起舞，与歌赋的节奏相合呀。敲起钟、调节磬，乐曲欢快呀。各国的音乐互相比拟，乐曲变化多端呀。

魂魄归来吧！来聆听各种美乐。佳人唇红齿白，俏丽无比呀。才艺不相上下性情娴静温和，仪态雍容高雅熟悉礼仪呀。肌肤饱满骨骼纤细，舞姿柔美让人心怡呀。魂魄归来吧！你会感到安乐舒畅呀。美目流转浅笑盈盈，娥眉又细又长呀。容貌秀丽典雅，细嫩的面容红润光滑呀。魂魄归来吧！你会感到宁静安详。体态修长性情柔顺，仪态万方呀。面额饱满耳朵匀称，弯弯的眉毛像用圆规描画呀。心胸宽广姿态绰约，姣艳美丽尽情展现呀。腰肢细小脖颈纤秀，像用鲜卑带束过的一样呀。魂魄归来吧！忧愁埋怨会消散。她们心思敏捷内心沉静，动作优美举止端庄呀。白粉敷面青黛画眉，再把香脂涂上呀。长长的袖子轻轻拂过你的面颊，殷勤待客热情大方呀。魂魄归来吧！晚上可以娱乐一场呀。黑色的直眉，美丽的眼睛闪闪发亮呀。迷人的酒窝整齐的门牙，嫣然一笑妩媚动人呀。肌肉丰满骨骼纤细，体态轻盈翩翩而行呀。魂魄归来吧！随意行事喜欢怎样就怎样呀。

【原文】

夏屋广大①，沙堂秀只②。南房小坛③，观绝霤只④。曲屋步壛⑤，宜扰畜只⑥。腾驾步游，猎春囿只⑦。琼轂错衡⑧，英华假只⑨。茝兰桂树⑩，郁弥路只⑪。魂乎归来！恣志虑只。孔雀盈园，畜鸾皇只⑫。鹍鸿群晨⑬，杂鹙鸧只⑭。鸿鹄代游，曼鹔鹴只⑮。魂乎归来！凤凰翔只。

【注释】

①夏屋："夏"同"厦"，大屋子。

②沙堂：用丹砂涂过的厅堂。"沙"同"砂"。

③房：堂屋左右的侧室。小坛：小庭院。

④观：眺望用的楼。绝霤（liù）：超过屋檐。"霤"，屋檐。

⑤曲屋：深邃幽隐的房间。步壛（yán）：长廊。"壛"同"檐"。

⑥扰畜：驯养牲畜。

⑦囿（yòu）：驯养牲畜的园子。

⑧琼毂(gǔ)：用玉装饰的毂(车轮中心的圆木)。错衡：车上纹饰华美的横木。

⑨英华：华美。假：大。

⑩茝(zhǐ)兰：一种草本植物。

⑪郁弥：到处都是郁郁葱葱。

⑫皇：同"凰"。

⑬鹍(kūn)：鹍鸡。鸿：鸿雁。

⑭鹠(qiū)：水鸟名，据传像鹤一样大。

⑮曼：同"漫"，连绵不断。鹔(sù)鹴(shuāng)：水鸟名，一种雁。

【译文】

这里的房屋又宽又大，丹砂粉饰的厅堂明秀壮观呀。南面的厢房有庭院，观望楼高耸超过了正房屋檐呀。幽深的房屋有狭长的走廊，适宜驯养牲畜呀。驾车、步行一起出游，打猎在春天的围园呀。玉饰的车毂装饰华美的车衡，光彩夺目华美无比呀。茝兰桂树，郁郁葱葱布满在路上呀。魂魄归来吧！随意游玩不用担心呀。孔雀满园，还有那凤凰和青鸾呀。鹍鸡鸿雁在清晨一起飞翔鸣叫，还有那鹠鸟鸧鸟的鸣声夹杂其中呀。天鹅在池中游来游去，鹔鹴戏水连绵不断。魂魄归来吧！凤凰正飞翔在天空呀。

【原文】

曼泽怡面①，血气盛只。永宜厥身②，保寿命只。室家盈廷③，爵禄盛只。魂乎归来！居室定只。接径千里④，出若云只。三圭重侯⑤，听类神只。察笃夭隐⑥，孤寡存只。魂兮归来！正始昆只⑦。田邑千畛⑧，人阜昌只⑨。美冒众流⑩，德泽章只。先威后文，善美明只。魂乎归来！赏罚当只。名声若日，照四海只。德誉配天，万民理只⑪。北至幽陵⑫，南交阯只⑬。西薄羊肠⑭，东穷海只⑮。魂乎归来！尚贤士只。发政献行⑯，禁苛暴只。举杰压陛⑰，诛讥罢只⑱。直赢在位⑲，近禹麾只⑳。豪杰执政，流泽施只。魂乎归来！国家为只。

雄雄赫赫㉑,天德明只㉒。三公穆穆㉓,登降堂只㉔。诸侯毕极,立九卿只㉕。昭质既设㉖,大侯张只㉗。执弓挟矢,揖辞让只㉘。魂乎来归!尚三王只㉙。

【注释】

①曼泽:细腻润泽。

②宜:舒适健康。厥身:其身的意思。

③室家:这里指宗族。盈廷:充满朝廷。

④接径:道路相连。

⑤三圭重侯:"三圭",古代的公执桓圭、侯执信圭、伯执躬圭,简称公、侯、伯。三圭重侯指国家的重臣。

⑥察笃:优待。夭:未成年而死的人。隐:疾痛,这里指病人。

⑦正始昆:"正",定。"昆",后。正始昆指定仁政的先后。

⑧畛(zhěn):田间的小路。

⑨阜昌:昌盛的意思。

⑩美:美政。冒:覆盖、遍及。众流:指百姓、民众。

⑪理:管理。

⑫幽陵:地名,在今辽宁南部一带。

⑬交阯:地名,在今两广一带。

⑭羊肠:地名,在今山西西北部一带。

⑮穷:极尽,顶点。

⑯献行:进献治国良策。

⑰举杰压陛:"压",立。举杰压陛指推举俊杰,使其立于高位。

⑱诛讥:受到讥笑和惩罚,在这里有责退的意思。罢(pí):同"疲",疲软,这里指能力有限,不能胜任工作的人。

⑲直赢:正直有才、能力有余的人。

⑳近禹麾:接近明君,听从指挥的意思。

㉑雄雄赫赫:指国家强盛。

㉒天德:德行能比天,指德行高。

㉓穆穆:和睦,互相尊重。

㉔登降:上下,这里指出入。堂:这里指朝廷。

㉕九卿:九个掌握国家大权的人。

㉖昭质:箭靶的中心。

㉗大侯:大幅的布制的箭靶。

㉘揖辞让:古代射箭时的一种礼节,射箭者执弓挟矢时会互相辞让。

㉙三王:指夏禹、商汤、周文王。

【译文】

润泽的脸上布满笑容,这是血气旺盛呀。身心一直舒适健康,一定会延年益寿呀。家族成员遍布朝廷,爵位俸禄样样丰盛呀。魂魄归来吧!居住的房间已经安排妥当了呀。道路四通八达,迎接的人们聚集如云呀。公侯伯三位国家重臣,听察精审有如天神明鉴呀。厚待早夭和患病之人,体恤孤儿寡妇呀。魂魄归来吧!这里分清先后施政行善呀。田地城邑阡陌纵横有千条,人口众多繁荣昌盛呀。美政教化普及众生,明德恩泽成效显著呀。先施威严后行仁政,政治清廉光明正大呀。魂魄归来吧!这里赏罚分明呀。名声就像灿烂的太阳,照耀五湖四海呀。功德荣誉能与天比,天下百姓都得到了管理呀。北到幽陵,南到交阯呀。西接近羊肠,东到了大海之边呀。魂魄归来吧!这里尊重贤德之人呀。君王发布政令进献良策,禁止苛政拒绝暴虐呀。贤能人士坐镇朝廷,罢免责罚庸劣之臣呀。正直有才者高居官位,听从圣君的指挥呀。豪杰贤能掌握政权,恩泽遍施民间呀。魂魄归来吧!国家得到了治理呀。声势浩大,德行清明比上天呀。三公和睦互相尊重,上上下下出入朝廷呀。各地诸侯都到了,辅佐君王设九卿呀。箭靶中心设好了,大幅的箭靶也挂定呀。个个持弓挟箭,相互揖让谦逊有加呀。魂魄归来吧!崇尚效法前代的三位明君呀。

惜 誓

题解：

北宋晁补之在他的《鸡肋集·离骚新序》中写道："《惜誓》弘深，亦类原辞，或以为贾谊作，盖近之。"

从这句话中我们能看出，晁补之对《惜誓》是谁的作品产生了疑问。这疑问不仅他有，很多学者也有。

王逸曾在《楚辞章句》中说："《惜誓》者，不知谁所作也。或曰贾谊，疑不能明也。惜者，哀也；誓者，信也，约也。言哀惜怀王与己信约而复背之也。古者君臣将共为治，必以信誓相约，然后言乃从而身以亲也。盖刺怀王有始而无终也。"王逸既解释了标题的意思，也留下了对作者是谁的怀疑。

即使这样，随后沈作喆的《寓简》、朱熹的《楚辞集注》和王夫之的《楚辞通释》，还是明确地把著作权判给了贾谊。

由于无法再找到证据来证明作者是谁，所以越来越多的学者也都默认了作者为贾谊。

然而，对于标题"惜誓"的含义，又有了不同意见，也存在着争议。"惜"是痛悼、痛惜的意思，但"誓"是什么呢？虽然王逸在《楚辞章句》中有解释，认为"誓"是信、约的意思，但王夫之在《楚辞通释》中还是认为，"惜誓"是痛惜屈原以身殉志的意思。更有徐仁甫在《楚辞别解》中认为"誓"是"逝"的意思，也就是痛惜年华逝去。

不管作者是谁，标题的意思是什么，就本篇内容来说，却不失为一篇优秀的拟骚作品，有人甚至认为这篇拟骚仅次于《招隐士》。

本篇先是描写了屈原离开楚国时的盛大场面,接着写他誓死也要远离浊世的意志力,最后还对世俗进行了剖析和批判,以此来表现对屈原之死的痛惜和哀悼。

【原文】

惜余年老而日衰兮,岁忽忽而不反①。登苍天而高举兮,历众山而日远②。观江河之纡曲兮③,离四海之沾濡④。攀北极而一息兮⑤,吸沆瀣以充虚⑥。飞朱鸟使先驱兮⑦,驾太一之象舆⑧。苍龙蚴虬于左骖兮⑨,白虎骋而为右骓⑩。建日月以为盖兮⑪,载玉女于后车⑫。驰骛于杳冥之中兮⑬,休息乎崑崙之墟⑭。乐穷极而不厌兮,愿从容乎神明。涉丹水而驰骋兮⑮,右大夏之遗风⑯。黄鹄之一举兮,知山川之纡曲。再举兮,睹天地之圜方。临中国之众人兮⑰,托回飙乎尚羊⑱。乃至少原之壄兮⑲,赤松王乔皆在旁⑳。二子拥瑟而调均兮,余因称乎清商㉑。澹然而自乐兮㉒,吸众气而翱翔㉓。念我长生而久仙兮,不如反余之故乡。

【注释】

①忽忽:匆匆,迅速。反:同"返"。

②日远:日益遥远,这里是指离家乡日益遥远。

③纡(yū)曲:纡回曲折。

④离:同"罹",遭遇。沾濡(rú):沾湿。

⑤攀:登上。北极:北极星。一息:休息一下。

⑥沆瀣:夜间的露水。充虚:充饥。

⑦朱鸟:朱雀,在这里是星宿名,南方七宿(井、鬼、柳、星、张、翼、轸)的总称。

⑧太一:神仙名,据说是天神中最尊贵的神。象舆:用象牙修饰的车。

⑨苍龙:青龙,在这里也是星宿名。蚴(yòu)虬(qiú):弯曲的样子。左骖(cān):一驾四马,在车两旁的两匹马叫骖,此指左边的骖马。

215

⑩白虎：星宿名，西方七宿（奎、娄、胃、昴、毕、觜、参）的总称。右骓（fēi）：右边的骖马。

⑪盖：车盖。

⑫玉女：即女宿，天上的神女，二十八宿之一。

⑬驰骛（wù）：驰骋，奔走。杳冥：空旷荒凉之地。

⑭休息：在这里指休养生息。崑崙：山名，昆仑山。

⑮丹水：赤水，昆仑山以南的地方。

⑯右：指丹水的西北边。大夏：神话传说中的地名。

⑰中国：指中原。

⑱回飙：旋风。尚羊：同"徜徉"，悠闲漫步。

⑲少原：神话中的地名，神仙居住的地方。

⑳赤松王乔：赤松子和王子乔，古代传说中的两位神仙。

㉑清商：歌曲的曲调名。

㉒澹然：悠然自得的样子。

㉓众气：六气。

【译文】

哀叹我年老日渐衰弱啊，岁月匆匆一去不复返。登上苍天我要飞翔啊，越过群山离家日益遥远。观看长江黄河迂回曲折啊，四海风浪沾湿了衣衫。攀上北极星休息一下啊，吸露气充实身体的虚弱。命令朱雀神鸟高飞开路啊，乘坐太一象牙车稳步前移。苍龙蜿蜒为左骖啊，白虎奔驰驾在右翼。让日月做车盖啊，叫天宫神女坐在车后。在旷远幽暗中奔驰啊，在昆仑山上休息。欢乐达到极点还是不满意啊，还希望伴随神仙逍遥游。渡过赤水继续向前啊，观看大夏遗风。黄鹄展翅高飞在天啊，才知高山大河迂曲回肠。黄鹄直上云霄啊，才看清天圆与地方。俯视中原大地的芸芸众生啊，乘着旋风徘徊游荡。到了仙人居住的地方啊，看到了赤松和王乔。二位仙人调理乐器丝弦啊，我来弹一曲清商曲调。心神宁静自得快乐啊，吸食六气自由翱翔。想那长生不老可为神仙啊，却不如回到自己的故乡。

【原文】

　　黄鹄后时而寄处兮①，鸱枭群而制之②。神龙失水而陆居兮，为蝼蚁之所裁③。夫黄鹄神龙犹如此兮④，况贤者之逢乱世哉！寿冉冉而日衰兮⑤，固儃回而不息⑥。俗流从而不止兮⑦，众枉聚而矫直⑧。或偷合而苟进兮⑨，或隐居而深藏。苦称量之不审兮⑩，同权概而就衡⑪。或推迻而苟容兮⑫，或直言之谔谔⑬。伤诚是之不察兮⑭，并纫茅丝以为索⑮。方世俗之幽昏兮⑯，眩白黑之美恶⑰。放山渊之龟玉兮⑱，相与贵夫砾石⑲。梅伯数谏而至醢兮⑳，来革顺志而用国㉑。悲仁人之尽节兮，反为小人之所贼㉒。比干忠谏而剖心兮，箕子被发而佯狂㉓。水背流而源竭兮，木去根而不长。非重躯以虑难兮㉔，惜伤身之无功。

【注释】

①后时：错过的时机。寄：栖息。

②鸱枭：猫头鹰。制：在这里是攻击的意思。

③蝼蚁：蝼蛄和蚂蚁，这里比喻那些小人。裁：裁制，侵害。

④犹：尚且。

⑤冉冉：渐渐，慢慢。

⑥儃(chán)回：运转，转动。

⑦俗流：庸俗而随波逐流的人。

⑧枉：邪恶。矫：矫正。

⑨偷合：互相勾结。苟进：不择手段地往上爬。

⑩称：指衡量事物的轻重。审：明察。

⑪权：权衡。概：斗概，平斗器具。衡：平的意思。

⑫推迻(yí)：不固定，这里指随波逐流。

⑬谔谔(è)：直言的样子。

⑭诚是："诚"，忠诚。"是"，正义。不察：不分辨。

⑮纫茅丝以为索：把茅草和丝线合在一起搓成绳索。比喻不辨好坏，不辨

忠奸。

⑯幽昏：黑暗不明。

⑰眩：迷惑的意思。

⑱放：放弃，抛弃。龟玉：乌龟和玉石。乌龟因为能占卜，所以被称为神物。龟玉指十分珍贵的东西，暗指忠贤之士。

⑲砾（lì）：小石子，碎石。

⑳梅伯：殷纣王时诸侯，因为直谏被杀。

㉑来革：人名，殷纣王时的奸佞臣子。

㉒贼：伤害。

㉓箕（jī）子：殷纣王大臣，看见比干被剖心后，假装疯掉逃跑了。佯：假装。

㉔重躯：重视身躯，爱惜生命。

【译文】

黄鹄错过了时机栖息在山林啊，被猫头鹰群起而攻之。神龙失去水在陆地上啊，就会受制于蝼蛄和蚂蚁。黄鹄神龙尚且如此啊，更何况贤者遭逢混乱时代！我渐渐衰老啊，时光流逝永不停息。世俗人随波逐流不停啊，从众把直当弯，把弯当直。有的人互相勾结谋求升职啊，有的人隐居深山避世不出。君王不辨忠奸啊，两种人用同一度量权衡。有的人见风使舵同流合污啊，有的人刚正无私直言敢谏。可悲的是君王如此善恶不分啊，把茅草和丝线拧在一起。当今世俗混乱昏暗啊，混淆是非黑白美恶不辨。神龟美玉被抛山中啊，当宝贝的却是粗陋的砾石。梅伯屡次劝谏被剁成肉酱啊，来革阿谀奉承掌握大权。悲哀仁人志士尽忠尽节啊，反被无耻小人陷害暗算。比干忠言直谏被剖心啊，箕子披散头发佯装疯。河水背离源头就会枯竭啊，树木脱离树根就不能生长。我不是看重性命害怕祸难啊，是痛心没有为国建功立业。

【原文】

已矣哉^①！独不见夫鸾凤之高翔兮^②，乃集大皇之墅^③。循四极而回周兮^④，见盛德而后下^⑤。彼圣人之神德兮^⑥，远浊世而自藏。使麒麟可得羁而系兮^⑦，又何以异乎犬羊^⑧？

【注释】

①已矣哉：感叹词，算了吧。

②独不见：反问句，难道没看见。鸾凤：传说中很吉祥的鸟，在这里暗指忠贤之人。

③集：很多。大皇：传说中荒凉之地。

④循：沿着，顺着。四极：天上最高的地方。回周：四周游览。

⑤盛德：大德，这里指英明的君主。

⑥神德：超凡的品德。

⑦麒麟：传说中的神兽。羁：羁绊。系：拴住。

⑧犬羊：狗和羊，这里指常见的世俗凡物。

【译文】

算了吧！难道没看见鸾凤高高飞翔啊，却都聚在了偏僻荒凉之处。它们回旋飞行纵观天下啊，见到大德之人才肯下降。那圣人具有超凡的品德啊，远离浊世来把自己隐藏。假如神兽麒麟被拴住了，它和狗羊这样的凡物又有什么区别？

招隐士

题解：

"招隐士"，招募隐居贤才的意思。

对于作者是谁，也有两种看法，一种认为是淮南小山，另一种则认为是淮南王刘安。而淮南小山正好又是淮南王刘安的门客。

针对作者是谁，王逸在《楚辞章句》中说："《招隐士》者，淮南小山之作也。昔淮南王安，博雅好古，招怀天下俊伟之士。自八公之徒，咸慕其德而归其仁，各竭才智，著作篇章，分造辞赋，以类相从，故或称小山。或称大山。其义犹《诗》有《小雅》《大雅》也。"

然而，在萧统的《文选·招隐士》中，作者署名却是刘安。《艺文类聚》《初学记》等，也都认为是刘安所作。而《汉书·淮南衡山济北王传》载"淮南王安为人好书、鼓琴，不喜弋猎狗马驰骋"，刘安喜欢招一些文人编书，作为他门客的淮南小山，写出《招隐士》来不难理解。

对于本篇的创作背景，王逸认为是"小山之徒闵伤屈原，……故作《招隐士》之赋，以章其志也"。

而许学夷却明确提出，本篇是淮南小山为刘安招贤纳士而写的。这一说法又遭到明朝的汪瑗反对，他认为作者本意是在招世俗之人归隐山林。

除了这一出世、一入世的说法，还有人说，本篇是在劝谏刘安时局危险，尽早脱身而出；更有人说，这是淮南小山悯伤刘安而写的。龚克昌在《刘安君臣的〈招隐士〉与〈屏风赋〉》中推测，本篇是淮南小山招淮南王仙游的作品，说由于淮南王谋反被杀，门客们便谎称他已成仙，以掩盖他的世俗野心。

不管作者和写作意图是什么，单就《招隐士》的内容来说，作者采用了夸张、渲染的手法，写尽了深山荒谷的幽险和虎啸猿啼的凄厉，营造出怵目惊心的艺术效果，成功地表达了渴望隐者早日回归的迫切心情。

王夫之曾在《楚辞通释》中评曰："其可以类附《离骚》之后者，以音节局度，浏漓昂激。"

《招隐士》不仅有着《楚辞》特点，同时又另辟蹊径，对山川景物、虎豹走兽尽情描写，将自然界经过了一番浓缩、夸张、变形处理后，使之成为人神杂糅的艺术形象，成就了一篇有着深远意境的艺术作品。

【原文】

桂树丛生兮山之幽，偃蹇连蜷兮枝相缭①。山气茏苁兮石嵯峨②，溪谷崭岩兮水曾波③。猨狖群啸兮虎豹嗥④，攀援桂枝兮聊淹留⑤。王孙游兮不归⑥，春草生兮萋萋。

【注释】

①偃蹇：弯曲。连蜷：弯曲茂盛的样子。缭：纠缠在一起。
②茏（lóng）苁（zōng）：云气弥漫的样子。嵯峨：山势高峻。
③崭岩：险峻的样子。曾：层。
④狖：长尾猿。
⑤淹留：久留。
⑥王孙：王孙贵族，这里指隐士。

【译文】

桂树丛生啊遍布深山幽谷，枝条弯弯啊缠绕在了一起。山中云雾弥漫啊石峰耸立，溪涧险峻啊激起层层高波。猿猴群啸啊虎豹吼叫，攀上桂树啊瞭望停留。隐士远游啊不愿归来，青草萌芽啊草木茂盛。

【原文】

　　岁暮兮不自聊①，蟪蛄鸣兮啾啾②。坱兮轧③，山曲岪④，心淹留兮恫慌忽⑤。罔兮沕⑥，憭兮栗⑦，虎豹穴，丛薄深林兮人上慄⑧。嶔岑碕礒兮碅磳磈硊⑨，树轮相纠兮林木茷骫⑩。青莎杂树兮薠草靃靡⑪，白鹿麏麚兮或腾或倚⑫。状皃崯崯兮峨峨⑬，凄凄兮漇漇⑭。猕猴兮熊罴⑮，慕类兮以悲⑯。攀援桂枝兮聊淹留，虎豹斗兮熊罴咆，禽兽骇兮亡其曹⑰。王孙兮归来！山中兮不可以久留。

【注释】

①岁暮：岁末。聊：在这里是无依无靠的意思。

②蟪（huì）蛄（gū）：夏蝉。

③坱（yǎng）兮轧：云气浓厚的样子。

④曲岪（fú）：山势曲折盘纡的样子。

⑤恫（dòng）慌忽：忧思深，迷茫的样子。

⑥罔兮沕（hū）：失魂落魄的样子。

⑦栗：憭栗，恐惧的样子。

⑧上慄：惊恐害怕，魂不附体。

⑨嶔（qīn）岑、碕（qí）礒（yǐ）：均形容山石形状多样。碅（jūn）磳（zēng）、磈（wěi）硊（huì）：奇形怪状的石头。

⑩轮：树枝。茷骫（wěi）：枝条盘纡的样子。

⑪青莎（suō）：草名，一种草本植物。靃（huò）靡（mí）：草木随风飘荡的样子。

⑫麏（jūn）：同"麇"，獐。麚（jiā）：公鹿。

⑬皃（mào）崯（yín）：山势高峻的样子，这里指鹿角高耸。峨峨：高而奇特的样子。

⑭凄凄：水珠往下流的样子。漇漇（xǐ）：润泽。

⑮羆(pí)：熊的一种。
⑯慕：羡慕，在这里引申为怀念。
⑰曹：同类。

【译文】

年末到了啊无依无靠，夏蝉哀鸣啊声声急。山中啊云遮雾盖，深山啊盘曲蜿蜒，心意彷徨啊忧思迷茫。失魂落魄啊心恐惧，到了虎豹穴口，丛深树高啊魂不附体。怪石林立啊山势险峻，树枝交纵错杂啊枝干纡曲缠绕。青莎丛生啊蔙草随风飘扬，白鹿獐子啊有的欢跳有的休息。犄角高耸啊像是山石峻峭，水滴落下啊光泽如珠。猕猴啊熊羆，怀念同伴啊声声悲啼。攀山登树啊在这儿停留，虎豹争斗啊熊羆咆哮，禽兽惊恐啊四散逃走。隐士们啊回来吧，山中啊不可久留！

七　谏

题解：

"七谏"，由七篇短诗组成的文章，"谏"是规劝的意思。

对于《七谏》的作者和标题为何用"谏"，王逸在《楚辞章句》中做了解释，他说："《七谏》者，东方朔之所作也。谏者，正也，谓陈法度以谏正君也。古者，人臣三谏不从，退而待放。屈原与楚同姓，无相去之义，故加为《七谏》，殷勤之意，忠厚之节也。或曰：《七谏》者，法天子有争臣七人也。东方朔追悯屈原，故作此辞，以述其志，所以昭忠信、矫曲朝也。"

然而，对于作者是东方朔，班固又有着不同的意见，认为"世所传他事皆非也"，而颜师古也曾说："谓如《东方朔别传》及俗用五行时日之书，皆非实事也。"他们的意思很清楚，《七谏》未必就是东方朔的作品。

不管对作者是谁是否有怀疑，《七谏》无疑是一篇佳作。

关于《七谏》的写作特点，在《文选·七发》中，李善注曾说："《七发》者，说七事以起发太子也，犹《楚辞·七谏》之类。"而洪兴祖在《楚辞补注》中也说："昔枚乘作《七发》，傅毅作《七激》，张衡作《七辩》，崔骃作《七依》，曹植作《七启》，张协作《七命》，皆《七谏》之流。"

当然，洪兴祖的说法未必完全正确，因为《七发》是汉代散体大赋的标志性作品，《七发》的"骚体"特征几乎已经完全不存在了，而且还采取了主客问答的形式，这与《七谏》是完全不同的。对于写作特点，还是黄寿祺和梅桐生在《楚辞全译》里说得最为可信，文中说："东方朔的这篇《七谏》，从内容到形式都是模仿《九章》的，用代言体写成。"

总之，由七个短篇组成的《七谏》，表面是在写屈原的悲剧一生：忠贞诚信却被污蔑怀疑，放逐而不得不投江，实际上却是在表达作者本人怀才不遇、悲愤抑郁的心情，这种心情，也反映了当时的社会现实。

初 放

题解：

作者先是写了屈原刚被流放时的情况，交代了屈原被流放的原因："数言便事兮，见怨门下"；然后又写了屈原在放逐初期的情感和心态变化。作者在写作的时候，是抱着悲愤心情来写的，抨击了楚王的昏庸和朝廷群小的泛滥；接着表明了屈原"宁为玉碎，不为瓦全"的信念："窃怨君之不寤兮，吾独死而后已。"

《放初》是《七谏》的首篇，也是《七谏》的序幕，这个序幕奠定了《七谏》悲愤和誓死捍卫忠贞情操的基调。

【原文】

平生于国兮①，长于原壄②。言语讷涩兮③，又无强辅④。浅智褊能兮⑤，闻见又寡。数言便事兮⑥，见怨门下⑦。王不察其长利兮，卒见弃乎原壄。伏念思过兮，无可改者。群众成朋兮⑧，上浸以惑⑨。巧佞在前兮，贤者灭息⑩。尧舜圣已没兮，孰为忠直？高山崔巍兮，水流汤汤⑪。死日将至兮，与麋鹿同坑⑫。块兮鞠⑬，当道宿。举世皆然兮，余将谁告？斥逐鸿鹄兮，近习鸱枭。斩伐橘柚兮，列树苦桃。便娟之修竹兮⑭，寄生乎江潭。上葳蕤而防露兮⑮，下冷冷而来风⑯。孰知其不合兮，若竹柏之异心。往者不可及兮⑰，来者不可待⑱。悠悠苍天兮，莫我振理⑲。窃怨君之不寤兮⑳，吾独死而后已。

【注释】

①平：屈原的名。本篇是作者假托屈原口气进行抒情，故自称名。国：国都。

②长：这里是长期在……生活的意思。壄（yě）：同"野"。

③讷涩：口齿不伶俐。

④强辅：强有力的辅助，指有势力的朋党。

⑤褊（biǎn）：狭，薄弱。

⑥便事：有利于君国的事情。

⑦门下：君王左右的臣子。

⑧群众：众多的奸佞之人。朋：结党营私。

⑨浸：稍，渐渐。

⑩灭息：没有声息，不敢说话。

⑪汤汤（shāng）：水流的样子。

⑫坈（rǒng）：同"坑"，水坑。与麋鹿同坑，即在荒野与禽兽为伍的意思。

⑬塊（kuài）：同"块"，在这里是独处、孤独的意思。鞠：躺在地上。

⑭便（pián）娟：秀美。修竹：修长的竹子。

⑮葳（wēi）蕤（ruí）：草木繁盛。防：遮盖。

⑯泠泠（líng）：清凉的样子。

⑰往者：以前能辨别忠良的圣贤君王。

⑱来者：未来的贤君。

⑲振理：辨别。

⑳窃怨：暗地里埋怨。

【译文】

屈原我生长在楚国的国都啊，如今遭流放在原野。说话木讷啊，又没有强势力量在旁辅助。我才智疏浅能力薄弱啊，孤陋寡闻见识少。多次进言对国家有利的事啊，谁料惹怒小人招来灾祸。君王不去辨别我进言的好处啊，终将我放逐到僻壤荒野。暗自思量自己有无过失啊，实无一丝差错可改。小人拉帮结伙成朋党啊，君王渐渐受迷惑。谗佞小人在君前啊，忠良缄口不言声。尧舜明君早已没有了啊，忠正良臣为谁尽忠直言？高山巍峨耸立啊，江水浩荡不止。我死日将至啊，在荒野与禽兽相伴。孤独潦倒颓然倒地啊，晚上在路上栖息。举世小人得势贤人遭殃啊，心中冤情向谁诉说？他们赶走瑞鸟鸿鹄啊，却亲近恶鸟鸱枭。橘柚佳树被砍伐啊，一排排栽植苦桃恶木。美好修长的翠竹啊，孤零零地在江边生长。上面有繁茂的枝叶防露啊，下面有清凉的微风驱暑。谁知道我与君王不合啊，就像那实心柏木空心的竹。从前的贤君无法追上啊，未来的明主等不及见。悠悠的苍天啊，为何不拯救我。暗自埋怨君王终不觉悟啊，我只有独自保持节守以死明心。

沉 江

题解：

如果说《初放》开启了《七谏》的序幕，那么第二篇《沉江》就是《初放》的延续。

从内容上来看，《沉江》一开始就是沿着《初放》篇末的"窃怨君之不寤兮，吾独死而后已"来写的。作者先是描述了屈原在投汨罗江前的痛苦挣扎，这种写法很快将读者带进了悲壮哀怨的氛围中；接着写了朝政的昏暗，以及屈原壮志未酬的遗憾和无奈；最后向君王表白了自己的忠诚。本篇通过追忆前朝圣贤，总结了古往今来的兴衰，同时也对楚国的现实进行了批判，表达了屈原对君王失政的痛心："愿悉心之所闻兮，遭值君之不聪。"

即使身处险境，依然心系故国，心系君王。屈原的忠诚正直和他投江的决心，形成了鲜明的对比，呈现了屈原的爱国主义精神。

【原文】

惟往古之得失兮①，览私微之所伤②。尧舜圣而慈仁兮，后世称而弗忘③。齐桓失于专任兮，夷吾忠而名彰④。晋献惑于骊姬兮⑤，申生孝而被殃。偃王行其仁义兮⑥，荆文寤而徐亡⑦。纣暴虐以失位兮，周得佐乎吕望⑧。修往古以行恩兮⑨，封比干之丘垄⑩。贤俊慕而自附兮⑪，日浸淫而合同⑫。明法令而修理兮⑬，兰芷幽而有芳。

【注释】

①惟：思，想。得失：兴旺还是衰败。

②私：亲近。微：贱，指奸佞小人。伤：伤害。

③弗忘：不能忘。

④夷吾：这里指管仲。名彰：名声彰显。

⑤惑：受迷惑。姺姬：同"骊姬"，晋献公的宠妃。

⑥偃王：周穆王时的徐偃王。

⑦荆文：楚国的楚文王。寤（wù）：原指睡醒，这里指醒悟。

⑧吕望：姜子牙，曾辅佐周灭掉殷的功臣。

⑨修：遵循。

⑩比干：殷朝的贤臣，被纣王杀害。封：原指培土，这里指培土作坟。丘垄：堆起的土堆，这里指坟墓。

⑪自附：主动归附。

⑫浸淫：一点点变多。合同：这里指天下一心。

⑬修理：形容将国家治理得秩序井然。

【译文】

想起古代的兴亡成败啊，看亲近奸佞之人给国家造成的伤害。尧与舜圣明仁慈爱啊，被后世称颂永世不忘。齐桓公错在任用奸佞小人啊，管仲忠诚直谏声名传扬。晋献公听信谗言被骊姬迷惑啊，使申生尽孝道也遭受祸害。徐偃王施行仁政啊，楚文王醒悟后发兵将其灭亡。殷纣王暴虐无道丧失君王位置啊，周得天下全是因为有吕望。效法古人施恩布惠啊，封比干墓表彰他的功绩。天下贤良俊才都倾慕而来归附啊，人才日益增多天下一片大同。严明的法令是治国之道啊，贤能之人到处展露才华。

【原文】

　　苦众人之妒予兮，箕子寤而佯狂①。不顾地以贪名兮②，心怫郁而内伤③。联蕙芷以为佩兮，过鲍肆而失香④。正臣端其操行兮，反离谤而见攘⑤。世俗更而变化兮，伯夷饿于首阳⑥。独廉洁而不容兮，叔齐久而逾明⑦。浮云陈而蔽晦兮⑧，使日月乎无光。忠臣贞而欲谏兮，谗谀毁而在旁。秋草荣其将实兮⑨，微霜下而夜降。商风肃而害生兮⑩，百草育而不长。众并谐以妒贤兮，孤圣特而易伤⑪。怀计谋而不见用兮，岩穴处而隐藏。成功隳而不卒兮⑫，子胥死而不葬⑬。世从俗而变化兮，随风靡而成行⑭。信直退而毁败兮，虚伪进而得当。追悔过之无及兮，岂尽忠而有功⑮。废制度而不用兮，务行私而去公⑯。终不变而死节兮，惜年齿之未央⑰。将方舟而下流兮⑱，冀幸君之发矇⑲。痛忠言之逆耳兮，恨申子之沉江⑳。愿悉心之所闻兮㉑，遭值君之不聪㉒。不开寤而难道兮㉓，不别横之与纵。听奸臣之浮说兮，绝国家之久长。灭规矩而不用兮，背绳墨之正方。离忧患而乃寤兮㉔，若纵火于秋蓬㉕。业失之而不救兮，尚何论乎祸凶？彼离畔而朋党兮㉖，独行之士其何望㉗？日渐染而不自知兮，秋毫微哉而变容㉘。众轻积而折轴兮，原咎杂而累重㉙。赴湘沅之流澌兮㉚，恐逐波而复东㉛。怀沙砾而自沉兮，不忍见君之蔽壅㉜。

【注释】

①箕子：人名。殷纣王的叔父，比干的弟弟。佯：假装。寤：同"悟"，醒悟。

②地：家乡的土地，这里指楚国。名：名利。

③怫（fú）：忧郁，愤怒。

④鲍肆：鲍鱼之肆。"肆"，市场。

⑤攘：排挤、放逐。

⑥首阳：山名，相传是伯夷隐居的地方。

⑦逾明：更加有名。

⑧陈：陈列。蔽晦：遮挡。

⑨荣：草开出的花。实：结出的果实。

⑩商风：秋风。肃：萧瑟。害生：危害生命。

⑪圣特：圣贤之人，明达聪慧。易伤：易被中伤。

⑫隳(huī)：坏。卒：终。

⑬不葬：不能下葬。伍子胥投河死后尸体一直漂在水中。

⑭随风靡：这里指蔚然成风，形成风俗。

⑮有功：有功劳，这里指重塑辉煌。

⑯务：谋取。去公：不为公家（国家）着想。

⑰年齿：年龄。未央：未尽。

⑱方舟：所乘的船。

⑲发矇：明白，醒悟。

⑳申子：伍子胥。吴王曾封之于申，故号为"申子"。

㉑悉：尽。所闻：所做，这里指报效国家。

㉒不聪：听觉不灵敏。

㉓道：引导。

㉔离：遭遇，遭受。

㉕蓬：蒿草。

㉖畔：同"叛"。离畔：在这里指谗佞小人。

㉗独行之士：指被孤立的正直的人。

㉘秋毫：秋天鸟身上长出的细毛。在这里比喻很小的事。

㉙原：屈原。咎：过错。累：累加。

㉚流澌：流水。

㉛复东：东入大海。

㉜蔽壅(yōng)：蒙蔽。

【译文】

苦于小人们对我的嫉妒啊，箕子看出这些为避祸假装癫狂。这些人不顾国家只贪名利啊，我内心忧郁而感伤。结起蕙芷做成佩带呀，经过鲍鱼市场就失去了芳香。正直的臣子品行端正啊，却遭谗佞小人排挤诽谤。世俗之人将清廉改为贪欲啊，伯夷宁愿守节饿死在首阳。独守清廉不能容于世啊，叔齐却最终美名远扬。乌云密布天色昏暗啊，让日月也失去了光芒。忠贞之臣想要进谏啊，奸佞之人在旁诋毁诽谤。秋天百草即将结出果实啊，薄霜却在夜里突然下降。西风摧残着生物啊，百草凋零枯萎不能生长。小人们都嫉妒贤能啊，贤良孤立无援容易被中伤。心怀利国良策却不被任用啊，只好身处岩穴把自己隐藏。伍子胥伐楚有功却不得善终啊，可怜被赐死尸首不能下葬。世人俗媚而随波逐流啊，蔚然成风不讲立场。诚信正直之士被赶走身败名裂啊，虚伪狡诈之徒却能声名远扬。国家危难君王才会追悔但为时已晚啊，即使再尽忠也已无力回天。废掉先王之法而不用啊，谋求一己私利不为国家着想。我身怀清白永不变节啊，可惜年寿已高不再年轻。我乘着方舟随江远去啊，希望君王醒悟不再受蒙骗。哀叹忠言逆耳啊，遗憾子胥被害沉江。我愿竭力报效国家啊，但君王昏庸充耳不闻。不开悟难以开导啊，连横竖都不能分辨。好信邪佞之臣的虚浮言说啊，毁掉国运使国家难以久长。放弃圣君的法度不用啊，背离正直方向。遭到忧患才能醒悟啊，就像纵火于秋草难挽回。已经犯错不能补救了啊，还谈什么国家凶祸。众奸佞小人相互勾结成朋党啊，忠贞之士独自还能有什么希望？君王日益被小人蒙蔽而不知道啊，秋毫虽细但也会改变原貌。很轻的物体太多也会压断车轴啊，小错积累也能酿成大祸。我愿投身湘沅之流水啊，又怕尸身向东流入海洋。怀抱沙石沉江而死啊，不忍心见到君王被小人蒙骗。

怨　世

题解：

　　《怨世》在《七谏》里算得上是一篇政治檄文、政治骚体。本篇内容侧重于对社会现实和政治环境的描写，一开始就指出朝廷上下"蓬艾亲入御于床笫兮，马兰踸踔而日加"的扭曲风气，令作者喊出了"世沉淖而难论兮，俗岭峨而嵾嵯"的观点。写完恶劣的政治环境，作者又详细道出了屈原的矛盾心情：想远离又不舍；想背离又恐违纪和败坏声誉；想保全生命却又不甘同流合污……这些心理描写更让读者们感受到了屈原那纯洁而高贵的情操和坚定的政治立场。

【原文】

世沉淖而难论兮①,俗岭峨而參嵯②。清泠泠而歼灭兮③,溷湛湛而日多④。枭鸮既以成群兮⑤,玄鹤弭翼而屏移⑥。蓬艾亲入御于床笫兮⑦,马兰踸踔而日加⑧。弃捐药芷与杜衡兮⑨,余奈世之不知芳何。何周道之平易兮⑩,然芜秽而险戏⑪。高阳无故而委尘兮⑫,唐虞点灼而毁议⑬。谁使正其真是兮⑭,虽有八师而不可为⑮。

【注释】

①沉淖(nào):这里是没落的意思。难论:难以评说。

②岭(yín)峨:参差不齐。參(cēn)嵯(cī):形容山峰高低不平。

③清泠泠(líng):清凉,这里用来比喻那些高洁纯良人士。歼:尽。灭:消。

④溷(hùn)湛湛:混浊杂乱的样子。

⑤枭(xiāo)鸮(xiāo):恶鸟名,在这里指凶恶的人。

⑥玄鹤:古代神话中的神鸟,在这里比喻贤良人士。弭翼:垂下翅膀。屏(bǐng)移:离去。

⑦蓬艾:草的名字,在这里比喻谗佞之人。笫(zǐ):竹子编的席子。床笫:床。

⑧马兰:草的名字,在这里指奸邪之徒。踸(chěn)踔(chuō):凌乱。

⑨捐:丢弃。药芷:白芷,香草名,在这里指贤良之士。

⑩周道:平坦的道路。

⑪芜秽:荒芜肮脏的地方。险戏:危险。

⑫高阳:帝颛顼。委尘:蒙尘,在这里指被尘玷污,受到了诬蔑。

⑬点灼:受到诽谤。毁议:非议。

⑭使正:主持正义。真是:真伪。

⑮八师：八位贤德有声望的人。

【译文】

时下风气败坏难以评说啊，世俗不分是非颠倒黑白。清正高尚之人都被抛弃不用啊，喜好混浊的人却得宠而且越来越多。恶鸟枭和鸹成群结队啊，神鸟玄鹤却只能垂下翅膀退缩。蓬艾受到喜爱被用来铺床啊，马兰也凌乱生长越来越繁茂。抛弃白芷和杜衡这些香草啊，我无奈世人竟不知什么是芳香。为什么平整宽敞的大路啊，却是杂草丛生危险重重。古帝高阳无故受到诽谤啊，尧舜也遭到了诬蔑。谁能主持正义评判真伪啊，虽有八位贤能之士也做不到。

【原文】

皇天保其高兮，后土持其久。服清白以逍遥兮，偏与乎玄英异色①。西施媞媞而不得见兮②，嫫母勃屑而日侍③。桂蠹不知所淹留兮④，蓼虫不知徙乎葵菜⑤。处溷溷之浊世兮⑥，今安所达乎吾志？意有所载而远逝兮⑦，固非众人之所识。骐骥踌躇于弊輂兮⑧，遇孙阳而得代⑨。吕望穷困而不聊生兮，遭周文而舒志⑩。宁戚饭牛而商歌兮⑪，桓公闻而弗置。路室女之方桑兮⑫，孔子过之以自侍⑬。吾独乖剌而无当兮⑭，心悼怵而慭思⑮。思比干之悱悱兮⑯，哀子胥之慎事⑰。悲楚人之和氏兮⑱，献宝玉以为石。遇厉武之不察兮⑲，羌两足以毕斯⑳。

【注释】

①玄英：纯黑色，比喻贪浊的人。

②媞媞（tí）：貌美的样子。

③嫫（mó）母：古代传说中的丑妇。勃屑：步履蹒跚的样子。

④桂蠹（dù）：桂树上的一种蛀虫。

⑤蓼（liǎo）虫：蓼草上的虫子。葵菜：一种味道甜美的菜。

⑥溷溷（hūn）：混乱，浑浊。

⑦意：这里指内心。所载：所怀有。

⑧骥：良马，这里比喻贤人。弊辇：破车。

⑨孙阳：人名，古时的伯乐。

⑩舒志：志向得以舒展。

⑪宁戚：人名，春秋时人。

⑫路室：路边的房屋。方：正。桑：采桑。

⑬过：路过。自侍：自己肃然起敬，这里指尊重对方。

⑭乖剌(là)：违背，在这里是不得志的意思。

⑮悼怵(chù)：悲伤凄凉。耄(mào)：混乱，糊涂。

⑯怦怦(pēng)：忠直的样子。

⑰慎事：尽心事奉君王。

⑱和氏：楚国的人名。

⑲厉武：楚厉王、楚武王。

⑳毕斮(zhuó)：斩、砍。

【译文】

老天永远高高在上啊，大地长久广袤无垠。我身穿洁白的衣服自在逍遥啊，偏偏不能接受黑色这种异色。西施美貌却不能见君王啊，嫫母奇丑反而亲近侍奉君王。桂树上的蛀虫长久停留啊，蓼虫也不知爬去吃甜菜葵叶。身处混浊的乱世啊，怎么才能实现自己的志向？胸怀大志却要远走啊，本来众人就不知我的能力。骏马驾着破车徘徊不前啊，遇到伯乐孙阳境遇才得到改善。吕望穷困潦倒无法生存啊，遇到文王才得施展才华。宁戚喂牛时高歌啊，齐桓公听到才将他不再闲置。路边房屋旁有一少女正目不斜视采桑啊，孔子见她贞节周正便留在了身边。唯有我生不逢时遇不到明君啊，内心烦乱无限凄凉。想那比干一生忠诚正直啊，悲哀子胥到死都想着事奉君王。悲叹楚国的卞和啊，献出宝玉却被说成石头。遇到不查真相的厉王、武王啊，两只脚都被砍掉饱受摧残。

【原文】

小人之居势兮①，视忠正之何若？改前圣之法度兮，喜嗫嚅而妄作②。亲谗谀而疏贤圣兮，讼谓闾娵为丑恶③。愉近习而蔽远兮④，孰知察其黑白？卒不得效其心容兮⑤，安眇眇而无所归薄⑥。专精爽以自明兮⑦，晦冥冥而壅蔽。年既已过太半兮⑧，然坎坷而留滞⑨。欲高飞而远集兮⑩，恐离罔而灭败⑪。独冤抑而无极兮⑫，伤精神而寿夭。皇天既不纯命兮⑬，余生终无所依。愿自沉于江流兮，绝横流而径逝⑭。宁为江海之泥涂兮⑮，安能久见此浊世？

【注释】

①居势：处于有势力的位置，身居高位。

②嗫(niè)嚅(rú)：鬼鬼祟祟谋私利的样子。妄作：胡作非为。

③讼：叽叽喳喳说话。闾(lú)娵(jū)：古代的美女名。丑恶：丑陋。

④近习：亲近奸佞之人。蔽远：远离贤良。

⑤心容：内心的忠贞。

⑥眇眇：遥远的样子。归薄：归依，归附。

⑦专：专一。精爽：明亮，指内心光明磊落。

⑧太半：半百。

⑨坎(kǎn)坷：同"坎坷"。留滞：同"滞留"。停下。

⑩集：停下的地方。

⑪罔：法。灭败：这里指没有了忠厚之志。

⑫冤抑：受到委屈感到压抑。

⑬不纯命：不正常，反复无常。

⑭径逝：径直远去。

⑮泥涂：污泥。

【译文】

小人得志身居高位啊，又把忠正之士看作什么？更改以前圣君所制法度啊，喜欢耳语谋私胡作非为。君王亲近奸佞疏远忠义之士啊，叽叽喳喳诋毁美女间娵是丑女。君王喜欢亲近小人而远离贤良啊，谁能辨别黑白？我始终不能施展抱负啊，前途渺茫不知归向何方。我忠诚专一自我表白啊，世道黑暗反被小人蒙蔽。我已经年过半百啊，但道路坎坷仍然不得志。也想远走高飞奔去远方啊，又怕遭受罪罚毁损了声誉。独受冤屈压抑着没有尽头啊，身心受损可能要过早去世。老天反复无常啊，我只能无依无靠过此一生。宁愿投身于江河中呀，随水流走永远不回。宁愿成为江海中的沙泥啊，怎么能长久目睹这个混浊世间？

怨　思

题解：

　　《怨思》只有短短的八句，也是《七谏》中最短的一篇。但就这八句，却不仅完整地表达了屈原对君王的忠诚，还对那些蒙蔽君王的奸佞小人进行了怨斥。同时，作者还用举例的方式，写了"子胥""比干""子推"等忠贞之人却没有善终的故事，由此也映衬出屈原的悲剧结局。有人认为《怨思》是《怨士》和《自悲》的中间部分。

　　《怨思》在写法上，既是对社会现实的揭露和批判，又从屈原内心入手，整体行文格调深沉哀怨又无奈，很好地渲染了情绪，让读者很容易就能融入到主人公的心理状态中，不能不说它虽短小，却极具内涵。

【原文】

　　贤士穷而隐处兮①，廉方正而不容②。子胥谏而靡躯兮③，比干忠而剖心。子推自割而饮君兮④，德日忘而怨深⑤。行明白而曰黑兮，荆棘聚而成林。江离弃于穷巷兮⑥，蒺藜蔓乎东厢⑦。贤者蔽而不见兮，谗谀进而相朋⑧。枭鸮并进而俱鸣兮，凤凰飞而高翔。愿壹往而径逝兮，道壅绝而不通⑨。

【注释】

①隐处：隐世。

②廉方正：形容廉洁正直。不容：不容于世。

③靡躯："靡"，没有。靡躯指没有身体，也就是遭受杀身之祸的意思。

④子推：介子推，春秋时晋国的贤臣。饮君："饮"同"食"。饮君，指介子推自割股肉给君王吃。

⑤德日忘：恩德一天天忘记。怨深：积怨深也。

⑥江离：一种香草，比喻贤良人士。

⑦蒺藜：荆棘，这里比喻小人。东厢：正屋东边的房屋，在这里是指好房屋。

⑧相朋：互相勾结，结为朋党。

⑨壅绝：不通，堵塞。

【译文】

贤能之士经常不得志而隐居啊，廉洁正者也不被容于世。子胥规劝吴王却遭到了杀身之祸啊，比干忠贞却被挖心。子推自己割下腿上的肉给重耳君王吃啊，但君王却将恩德逐渐忘掉并怨恨加深。行为清白却被诬蔑为污浊啊，荆棘丛生也能成森林。香草江离被弃于穷街僻巷啊，蒺藜却供奉在了东厢房。贤臣受到排挤不能见君王啊，谗佞之人反而受到重用结成朋党。枭鸦成群飞翔一齐鸣叫啊，凤凰却只能远远地在天空飞翔。我想见君王一面就远走啊，但见面之路受阻不能前往。

自 悲

题解：

"自悲"，在此也可看作自省。《自悲》文中有句"内自省而不惭兮，操愈坚而不衰"，正是源于屈原的扪心自问，不断反省。从这点上，也能看出屈原的高贵品格。

这篇文章很好地展现了屈原既坚强又柔弱的本性。而更让这篇文章上升到一个高度的，则是这篇"自省"的文章，并不仅仅只是主人公的自省，还有以下几种情绪存在：

第一，"怜余身不足以卒意兮，冀一见而复归"，表达了难以见到君王的悲伤心情；第二，从"哀人事之不幸兮，属天命而委之咸池"这句中可以看出对世事、天命的无奈；第三，"悲不反余之所居兮，恨离予之故乡"深刻表达了对故国的依恋；第四，"苦众人之皆然兮，乘回风而远游"，是对黑暗世事的批判；第五，"鹍鹤孤而夜号兮，哀居者之诚贞"，又表达了对忠贞之士的哀泣。

一篇文章，却从五个角度表达了五种情绪，而这五种情绪，归结到一起就是对故国的思念和忧虑，正如篇中所说："狐死必首丘兮，夫人孰能不反其真情？""过故乡而一顾兮，泣歔欷而沾衿。"

【原文】

居愁勤其谁告兮①，独永思而忧悲②。内自省而不惭兮，操愈坚而不衰。隐三年而无决兮③，岁忽忽其若颓④。怜余身不足以卒意兮⑤，冀一见而复归。哀人事之不幸兮，属天命而委之咸池⑥。身被疾而不闲兮⑦，心沸热其若汤。冰炭不可以相并兮⑧，吾固知乎命之不长。哀独苦死之无乐兮，惜予年之未央⑨。悲不反余之所居兮，恨离予之故乡⑩。鸟兽惊而失群兮，犹高飞而哀鸣。狐死必首丘兮⑪，夫人孰能不反其真情？故人疏而日忘兮，新人近而俞好⑫。莫能行于杳冥兮，孰能施于无报？

【注释】

①愁勤(qín)：愁苦郁闷。
②永思：长久的思念。
③无决：没有决定，没有绝断，在这里指没有听到君王召回的命令。

④忽忽：匆匆。颓：倒塌，像水往下流一样迅速。

⑤卒意：实现愿望。

⑥咸池：日落之处，这里是天命不能违之意。

⑦被疾：被疾垢，生病。不闲：不间断。

⑧冰炭不可以相并：冰炭不能在一起，有水火不容之意。

⑨未央：没有过中央，这里有没有过半之意。

⑩恨：悲伤，怨恨。

⑪首丘：头对着山丘的方向，这里的山丘指狐狸的巢穴。

⑫新人：靠进谗言而得到宠信的人。俞：同"愈"，更加。

【译文】

常年愁苦郁闷向谁说啊，独自长久思念更加悲伤。内心自省也不觉得惭愧啊，操行越发坚定长久不衰。被放逐三年仍得不到君王让我回朝的诏令啊，岁月匆匆逝去如流水。可怜我此生都不能实现愿望啊，只希望能返回朝廷再见一面君王。悲哀在人世间遭遇的不幸啊，只能将一切归于是上天命运的安排。身体生病一直不间断啊，内心热得像滚汤沸腾。冰炭不能并存啊，我固然知道我的命已不长。悲哀我孤独苦闷死都痛苦无乐啊，可惜我年龄还未过半。悲叹不能返回我的故居啊，恨我远远地离开了家乡。鸟兽受到惊吓四散逃走啊，只能远飞哀鸣。狐狸死时头必定朝向巢穴啊，哪个人不想落叶归根？旧臣疏远日渐遗忘啊，新人近身越发宠信。不能行进在黑暗中啊，谁又能付出而不问回报？

【原文】

苦众人之皆然兮，乘回风而远游①。凌恒山其若陋兮②，聊愉娱以忘忧③。悲虚言之无实兮，苦众口之铄金。过故乡而一顾兮，泣歔欷而沾衿④。厌白玉以为面兮⑤，怀琬琰以为心⑥。邪气入而感内兮⑦，施玉色而外淫⑧。何青云之流澜兮⑨，微霜降之蒙蒙⑩。徐风至而徘徊兮，疾风过之汤汤⑪。闻南藩乐而欲往兮⑫，至会稽而且止⑬。见韩众而宿之兮⑭，问天道之所在⑮。借浮云以送予兮，载雌霓而为旌⑯。驾青龙以驰骛兮，班衍衍之冥冥⑰。忽容容其安之兮⑱，超慌忽其焉如⑲？苦众人之难信兮，愿离群而远举。登峦山而远望兮⑳，好桂树之冬荣㉑。观天火之炎炀兮㉒，听大壑之波声㉓。引八维以自道兮㉔，含沉濇以长生㉕。居不乐以时思兮，食草木之秋实。饮菌若之朝露兮㉖，构桂木以为室㉗。杂橘柚以为囿兮，列新夷与椒桢㉘。鹍鹤孤而夜号兮㉙，哀居者之诚贞㉚。

【注释】

①回风：旋风。

②凌：登上。恒山：山名，五岳之一的北岳。陋：原指狭小，这里指矮小。

③愉娱：自我安慰。

④歔(xū)欷(xī)：悲泣，抽噎。沾衿(jīn)：沾湿衣襟。

⑤厌：嫌恶。面：妆容。

⑥琬(wǎn)琰(yǎn)：美玉。以为心：表白忠心。

⑦感内：内心感知。

⑧外淫：溢于外表。

⑨流澜：遍布，形容乌云很深厚。

⑩蒙蒙：朦朦胧胧的样子。

⑪汤汤(shāng)：形容水势浩大的样子。

⑫南藩：南方偏远之地。

⑬会(kuài)稽(jī)：传说中道家的仙山。

⑭韩众：传说中的仙人。

⑮天道：长生之道。

⑯雌霓：虹有二环时，外环色彩暗淡的被称为雌霓。

⑰衍衍：漫长游走的样子。冥冥：昏暗，幽远。

⑱容容：从容的样子。

⑲慌忽：模糊不清。焉如：到哪里。

⑳峦山：山峦，小而尖的山。

㉑好：喜好。冬荣：冬季的繁荣。

㉒天火：由雷电或物体自燃引起的大火。炀（yàng）：形容火势猛烈。

㉓大壑（hè）：大沟，这里指大海。

㉔八维：四方（东南西北）和四隅（东南、西南、东北、西北）合称八维。自道：自我引导。

㉕沆瀣：夜间的水气。

㉖菌：香木名，即菌桂。若：香草名，杜若。

㉗构：构建，建造。

㉘列：一排排。新夷：同"辛夷"。桢：女贞子。

㉙鹍（kūn）：鸟名。夜号：夜晚鸣叫。

㉚居者：隐居的人，这里指屈原。诚贞：真诚忠贞。

【译文】

苦于众人都这样啊，我只能乘着旋风去远游。登上恒山好像矮小了啊，姑且自我安慰来忘记忧愁。悲叹虚妄之言不是事实啊，苦于众人之口可以熔金。经过故乡一看啊，哭得眼泪沾满了衣襟。厌恶了白玉般的面容啊，怀揣美玉琬琰表忠心。邪气进入身体内心也能感知啊，面色玉石般莹润。为何乌云遍布啊，微霜降下来朦朦胧胧。微风吹来在身上徘徊啊，疾风吹过水滔滔。听说南方快乐想要前往啊，到了会稽山上暂且休息。见到仙人韩众便在这里留宿啊，向他询问长生之道。凭借浮云来为我送行啊，让霓虹来作旌旗。驾青龙向前驰骋啊，队伍行列漫长悠远。恍惚中飘飘荡荡无所依靠啊，迷茫不知该向何处。苦于众人难以相信啊，我愿离开远走高飞。登上小山坡向远处望啊，喜好桂树在冬季也繁荣。观看天火炽热猛烈啊，倾听海涛的激荡声。用八维做自我引导啊，呼吸夜晚的水气修炼长生。生活中没有快乐是因为忧思不断啊，用秋天草木的果实来果腹。饮用菌桂和杜若上的朝露啊，用桂木来搭建房屋。种植橘树柚树为园林啊，周围再种上辛夷和女贞。鹍鸟白鹤孤单哀鸣啊，哀叹居住者的真诚忠贞。

哀 命

题解：

"哀命"取自首句"哀时命之不合兮，伤楚国之多忧"中的两字，首句又很贴切地点明了此篇的主题。一个满腹才华、忠贞不二的人，却不被君王重用，不能为多灾多难的楚国出力，这是何等的悲哀？

而这种悲哀，又从篇中的"哀形体之离解兮，神罔两而无舍""痛楚国之流亡兮，哀灵修之过到""哀高丘之赤岸兮，遂没身而不反"中表露无遗，深刻地体现了屈原在面对楚国现状时的绝望和沉痛心情。不过，即使这样，屈原依然选择了洁身自好，不愿与奸佞之人同流合污。最终，他只能"测汨罗之湘水兮，知时固而不反""我决死而不生兮，虽重追吾何及"。

有人称此篇为屈原的绝命作，从内容上看，绝不夸张。

【原文】

哀时命之不合兮①，伤楚国之多忧②。内怀情之洁白兮③，遭乱世而离尤④。恶耿介之直行兮⑤，世溷浊而不知。何君臣之相失兮，上沅湘而分离⑥。测汨罗之湘水兮⑦，知时固而不反⑧。伤离散之交乱兮⑨，遂侧身而既远⑩。处玄舍之幽门兮⑪，穴岩石而窟伏⑫。从水蛟而为徒兮⑬，与神龙乎休息。何山石之崭岩兮⑭，灵魂屈而偃蹇⑮。含素水而蒙深兮⑯，日眇眇而既远。哀形体之离解兮⑰，神罔两而无舍⑱。惟椒兰之不反兮⑲，魂迷惑而不知路。愿无过之设行兮⑳，虽灭没之自乐㉑。痛楚国之流亡兮㉒，哀灵修之过到㉓。固时俗之溷浊兮，志瞀迷而不知路㉔。念私门之正匠兮㉕，遥涉江而远去。念女嬃之婵媛兮㉖，涕泣流乎於悒㉗。我决死而不生兮，虽重追吾何及㉘。戏疾濑之素水兮㉙，望高山之蹇产㉚。哀高丘之赤岸兮㉛，遂没身而不反㉜。

【注释】

①时命：时代和命运。时命不合，也就是生不逢时。

②伤：伤心。多忧：多灾难。

③怀情：怀着高尚的情操。

④离尤："尤"，同"忧"。离尤，离开忧患。

⑤恶：在此为厌恶。耿介：正直，光明磊落。

⑥上：逆流而上。

⑦测：度量水的深浅。这里指投身水中，用自己的身体来度量水的深浅。

⑧固：已然，已经这样。反：同"返"。

⑨交乱：互相怨恨，这里是指君臣的关系。

⑩侧身：原指躲起来，这里有恐惧，不敢安身，避世的意思。

⑪玄舍、幽门：都指黑暗的居室。均比喻在被放逐后，远离朝廷所处的困境。

⑫穴：这里做动词，隐居的意思。窟伏：潜伏在洞窟。

⑬从：跟着。水蛟：水中之龙。徒：同类人。

⑭崭岩：高而险峻的样子。

⑮偃（yǎn）蹇：不得伸展的样子。

⑯素水：白水，清洁纯净的水。蒙深：这里指多的意思。

⑰离解：懈怠，在这里是筋疲力尽的意思。

⑱罔两：罔，同"惘"。罔两，茫茫然，没有依附的意思。舍：止的意思。

⑲椒兰："椒"，子椒。"兰"，子兰。椒兰，子椒和子兰，在这里比喻行为高尚的人。

⑳设行：施行，按照自己的意志去行动。

㉑灭没：身败名裂的意思。

㉒流亡：危亡。

㉓过到：过错造成的。

㉔瞀迷：心中烦乱迷惑。

㉕私门：权力之门，这里指掌权的小人们。匠：教。

㉖女婆(xū)：婆是楚语中对女性的称呼，女婆就是女性。婵媛：牵挂不舍的样子。

㉗於悒(yì)：忧愁，不停叹息的样子。

㉘重追：再三追思。何及：来不及，不能改变。

㉙濑(lài)：形容水流得很急。

㉚蹇产：迂回、曲折的样子。

㉛赤岸：古时的地名，那里比较危险，这里比喻在朝廷中所处的危险境地。

㉜没身：指投身江流中去。

【译文】

哀怜自己生不逢时啊，悲伤楚国的多灾多难。我的内心纯洁忠贞啊，时逢乱世惨遭祸患。厌恶忠贞光明磊落的人啊，世道混浊忠奸不分。为何君臣不能相合啊，我被放逐逆行沅湘而和君王分别。用身体测量汨罗湘水的深度啊，深知世事丑恶誓不回返。哀伤的是远离君王心中迷乱啊，心中恐惧避世隐居远离祸端。我身处黑暗居室里啊，以岩石洞穴为藏身之处。与水中蛟龙相伴啊，同洞里的神龙相依。为什么山峰这么巍峨壮观啊，灵魂困顿难以攀爬。我将清洁的泉水满含一口啊，太阳隐隐约约渐渐远去。哀叹身体精疲力尽啊，神色恍惚无所依附。佩带椒兰永不改变啊，魂不守舍不知归路。希望没有过错地坚持啊，即使身败名裂也心安自乐。痛心楚国大业日益衰败啊，哀伤这是君王不用贤人造成的结果。本来世道混乱不堪啊，郁闷迷惑前路茫茫。想到政教出自权臣之门啊，便有涉江远去的想法。想到女婆对我的牵挂啊，不禁泪眼婆娑呜咽叹息。我决心一死不愿苟活啊，再三劝阻也无法改。在湍流的江水中嬉戏啊，仰望曲折险峻的高山。感叹高丘也是危险之地啊，我遂投身江中不再回还。

谬　谏

题解：

"谬谏"，委婉进谏的意思。本篇与其说是在为屈原写，不如说是在写东方朔本人的经历。

据《史记·滑稽列传》称："时会聚官下博士诸先生与论议，共难之曰：'……今子大夫修先王之术，慕圣人之义，讽诵《诗》、《书》、百家之言，不可胜数。著于竹帛，自以为海内无双，即可谓博闻辩智矣。然悉力尽忠以事圣帝，旷日持久，积数十年，官不过侍郎，位不过执戟，意者尚有遗行邪？其故何也？'"从以上语句中就能知道，东方朔和屈原一样，都是忠贞进谏，但却被朝廷众人排斥，一直怀才不遇。

本篇通过劝谏君王要辨别忠奸、任用贤士，表达了忠心爱国的情怀。从这篇文章中，读者也能看出东方朔的为人处世风格，他在感慨自己的怀才不遇时，却也对得到汉武帝的重用充满了希望，希望君王能给他施展才华、为国尽忠的机会。

【原文】

怨灵修之浩荡兮①，夫何执操之不固②。悲太山之为隍兮③，孰江河之可涸。愿承闲而效志兮④，恐犯忌而干讳⑤。卒抚情以寂寞兮⑥，然怊怅而自悲⑦。玉与石其同匮兮⑧，贯鱼眼与珠玑⑨。驽骏杂而不分兮⑩，服罢牛而骖骥⑪。年滔滔而自远兮⑫，寿冉冉而愈衰。心悇憛而烦冤兮⑬，蹇超摇而无冀⑭。

【注释】

①灵修：这里指君王。浩荡：变来变去，反复无常。

②操：意志。

③太：同"泰"。隍：池塘。

④承：同"乘"，趁着。忐：忠。

⑤干讳：忌讳。

⑥抚情：怀抱忠贞之情。寂寞：静默的意思，这里指不敢向君王进谏。

⑦怊（chāo）怅：惆怅的样子。

⑧匮（kuì）：同"柜"。

⑨玑：不圆的珠子。

⑩驽：劣马。

⑪服：驾车。罢（pí）：同"疲"。疲劳，疲惫。骖（cān）：古代马车左边的马。骥（jì）：好马。

⑫滔滔：形容时间飞逝。

⑬悇（tú）憛（tán）：忧愁。烦冤：烦闷，冤屈。

⑭超摇：不安的样子。

【译文】

埋怨君王变来变去反复无常啊，为什么他的意志那么不坚定。悲哀泰山为什么要变成池塘啊，为何江河枯竭水干。我希望趁着君王闲暇时尽忠啊，又怕激怒君王触犯忌讳。最终怀抱忠贞之情静默不语啊，但内心仍然懊恼独自伤悲。美玉石块放进同一个匣子里啊，鱼眼和宝珠竟然穿在一起。劣马骏马同混一起啊，疲惫的马驾辕骏马却在两边。时光不停流逝一去不返啊，年纪越来越大日日衰老。心中满腔忧愁烦闷啊，忐忑不安毫无希望。

【原文】

固时俗之工巧兮，灭规矩而改错。却骐骥而不乘兮，策驽骀而取路①。当世岂无骐骥兮，诚无王良之善驭②。见执辔者非其人兮，故驹跳而远去③。不量凿而正枘兮④，恐矩矱之不同⑤。不论世而高举兮⑥，恐操行之不调⑦。弧弓弛而不张兮⁸，孰云知其所至。无倾危之患难兮，焉知贤士之所死？俗推佞而进富兮⁹，节行张而不著⑩。贤良蔽而不群兮，朋曹比而党誉⑪。邪说饰而多曲兮，正法弧而不公⑫。直士隐而避匿兮，谗谀登乎明堂。弃彭咸之娱乐兮⑬，灭巧倕之绳墨⑭。菎蕗杂于黀蒸兮⑮，机蓬矢以射革⑯。驾蹇驴而无策兮⑰，又何路之能极⑱？以直针而为钓兮，又何鱼之能得？伯牙之绝弦兮，无钟子期而听之。和抱璞而泣血兮，安得良工而剖之⑲？

【注释】

①驽骀(tái)：劣马。取路：行路。

②王良：人名，春秋时善于驾驭马车的人。

③驹跳："驹"，少壮马。驹跳在这里指弯身跳跃。

④量：度。凿：穿孔。正：方。枘(ruì)：榫头，即插入卯眼的木栓。

⑤矩(jǔ)镬(yuē)：法度。

⑥论世：认识、观察世事，分辨世事。高举：推崇优良品行。

⑦调：和。

⑧张：开弓。

⑨推佞：推举奸佞之人。进富：重视富贵之人。

⑩张而不著：不能推广发扬。

⑪朋曹：指谗佞小人。党誉：袒护称赞。

⑫弧：暴戾，这里指违反、违背。

⑬彭咸：人名，古代贤良之士。娱乐：这里指彭咸以伏节死为乐。

⑭巧倕(chuí)：古代传说中的巧匠。

⑮菎(kūn)蕗(lù)：香草名。黀(zōu)：麻秆。蒸：麻秆的中干。

⑯蓬矢：用蓬蒿做的箭。革：没有毛的兽皮，这里指犀皮做的盾。

⑰蹇：跛。

⑱极：极至。

⑲剖：雕琢。

【译文】

原本世俗之人就喜欢投机取巧啊，废除原有法度并加以改变。放弃千里马不去乘驾啊，却驾驭劣马去行路。当今世上真的没有良马啊，其实只是没有王良这样善于驾驭的人。骏马见执鞭者不是好驭手啊，也会飞蹄逃离。不量凿孔就削榫头啊，恐怕尺寸大小都不相同。弓弦松弛而不张开啊，谁能知道射向何方？国家未遇危难啊，怎知贤士不为国家捐躯？世俗推举奸佞为贤尽用富人啊，美好气节之人却难以推广发扬。贤良者遭受排挤被孤立啊，小人营私结党相互吹捧。邪说都被美饰不是正道啊，违背法度不再公平。忠直贤良只能隐居避世啊，谗谀之徒却登堂发号施令。抛弃彭咸以伏节死为乐的高贵品质啊，废除了巧倕定曲直的绳墨。菎蕗混杂在麻秆中作燃料啊，蓬蒿做的箭去把盾牌射。驾驭跛脚之驴又没有靴子啊，这样行路怎能走得到头？用直针钓鱼啊，又怎能钓得到？伯牙摔断琴弦不再抚琴啊，是因为失去了知音钟子期。卞和怀抱玉璞泪干出血啊，怎能找到良匠把它雕琢？

【原文】

同音者相和兮，同类者相似。飞鸟号其群兮①，鹿鸣求其友。故叩宫而宫应兮②，弹角而角动③。虎啸而谷风至兮④，龙举而景云往⑤。音声之相和兮，言物类之相感也。夫方圆之异形兮，势不可以相错。列子隐身而穷处兮⑥，世莫可以寄托。众鸟皆有行列兮，凤独翔翔而无所薄⑦。经浊世而不得志兮，愿侧身岩穴而自托⑧。欲阖口而无言兮⑨，尝被君之厚德。独便悁而怀毒兮⑩，愁郁郁之焉极。念三年之积思兮⑪，愿壹见而陈词。不及君而骋说兮⑫，世孰可为明之。身寝疾而日愁兮⑬，情沉抑而不扬⑭。众人莫可与论道兮，悲精神之不通。

【注释】

① 号：呼叫。

② 宫：指五音（宫、商、角、徵、羽）之一。

③角：五音之一。

④谷风：东风。

⑤景云：发出光亮的浓云。往：跟随。

⑥列子：人名，相传东周时的隐士，道家学说的代表人之一。

⑦薄：归附。

⑧侧身：藏身。自托：自我依托。

⑨阖（hé）口：闭口。

⑩便（biàn）悁（yuān）：愤恨。

⑪积思：积累很多爱国情怀。

⑫骋：自由驰骋。这里指向君王自由自在地诉说。

⑬寝疾：卧病在床。

⑭不扬：无法宣泄。

【译文】

音调相同音色才能和谐啊，族类相同必定互相匹配。飞鸟鸣叫是为了呼唤同伴啊，麋鹿鸣叫则为了求偶。击打宫器则宫调响应啊，弹奏角器则角调和鸣。猛虎咆哮则东风大作啊，神龙腾飞则翔云跟随。音声一致音调和谐啊，同类间也会相互感应。方和圆的形状不同啊，决不能错杂地配在一起。列子隐居避世身处困窘啊，世道混浊无所寄托。凡鸟群飞成列成行啊，凤凰独飞无所依附。身处浊世难展雄志啊，愿躲进岩穴自我依托。本想对国事闭口不谈啊，却念恩君曾恩重如山。独自忧愁心怀愤懑啊，愁绪满怀没有尽头。想着放逐三年积愁绪啊，只望见君一面诉忠言。没能赶上见君王倾诉衷肠啊，世人谁能替我去说明？卧病在床整日忧愁啊，心情压抑得不到宣泄。无人能和我论道啊，悲叹精神无法畅通。

【原文】

乱曰①：鸾皇孔凤日以远兮②，畜凫驾鹅③。鸡鹜满堂坛兮④，鼋黾游乎华池⑤。要袅奔亡兮⑥，腾驾橐驼⑦。铅刀进御兮⑧，遥弃太阿⑨。拔搴玄芝兮⑩，列树芋荷⑪。橘柚萎枯兮，苦李旖旎⑫。甂瓯登于明堂兮⑬，周鼎潜乎深渊⑭。自古而固然兮，吾又何怨乎今之人！

【注释】

①乱：结尾。这里是《七谏》全篇的结尾。

②孔凤：孔雀和凤凰。

③鹜鹅：家鸭。驾鹅：野鹅。

④鸡鹜(wù)：鸡鸭。堂坛：高而平的厅堂。

⑤鼃(wā)黾(měng)：青蛙。

⑥要袅(niǎo)：同"要褭"，骏马的名字。

⑦橐(luò)驼：同"骆驼"。

⑧铅刀：钝刀，比喻资质愚钝。御：使用。

⑨太阿(ē)：利剑。

⑩玄芝：黑色灵芝，一种神草。

⑪芋荷：芋头。

⑫旖(yǐ)旎(nǐ)：原指柔美，这里是茂盛的意思。

⑬甂(biān)瓯(ōu)："瓯"，小盆。盆状瓦器。

⑭周鼎：夏禹所做的鼎，最后传到周，所以又叫周鼎。

【译文】

尾声：孔雀凤凰日益飞向远方啊，野鸭野鹅却被养在家中。厅堂里到处都是野鸡野鸭啊，青蛙悠然游在华丽的池塘。骏马都奔跑出去逃亡啊，人们驾着的却是骆驼。锈钝的铅刀被进献给君王啊，远远抛弃的却是太阿剑。把神草黑灵芝拔掉啊，一排排种植的却是芋头。橘树柚树日渐枯萎啊，苦李却长得枝叶繁茂。瓦盆陶罐被摆在了高堂上啊，周鼎却被抛进了深渊。自古以来就是如此啊，我又何必怨恨当今的人！

哀时命

题解：

"哀时命"是什么意思呢？

王逸在《楚辞章句》中做了解答："《哀时命》者，严夫子之所作也。夫子名忌，与司马相如俱好辞赋，客游于梁，梁孝王甚奇重之。忌哀屈原受性忠贞，不遭明君而遇暗世，斐然作辞，叹而述之，故曰《哀时命》也。"

对于作者是严忌，没有人有异议。洪兴祖还曾对严忌的生平做了补充："忌，会稽吴人，本姓庄，当时尊尚，号曰夫子，避汉明帝讳曰严。一云名忌，字夫子。"

王逸认为，从《哀时命》的内容来看，严忌提到了屈原投汨罗江而死，虽然身体腐败，但志节却没有改变，所以严忌是哀屈原之忠贞而写的。

王逸的这种说法有人却并不认同，黄寿祺在《楚辞全译》中说："诗中的'予'，实际上不是指屈原，而是严忌自称。'哀时命'并非'哀屈原'，而是汉初被压抑、被排斥的正直知识分子的自哀，自哀生不逢时，怀才不遇。诗歌高度概括了作者的身世经历和人生体验，曲折而强烈地表达了汉初知识分子的内心苦闷和抗争。"

而汤炳正在《楚辞今注》也说："本篇主旨，在于抒发贤者不遇于时的感伤愤懑之情。汉人认为是伤悼屈原之作，故编入《楚辞》专书之中。然与《七谏》等篇相较，悼屈之迹并不显著。"

也许正如汤炳正所说，因为《哀时命》中有"子胥死而成义兮，屈原沉于汨罗"这句，如果真是为屈原所写，不可能有"屈原"之称。所以本篇只是在用屈赋追述先人、感怀今世，进而抒发对自身命运的感慨。

本篇强烈而真挚地表达了当时怀才不遇的文人所共有的内心苦闷和挣扎，同时感叹自己的生不逢时。这样的内容，是汉初骚体最常见的，所以可以说，《哀时命》在形式上是模仿《离骚》的。然而，严忌这篇文章的感情宣泄真切沉实，并非一般的无病呻吟。

【原文】

哀时命之不及古人兮，夫何予生之不遘时①。往者不可扳援兮②，倈者不可与期③。志憾恨而不逞兮④，杼中情而属诗⑤。夜炯炯而不寐兮⑥，怀隐忧而历兹⑦。心郁郁而无告兮，众孰可与深谋？欿愁悴而委惰兮⑧，老冉冉而逮之。居处愁以隐约兮⑨，志沉抑而不扬。道壅塞而不通兮，江河广而无梁⑩。愿至崑苍之悬圃兮，采钟山之玉英。挚瑶木之橿枝兮⑪，望阆风之板桐⑫。弱水汨其为难兮⑬，路中断而不通。势不能凌波以径度兮，又无羽翼而高翔。然隐悯而不达兮⑭，独徙倚而彷徉⑮。怅惝罔以永思兮⑯，心纡轸而增伤⑰。倚踌躇以淹留兮，日饥馑而绝粮⑱。廓抱景而独倚兮⑲，超永思乎故乡⑳。廓落寂而无友兮㉑，谁可与玩此遗芳㉒？白日晼晚其将入兮㉓，哀余寿之弗将㉔。车既弊而马疲兮，蹇邅徊而不能行㉕。身既不容于浊世兮，不知进退之宜当。

【注释】

①遘（gòu）时：遇到好时机。

②扳援：攀附。

③倈（lái）：这里指后来者。期：会见。

④逞：解脱。

⑤杼（zhù）：发泄。属（zhǔ）：同"著"。

⑥炯炯：形容眼睛有神。

⑦历兹：经年累月。

⑧欿（kǎn）：忧愁的样子。委惰：懈怠，疲倦。

⑨隐约：这里是隐居自守的意思。

⑩无梁：没有桥梁。

⑪擥(lǎn)：持。檀(tán)枝：长长的枝条。

⑫板桐：古代神话传说中的神山。

⑬汩：奔流不息的样子。

⑭隐悯：隐忍。

⑮徙倚：徘徊不前。

⑯惝(chǎng)罔(wǎng)：迷茫。

⑰轸：同"㐱"。纤轸，心情痛苦。

⑱饥馑(jǐn)：同"饥饿"。

⑲抱景：有对影自怜的意思，形容孤独。

⑳超：远。

㉑廓落：孤寂。

㉒玩：研究。遗芳：古人留下的贤德。

㉓晼晚：夕阳西下。

㉔弗将：不长。

㉕邅(zhān)徊：徘徊不前。

【译文】

哀叹如今比不上古人啊，为何我生不逢时。以前的圣君不能攀附啊，未来明主又难以见到。心怀遗憾无法得到解脱啊，抒发情怀只能借助于诗。夜里目光明亮难以入眠啊，内心忧思经年累月。心中的郁闷无人倾诉啊，众人谁能与我深切探讨？忧愁憔悴疲惫颓丧啊，衰老已经慢慢到来。愁苦中隐居自我约束啊，心志压抑无法宣泄。道路堵塞无法通行啊，江河宽广没有桥梁。希望到昆仑的园圃去啊，采摘钟山上的玉英。手拿瑶木和玉树上长长的枝条啊，遥望阆风上的板桐。弱水奔流不息难以通过啊，道路中断不能通畅。既不能凌波横渡啊，又没有羽翼展翅高飞。隐忍心志不能实现啊，独自徘徊排遣愁肠。怅惘迷茫久久沉思啊，内心痛苦徒增悲伤。倚树踌躇长久停留啊，日益饥饿弹尽粮绝。形单影只抱影守候啊，远远地思念我的故乡。落寞孤寂没有朋友啊，谁能同我研究古贤遗风？临近傍晚太阳西下啊，可叹我的寿命也将不长。车已破损马也疲惫啊，徘徊不前难以行进。自身既然不能容于乱世啊，又不知进退怎样才恰当。

【原文】

冠崔嵬而切云兮，剑淋离而从横①。衣摄叶以储与兮②，左袪挂于榑桑③。右衽拂于不周兮④，六合不足以肆行⑤。上同凿枘于伏戏兮⑥，下合矩矱于虞唐⑦。愿尊节而式高兮⑧，志犹卑夫禹汤⑨。虽知困其不改操兮，终不以邪枉害方。世并举而好朋兮⑩，壹斗斛而相量⑪。众比周以肩迫兮，贤者远而隐藏。为凤皇作鹑笼兮，虽翕翅其不容⑫。灵皇其不寤知兮，焉陈词而效忠？俗嫉妒而蔽贤兮，孰知余之从容？愿舒志而抽冯兮⑬，庸讵知其吉凶⑭？璋珪杂于甑窐兮⑮，陇廉与孟娵同宫⑯。举世以为恒俗兮，固将愁苦而终穷。幽独转而不寐兮，惟烦懑而盈匈⑰。魂眇眇而驰骋兮，心烦冤之忡忡。志欲憼而不憺兮⑱，路幽昧而甚难。

【注释】

①淋离：长而美好的样子。从横：同"纵横"。

②衣摄叶：宽大的衣服。储与：不舒展。

③袪（qū）：在这里指袖子。榑（bó）桑：扶桑。

④衽（rèn）：衣襟。不周：神话中的山名。

⑤六合：这里指天地四方。肆行：肆意行走，任意前行。

⑥伏戏：同"伏羲"。

⑦矱（yuē）：尺度。

⑧节：节操。式高：以崇高为榜样，指不同流合污。

⑨犹：尚且。卑：低下。

⑩好朋：自己派别的人。

⑪斗斛（hú）：古代测量粮食的器皿。

⑫翕（xī）：合，这里指收敛翅膀。

⑬抽冯（píng）：发泄郁闷的意思。

⑭讵（jù）：岂能。

⑮璋珪（guī）：古玉器名。甑（zèng）窐（guī）：低劣的瓦器。

⑯陇廉：人名，古代一丑女。孟娵（jū）：人名，古代一美女。同宫：同室。

⑰盈：满。匈：同"胸"。

⑱欿（kǎn）憾：遗憾，这里指没有得到满足。不憺（dàn）：不安。

【译文】

帽子高耸入云啊，剑长长地横着在前方。衣服太宽大穿上不舒展啊，左袖子挂在了扶桑树上。右衣襟拂掠过不周山啊，不能自由施展于天地四方。在上奉行伏羲的同一法则啊，在下以虞唐为榜样。希望奉节操效法圣贤啊，我的志向尚且不如大禹、商汤。明知困惑也不想改变节操啊，终不愿以邪曲来妨碍正方。世人喜欢举荐自己帮派中的人啊，用斗斛这一标准加以衡量。朋党之间勾结很亲密啊，贤德之人只能远远避开隐藏。鹌鹑待的笼子给凤凰打造啊，凤凰收敛翅膀也进不去。君主不能醒悟啊，要去哪里诉说效忠的理想？世俗妒贤忌能啊，谁知道我始终坦然从容。希望能舒展胸怀抒发愤懑啊，我哪里知道会是吉还是凶？璋珪美玉放在了蒸器孔下啊，丑女陇廉和美女孟娵住在了同一屋檐下。天下人都觉得很正常啊，注定我要穷苦潦倒。幽暗中孤枕难眠啊，只有郁闷愤慨堆积胸中。魂魄飘忽不定四处游走啊，心烦意乱忧心忡忡。心有不满失落不安啊，路途幽暗难以向前。

【原文】

块独守此曲隅兮①，然欿切而永叹②。愁修夜而宛转兮③，气涫㵵其若波④。握剞劂而不用兮⑤，操规矩而无所施。骐骥骡于中庭兮，焉能极夫远道？置猨狖于棂槛兮⑥，夫何以责其捷巧？驷跛鳖而上山兮⑦，吾固知其不能升。释管晏而任臧获兮⑧，何权衡之能称⑨？菎蕗杂于黀蒸兮⑩，机蓬矢以射革⑪。负檐荷以丈尺兮⑫，欲伸要而不可得。外迫胁于机臂兮，上牵联于矰隹⑬。肩倾侧而不容兮⑭，固陿腹而不得息⑮。务光自投于深渊兮⑯，不获世之尘垢。孰魁摧之可久兮⑰，愿退身而穷处。凿山楹而为室兮⑱，下被衣于水渚。雾露濛濛其晨降兮，云依斐而承宇⑲。虹霓纷其朝霞兮，夕淫淫而淋雨。怊茫茫而无归兮⑳，怅远望此旷野。下垂钓于溪谷兮，上要求于仙者。与赤松而结友兮，比王侨而为耦㉑。使枭杨先导兮㉒，白虎为之前后。浮云雾而入冥兮，骑白鹿而容与㉓。

【注释】

①块: 孤独。曲隅: 幽暗的角落，此指山角。

②欿切: 忧愁痛苦。

③修夜: 长夜。宛转: 忧心辗转。

④气: 心情。潰 (fèi): 沸滚。

⑤劀 (jī) 劂 (jué): 刻镂用的刀或凿子。

⑥猨 (yuán) 狖 (yòu): 一种黑色的长尾猿。棂 (líng) 槛: 关野兽的笼子。

⑦驷: 驾。跛鳖: 瘸腿的鳖。

⑧管晏: 管仲和晏婴，春秋时齐国的名相。臧获: 奴仆，这里指庸人。

⑨权衡: 衡量，比较。称: 比较轻重。

⑩菎 (kūn) 蕗 (lù): 良竹。黀 (zōu) 蒸: 麻秆，比喻脆弱无用的人。

⑪机: 古代弓弩上的发动机关。蓬: 蓬蒿。矢: 箭。革: 箭靶。

⑫檐荷: 负担重物。丈尺: 形容行动迟缓。

⑬矰 (zēng) 隹 (yì): 用丝绳射鸟的短箭。

⑭倾侧: 端肩侧行，小心畏惧的样子。不容: 不被接纳。

⑮陿 (xiá) 腹: 腰背弯曲。息: 在这里指呼吸。

⑯务光: 人名，古代的一位隐士。

⑰魁摧: 高峻危险的意思。

⑱凿山楹: 凿崖壁为室的意思。

⑲依斐:"斐",同"霏"。依斐,形容云层浓密。

⑳怊:悲伤失意的样子。茫茫:模糊不清,这里指心情忧伤难以说清。无归:无所依归。

㉑耦:同"偶",这里指知音。

㉒枭杨:原指狒狒,这里指古代传说中的山神。

㉓白鹿:古人将白鹿视为瑞兽。容与:安逸从容的样子。

【译文】

独自隐居在这幽暗山角啊,深深的痛苦让我叹息。漫漫长夜忧愁令我辗转反侧啊,心绪不平犹如涌起的波涛。手握刻刀却没有刻镂啊,拿着规矩方圆却无法实施。驰骋的骏马在庭院里啊,如何能知道它能飞奔多远?把猿猴关在牢笼里啊,怎能责备它没有敏捷的身手?驾着跛了腿的甲鱼去登山啊,本就应该知道它不可能高升。放弃管仲和晏婴而任用庸才啊,又怎能衡量出他们的能力?葭蕗混杂在麻秆中啊,发动蓬蒿之箭去射皮革。背负重担行动迟缓啊,想伸直身体也难以做到。害怕距离鸳身太近啊,会被射鸟的丝绳击中。小心畏惧也不被接纳啊,只好弯腰曲背小心翼翼。务光投进深深的潭水啊,不想让尘世的污浊玷污。怎能遭受如此摧残啊,宁愿处境窘迫隐藏自身。开凿崖壁做居室啊,下河洗衣就到水边。早上的山雾朦朦胧胧啊,浮云霏霏承接上我的屋宇。霓虹缤纷朝霞满天啊,黄昏幽暗愁雨绵绵。说不清的惆怅无处可去啊,怅然远望无边无际的旷野。垂钓在下面山间的溪谷啊,向上要求飞升成仙。和赤松子成为朋友啊,与王子乔比肩相伴。山神枭杨在前面开路啊,让白虎跟随前后。乘云雾进到玄冥之地啊,骑上白鹿和仙人从容共游。

【原文】

魂眐眐以寄独兮①,泪沮往而不归②。处卓卓而日远兮③,志浩荡而伤怀④。鸾凤翔于苍云兮,故矰缴而不能加⑤。蛟龙潜于旋渊兮,身不挂于罔罗⑥。知贪饵而近死兮⑦,不如下游乎清波⑧。宁幽隐以远祸兮⑨,孰侵辱之可为。子胥死而成义兮，屈原沉于汨罗。虽体解其不变兮[10]，岂忠信之可化。志怦怦而内直兮[11]，履绳墨而不颇[12]。执权衡而无私兮[13]，称轻重而不差。摡尘垢之枉攘兮[14]，除秽累而反真[15]。形体白而质素兮，中皎洁而淑清[16]。时厌饫而不用兮[17]，且隐伏而远身。聊窜端而匿迹兮[18]，嗼寂默而无声[19]。独便悁而烦毒兮[20]，焉发愤而抒情？时暧暧其将罢兮，遂闷叹而无名。伯夷死于首阳兮，卒夭隐而不荣[21]。太公不遇文王兮，身至死而不得逞。怀瑶象而佩琼兮[22]，愿陈列而无正[23]。生天墬之若过兮[24]，忽烂漫而无成[25]。邪气袭余之形体兮，疾憯怛而萌生[26]。愿壹见阳春之白日兮[27]，恐不终乎永年[28]。

【注释】

① 眐眐（zhēng）：独行的样子，形容孤独。寄独：寄居独处的意思。

② 汨（yù）：迅疾的样子。徂（cú）往：离去。

③ 卓卓：高远的样子。

④ 志浩荡：纵意放肆，心无所往的样子。

⑤ 矰（zēng）缴：用丝绳做成可以射鸟的短箭。加：加害。

⑥ 罔罗：罗网。

⑦ 饵：钓饵，引鱼上钩的食物。

⑧ 清波：洁净的流水。

⑨ 幽隐：隐身躲藏。

⑩ 体解：身体肢解。不变：不改变初衷。

⑪ 怦怦：心跳动的声音。

⑫ 履：履行。绳墨：这里指法度。

⑬ 权衡：这里指掌握权力。

⑭ 摡：同"溉"，洗涤的意思。枉攘：混乱。

⑮ 真：纯真。

⑯ 皎洁：光洁明亮。淑清：明朗纯净。

⑰ 厌饫（yù）：原指吃饱吃腻，这里指君王厌倦而不愿意听忠言。

⑱ 窜端：藏头藏尾。

⑲嘿：同"莫"，形容寂静无声。

⑳悒悁：忧愁。烦毒：烦闷愤恨。

㉑夭隐：在隐居中死去。

㉒瑶象：美玉和象牙。

㉓陈列：诉说。无正：没有评判的人。

㉔壄：同"地"。若过：形容时间过得飞快。

㉕烂漫：散乱，消散。

㉖慘(cǎn)怛(dá)：痛苦忧伤。

㉗阳春：温暖的春天。白日：阳光。

㉘永年：延年益寿。

【译文】

灵魂孤独漫游无处安身啊，快速离开一去不返。飞升上天越来越高啊，心绪烦乱黯然伤悲。鸾凤高高地飞翔在青云上啊，射鸟的短箭也不能把它伤害。蛟龙潜藏在极深的水潭啊，罗网也不能将它牢困。知道贪食诱饵会要命啊，不如向下游动那里有洁净之水。宁愿隐身躲藏远离祸端啊，谁又能长久被侵辱？子胥以死成全义名啊，屈原沉江在汨罗江。虽然肢体被解仍不改初衷啊，忠诚信义怎能失去？心脏跳动内心耿直啊，遵循法度不偏不倚。执掌权柄毫无私心啊，衡量贤奸不能出差错。擦拭纷纷散落的尘垢啊，清除累累污秽返璞归真。形体洁净表里如一啊，内心冰洁品德高尚。当今君王厌倦忠言不任用啊，只好隐伏山中远离灾祸。藏头藏尾隐藏形迹啊，沉寂无声默默不语。独自忧愁而愤懑忧郁啊，如何发泄愤怒排遣忧伤。时世昏暗不明就要结束啊，于是哀叹不能后世流名。伯夷饿死在首阳山啊，早早死去不得显达。太公如果得不到文王的重用啊，直到死也不能施展才华。怀揣美玉象牙身佩玉带啊，希望陈述心志却无人评判。生来就是天地间的过客啊，时光消散终究一事无成。邪恶之气侵扰我的身体啊，疾病痛苦悄然生成。盼望能再见一次春天的阳光啊，恐怕就要终结不能延年。

九 怀

题解：

"怀"，思念，怀念追思。"九怀"，九篇为屈原立言、进而自我抒情的诗歌。

对于《九怀》这个篇名，王逸在《楚辞章句》中做了解释，他说："怀者，思也，言屈原虽见放逐，犹思念其君，忧国倾危而不能忘也。褒读屈原之文，嘉其温雅，藻采敷衍，执握金玉，委之污渎，遭世溷浊，莫之能识。追而愍之，故作《九怀》，以裨其词。"

《九怀》的作者是西汉的王褒，王褒是历史上著名的辞赋家，精通音律。曾因写《圣主得贤臣颂》而得到了宣帝的赏识，任谏议大夫，在陪同宣帝游猎时，曾写下《甘泉颂》和《洞箫赋》等作品。

《九怀》里的文章延续了王褒《甘泉颂》和《洞箫赋》的写法。先写世事的混乱、朝廷的黑白颠倒、君王的贤愚不分；然后写了屈原的悲惨和感伤；随后又想象出屈原上天入地，到仙界消遣娱乐的情景；最后写屈原即使在美好的天庭，也始终无法忘记故土，时刻牵挂君王，渴望回家的心情。

《九怀》虽然从内容和结构上来看比较单调，但内容却也跌宕起伏。所以表面看来《九怀》里的九篇文章很相像，但细品之后，还是能看出它们各自的精彩和不同。

匡　机

题解：

"匡"，匡正补救；"机"，危机、危险。"匡机"就是对危险加以补救的意思。从本篇的内容来看，也就是忠贞地辅佐君王，帮助君王解除国家危机的意思。

《匡机》是《九怀》的首篇，所以文章一开始便描写了恶劣的自然环境，而这恶劣的自然环境是由天道运行的无常造成的。通过自然环境的恶劣来比喻楚国君王的无道，使屈原身处困境、抑郁苦闷。随后，作者又写了屈原为了排遣苦闷，只好游天庭仙境。最后又写再美的景色，也无法让屈原忘记君王、忘记故国正受的苦难，进而心绪郁结，无法解脱。

【原文】

极运兮不中①，来将屈兮困穷。余深愍兮惨怛②，愿一列兮无从③。

【注释】

①极：天极，北极星。运：转行，移徙。
②愍（mǐn）：同"悯"，可怜。在这里有加深的意思。惨怛（dá）：忧伤痛苦。
③一列：全部讲述出来。无从：没有门路，在这里指不知讲给谁听。

【译文】

北极星运转啊没有在中间，承受委屈啊困窘贫穷。我忧心忡忡啊无限痛苦，想全部讲出来啊却不知讲给谁听。

【原文】

乘日月兮上征,顾游心兮鄗酆①。弥览兮九隅②,彷徨兮兰宫③。芷闾兮药房④,奋摇兮众芳⑤。菌阁兮蕙楼⑥,观道兮从横。宝金兮委积,美玉兮盈堂。桂水兮潺湲⑦,扬流兮洋洋⑧。耆蔡兮踊跃⑨,孔鹤兮回翔⑩。

【注释】

①顾:眷顾。鄗(hào):同"镐",周武王姬发的都城。在今天的陕西省长安县西南。酆(fēng):同"丰",周文王姬昌的都城,在如今陕西省户县境内。

②弥览:四处游览观看。九隅(yú):九州。

③兰宫:长满兰草的王宫。

④闾:门。药:这里指白芷。

⑤奋摇:指各种香草蓬勃生长的样子。

⑥菌:同"箘(jùn)",肉桂,一种香木。阁:这里指宫廷或宗庙门外的高大建筑物,也指楼台亭榭。

⑦潺(chán)湲(yuán):水缓慢流动的样子。

⑧扬流:水花四溅。洋洋:水流动的样子。

⑨耆(shī)蔡:"耆",同"者",老。"蔡",神龟。耆蔡,老神龟。踊跃:这里指跳跃。

⑩孔鹤:孔雀和仙鹤。

【译文】

乘驾日月啊飞上了天空,回首追思啊周代都城镐京。遍观天下啊九州每个地方,彷徨徜徉在啊清香高雅宫廷。用芷草做的大门啊白芷盖的屋,蓬蓬勃勃啊四处飘香。肉桂掩亭阁啊蕙草饰高楼,楼间的路啊交错纵横。金银珠宝啊四处堆放,华美玉石啊摆满厅堂。芳香的小溪啊潺潺流淌,水花四溅啊波浪起伏。老神龟啊在岸边跳跃,孔雀仙鹤啊回转飞翔。

【原文】

抚槛兮远望，念君兮不忘。怫郁兮莫陈①，永怀兮内伤②。

【注释】

①怫郁：愤懑郁结。莫陈：无处诉说。
②永怀：长久怀念。内伤：内心的悲伤。

【译文】

手抚栏杆啊向远处眺望，怀念君王啊时刻不忘。心中愤懑郁结啊不能陈诉，长久怀念呀内心悲伤。

通　路

题解：

"通路"，道路通畅的意思。在此是指作者希望自己和屈原，能够寻求一条通畅的道路，走近君王，为君王所用，为国家所用，一展雄心和抱负。

本篇首句："天门兮墬户，孰由兮贤者？"说明了天大地大，但贤能之人却无路可走，进而引出了寻求"通路"的主旨。

屈原的悲惨一生，说到底就是没有一条能通向君王内心的道路，因而才会被奸佞小人用谗言让君王误会，最后又被君王放逐，直至投江自杀。因此，这条"通路"非常重要，却难以实现。

作者从君王不任用贤才的现实情况写起，写到了残酷的现实让贤人远离，不得不在天地间闲游。最后，作者又回归到主题，虽然天国清朗美好，但屈原和自己仍然心牵君王，希望能有一条通向和靠近君王的路。

【原文】

天门兮墬户①,孰由兮贤者?无正兮溷厕②,怀德兮何睹?假寐兮愍斯③,谁可与兮寤语④?痛凤兮远逝,畜鴂兮近处⑤。鲸鱏兮幽潜⑥,从虾兮游渚⑧。

【注释】

①墬:同"地"。户:房门。

②溷厕:混乱杂错,是非不分。

③假寐:不脱衣冠卧床。愍:同"悯"。

④寤语:面对面说话。

⑤鴂:通"鹍",小鸟。

⑥鱏(xún):同"鲟",一种大鱼。幽潜:深水潜藏。

⑦从虾:小鱼虾。渚(zhǔ):同"渚",水中的小块陆地。

【译文】

天上有门啊地上有户,不知哪条路啊贤人能出入?世上没有公正啊好坏混杂,内怀好品德啊谁能看见?和衣而卧啊悲悯世风日下,谁能与我啊面对面说话。痛心凤凰啊已经远去,畜养的小鸟啊却亲近在身边。大鲸鱏只能深水潜藏啊,小鱼虾却能任意戏游洲渚。

【原文】

乘虬兮登阳①,载象兮上行。朝发兮葱岭②,夕至兮明光③。北饮兮飞泉,南采兮芝英。宣游兮列宿④,顺极兮彷徉⑤。红采兮骒衣⑥,翠缥兮为裳⑦。舒佩兮綝缡⑧,竦余剑兮干将⑨。腾蛇兮后从⑩,飞駏兮步旁⑪。微观兮玄圃,览察兮瑶光⑫。

【注释】

①虬(qiú):虬龙,传说中有角的小龙。登阳:上天。

②葱岭：山名。

③明光：古代传说中的神山。

④宣游：四处游。列宿：天上的二十八星宿。

⑤顺极：围绕北极星。

⑥红采：彩虹。骍（xīng）：红色的马，这里指红色的。

⑦翠缥（piǎo）：淡淡的青云。

⑧綝（shēn）缡（xǐ）：佩玉下垂的样子。

⑨竦（sǒng）：原指恭敬，这里是执、持的意思。干将：宝剑名。

⑩腾蛇：神话中形似龙的飞蛇。

⑪飞駏（jù）：駏驉，神话中形似马的动物。

⑫瑶光：星名，北斗星的第七星。

【译文】

乘着虬龙啊飞上天空，骑着神象啊遨游苍穹。早晨出发啊到了葱岭，傍晚则到达啊明光山。去北方渴了啊饮昆仑飞泉，到南方饿了啊采摘灵芝。四处游遍啊天上二十八星宿，围绕北极星啊徘徊空中。用艳丽的彩虹啊做上衣，淡青的云朵啊做下裳。身上的玉佩啊光彩夺目，手中握紧啊干将宝剑。神蛇腾飞啊紧跟其后，駏驉奔驰啊不离身旁。侧目观看啊天帝的园圃，仔细地察看啊那北斗瑶光。

【原文】

启匮兮探筴①，悲命兮相当。纫蕙兮永辞②，将离兮所思。浮云兮容与，道余兮何之③？远望兮仟眠④，闻雷兮阗阗⑤。阴忧兮感余⑥，惆怅兮自怜。

【注释】

①启匮（guì）：打开箱子。探：取。筴（cè）：占卜用的蓍草。

②纫：连接。

③道：同"导"，引导。之：往。
④仟眠：昏暗不明的样子。
⑤阗阗（tián）：声音很大的样子。
⑥阴忧：同"隐忧"，深感忧虑。感：同"撼"，震动。

【译文】

打开箱子啊取出占卜用的蓍草，悲叹我的命运啊多有不祥。连结蕙草啊永远辞别，离别时啊又想起我的君王。乘驾浮云啊徘徊不前，引导我啊要去向何方？遥望楚国啊到处昏暗不明，耳闻雷声啊轰轰作响。深感忧虑啊震撼内心，惆怅失落啊顾影自怜。

危 俊

题解：

"危"是危险的意思。"俊"，俊杰，才华出众的人。"危俊"在这里是指才华出众的人却时时处境危险。

本篇用"林不容兮鸣蜩，余何留兮中州"开始，目的就是借树林留不下鸣蝉来说明现实排斥才俊。然后又用超越现实的想象，写主人公漫游升空的旅程。随后笔锋一转，写到主人公即使上泰山、游星空，心情也无法好起来。最后写之所以心情阴郁，就是因为心系君王，因寻觅不到知己而陷入痛苦纠结中。

【原文】

林不容兮鸣蜩①，余何留兮中州②？陶嘉月兮总驾③，蹇玉英兮自修④。结荣茝兮逶逝⑤，将去烝兮远游⑥。

【注释】

①蜩（tiáo）：蝉。

②中州：指中国。

③陶：喜欢，欢心。嘉月：吉祥的日子。总驾：聚集的车驾。

④搴（qiān）：拔，摘取。修：修饰，打扮。

⑤结：编结。荣：在这里是繁荣、茂盛的意思。茝（zhǐ）：一种香草。迳逝：远去，离开。

⑥去：离开。烝（zhēng）：在这里指君王。

【译文】

树林里容不下啊鸣叫的秋蝉，我又何必啊留在中州大地？喜欢吉祥的日子啊聚集车驾，采摘玉英啊打扮自己。编结茂盛的茝草啊径直远去，我将离开君王啊去远方遨游。

【原文】

径岱土兮魏阙①，历九曲兮牵牛②。聊假日兮相伴③，遗光燿兮周流④。望太一兮淹息⑤，纡余辔兮自休⑥。晞白日兮皎皎⑦，弥远路兮悠悠⑧。顾列孛兮缥缥⑨，观幽云兮陈浮⑩。

【注释】

①径：经过。岱：泰山的别称。魏阙：魏，同"巍"。魏阙，天宫外悬挂法令的地方。

②九曲：九天。牵牛：牵牛星。

③假日：假借时日。相伴：徘徊、游荡。

④遗光：余光。周流：周游。

⑤太一：太一星，天官里最尊贵的神。淹息：停滞不前。

⑥纡：原本指曲折，这里指舒缓放松。

⑦晞（xī）：早晨的太阳光。皎皎：洁白明亮的样子。

⑧弥（mí）：远，久长，这里形容道路遥远。悠悠：远的意思。

⑨列孛（bèi）：彗星。缥缥（piāo）：缥缈遥远。

⑩幽云：幽暗的浮云。陈浮：飘浮弥漫。

【译文】

经过巍峨的泰山啊就见到了天宫门的魏阙，越过九天呀看到了牵牛星。假如有一天啊一定要来此徜徉，借太阳余晖啊四处遨游。仰望太一星啊稍作休息，放松马的缰绳啊先作休整。早晨初升的太阳啊洁白明亮，道路遥远漫长啊没有尽头。回看彗星啊缥缈悠远，观看乌云啊飘浮弥漫。

【原文】

钜宝迁兮砏磤①，雉咸雊兮相求②。泱莽莽兮究志③，惧吾心兮悴悴④。步余马兮飞柱⑤，览可与兮匹俦⑥。卒莫有兮纤介⑦，永余思兮怞怞⑧。

【注释】

①钜（jù）宝：星名，又称天宝星。砏（pīn）磤（yīn）：石头撞击发出的声响，在这里形容声音很大。

②雉：野鸡。雊（gòu）：野鸡的鸣叫声。

③泱莽莽：广大深远的样子。究志：无尽的志向。

④悴悴（chóu）：愁容满面的样子。

⑤飞柱：古代传说中的神山。

⑥匹俦（chóu）：原指伴侣，这里引申为情义。

⑦卒：终于，结果。纤介：细小的缝隙，这里引申为不满意。

⑧永：永远，在这里是悠长的意思。怞怞（yóu）：忧愁的样子。

【译文】

钜宝星运转啊发出很大的声音,野鸡声声鸣叫啊雌雄相求。茫茫一片啊何处展示志向,心生恐惧呀满腔忧愁。马儿漫步在啊飞柱山山下,看谁能做啊我的伴侣。结果没遇到啊都不满意,思绪绵绵啊忧愁不安。

昭 世

题解:

"昭"是明的意思,"昭世"则是指使世事昭明。

本篇是写因为时世的混浊不明,主人公心情烦闷,不得已决定离开君王,飞上苍穹去遨游,所以首句"世溷兮冥昏"直接点出了现实的残酷。

从写法上来说,全篇共分三部分,先是叙述现实世界的混浊,人人失去了本真,所以想远离俗世去远游,以便追求人性的本真;随后写主人公即使寻遍了天庭,始终找不到自己想得到的;最后写主人公意识到自己无法寻觅到知己时,肝肠寸断,最终明白自己无论怎样都无法舍弃忠君爱国的热情,所以永远无法忘记故乡,不禁悲伤不已。

【原文】

世溷兮冥昏①,违君兮归真②。乘龙兮偃蹇③,高回翔兮上臻④。

【注释】

①世溷(hùn):世道混乱的意思。
②冥昏:昏暗无光。违君:离开君王。归真:回归纯真本性。
③偃蹇:高高的样子。
④臻(zhēn):至,达到。

【译文】

世时混乱啊昏暗无光，我要离开君王啊回归本真。乘驾飞龙啊高高上升，回旋翱翔啊直到苍穹。

【原文】

袭英衣兮缇䋹①，披华裳兮芳芬。登羊角兮扶舆②，浮云漠兮自娱③。握神精兮雍容④，与神人兮相胥⑤。流星坠兮成雨，进瞵盼兮上丘墟⑥。览旧邦兮瀚郁⑦，余安能兮久居！志怀逝兮心㤤慄⑧，纡余辔兮踌躇⑨。闻素女兮微歌，听王后兮吹竽⑩。魂凄怆兮感哀⑪，肠回回兮盘纡⑫。抚余佩兮缤纷，高太息兮自怜⑬。使祝融兮先行⑭，令昭明兮开门⑮。驰六蛟兮上征，竦余驾兮入冥⑯。

【注释】

①袭：穿上。英衣：色彩艳丽的衣服。缇（tí）䋹（qiè）："缇"，黄赤色的丝织品。"䋹"，麻织的衣。缇䋹，形容衣服色彩亮丽。

②羊角：旋风。扶舆：随风盘旋的样子。

③云漠：云汉，也就是云河。

④神精：道家语，人的精气神。雍容：文雅大方，从容不迫。

⑤相胥（xū）：在这里是相伴的意思。

⑥瞵（lín）盼："瞵"，视，看。瞵盼，左顾右盼。丘墟：原指山丘，这里指昆仑之墟仙境。

⑦瀚（wěng）郁：云气涌起，迷蒙的样子。

⑧㤤（liú）慄（lì）：悲伤。

⑨纡（yū）：放松。踌（chóu）躇（chú）：犹豫，徘徊。

⑩王后：这里指宓妃，神女。

⑪凄怆（chuàng）：凄凉悲伤。

⑫回回：曲折，这里形容心思郁结。

⑬高太息：长长地叹息。

⑭祝融：南方的火神。

⑮昭明：炎神。

⑯竦：跳，腾飞。入冥：升到天空最高处。

【译文】

身穿啊鲜艳华美的上衣，下身着啊美丽裙裳香气袭人。乘着旋风啊扶摇而上，飘浮在银河上啊自娱自乐啊。握固精气神啊温和从容，与仙人啊相伴同行。流星纷纷坠落啊像在下雨，左顾右盼啊登上昆仑之墟。俯视故国啊云气弥漫，我怎能啊在这里久住。心里想着离开啊心中伤悲，放松我的马缰啊犹豫不决。耳边响起仙女素女的啊低声吟唱，又闻神女宓妃的啊吹竽妙音绕梁。灵魂凄凉悲伤啊深感哀怨，愁肠百结啊心思郁结。抚摸玉佩啊缤纷多样，长长叹息啊忧伤自怜。让火神祝融啊先行开路，令炎神昭明啊开门守望。驾起六条蛟龙啊向上跃起，腾飞啊我的车驾直上云霄。

【原文】

历九州兮索合①，谁可与兮终生？忽反顾兮西圃②，睹轸丘兮崎倾③。横垂涕兮泫流④，悲余后兮失灵⑤。

【注释】

①索合：索求志同道合的人。

②西圃(yòu)：西方的花园。

③轸(zhěn)丘：高峻的山。崎倾：崎岖险峻。

④泫(xuàn)流：眼泪流下来的样子。

⑤后：这里指君王。失灵：失去了灵性。

【译文】

游遍九州啊想寻求志同道合的人，谁能与我啊结伴终生？忽然回头眺望啊西方花园,只见山势高大啊崎岖险峻。不禁涕泪啊潸然而下,悲叹我那君王啊如此糊涂。

尊 嘉

题解:

"尊",尊崇、尊重。"嘉",美好,这里指德行高尚的人。"尊嘉",就是指尊崇德行高尚的人。

本篇开始,一改前几篇的阴晦萧瑟,写起了春意盎然的三月;随即由美好的景象而追怀曾经的贤人,想到从古至今,伍子胥、屈原这些贤人都命运多舛、不免一死,不禁又有些伤感;接着又从古贤人想到了主人公的自身处境,心有戚戚然;进而幻想出一段奇异诡丽、惊险刺激的水游场面,想象着在惊涛骇浪中前行,终于到了河神府,并得到河神的热情欢迎;最后写再热情的画面、再美好的景色,都无法令主人公忘记故乡,想到自己犹如浮萍,有家难回的情景,禁不住悲伤失意。

【原文】

季春兮阳阳①,列草兮成行。余悲兮兰生②,委积兮从横。江离兮遗捐③,辛夷兮挤臧④。伊思兮往古⑤,亦多兮遭殃。伍胥兮浮江,屈子兮沉湘。

【注释】

①季春:春季之末,阴历三月。阳阳:风和日丽的样子。

②兰生:"生",悴,凋零。兰生,兰草凋零。

③江离:蘼芜,香草名。遗捐:遗弃。

④辛夷:香木名。挤臧:"臧",同"藏"。挤臧,排挤隐藏。

⑤伊:发语词。往古:以前的人。

【译文】

　　阳春三月啊风和日丽,芳草萋萋啊罗列成行。我心悲痛啊兰草凋零,枝叶乱生啊凌乱不堪。香草江离啊被遗弃在山野,香木辛夷啊被隐藏排挤。想起以前的啊俊杰贤士,多半也是啊命运多舛。子胥被害啊尸浮江中,屈原被逐啊自沉湘江。

【原文】

　　运余兮念兹①,心内兮怀伤。望淮兮沛沛②,滨流兮则逝③。榜舫兮下流④,东注兮磕磕⑤。蛟龙兮导引,文鱼兮上濑⑥。抽蒲兮陈坐⑦,援芙蕖兮为盖⑧。水跃兮余旌⑨,继以兮微蔡⑩。云旗兮电骛⑪,儵忽兮容裔⑫。河伯兮开门,迎余兮欢欣。

【注释】

①运:运转,这里引申为转而一想。

②淮:淮河。沛沛:水势浩大的样子。

③滨:水边,这里用作动词,指站在水边。逝:远去,这里指流水远去。

④榜舫:"榜",船桨,这里是划船的意思。"舫",船的通称。榜舫则指划着船。

⑤磕磕(kē):水石撞击发出的声响。

⑥文鱼:有花纹、色彩斑斓的鱼。濑:急流。

⑦抽蒲:抽拔蒲草。

⑧芙蕖(qú):荷花。

⑨余旌(jīng):旌旗。

⑩微蔡:小草。

⑪电骛(wù):风驰电掣般地前进。

⑫容裔(yì):这里形容高低起伏的样子。

【译文】

转而一想啊自身的遭遇,心中悲痛啊无限感伤。看着淮水啊滚滚东流,站在水边啊想要随水远去。划着船啊顺流而下,东流入海啊水石发出撞击声。蛟龙啊在前面引路,色彩斑斓的鱼啊带我穿越急流。拔些蒲草啊铺在船上当坐席,采点荷叶啊做船篷盖在船上。水花四溅啊溅湿旌旗,小草漂浮啊卷入船中。张起云旗啊船儿风驰电掣,疾速前行啊船儿起伏荡漾。水神河伯啊打开宫门,欢迎我啊欢天喜地。

【原文】

顾念兮旧都,怀恨兮艰难。窃哀兮浮萍,汎淫兮无根①。

【注释】

①汎(fàn)淫:"汎",同"泛"。汎淫,随波漂浮的样子。

【译文】

回首思念啊楚国郢都,心怀怨恨啊举步维艰。暗自哀怜啊像水上的浮萍,四处漂泊啊无家可归。

蓄 英

题解:

"蓄",蓄积,积累。"英",美好的品质、德行。"蓄积"就是蓄积美好的品质,在这里引申为自我修炼、自我调整的意思。

本篇先从萧瑟的秋季写起,写了秋季的树木、花草的凋零,又写了秋季各种生物的死亡和消沉。从一开始就渲染出万物衰竭的悲凉气氛;接着写了现实的环境让主人公无法久留，只好走向宽阔的大海，奔赴辽阔的天空，并决定修炼自己，让自己勤勉不倦、自强不息，以便有朝一日能施展自己的才能；最后，作者描写了主人公最终还是无法忘记国君，因为思念国君而犹豫不决。去还是留的矛盾让主人公愈发地悲伤忧愁。

【原文】

秋风兮萧萧，舒芳兮振条①。微霜兮眇眇②，病殀兮鸣蜩③。玄鸟兮辞归④，飞翔兮灵丘⑤。望溪谷兮滃郁⑥，熊罴兮呴嗥⑦。

【注释】

①舒芳：花草舒展、挺拔的样子。振条：树枝摇摆的样子。

②眇眇：在这里是微小的意思。

③殀：同"夭"，死亡。

④玄鸟：青鸟，在这里是指燕子。

⑤灵丘：古代传说中的神山。

⑥滃（wěng）郁：水势浩大的样子。

⑦罴（pí）：熊的一种。呴（hǒu）嗥（háo）："呴"，同"吼"。"嗥"，同"嚎"。呴嗥，形容野兽大声叫。

【译文】

秋风啊萧萧瑟瑟，花草舒展啊枝条摇摆。微霜降落啊细细渺渺，鸣蝉已死啊无声无息。南来的燕子啊也辞别离去，展翅飞翔啊去了神山灵丘。看见溪流啊雾水迷漫，听到熊罴啊吼叫震天。

【原文】

唐虞兮不存，何故兮久留？临渊兮汪洋①，顾林兮忽荒②。修余兮袿衣③，骑霓兮南上④。粢云兮回回⑤，亹亹兮自强⑥。

【注释】

①汪洋：水面宽广，波涛汹涌。

②忽荒：不明了，模糊不清。

③袿（guī）衣：衣服，上衣。

④霓：彩虹。

⑤粢：同"乘"。回回：盘旋而上的样子。

⑥亹亹（wěi）：勤勉不倦的样子。

【译文】

唐尧虞舜啊已经不存在，我为什么啊还要在此久留？走近深渊啊看见了汪洋大海，回顾山林啊视线模糊。整理修饰啊衣服行装，骑着彩虹啊腾空飞向南方。乘着彩云啊盘旋而上，勤勉不倦啊自强不息。

【原文】

将息兮兰皋①，失志兮悠悠②。芬蕴兮黴黧③，思君兮无聊。身去兮意存，怆恨兮怀愁④。

【注释】

①皋（gāo）：水边的高地。

②失志：失去志向。

③芬（fén）蕴（yùn）：蓄积。黴（méi）黧（lí）：面色黑黄无光，形容憔悴的样子。

④怆：悲伤。

【译文】

将要休息啊在兰泽高地,失去志向啊内心忧怨。愁思蓄积啊面色黑黄,思念君王啊闷闷不乐。身离君王啊情意还在,悲伤怨恨啊愁绪难解。

思　忠

题解：

"思"为悲,"忠"为中心,"思忠"就是悲伤的心情。

本篇一开始就写了主人公奔赴仙境,看到的是"静女歌兮微晨"。随即却又看到了现实中的"悲皇丘兮积葛"。一喜一悲,喜的是幻想,悲的是现实。因此主人公开始"心怆怆兮自怜";接着作者再次描写了主人公和天上神灵畅游的情景;最后由于看到现实,"心怫郁兮内伤"。

"心伤"是这篇文章的主题。对此,姜亮夫认为"全篇皆就情思立说,皆以可悲作主旨"。本篇通过一明一暗的交替,透露出了世间的黑白颠倒,更进一步说明主人公即使逃得再远,内心的悲伤永远会跟随着自己,因为内心永远无法忘记现实。

【原文】

登九灵兮游神①,静女歌兮微晨②。悲皇丘兮积葛③,众体错兮交纷④。贞枝抑兮枯槁⑤,枉车登兮庆云⑥。感余志兮惨慄⑦,心怆怆兮自怜⑧。

【注释】

①九灵:九天。游神:舒缓精神。

②静女:这里指神女。微晨:黎明。

③皇丘:峻秀的山岭。葛:葛草,在这里比喻奸佞小人。

④错、交纷：都是形容错综交杂的样子。

⑤贞：正直。枯槁：枯萎。

⑥枉：弯曲，不正。庆云：祥云，瑞气。

⑦惨慄（lì）：悲伤。

⑧怆怆：忧伤的样子。

【译文】

登上九天啊舒缓精神，神女歌声啊黎明响起。悲叹峻秀的大山啊葛草成堆，盘根错节啊纷乱不堪。挺直的枝条啊受压枯萎，弯曲不正的车驾啊反倒尊贵显赫。想到这些啊就悲伤不已，心中忧伤啊独自哀怜。

【原文】

驾玄螭兮北征①，向吾路兮葱岭。连五宿兮建旄②，扬氛气兮为旌③。历广漠兮驰骛④，览中国兮冥冥⑤。玄武步兮水母⑥，与吾期兮南荣⑦。登华盖兮乘阳⑧，聊逍遥兮播光⑨。抽库娄兮酌醴⑩，援爬瓜兮接粮⑪。毕休息兮远逝，发玉轫兮西行⑫。

【注释】

①玄螭（chī）：传说中黑色的无角的龙。征：行。

②五宿（xiù）：天上的五个星宿。旄（máo）：古代用牦牛尾巴装饰的旗帜。

③氛：雾气。旌：旗帜。

④漠：辽阔空旷的地方。驰骛（wù）：驰骋。

⑤中国：古代华夏民族因为觉得自己居天下的正中，所以称呼自己所处的地方为中国。

⑥玄武：神龟，水神。水母：大约也是水神名。

⑦南荣：这里指南方。

⑧华盖：群星的总称。乘阳：上天。

⑨摇光：又称"瑶光"，北斗星的第七颗星。
⑩库娄：星辰名。因为形似酌酒的器皿而得名。酌（zhuó）醴（lǐ）：酌酒。
⑪瓠（páo）瓜：小瓜。这里是星辰名，天官星。接粮：作为粮食。
⑫轫（rèn）：用来制止车轮转动的木头。

【译文】

驾起黑色无角龙车啊向北行进，通向我前进道路的啊是葱岭。连接起五星宿啊当作大旗，扬起那满天的云雾啊作为旌旗。经过广阔无边的旷野啊我继续向前，遍观华夏大地啊一片昏暗。水神神龟前来啊还有水母，和我约定啊在那繁花盛开的南国相逢。登上华盖群星啊来到天穹，姑且逍遥啊在北斗群星。举起库娄群星啊斟满酒浆，端来天官四星啊作为粮食。休息完毕后啊我将远去，驱车出发啊我要奔向那西方。

【原文】

惟时俗兮疾正①，弗可久兮此方。寤辟摽兮永思②，心怫郁兮内伤。

【注释】

①惟：想起。疾正："疾"，同"嫉"。疾正，嫉恨正直之人。
②寤（wù）：睡醒。辟摽（biào）：抚摸、拍打胸口，在这里是捶胸长叹的意思。

【译文】

想到当今世俗啊嫉恨正直之人，不能长久啊留在此地。睡醒捶胸长叹啊忧思不断，心中不快抑郁啊暗自哀伤。

陶　雍

题解：

"陶"，心中忧闷；"雍"，拥堵、阻塞。"陶雍"，就是心中的郁结无法排解。

本篇分了三部分来写，第一部分描绘了主人公因为时世混乱而惆怅，于是决定展翅高飞；第二部分描述了主人公神游天庭仙界的情景；第三部分写长久的驰骋令他面色憔悴，筋疲力尽，随即想到从古到今的圣贤能为君王出谋划策，自己却因没有圣君而只能扼腕叹息。

作者笔下的主人公愁肠百结，只因为"时俗兮溷乱""九州兮靡君"，所以想要排解郁闷心境，只能拥有圣贤之君。主人公显然是要失望的，心中郁闷也终究无法排解。

篇末写主人公反躬自省，抚今追昔，将尧舜的盛世和自己面对的衰世相对比，形成了强烈反差，心中也是越加的"陶雍"。

【原文】

览杳杳兮世惟①，余惆怅兮何归？伤时俗兮溷乱，将奋翼兮高飞②。

【注释】

①杳杳：昏暗，这里指世事。惟：有愚昧之意。
②奋翼：展翅。

【译文】

看时世昏暗啊世人愚昧，我心惆怅啊何时能归？感伤世俗啊一片混乱，我将展翅啊飞向远方。

【原文】

驾八龙兮连蜷①,建虹旌兮威夷②。观中宇兮浩浩③,纷翼翼兮上跻④。浮溺水兮舒光⑤,淹低佪兮京沶⑥。屯余车兮索友⑦,睹皇公兮问师⑧。道莫贵兮归真,羡余术兮可夷⑨。吾乃逝兮南娭⑩,道幽路兮九疑⑪。越炎火兮万里,过万首兮嶷嶷⑫。济江海兮蝉蜕⑬,绝北梁兮永辞⑭。浮云郁兮昼昏,霾土忽兮塺塺⑮。

【注释】

①连蜷(quán):蜷曲的样子。

②威夷:同"逶迤",这里形容旌旗飞扬的样子。

③中宇:天下。浩浩:声势浩大的样子。

④翼翼:健壮的样子。跻(jī):登高,上升。

⑤溺水:同"弱水",水名。舒光:散发光辉。

⑥淹:停下。沶(chí):同"沚",水中小块的陆地。

⑦屯:驻扎。索友:索取挚友。

⑧皇公:天帝。

⑨夷:喜欢,高兴。

⑩娭(xī):同"嬉",游戏。

⑪九疑:山名。九疑山,又名苍梧山。

⑫万首:指海中有众多岛屿。嶷嶷:同"巍巍",高峻的样子。

⑬蝉蜕(tuì):蝉脱皮,这里是解脱的意思。

⑭梁:高大峻峭的山。永辞:永远的辞别。

⑮霾(mái):阴霾。塺塺(méi):尘土飞扬的样子。

【译文】

驾着八条飞龙啊蜿蜒前行,竖起彩虹旗啊随风飘扬。看天下啊浩浩渺渺,八龙疾飞啊冲向天空。渡过了弱水啊散发光辉,暂停徘徊不前啊在水中高地。集合起车驾啊来寻朋友，见到天帝啊向他请教。他说："论大道的可贵之处啊在于返璞归真，羡慕我的道术啊令人喜悦。"于是我又前往啊南方嬉戏，道路崎岖幽暗啊通向神山九疑山。穿过炎热之地啊要历经万里，越过万座岛屿啊高大险峻。渡过江海啊如同蝉蜕得到解脱。跨越北面的高山险阻啊永远离去。乌云密布啊白昼如夜，阴霾迷蒙啊尘土飞扬。

【原文】

息阳城兮广夏①，衰色罔兮中怠②。意晓阳兮燎寤③，乃自诇兮在兹④。思尧舜兮袭兴⑤，幸咎繇兮获谋⑥。悲九州兮靡君⑦，抚轼叹兮作诗⑧。

【注释】

①阳城：地名，春秋时的楚地。广夏："夏"，同"厦"。广夏是大屋的意思。

②罔：同"惘"，失意。怠：精神疲惫。

③晓阳："阳"，畅。晓阳是通达的意思。燎寤：明白，理解。

④诇：省视，察看。

⑤袭兴：相继兴盛。

⑥幸：宠幸。咎繇（yáo）：皋陶，舜时的贤臣。

⑦九州：天下。靡君："靡"，没有。靡君就是没有明君的意思。

⑧轼：古代马车前的横木。

【译文】

休息在阳城啊在高屋大厦里，容颜衰老啊心神不宁落魄失意。心里清楚明白啊一点儿都不糊涂，自我审视啊就在此地。想起唐尧虞舜啊相继让国家兴盛，只为重用皋陶啊获得兴邦之计。悲叹天下没有贤君明主呀，抚着马车横木长叹啊作诗抒情。

株　昭

题解：

"株"，责让、诛除的意思。"昭"则指明显、显达。"株昭"是指诛除显贵达人，引申为诛除奸佞之人的意思。

本篇首先以"悲哉于嗟兮，心内切磋"开始，用叹息来引出下文。这声叹息，如同乐曲中的强音，起着引起注意的作用。一声叹息之后，作者便开始诉说主人公的心事，进而说出世道和人心的险恶，对黑白颠倒、奸忠不分的现实产生了忧虑。接着便写主人公驾着祥云飞上云天，享受极乐。然而，在神游中，却不时回望现实的污秽不堪，纲纪败坏，泪流满面。最后，主人公虽有离开的想法，但终因对国土的眷恋，对君王的思念而矛盾重重、忧心忡忡。即使这样，主人公还是期盼君王能接受贤良的他，接受他来辅佐。

【原文】

悲哉于嗟兮①，心内切磋②。款冬而生兮③，凋彼叶柯④。瓦砾进宝兮，捐弃随和⑤。铅刀厉御兮⑥，顿弃太阿⑦。骥垂两耳兮，中坂蹉跎⑧。蹇驴服驾兮⑨，无用日多⑩。修洁处幽兮⑪，贵宠沙麋⑫。凤皇不翔兮⑬，鹌鹑飞扬。

【注释】

①于（xū）嗟（jiē）：叹息声。

②切（qiē）磋（cuō）：古时雕刻骨为切，雕刻象牙为磋。在这里比喻内心如刀绞一般痛。

③款冬：草本植物。

④柯：树木的枝茎。

⑤捐弃：丢弃。随和：宝物的名称，属于和氏玉之类。

⑥铅刀：钝刀，这里指无能之人。厉御：受重用而居高位。

⑦太阿：宝剑名。

⑧中坂：半山坡。蹉跎：失足，颠蹶。

⑨蹇：跛，瘸。

⑩日多：这里指被任用者多。

⑪修：修饰，这里指有着美好品格的人。

⑫沙（suō）劘（mó）：微小，细小。

⑬凤皇：同"凤凰"。

【译文】

悲伤啊我仰天长叹，心里就像刀割一样痛。款冬在严寒中生长啊，万木却已枝叶凋落。瓦器碎石进献为宝啊，却抛弃了宝物和氏玉。铅刀受到重用啊，丢弃太阿宝剑。骏马不用默然垂耳啊，半山坡上失足跌倒。跛脚瘸驴拉车驾辕啊，无用之人越来越被重用。美好之人退避归隐啊，猥琐小人尊贵受宠。凤凰不能自由翱翔啊，鹑鸰雀却能任意飞翔。

【原文】

乘虹骖蜺兮①，载云变化②。鹪鹏开路兮③，后属青蛇④。步骤桂林兮⑤，超骧卷阿⑥。丘陵翔舞兮⑦，溪谷悲歌。神章灵篇兮⑧，赴曲相和⑨。余私娱兹兮，孰哉复加⑩。

【注释】

①骖蜺：驾驭雌虹。

②载：乘坐。

③鹪（jiāo）鹏：神鸟凤凰。

④属（zhǔ）：跟随。

⑤步骤：或慢或快地前进。

⑥骧（xiāng）：马昂首疾走的样子。卷（quán）阿（ē）：曲折蜿蜒的高山。
⑦丘陵：高高的土山堆。
⑧神章灵篇：乐曲的篇章名。
⑨赴曲：一起演奏乐曲。
⑩孰哉复加：还有什么比这更快乐。

【译文】

乘着雄虹驾起雌虹啊，车载云彩变化万千。神鸟凤凰在前面开路啊，后面跟随着青蛇。或慢或快地走在桂树之林啊，骏马昂首阔步穿过蜿蜒高山。高高的山丘欢乐起舞啊，溪谷流水歌声悲凉。美妙的神灵篇章啊，琴瑟齐鸣相互应和。我暗自愉悦在这里啊，有什么比这更快乐？

【原文】

还顾世俗兮，坏败罔罗①。卷佩将逝兮②，涕流滂沲③。

【注释】

①罔罗：原指捕动物的用具，这里指法度纲纪。
②卷佩：收拾行装。
③滂沲：同"滂沱"，这里形容眼泪流得很多。

【译文】

回顾人间世俗啊，败坏法度纲纪误君误国。收拾行装我将去远方啊，泪眼蒙眬满心忧伤。

【原文】

乱曰：皇门开兮照下土①，株秽除兮兰芷睹②。四佞放兮后得禹③，圣舜摄兮昭尧绪④,孰能若兮愿为辅。

【注释】

①皇门:这里指君王之门。

②株秽:腐败、坏了的草木。

③四佞(nìng):这里指尧的四个佞臣,即驩兜、共工、苗、鲧。

④摄:摄政,指代君王处理国家政务。昭:发扬光大。尧绪:唐尧留下的基业。

【译文】

尾声:君门大开啊光辉普照大地,腐败的草木除去啊只留芳香兰芷。四佞被放逐啊大禹掌政权,虞舜摄国政啊光大唐尧事业,谁能像尧舜啊我愿做辅相。

九 叹

题解：

《九叹》和《九怀》一样，全篇也是由九个短篇组成。由于每篇都以"叹曰"作结，同时，"叹"又有叹息之意，而且也可以算是音乐的结尾、诗章的结束语，故称《九叹》。

据王逸在《楚辞章句》中说，《九叹》是刘向为了"追念屈原忠信之节，故作《九叹》。叹者，伤也，息也"。

作者刘向学识渊博，是西汉著名的经学家、目录学家和文学家。早在宣帝朝，他就以通达文辞与王褒、张子侨等齐名，写了辞赋三十多篇。刘向在汉宣帝时曾任谏大夫，汉元帝时被提为宗正等。和屈原一样，擅长推论时政得失的他，却因屡次上书弹劾权贵而被权贵排斥，曾两次下狱，也曾被废十多年。

刘向的辞赋虽然大多失落了，但他编撰的《楚辞》，以及由他所写收录到楚辞里的《九叹》却被完整地保留了下来。

本篇以屈原的口吻来叙述他在政治上的遭遇，同时也表达了刘向对屈原忠君爱国却遭贬殉身的悲愤和同情。

在这九篇文章中，首篇《逢纷》先以概述的方式介绍了屈原的身世、名字、德行；然后又用自诉的方式表达了自己不被重用的苦闷；最后写了被楚王放逐之后，思念国家和君王的心情，为后面的八篇文章确立了基调。

《离世》《怨思》《远逝》三篇都以屈原忠诚却被贬的苦闷写起，写到对家国的眷恋，进一步表达愤懑和不满心情；《惜贤》的写法结合了屈原的《离骚》思想，在表达愤懑时，还充满了惋惜之情；《忧苦》主要写的是屈原被放逐到异乡后所遭受的凄苦；《愍命》《思古》则主要从作者对屈原的同情入手；末篇《远游》用了浪漫主义手法，通过瑰丽多彩的语言，表达了自己对屈原"欲与天地参寿兮，与日月而比荣"思想的称颂。

本篇从结构来看，每章独立成篇，又都以"叹曰"结尾，有模仿屈原的《九章》之嫌，在创作思想上，有复古倾向。

逢　纷

题解：

"逢纷"就是遭遇纷乱浊世的意思。

这是《九叹》的首篇，一开始用了《离骚》的写法，先是追溯屈原的血脉渊源，将他显赫的家世和出身以及非凡的名字展现给大家，以此突显屈原的高贵人格；接着写他生在浊世，高尚的品格终不被昏君和奸佞小人接受，以至于被疏远、被逐放；随后又写他渴望和君王沟通，希望君王能明白他的忠贞，最后只落得失望而去，并驾车远行，但当他无意中看到故都时，思念之情油然而起，心情也愈发的伤感、失落，以至于形容枯槁、身心疲惫，痛苦而不能自拔。

【原文】

伊伯庸之末胄兮①，谅皇直之屈原②。云余肇祖于高阳兮③，惟楚怀之婵连④。原生受命于贞节兮⑤，鸿永路有嘉名⑥。齐名字于天地兮，并光明于列星。吸精粹而吐氛浊兮，横邪世而不取容。行叩诚而不阿兮⑦，遂见排而逢逸⑧。后听虚而黜实兮⑨，不吾理而顺情。肠愤悁而含怒兮⑩，志迁蹇而左倾⑪。心悇憧其不我与兮⑫，躬速速其不吾亲⑬。辞灵修而陨志兮⑭，吟泽畔之江滨。椒桂罗以颠覆兮⑮，有竭信而归诚。逸夫蔼蔼而漫著兮⑯，曷其不舒予情⑰。

【注释】

①伊：句首语助词。伯庸：屈原的父亲的字。末胄（zhòu）：子孙，后裔。

②谅：确实。皇：在这里是完美的意思。

③肇（zhào）祖：始祖。高阳：先古帝王。

④婵连：相连。这里指屈原与楚王族亲间相连，同一祖先。

⑤原：屈原。贞节：忠贞和节操。

⑥鸿永路：鸿大长远的路，这里指前程远大。

⑦叩诚：真诚。不阿（ē）：公正不阿。

⑧见：被。逢谗：遭受谗害。

⑨黜（chù）：罢、贬。

⑩愤悁（yuān）：愤怒。

⑪迁蹇：屈曲的样子，这里指心情不舒畅。

⑫怆（tǎng）慌：慌乱的样子。

⑬速速：疏远，不亲近的样子。

⑭陨志：志气消失，失意。

⑮罗：遭到。颠覆：破坏。

⑯蔼蔼：众多的样子。漫著：污蔑别人表现自己。

⑰舒：原指伸展，这里是抒发情感的意思。

【译文】

我是伯庸的后代啊，确实正直诚信的屈原。我的始祖是古帝高阳氏啊，楚怀王和我族亲相连。屈原我秉承坚贞节操出生啊，前程远大又有美名。我的名字与天地齐啊，光辉灿烂如同天上的星星。我吸天地精华吐污浊之气啊，身处邪恶之世也不同流合污。我行为忠诚刚直不阿啊，却遭受谗害被排斥。君王听谗言贬斥忠良啊，不理睬我顺应了奸佞之人。我心怀愤恨满腔怒火啊，意志消沉精神颓废。迷茫困惑君王不信任我啊，苦恼受到冷落君王不同我亲近。辞别君王心灰意冷啊，吟悲歌在泽畔水滨。桂椒即使遭到破坏啊，仍会竭尽忠信一片诚心。众谗人污蔑别人表现自己啊,为何不让我抒发情怀表明心志!

【原文】

始结言于庙堂兮①,信中途而叛之。怀兰蕙与衡芷兮,行中壄而散之②。声哀哀而怀高丘兮③,心愁愁而思旧邦。愿承闲而自恃兮④,径淫曀而道壅⑤。颜黴黧以沮败兮⑥,精越裂而衰耄⑦。裳襜襜而含风兮⑧,衣纳纳而掩露⑨。赴江湘之湍流兮,顺波凑而下降⑩。徐徐徊于山阿兮,飘风来之汹汹。驰余车兮玄石⑪,步余马兮洞庭。平明发兮苍梧⑫,夕投宿兮石城⑬。芙蓉盖而菱华车兮⑭,紫贝阙而玉堂⑮。薜荔饰而陆离荐兮⑯,鱼鳞衣而白蜺裳⑰。登逢龙而下陨兮⑱,违故都之漫漫。思南郢之旧俗兮,肠一夕而九运⑲。扬流波之潢潢兮⑳,体溶溶而东回㉑。心怊怅以永思兮,意晻晻而日颓㉒。白露纷以涂涂兮㉓,秋风浏以萧萧㉔。身永流而不还兮,魂长逝而常愁。

【注释】

①结言:誓言,这里指约定。

②中壄(yě):原野。

③高丘:高山。

④承闲:趁有时间的时候。自恃:自认为。

⑤径:小径。淫曀(yì):昏暗。道壅(yōng):堵塞。

⑥黴(méi)黧:污黑。沮败:沮丧败坏,这里形容脸色很差。

⑦衰耄:衰老。

⑧襜襜(chān):摆动的样子。

⑨纳纳:濡湿的样子。掩:遍及。

⑩波凑:聚积的波浪。

⑪玄石:原指青色的石头,这里是山名。

⑫平明:早晨天刚亮的时候。苍梧:山名。

⑬石城:山名。

⑭薐（líng）：一种水产植物。

⑮阙：城楼。

⑯薜荔：藤本植物。陆离：美玉。荐：坐席。

⑰鱼鳞衣：鱼鳞一样美丽的上衣。白蜺裳：洁白的裙子。

⑱下陨：下落。

⑲肠一夕而九运：愁肠一夜要九转，这里形容愁肠百结。

⑳潢潢：水势浩大的样子。

㉑溶溶：波浪翻滚。

㉒晻晻：抑郁寡欢的样子。

㉓涂涂：浓厚的样子。

㉔浏：疾风。

【译文】

君王当初与我相约在庙堂啊，如今听信谗言中途改变心意。我怀揣兰蕙和衡芷啊，走到荒野却被离散。哀叹声声念故土啊，满怀乡愁思祖国。我本想找机会尽忠啊，无奈前途昏暗道路堵塞。面色黧黑憔悴不堪啊，精力分散日渐衰老。裙裳被寒风吹得飘摆啊，浓浓寒露打湿我的衣服。奔赴湍急的长江和湘水啊，顺着波涛向下漂流。漫步徘徊在山谷间啊，旋风阵阵来势汹汹。驾着我的马车向玄石山奔去啊，到了洞庭边啊缓步徐行。黎明从苍梧山出发啊，傍晚投宿在了石城山顶。荷花作车盖菱花作车啊，紫贝砌的楼台白玉铺的厅堂。薜荔作装饰美玉作卧席啊，鱼鳞样的上衣白蜺样的裙裳。登上逢龙山向下望啊，离开家乡的道路那么漫长。想起郢都风俗习惯啊，整夜都在愁肠百结。扬波湍流波浪急啊，浪涛翻滚涌向东方。内心惆怅思念不止啊，精神疲惫日渐颓废。白露纷扬飘落白茫茫一片啊，秋风疾吹萧萧瑟瑟。身随水流永不返啊，灵魂远逝愁眉不展。

【原文】

叹曰：譬彼流水，纷扬磕兮。波逢汹涌，溃濆沛兮①。揄扬涤荡②，漂流陨往③，触崟石兮④。龙邛脟圈⑤，缭戾宛转⑥，阻相薄兮⑦，遭纷逢凶。蹇离尤兮。垂文扬采⑧，遗将来兮⑨。

【注释】

①濆（pēn）：大浪。滂沛：水势浩大的样子。

②揄扬：扬起。涤荡：动荡。

③陨往：指波浪起伏不停的样子。

④崟（yín）石：尖锐的石头。

⑤龙邛（qióng）：水流不畅的样子。脟（luán）圈：水流发生了回旋。

⑥缭戾：纠结缠绕的样子。

⑦相薄：相互。

⑧垂文：流传文章。扬采：张扬文采。

⑨遗（wèi）：留下。

【译文】

尾声：就像流水，浪花四溅发出声响啊。波浪起伏汹涌澎湃，大浪滚滚水势浩大啊。扬起巨浪江流激荡，漂流而下一直向前啊，猛烈撞击尖锐山石啊。洪流回旋盘旋环绕，水流终被阻挡啊。遇到浊世遭凶险，遭受污蔑和罪责啊。写下流传文章，留给后人看啊。

离 世

题解：

"离世"，远离世俗。本篇用呐喊和倾诉的方式，表达了屈原忠心正直却被逐放的苦闷，以及对君王、家乡的依恋和对国事的忧虑。

《离世》从一开始就用急切的语气，在接连五句中用"灵怀"来呼叫楚怀王，以呼喊的方式，希望楚怀王能知道他听信了谗言，疏远了自己，句句充满愤懑之情。为了证明自己是忠贞正直的，又招来天地、四时、日月、招摇、师旷、咎繇等神灵来为自己做证；接着，重申自己的忠诚，表达了对国家被奸佞之人掌控的忧虑，并引用古代圣贤的故事，表达了自己甘愿像古时圣贤一样，为了忠义而献身的决心；最后，哀叹自己离开郢都的悲伤心情，表达自己对国家的热爱和眷恋之情。

【原文】

灵怀其不吾知兮①，灵怀其不吾闻。就灵怀之皇祖兮②，愬灵怀之鬼神③。灵怀曾不吾与兮④，即听夫人之谀辞⑤。余辞上参于天墬兮⑥，旁引之于四时。指日月使延照兮⑦，抚招摇以质正⑧。立师旷俾端词兮⑨，命咎繇使并听⑩。兆出名曰正则兮⑪，卦发字曰灵均⑫。余幼既有此鸿节兮⑬，长愈固而弥纯。不从俗而诐行兮⑭，直躬指而信志⑮。不枉绳以追曲兮⑯，屈情素以从事⑰。端余行其如玉兮，述皇舆之踵迹⑱。群阿容以晦光兮⑲，皇舆覆以幽辟⑳。舆中途以回畔兮㉑，驷马惊而横犇㉒。执组者不能制兮㉓，必折轭而摧辕㉔。断镳衔以驰骛兮㉕，暮去次而敢止㉖。路荡荡其无人兮，遂不御乎千里㉗。

【注释】

①灵怀：这里指楚怀王。

②就：向。皇祖：怀王的祖先。

③愬（sù）：同"诉"。

④与：在这里是任用的意思。

⑤谀（yú）辞：阿谀奉承的话。

⑥参：合。墬（dì）：同"地"。

⑦延：永知。照：知道。

⑧招摇：北斗的第七星。质正：评出对错。

⑨师旷：春秋晋国的一名乐师。俾：使。端：端正，这里指考察。

⑩咎繇（yáo）：皋陶，人名，舜时的贤臣。

⑪兆：古人占卜算卦时，占卜工具上预示凶吉的裂纹。

⑫发：显现。

⑬鸿节：大的节操。

⑭诐（bì）行：邪行。

⑮直：挺直。信志：表明心志。

⑯枉：不正，弯曲。

⑰情素：同"情愫"。

⑱述：根据，依照。踵迹：足迹。

⑲阿容：阿谀奉承。晦：冥。光：明。

⑳幽辟：偏僻、黑暗的地方。

㉑回畔：反悔。

㉒横犇："犇"，同"奔"。横犇，乱跑狂奔。

㉓执组者：指驾驭车的人。"组"，绶带，这里指马缰绳。

㉔辕：马车上驾驭牲口的直木。

㉕镳（biāo）衔：马的勒口，俗称马嚼子。骛：驰。

㉖次：停留。

㉗御：阻止，制止。

【译文】

怀王不明白我啊，怀王不了解我。我要向怀王的先祖啊，向那些神灵诉说冤情。怀王不任用我啊，又听信阿谀奉承。我说的话上合天地啊，做证可以让四时之神来。太阳月亮永远明白我啊，北斗星能够做评定。我的话可以请师旷来考察啊，可以让皋陶一起倾听。通过占卜我起名叫正则啊，根据卦象我的字是灵均。我小时候就有美的操行啊，长大后更坚定纯正。从不随波逐流胡作妄行啊，身心正直意志坚定。不违正道追求邪曲啊，不违背真心去做事。端正行为纯洁如玉啊,依照先王治国足迹。众小人花言巧语蒙蔽君王啊,使国家昏暗衰败。车行中途突然走回头路啊,四马皆惊狂奔乱跑。车夫不能控制啊,必然辕断车毁。勒口断折惊马狂奔啊,傍晚住宿也不敢停。道路宽阔空荡无人啊,马无缰绳奔走千里。

【原文】

身衡陷而下沉兮①,不可获而复登②。不顾身之卑贱兮,惜皇舆之不兴。出国门而端指兮③,冀壹寤而锡还④。哀仆夫之坎毒兮⑤,屡离忧而逢患。九年之中不吾反兮,思彭咸之水游。惜师延之浮渚兮⑥,赴汨罗之长流。遵江曲之逶移兮⑦,触石碕而衡游⑧。波沣沣而扬浇兮⑨,顺长濑之浊流⑩。凌黄沱而下低兮⑪,思还流而复反。玄舆驰而并集兮⑫,身容与而日远。楫舟杭以横沥兮⑬,澄湘流而南极⑭。立江界而长吟兮⑮,愁哀哀而累息⑯。情慌忽以忘归兮⑰,神浮游以高厉⑱。心蛩蛩而怀顾兮⑲,魂眷眷而独逝。

【注释】

①衡:同"横"。意外。

②复登:在这里是重新任用的意思。

③端指:笔直向前。

④壹寤:一旦醒悟。

⑤坎毒:愤恨。

⑥师延:人名,商纣时的乐师。浮渚:浮在水上。

⑦逶移:同"逶迤",曲折绵延。

⑧石碕(qí):曲折的石岸。

⑨沣沣(fēng):水浪声。扬浇:水流回旋的样子。

⑩长濑:长而湍急的水流。

⑪凌:乘着。黄沱:古代对长江的称呼。

⑫玄:在这里是水的意思。舆:车。并集:并驾齐驱。

⑬棹(zhào):划船的工具。舟枕:船只。沥(lì):渡水。

⑭淮(jì):渡水。

⑮江界:江边。

⑯累息:长叹。

⑰慌忽:同"恍惚"。

⑱高厉:高高腾起。

⑲蛩蛩(qióng):忧虑重重。

【译文】

我遭到诬陷而沉沦啊,不能重新得到君王的任用。我不顾及自身的卑微啊,只是哀伤国家不能强盛。离开郢都一直向前啊,希望君王一旦醒悟赐我归返。仆人为我愤愤不平啊,可怜我屡受迫害遭遇不幸。放逐九年不召我回啊,想起了彭咸投水自尽。痛惜师延投水免遭刑罚啊,我也将自沉汨罗洪流。沿着曲折的江水蜿蜒前行啊,船触到石岸转而横走。波涛汹涌水流回旋啊,顺着急行的浊流。乘着长江顺流而下啊,多想逆流而上掉转回头。水车飞驰并肩齐进啊,从容离去越行越远。摇起船桨把长江横渡啊,渡过湘水驰向南方。站在江岸高歌长吟啊,声声长叹止不住悲伤。神情恍惚忘了归路啊,精神高飞在天际。心怀忧虑念故乡啊,灵魂依依不舍孤独远行。

【原文】

叹曰:余思旧邦,心依违兮①,日暮黄昏,羌幽悲兮。去郢东迁,余谁慕兮?逸夫党旅②,其以兹故兮。河水淫淫③,情所愿兮。顾瞻郢路④,终不返兮。

【注释】

①违:迟疑,犹豫不决。

②党旅:众多党派里的人。

③淫淫：水流动的样子。
④顾瞻：回头看。

【译文】

尾声：我思念故国啊，心中犹豫迟疑。太阳落山暮色苍凉啊，心中无限悲伤。离开郢都被逐放到东方啊，我会思念谁？小人党派太多啊，让我落到如此下场。河水滚滚东流啊，真想像它一样啊。回头看郢都的道路啊，再也不能回返。

怨 思

题解：

"怨思"是抱怨离开，怀念故土的意思。

《怨思》通过描写屈原离开故土时一路上的所见所闻，来感慨自己惨遭谗害被逐放的愤懑、惆怅心情。本篇一开始便用"惟郁郁之忧毒兮"来表达屈原低落、灰暗的心情，同时还用"孤子""冤雏""孤雌""鸣鸠""玄猿""征夫""处妇"等来强化屈原的憔悴和凄苦；之后又回忆历史，反思龙逄、比干、骊姬的故事，和当时的现实相呼应；随后又用香草和恶草来比喻忠贞和奸佞之人，进一步说明当时社会的是非不分、黑白颠倒，问自己是否要"屈节以从流"；结尾，屈原再次哀叹自己的命运，并以无论如何都不愿意改变节操同流合污作为答复，因为这样自己无法从中找到真正的安宁和快乐。

【原文】

惟郁郁之忧毒兮①，志坎壈而不违②。身憔悴而考旦兮③，日黄昏而长悲。闵空宇之孤子兮④，哀枯杨之冤雏⑤。孤雌吟于高墉兮⑥，鸣鸠栖于桑榆。玄蝯失于潜林兮⑦，独偏弃而远放⑧。征夫劳于周行兮⑨，处妇愤而长望⑩。申诚信而罔违兮，情素洁于纽帛⑪。光明齐于日月兮，文采燿于玉石⑫。伤压次而不发兮⑬，思沉抑而不扬。芳懿懿而终败兮⑭，名靡散而不彰⑮。

【注释】

① 毒：怨恨。

② 坎壈（lǎn）：不平，比喻不顺利。违：改变。

③ 考旦：直到天亮。

④ 宇：屋。孤子：古代将失去父亲或父母都失去的孩子称为孤子。

⑤ 冤鸰：受了委屈的小鸟。

⑥ 孤雌：失偶的雌鸟。高墉：高高的城墙。

⑦ 玄蝯：同"玄猿"，黑色猿猴。潜林：深林。

⑧ 偏弃：抛弃在偏远的地方，这里指放逐到偏远地方。

⑨ 征夫：远行的人。周行：大路。

⑩ 处妇：待在家里的妇女，这里指征夫的妻子。长望：长久地远远望着。

⑪ 情素：同"情愫"。纽帛：束帛。

⑫ 燿（yào）：同"耀"。

⑬ 压次：受到压抑内心失常。

⑭ 懿懿（yì）：形容非常芳香。

⑮ 靡散：消灭。

【译文】

　　心中忧愁带着怨恨啊，虽愤愤不平但也不背弃理想。身心憔悴痛苦到天亮啊，从清晨到晚上长久悲伤。可怜独居空阔屋子的孤儿啊，哀伤枯杨树上栖息着受委屈的小鸟。失伴的雌鸟悲鸣在高墙上啊，鸠鸟鸣叫着在桑树上。黑猿消失在茂密的森林啊，孤零零抛在了远方。征夫在大路上奔波不息啊，家中妻子含恨伫立远望。我坚守诚信决不背离啊，感情高洁如同束帛。美德与日月齐辉啊，文采能与美玉争光。可惜身遭压迫不能奋起啊，情思受到压抑不能高扬。芬芳香气慢慢会消散啊，声名消失不再呈现。

【原文】

背玉门以犇骛兮①,骞离尤而干诟②。若龙逢之沉首兮③,王子比干之逢醢④。念社稷之几危兮,反为雠而见怨⑤。思国家之离沮兮⑥,躬获愆而结难⑦。若青蝇之伪质兮⑧,晋骊姬之反情⑨。恐登阶之逢殆兮⑩,故退伏于末庭⑪。孽臣之号咷兮⑫,本朝芜而不治⑬。犯颜色而触谏兮⑭,反蒙辜而被疑⑮。菀藟芜与菌若兮⑯,渐藁本于洿渎⑰。淹芳芷于腐井兮⑱,弃鸡骇于筐簏⑲。执棠豀以刺蓬兮⑳,秉干将以割肉㉑。筐泽泻以豹鞹兮㉒,破荆和以继筑㉓。时溷浊犹未清兮,世殽乱犹未察㉔。欲容与以俟时兮㉕,惧年岁之既晏。顾屈节以从流兮,心巩巩而不夷㉖。宁浮沅而驰骋兮㉗,下江湘以遭迴㉘。

【注释】

①背:离开。玉门:宫门。犇骛:奔驰。

②干诟:自求辱没。

③龙逢(páng):人名,夏代的贤人。沉首:在这里是被杀害的意思。

④醢:古代的酷刑,把人剁成肉酱。

⑤雠(chóu):同"仇",仇恨。

⑥离沮:遭到破坏。

⑦愆(qiān):罪过,过失。

⑧青蝇:这里指谗佞小人。伪质:黑白不分。

⑨骊姬:晋献公夫人,进谗言杀太子申生。反情:违反常情。

⑩逢殆:遇到危险。

⑪末庭:偏远的地方。

⑫号咷(táo):大声喧哗。

⑬本朝:朝廷。

⑭颜色:气色。

⑮蒙辜:蒙受罪过。

⑯菀(yùn):同"蕴",郁积。藟芜:香草名。菌若:植物名。

⑰藁(gǎo)本：香草名。洿(wū)渎(dú)：小水沟。

⑱淹：渍。

⑲鸡骇：犀牛的名字。筐篾(lù)：盛物品的竹筐。

⑳棠豁(xī)：同"棠溪"，一种宝剑名。剌(fú)：砍。

㉑秉：持。干将：宝剑名。

㉒筐：盛满。泽泻：草本植物名。鞹(kuò)：皮革。

㉓荆和：楚国的和氏璧。筑：捣土的工具。

㉔未察：不明白。

㉕俟时：等待时机。

㉖巩巩：受约束拘谨的样子。不夷：不乐意。

㉗沅：沅水。

㉘邅(zhān)迴(huí)：徘徊。

【译文】

离开宫门奔向远方啊，忠贞获罪自取其辱。如同龙逢直谏被杀掉了头啊，比干劝纣被剁成肉酱。我担心国家危在旦夕啊，反与小人结仇被人恨怨。忧虑国家的纲纪遭到破坏啊，我反倒获罪遭遇灾难。小人颠倒黑白就像青蝇啊，比如晋国骊姬不顾亲情进谗言。怕亲近君王遭遇祸患啊，所以远退隐身偏远地方。奸臣佞子大声喧哗啊，朝廷混乱无人治理。我不惜触犯君王忠言直谏啊，反倒蒙受罪过受到君王猜疑。蘼芜菌若被胡乱堆积啊，藁本被浸在了小水沟。芬芳白芷泡在臭水沟啊，珍贵犀牛角被丢进竹筐。用棠豁利剑去砍蓬蒿啊，用干将宝剑砍肉剖皮。豹皮口袋装满恶草啊，捣土工具捣碎美玉和氏璧。时世浑浊是非不分啊，世道混乱好坏不明。想悠然等待时机啊，又担心年事已高人衰老。想改变节操随大流啊，心有忧惧不乐意。宁愿浮在沅水漂流而去啊，到了长江湘水徘徊嬉戏。

【原文】

叹曰：山中槛槛①，余伤怀兮。征夫皇皇②，其孰依兮。经营原野③，杳冥冥兮。乘骐骋骥，舒吾情兮。归骸旧邦④，莫谁语兮。长辞远逝，乘湘去兮。

【注释】

①槛槛（jiàn）：车行进的声音。
②皇皇：同"惶惶"，惴惴不安的样子。
③经营：来来往往。
④归骸：遗骸回故乡。

【译文】

尾声：车在山里行进发出声响，我心中忧郁悲伤啊。征夫惴惴不安，他的归宿在何方啊。往来于荒山原野，杳无人迹一片苍茫啊。乘上骏马奔驰啊，舒缓我的心情。死后遗骨要埋故乡，此种心情向谁来讲啊？永远和楚国告别了我要远去，乘着湘水漂向远方啊。

远　逝

题解：

"远逝"，远行、远去的意思。

《远逝》和《怨思》算得上是姊妹篇，都以"愁"起笔，让读者一看就愁绪满怀；然后却又笔锋一转，写起了飞上云天和神灵神游的欢娱场面；随后再次回归现实，想起了自己的坎坷命运，悲凄人生；最后，又回归到了思恋君王、思念故土上，无奈自己有家不能回。

全篇在结构处理上，模仿了屈原的《惜诵》，召集"上皇""五岳""八灵"等众多神灵，向神灵们倾诉心事，希望神灵能为自己排解忧愁，于是神灵们教他成仙之道，最终他也和神灵们一起化羽升天，遨游四海。

【原文】

志隐隐而郁怫兮①，愁独哀而冤结②。肠纷纭以缭转兮③，涕渐渐其若屑④。情慨慨而长怀兮⑤，信上皇而质正⑥。合五岳与八灵兮⑦，讯九魃与六神⑧。指列宿以白情兮⑨，诉五帝以置词⑩。北斗为我折中兮⑪，太一为余听之⑫。云服阴阳之正道兮⑬，御后土之中和⑭。佩苍龙之蚴虬兮⑮，带隐虹之逶蛇⑯。曳彗星之皓旰兮⑰，抚朱爵与鹓鸡⑱。游清灵之飒戾兮⑲，服云衣之披披⑳。杖玉策与朱旗兮㉑，垂明月之玄珠㉒。举霓旌之蟾翳兮㉓，建黄缫之总旄㉔。躬纯粹而罔愆兮㉕，承皇考之妙仪㉖。

【注释】

①隐隐：忧愁。郁怫：心情郁闷不舒畅。

②冤结：忧思郁结。

③纷纭：纷繁杂乱。缭转：环绕旋转。

④若屑：像屑末。这里指眼泪多，像碎末一样掉下来。

⑤慨慨：感慨。

⑥信：同"申"，申诉。上皇：上帝。质正：评定是非。

⑦五岳：五大名山的总称。五大名山为东岳泰山、西岳华山、南岳衡山、北岳恒山、中岳嵩山。八灵：掌管八方的神灵。

⑧九魃（qí）：北斗九星。六神：掌管六宗的神灵。

⑨列宿：众星宿。白情：表述真情。

⑩五帝：五方之帝。五帝为：东方太暤帝、南方炎帝、西方少昊帝、北方颛顼帝、中央黄帝。置词：陈词。

⑪折中：使其适中。

⑫太一：星宿名。

⑬服：遵循。

⑭中和：中庸。

⑮蚴（yòu）虬（qiú）：蜿蜒曲折移动的样子。

⑯隐：借为"殷"，赤色。逶蛇（yí）：弯弯曲曲，绵延不断的样子。

⑰曳：拖。皓旰（hàn）：光亮的样子。

⑱朱爵：同"朱雀"，神鸟。䴊（jùn）鸃（yí）：神鸟。

⑲清灵：清天。飒（sà）戾（lì）：凉爽的样子。

⑳服云衣：穿着云彩做的衣服。披披：长衣随风飘动的样子。

㉑玉策：用玉做的鞭子。朱旗：朱红色的旗子。

㉒垂明月之玄珠：这里指明月珠。

㉓䗖（dì）翳（yì）：隐藏。

㉔建：树起。黄缥（xūn）：熏黄色。总旄（máo）：集合牦牛尾做的旗子。

㉕罔愆（qiān）：没有罪过。

㉖皇考：祖先。妙仪：美好法度。

【译文】

心中忧愁郁郁寡欢啊，独自悲伤满腹冤屈。愁肠百结心乱如麻啊，眼泪止不住地滚落下来。慨然叹息长念不止啊，想向上帝申诉讨还一个公道。集合五岳、八方神灵啊，向九魁、六宗众神灵来讯问。我指着众星来表清白啊，向五方天帝来陈词。北斗星可证明我中正不移啊，太一星可为我辨别善恶奸忠。我遵循天地阴阳正道啊，应用大地的中和真谛。驾驭青龙蜿蜒飞行啊，带着绵延不断的绚丽彩虹。拖着一片光亮的彗星啊，抚摸朱雀和䴊鸃。遨游在清凉的天宫啊，我身披飘逸的五彩云衣。手持玉鞭和朱红旌旗啊，身佩璀璨的明月珠。高举霓旗遮天蔽日啊，竖起熏黄色牦牛尾做的旗子。我品行纯正没有过错啊，承袭了祖先的美好法度。

【原文】

惜往事之不合兮，横汨罗而下沥①。棱隆波而南渡兮②，逐江湘之顺流。

赴阳侯之潢洋兮③，下石濑而登洲④。陵魁堆以蔽视兮⑤，云冥冥而暗前。山峻高以无垠兮，遂曾闳而迫身⑥。雪雰雰而薄木兮⑦，云霏霏而陨集⑧。阜隘狭而幽险兮⑨，石参嵯以翳日⑩。悲故乡而发忿兮，去余邦之弥久。背龙门而入河兮⑪，登大坟而望夏首⑫。横舟航而济湘兮⑬，耳聊啾而慅慌⑭。波淫淫而周流兮，鸿溶溢而滔荡⑮。路曼曼其无端兮，周容容而无识⑯。引日月以指极兮⑰，少须臾而释思⑱。水波远以冥冥兮，眇不睹其东西⑲。顺风波以南北兮，雾宵晦以纷纷⑳。日杳杳以西颓兮㉑，路长远而窘迫。欲酌醴以娱忧兮㉒，蹇骚骚而不释㉓。

【注释】

①沥：渡水。

②桀：乘。隆波：很大的波浪。

③阳侯：古代传说中的波涛之神。潢洋：水大而深。

④石濑(lài)：水和石头形成的激流。

⑤陵：土山。魁堆：高高堆起的样子。

⑥曾闳(hóng)：高大。

⑦雪雰雰：雪飘落的样子。

⑧云霏霏：云雾堆积。陨集：低垂。

⑨阜(fù)：土山。

⑩参(cēn)嵯：同"参差"。高低不平的样子。翳(yì)日：遮住了太阳。

⑪背：离开。龙门：郢都的东门。

⑫坟：水中的高地。

⑬济：同"济"，渡过。

⑭聊啾：耳鸣。慅慌：内心慌乱，忐忑。

⑮鸿溶：水势洪大的样子。滔荡：浩瀚。

⑯容容：纷乱的样子。无识：没有记号。

⑰极：北极星。

⑱须臾：暂时。释思：解除忧思。

⑲眇：高远。

⑳宵晦：像晚上一样昏暗。

㉑西颓：向西方坠落。

㉒酌（zhuó）醴（lǐ）：酌酒。

㉓蹇：不顺利。骚骚：忧愁的样子。

【译文】

可惜从前与君王政见不合啊，只好横渡汨罗江漂荡。乘着滚滚波涛向南行进啊，顺着长江湘水追波逐流。奔向浩瀚的巨浪中啊，穿过急流险滩登上岛屿。巍峨的大山遮挡住了视线啊，浓云层层眼前一片昏暗。高山峻岭连绵不绝啊，山势峥嵘近在面前。大雪纷飞落在了树上啊，乌云密布一点点下沉。山高谷狭阴幽险峻啊，怪石林立遮住了阳光。想念故乡心里怨恨啊，离开故国已很久。走出郢都东门进入大河啊，登上高地就把夏首眺望。掉转船头横渡湘水啊，阵阵耳鸣心中怅然忧伤。波涛打着漩涡上下翻滚啊，水势汹汹奔涌不止。道路漫长没有尽头啊，四周纷乱没有标识。依靠着日月北极来指引啊，暂且消除心头忧伤。流水深远无穷尽啊，碧波浩渺不辨方向。乘风破浪漂南荡北啊，大雾弥漫像深夜一样黑。太阳渐渐西下啊，路途迢迢处境艰难。自斟自饮借酒浇愁啊，愁绪满怀难以消除。

【原文】

叹曰：飘风蓬龙①，埃坲坲兮②。屮木摇落③，时槁悴兮④。遭倾遇祸⑤，不可救兮。长吟永欷⑥，涕究究兮⑦。舒情陈诗，冀以自免兮。颓流下陨，身日远兮。

【注释】

①蓬龙：像龙一样盘旋，这里指旋风肆掠的样子。

②坲坲（fú）：尘土飞扬的样子。

③屮：草的古字。

④槁悴：枯槁憔悴，这里形容草木凋零的残败情形。

⑤倾：困难、危险。

⑥欷（xī）：抽泣。

⑦究究：涕泪不止的样子。

【译文】

尾声：旋风盘旋肆掠，尘土飞扬啊。草木随风摇摆，枯叶凋零落残啊。遭难遇祸，无可挽救啊。悲吟长叹抽泣不已，泪水滂沱流泪不止啊。舒展情怀写诗，希望能消灾免祸啊。顺流而下，身影远去难以回返啊。

惜　贤

题解：

"惜贤"，痛惜良贤之士（屈原）。

"览屈氏之《离骚》兮"，本篇第一句就这么写，其实已经给本篇定了基调：读《离骚》的感想。

这篇文章可以算得上是一篇读后感，所以在内容的安排上，不像其他的文章为屈原代言，而是直接由作者刘向谈屈原的《离骚》。

为了表达自己对良贤之人屈原的喜欢和爱戴，刘向先是模仿屈原的"香草"喻，以此表达对屈原高洁人格的赞赏和追随；接着，他将屈原作品中所推崇的历史人物子侨、申徒狄、由、夷、介子推等的故事搬来，表达自己的敬仰之情；随后，他笔锋一转，又把屈原作品中提到的那些忠贞却又惨遭杀害的历史人物申生、和氏、申胥、比干的故事重述一遍，以此来表达自己的迷茫和疑惑；最后，刘向用"叹"的语气，借屈原的命运叹自己的命运，借屈原的不满诉自己的不满。

【原文】

览屈氏之《离骚》兮,心哀哀而怫郁。声嗷嗷以寂寥兮^①,顾仆夫之憔悴。拨诡谀而匡邪兮^②,切涊涊之流俗^③。荡溾涹之奸咎兮^④,夷蠢蠢之溷浊^⑤。怀芬香而挟蕙兮,佩江蓠之斐斐^⑥。握申椒与杜若兮,冠浮云之峨峨。登长陵而四望兮,览芷圃之蠡蠡^⑦。游兰皋与蕙林兮^⑧,睨玉石之嵯嵯^⑨。扬精华以眩燿兮^⑩,芳郁渥而纯美^⑪。结桂树之旖旎兮^⑫,纫荃蕙与辛夷^⑬。芳若兹而不御兮^⑭,捐林薄而菀死^⑮。

【注释】

①寂寥:空旷寂静。

②拨:治理整顿。匡邪:纠正邪恶。

③切:涤荡清洗。涊(tiǎn)涊(niǎn):污浊的东西。

④溾(wēi)涹(wō):污秽。奸咎:奸恶。

⑤夷:消除。蠢蠢:蠢蠢欲动,这里有捣乱的意思。

⑥斐斐:同"菲菲",香气逼人。

⑦蠡蠡(lǐ):同"历历",形容排列整齐的样子。

⑧兰皋:兰花水滨。

⑨睨:斜视。嵯嵯:同"参差",高低不平。

⑩眩燿:炫目,闪耀。

⑪郁渥:香气很浓的样子。

⑫旖旎:柔和美丽的样子。

⑬纫:连接。

⑭御:使用。

⑮捐:舍弃。林薄:丛林。菀(yùn):堆积。

【译文】

读了屈原的《离骚》啊,我内心哀伤心情郁结。大声呼叫在空寂无人的旷野啊,看见仆人也满脸憔悴。我要整治奸佞匡正邪恶啊,要切除污浊的世风俗气。要清除污秽的谗佞之人啊,要消灭蠢蠢欲动的扰乱治安者。怀抱芳香手持蕙草啊,身佩江离芳香浓郁。手握申椒和杜若啊,头戴切云冠高耸巍峨。登上高大的山陵四处眺望啊,看见花圃中的香芷排成行。游览长满兰草的水滨和蕙林啊,回头又见玉石千姿百态。美玉闪耀着明亮的光辉啊,散发着浓烈的香味纯洁美好。我系结上柔嫩的桂树枝条啊,连缀上荃草、香蕙和辛夷。如此芳香的花草不被佩戴啊,反而舍弃在丛林堆里让它们枯萎而死。

【原文】

驱子侨之犇走兮,申徒狄之赴渊①。若由夷之纯美兮②,介子推之隐山。晋申生之离殃兮,荆和氏之泣血。吴申胥之抉眼兮③,王子比干之横废④。欲卑身而下体兮⑤,心隐恻而不置。方圜殊而不合兮,钩绳用而异态。欲俟时于须臾兮,日阴曀其将暮⑥。时迟迟其日进兮⑦,年忽忽而日度⑧。妄周容而入世兮⑨,内距闭而不开⑩。俟时风之清激兮⑪,愈氛雾其如塺⑫。进雄鸠之耿耿兮⑬,逸介介而蔽之⑭。默顺风以偃仰兮⑮,尚由由而进之⑯。心忼恨以冤结兮⑰,情舛错以曼忧⑱。搴薜荔于山野兮,采撚支于中洲⑲。望高丘而叹涕兮,悲吸吸而长怀⑳。孰契契而委栋兮㉑,日晻晻而下頹㉒。

【注释】

①申徒狄:殷时贤人。

②由夷:许由和伯夷,古代义士的代表。

③抉眼:挖出眼珠。

④横废:突遭意外,飞来横祸的意思。

⑤卑身:低下身子。下体:在这里指卑躬屈膝。

⑥阴曀:阴暗。

⑦迟迟:走路缓慢的样子。

⑧忽忽:形容速度很快,转眼即逝。

⑨周容：阿谀奉承，取悦他人。

⑩内：内心。距：同"拒"。

⑪俟：盼望。

⑫氛雾：雾霾。

⑬耿耿：诚信的样子。

⑭介介：离间。

⑮默：默然无声。偃仰：俯仰。

⑯由由：迟疑不决。

⑰忼（kuǎng）悢（liǎng）：失意怅惘。

⑱舛（chuǎn）：相违背。曼：同"漫"，长的意思。

⑲搴（yān）支：香草名。

⑳吸吸：悲叹不已的样子。

㉑契契：忧愁的样子。委栋：同"委惼"，疲倦的意思。

㉒晻晻（yǎn）：日光渐暗。

【译文】

想跟随王子乔四处游走啊，又仰慕申徒狄投江洁身自好。想像许由、伯夷那样高尚纯洁啊，又想学介子推隐居深山。可怜晋国申生遭谗言祸害啊，可叹楚国卞和抱玉泣血。吴国子胥死后被挖去双眼啊，殷朝比干被剖心惨死。我想卑躬屈膝顺从世俗啊，但心隐痛不忍这样。方和圆本就不同啊，曲钩直绳的用处也大有区别。想稍等片刻美好时光啊，但天色昏暗已近黄昏。时光一天天看似慢慢流逝啊，但岁月匆匆转瞬即逝。我想谄媚苟合以迎合世俗啊，但内心却总是拒绝这样。我盼望时政清明风气好啊，可雾气愈来愈浓成了雾霾。想做雄鸠进献诚信啊，却遭谗奸小人百般阻挠。想默默顺风与世浮沉啊，却又犹豫不决不愿自甘堕落。心中失意怅惘愁肠百结啊，思绪繁乱忧思深长。在荒野采摘芳草薜荔啊，采香草搴支在水中小洲。望着高山叹息流涕啊，悲叹不已长思难忘。怎么将忧愁和疲倦缓解啊，太阳渐暗渐沉慢慢落向西方。

【原文】

叹曰：江湘油油①，长流汩兮。挑揄扬汰②，荡迅疾兮。忧心展转，愁怫郁兮。冤结未舒，长隐忿兮③。丁时逢殃④，可奈何兮。劳心悁悁⑤，涕滂沱兮⑥。

【注释】

①油油：同"悠悠"，水流动的样子。
②挑：搅动。揄扬：扬起。汰：波浪。
③隐：悲痛。忿：愤愤然。
④丁时：恰逢这时。
⑤悁悁（yuān）：忧伤郁闷的样子。
⑥沱：同"沱"。

【译文】

尾声：江湘水波涛滚滚，疾速飞流啊。搅动波涛扬起浪花，激流迅猛啊。忧心忡忡辗转难眠，心中无限悲愁啊。怨恨情愁不能舒缓，痛苦愤恨无法解除啊。生在乱世遭遇祸殃，命运如此又能怎么样啊？忧伤郁闷，泪水滂沱啊。

忧 苦

题解：

"忧苦"，忧愁痛苦的意思。

本篇用"悲余心之悁悁兮，哀故邦之逢殃"来开头，延续了《怨思》和《远逝》的悲愁起笔，在诉说屈原被放逐后的凄苦心情时，没忘表达对黑白不分、忠奸不辨的现实的不满，同时还表达了屈原对故国和君王的思念之情。

本篇先从屈原被放逐后徘徊山野的场景写起，用凄寒而清冷的环境衬托屈原凄楚悲凉的人生；随后，作者又从对外部环境的描写转为对屈原内心的描写，通过抒发情感，让读者感受屈原的忧愁、痛苦和孤独；最后，作者用眺望家乡来哀叹屈原怀念故土却不能回、想念君王却无法靠近的痛苦纠结心情。

这篇文章承袭了屈赋的写法，不过相比屈原的作品，稍显单薄且缺乏生气。

【原文】

悲余心之悁悁兮，哀故邦之逢殃。辞九年而不复兮，独茕茕而南行①。思余俗之流风兮②，心纷错而不受③。遵壄莽以呼风兮，步从容于山廋④。巡陆夷之曲衍兮⑤，幽空虚以寂寞。倚石岩以流涕兮，忧憔悴而无乐。登巑岏以长企兮⑥，望南郢而窥之。山修远其辽辽兮⑦，涂漫漫其无时。听玄鹤之晨鸣兮⑧，于高岗之峨峨。独愤积而哀娱兮⑨，翔江洲而安歌⑩。三鸟飞以自南兮⑪，览其志而欲北。愿寄言于三鸟兮，去飘疾而不可得⑫。

【注释】

①茕茕：孤独的样子。

②余俗：这里指楚国的风俗。

③纷错：心绪烦乱。

④廋（sōu）：同"瘦"，这里指山崖的弯曲之处。

⑤巡：巡视，在这里是行走的意思。衍：湖泽。

⑥巑（cuán）岏（wán）：高而峻峭的山峰。企：立。

⑦辽辽：遥远的样子。

⑧玄鹤：神鸟。

⑨哀娱：以苦为乐。

⑩江洲：江中的小洲。

⑪三鸟：神话中西王母身边的三只青鸟。

⑫飘疾:疾速飞行。

【译文】

可怜我心中忧苦悲伤啊,哀叹国家遭受祸患。离开郢都九年不能回啊,孑然一身流浪南方。想起楚国的混浊世风啊,心绪烦乱难以接受。沿着山野迎风前行啊,在山崖弯曲处慢慢行走。走到平坦曲折的湖泽间啊,四周空虚幽静令人备感寂寞。靠着山岩我痛哭流涕啊,身心憔悴没有欢乐。登上高峻的山峰长久站立啊,看一看南郢又望一望家乡。山峦绵绵一望无际啊,道路漫漫看不到尽头。听到神鸟玄鹤在引颈晨鸣啊,站立在那巍峨的山岗上。孤独愤闷我苦中作乐啊,来到江中小洲悠然歌唱。三只青鸟从南方翩翩飞来啊,看样子它们想要飞向北方。想托三只青鸟为我捎信啊,它们疾速而行我难以赶上。

【原文】

欲迁志而改操兮,心纷结其未离①。外彷徨而游览兮,内恻隐而含哀②。聊须臾以时忘兮③,心渐渐其烦错④。愿假簧以舒忧兮⑤,志纡郁其难释⑥。叹《离骚》以扬意兮,犹未殚于《九章》⑦。长嘘吸以於悒兮⑧,涕横集而成行。伤明珠之赴泥兮,鱼眼玑之坚藏⑨。同驽骡与椉駔兮⑩,杂斑驳与阘茸⑪。葛虆蒙于桂树兮⑫,鸱鸮集于木兰⑬。偓促谈于廊庙兮⑭,律魁放乎山间⑮。恶虞氏之箫《韶》兮⑯,好遗风之《激楚》⑰。潜周鼎于江淮兮⑱,爂土鬵于中宇⑲。且人心之持旧兮,而不可保长。遭彼南道兮⑳,征夫宵行㉑。思念郢路兮,还顾睢睢㉒。涕流交集兮,泣下涟涟㉓。

【注释】

①纷结:纷乱郁结。离:改变。

②恻隐:悲痛、难过。

③须臾:悠然自得。时忘:忘记痛苦。

④烦错:烦乱。

⑤簧：原指乐器内有弹性的薄片，这里指一种乐器。舒忧：缓解忧愁。

⑥纡郁：忧思难结的样子。难释：难以释怀。

⑦殚：尽。

⑧嘘吸、於悒：都指啼哭的样子。

⑨玑：珠子。

⑩驵：骏马。

⑪阘（tà）茸："茸"，细毛。阘茸，人品低劣，庸碌无能。

⑫藟（lěi）：藤。纍（léi）：缠绕。

⑬鸱（chī）鸮（xiāo）：猫头鹰，这里指那些贪婪凶恶之人。

⑭偓（wò）促：器量狭小，在这里有龌龊之意。

⑮律魁：高大魁梧，这里指贤士。

⑯《箫韶》：舜时代的六舞之一。六舞分别是《大韶》《韶箾》《简韶》《箫韶》《昭虞》和《招》。

⑰《激楚》：乐曲名。

⑱周鼎：周代的国家九鼎。

⑲爨（cuàn）：做饭用的炊具。镡（qín）：大釜。烹饪器具。中宇：堂屋。

⑳邅（zhān）：移行。

㉑宵行：夜行。

㉒睠睠：同"眷眷"，恋恋不舍的样子。

㉓涟涟：形容眼泪流个不停。

【译文】

我想改变志向并丢掉节操啊，但心绪纷乱无法改变。表面上我悠然自得地游览啊，可内心却痛苦不堪满怀悲伤。暂且求得片刻时光把痛苦忘掉啊，可心情不畅越发烦闷。我希望用乐器缓解忧愁啊，但心中愁思百结难以释放。吟诵《离骚》来抒怀明志啊，忧苦难尽诉于《九章》。止不住地抽泣呜咽声声悲啊，拭不干的眼泪滴成行。伤心明珠被丢进泥里啊，鱼眼当成宝珠精心收藏。把骡子和骏马看成一样啊，杂色劣马大为赞赏。恶草葛藟爬满桂树枝啊，猫头

313

鹰聚集在了木兰上。贪愚小人高谈阔论在朝堂啊,贤良之士却被放逐在山野上。虞舜的六舞之一《箫韶》遭人嫌啊,《激楚》这种俗乐却备受欣赏。传国九鼎沉入江淮啊,烧饭土锅却摆在了殿堂上。人心怀有淳朴遗风啊,但世风日下难以久长。把车转向南方的道路啊,就像远行的人昼夜奔忙。我思念着回郢都的路啊,频频回头依依难舍。禁不住涕泪交汇啊,流泪不止泪水涟涟。

【原文】

叹曰:登山长望,中心悲兮。菀彼青青①,泣如颓兮。留思北顾,涕渐渐兮②。折锐摧矜③,凝氾滥兮④。念我茕茕,魂谁求兮?仆夫慌悴⑤,散若流兮。

【注释】

①菀(yù):草木茂盛的样子。
②渐渐:眼泪往下流的样子。
③折锐摧矜:锐气意志受到摧残。
④氾滥:同"泛滥",这里指浮沉。
⑤慌悴:恐慌愁苦。

【译文】

尾声:登上高山远望,心中无限悲伤啊。草木茂盛葱葱郁郁,眼泪像流水般滚滚不断啊。思念故乡回头北望,禁不住泪水涟涟啊。锐气意志受到摧残,停止与世浮沉啊。想到孤身一人,灵魂把谁寻求啊?仆人恐慌愁苦,离散如同流水一样啊。

愍　命

题解：

"愍命"，悯命，在这里是怜悯屈原命运的意思。

《愍命》在写法上有流行散体大赋的印迹。它采用自述的形式，描述了屈原自小形成的美好人格，以及其生不逢时所遭受的命运打击。同时也表达了屈原对美政的向往，对混乱现实的不满，以及作者自身对屈原的怜悯和同情。

全篇从结构上分为两部分。第一部分是追忆曾经的清明政治；第二部分则描述了屈原被逐时期的政治浊气和混乱。本篇文章大量使用"正邪"对比，在形成反差的同时，让读者更清晰地了解屈原的无奈和悲凉。

【原文】

昔皇考之嘉志兮①，喜登能而亮贤②。情纯洁而罔蔑兮③，姿盛质而无愆④。放佞人与谄谀兮，斥谗夫与便嬖⑤。亲忠正之悃诚兮⑥，招贞良与明智。心溶溶其不可量兮，情澹澹其若渊⑦。回邪辟而不能入兮⑧，诚愿藏而不可迁。逐下袟于后堂兮⑨，迎宓妃于伊雒⑩。刺谗贼于中廇兮⑪，选吕管于榛薄⑫。丛林之下无怨士兮，江河之畔无隐夫。三苗之徒以放逐兮⑬，伊皋之伦以充庐⑭。

【注释】

①嘉志：美好的志向。

②登能而亮贤：登、亮均为推荐的意思。能、贤均可以作贤能来看。

③罔蔑（huì）："蔑"，同"秽"。"罔"，不。罔蔑，不肮脏。

④姿：资质。愆：过失。

⑤便（pián）嬖（bì）：能说会道、善于迎合的宠臣。

⑥悃（kǔn）诚：至诚、忠诚。

⑦澹澹：在这里是静止不动，安静的意思。

⑧回邪：不正，这里指邪恶的人。辟：同"避"，回避、避开的意思。

⑨下袟（zhì）：妃嫔。

⑩宓（fú）妃：传说是伏羲的女儿，因溺死洛水而成为洛水女神。伊雒（luò）：同"伊洛"，伊水和洛水的汇流处。

⑪刜（fú）：削平。中廇（liù）：中间。

⑫吕管：周吕尚和齐管仲。榛薄：杂草丛生的地方。

⑬三苗：传说尧时的佞臣，后被放逐三危山。

⑭伊皋：伊尹和皋陶，在这里指贤臣。庐：本指普通住房，这里指朝廷。

【译文】

以前太祖有美好志向啊，喜欢推举贤能之才。情性纯正没有一点污秽啊，天生才智过人没有过失。远逐奸佞和谄谀小人啊，斥退谗夫和邀宠的近臣。亲近忠厚的正直之士啊，招纳贤良明智的人。心胸开阔不可度量啊，性情犹如深渊般沉静。邪恶之人的言行难以侵入啊，永远意志坚定。把乱政的侍妾从后宫赶出啊，把贤女宓妃从洛水迎进宫中。把小人佞贼从朝廷逐出啊，选吕尚和管仲在荒山野外。山野间没有怨恨的高人啊，江边没有隐居的贤能。奸佞三苗之徒通通放逐啊，让伊尹皋陶般的贤臣充满朝廷。

【原文】

今反表以为里兮，颠裳以为衣①。戚宋万于两楹兮②，废周邵于遐夷③。却骐骥以转运兮④，腾驴骡以驰逐。蔡女黜而出帷兮⑤，戎妇入而綵绣服⑥。庆忌囚于阱室兮⑦，陈不占战而赴围⑧。破伯牙之号钟兮，挟人筝而弹纬⑨。藏瑉石于金匮兮⑩，捐赤瑾于中庭⑪。韩信蒙于介胄兮⑫，行夫将而攻城⑬。莞芎弃于泽洲兮⑭，蟛蟊蠹于筐簏⑮。麒麟奔于九皋兮⑯，熊罴群而逸囿⑰。折芳枝与琼华兮，树枳棘与薪柴。掘荃蕙与射干兮⑱，耘藜藿与蘘荷⑲。惜今世其何殊兮，远近思而不同。或沉沦其无所达兮，或清激其无所通。哀余生之不当兮，独蒙毒而逢尤[20]。虽謇謇以申志兮[21]，君乖差而屏之[22]。诚惜芳之菲菲兮，反以兹为腐也。怀椒聊之蔎蔎兮[23]，乃逢纷以罹诟也[24]。

【注释】

[1]颠裳：颠倒上下身的衣服。

[2]戚：亲近。宋万：春秋时宋国的南宫万，逆臣。两楹："楹"，厅堂的前柱。两楹在这里指殿堂里最尊贵的位置。

[3]周邵：周召，辅助周成王的周公旦和召公。遐夷：边远少数民族。

[4]却：退。

[5]蔡女：蔡国的女子，这里代指贤德。黜（chù）：斥退。

[6]戎：古代对西部少数民族的称呼。綵（cǎi）：彩色丝织品。

[7]庆忌：吴王僚的儿子，有勇有谋。阱（jǐng）室：陷阱，地牢。

[8]陈不占：春秋时齐国一个胆小懦弱的人。

[9]人筝：小筝。纬：琴弦。

[10]瑉（mín）石：仿玉石。金匮：放贵重物品的柜子。

[11]赤瑾：上等的玉。中庭：庭院。

[12]介：铠甲。胄（zhòu）：头盔。

[13]行夫：士兵。将：带领。

[14]莞：一种水草，可做席子。芎（xiōng）：一种植物，带有香气。

[15]瓟（bó）：葫芦。蠡（lí）：瓢。簏（lù）：用竹子编的筐子。

[16]九皋：能转九个弯的沼泽。

[17]熊罴（pí）：熊和罴均为猛兽。逸圃：在园子里奔跑。

[18]荃蕙：一种香草。射（yè）干：一种草本植物。

[19]藿：豆叶。蘘（ráng）荷：蘘草，多年生草本植物，夏季开花，白色或淡黄色。

[20]蒙毒：蒙受苦难。逢尤：罪过。

[21]謇謇：直言的样子。

㉒乖差：抵触。屏（bǐng）：摒弃。

㉓椒聊：香草名。莈莈（shè）：形容香气弥漫。

㉔逢纷：遇到了乱世。罹（lí）诟：遭受污蔑。

【译文】

当今把外表看成内在啊，把下身的衣服当成上衣穿。逆臣南宫万之流让他们尊贵受宠啊，周公邵公般的却放逐荒野。让千里马去运载货物啊，乘驾驴骡奔走驱驰。把蔡国美女贬出帷帐啊，反让戎狄丑妇穿着锦绣衣服。勇士庆忌囚禁在地牢啊，懦夫陈不占出征解围。摔碎伯牙的名琴号钟啊，反拿小筝弹奏乐曲。把石头珍藏在柜子里啊，把美玉抛弃在庭院。韩信身披铠甲当小卒啊，小兵率兵去打仗。把芳草莞芎遗弃在沼泽啊，葫芦却藏在竹筐。让麒麟奔跑在蜿蜒曲折的沼泽啊，熊罴却成群在园子里奔跑。折断芳枝玉花啊，却种植多刺的枳棘和木柴。挖掉香草荃蕙和射干啊，把藜藿蘘荷栽培。可惜今世与以前那么悬殊啊，想想古人看看现今之人真有不同。有人沉沦世俗不能显达啊，有人清廉奋发不能亨通。可怜我生不逢时啊，独自遭受苦难背上罪过。虽然忠正直言表衷肠啊，却与君心相违遭排斥。爱惜芬芳的香气啊，君王反认为这是腐臭气息。怀揣椒聊香气四溢啊，竟逢乱世身遭污蔑。

【原文】

叹曰：嘉皇既殁①，终不返兮。山中幽险，郢路远兮。逸人诙诙②，孰可愬兮③。征夫罔极④，谁可语兮。行吟累欷⑤，声唱唱兮⑥。怀忧含戚，何侘傺兮⑦。

【注释】

①嘉皇：明君。殁：去世。

②诙诙（jiàn）：花言巧语的样子。

③愬（sù）：同"诉"。

④征夫：远征的人，这里指被逐的人。
⑤累欷（xī）：抽泣。
⑥喟喟（kuì）：叹气的样子。
⑦侘（chà）傺（chì）：失意恍惚的样子。

【译文】

尾声：圣君已经去世，再也不回返了啊。山中幽暗危险，回郢都的路又很遥远啊。奸谗之人花言巧语，我又向谁诉说啊。放逐远行没有尽头，我又能向谁倾诉啊。边走边吟边抽泣，声声悲叹不断啊。忧愁凄苦又悲凉，惆怅无限啊。

思 古

题解：

"思古"，即怀古。

《思古》采用了倒叙的手法。写屈原被放逐后，生活凄苦，处在孤苦伶仃无所依靠的困境中，由此而引发了对曾经生活的回忆。

本篇共分三部分，第一部分先是描写了一个阴暗幽深的山林，然后引出独自徘徊在旷野中的屈原。清冷恐怖的环境下，屈原想到自己孤零零一个人，心情凄楚抑郁，随即开始了内心独白。第二部分，屈原回忆起了自己的不幸遭遇，心里戚戚然。虽然离开郢都，流落荒野，却始终牵挂着国家的兴衰存亡，希望君王能让他回去继续为国效力。第三部分，屈原哀叹时俗混乱，缺少知音，只能默默思念故国，悲伤隐退。

【原文】

冥冥深林兮，树木郁郁。山参差以崄岩兮①，阜杳杳以蔽日②。悲余心之悁悁兮③，目眇眇而遗泣④。风骚屑以摇木兮⑤，云吸吸以湫戾⑥。悲余生之无欢兮，愁惼惚于山陆⑦。且徘徊于长阪兮⑧，夕彷徨而独宿。发披披以鬤鬤兮⑨，躬劬劳而瘏悴⑩。魂徉徉而南行兮⑪，泣沾襟而濡袂⑫。心婵媛而无告兮，口噤闭而不言⑬。违郢都之旧闬兮⑭，回湘沅而远迁。念余邦之横陷兮⑮，宗鬼神之无次⑯。闵先嗣之中绝兮⑰，心惶惑而自悲。聊浮游于山陿兮⑱，步周流于江畔。临深水而长啸兮，且倘佯而泛观⑲。

【注释】

①崭岩：险峻的样子。

②阜：土山。杳杳：昏暗幽深的样子。

③悁悁（yuān）：忧心忡忡的样子。

④遗泣：流泪哭泣。

⑤骚屑：风吹的声音。

⑥吸吸：形容云在天空游动的样子。湫（jiū）戾：卷曲的样子。

⑦惼（kǒng）惚（zǒng）：困苦。

⑧长阪："阪"同"坂"。长阪指小山坡。

⑨披披、鬤鬤（ráng）：均为头发散乱的样子。

⑩劬（qú）劳：辛劳。瘏（tú）悴：疲惫憔悴的样子。

⑪徉徉（guàng）：惶恐，心神不定的样子。

⑫濡（rú）袂（mèi）：沾湿衣袖。

⑬噤闭：噤声，噤若寒蝉。

⑭闬：人聚集之处，这里指自己的家乡。

⑮念：想到。横陷：横遭祸端。

⑯宗鬼神：宗族祖先的鬼魂。次：次第。

⑰闵：可怜。中绝：中断。

⑱陿（xiá）：同"峡"，峡谷。

⑲泛观：全面观看。

【译文】

山林昏暗幽深啊,树木郁郁葱葱。山峦起伏山势险峻啊,土山阴暗遮天蔽日。可怜我始终忧心忡忡啊,放眼远看泪眼婆娑。风声萧萧摇动草木啊,浓云滚滚卷曲飘移。我一生毫无欢乐可言啊,忧愁困苦在荒山野岭。白天我徘徊在高坡上啊,夜晚我彷徨独宿孤枕难眠。我散乱着头发乱蓬蓬啊,辛苦劳累心力憔悴。我失魂落魄匆匆南行啊,泪水不止沾湿衣襟。情牵梦绕无处说啊,只好喋声闭口不发一言。离开郢都我的故乡啊,渡过湘江沅水漂泊远行。想着我的故国横遭灾祸啊,宗庙里的祖先也无人祭祀。哀怜祖宗事业无人继承啊,心中恐慌不安暗自伤感。暂且在峡谷行走游荡啊,走到江边四处观看。面对江水放声大叫啊,姑且徘徊倘佯四处游观。

【原文】

兴《离骚》之微文兮①,冀灵修之壹悟②。还余车于南郢兮,复往轨于初古③。道修远其难迁兮,伤余心之不能已。背三五之典刑兮④,绝《洪范》之辟纪⑤。播规矩以背度兮⑥,错权衡而任意⑦。操绳墨而放弃兮,倾容幸而侍侧⑧。甘棠枯于丰草兮,藜棘树于中庭。西施斥于北宫兮⑨,仳倠倚于弥楹⑩。乌获戚而骖乘兮⑪,燕公操于马圉⑫。蒯聩登于清府兮⑬,咎繇弃而在壄⑭。盖见兹以永叹兮,欲登阶而狐疑。桀白水而高骛兮,因徙弛而长词⑮。

【注释】

①兴:写。微文:隐约讽喻之文。

②灵修:这里指楚王。

③轨:原指车辙,这里暗指政治主张。初古:以前的时代。

④三五:三皇和五帝。典刑:旧的刑法。

⑤绝:放弃。《洪范》:《尚书》的篇名。辟纪:法纪,法度。

⑥播:舍弃。规矩:这里指法度。背度:背离法度。

⑦错:违背,背离。权衡:原指称量物体的工具,这里指法则标准。

⑧倾:倾向,倒向。容幸:通过逢迎来讨好人的人。

⑨斥:贬。

⑩伾(pí)倠(huī):名字,古代的丑女。弥楹:满堂。

⑪乌获:人名,战国时期,秦国的一个大力士。戚:亲近的意思。骖(cān)乘:车右边的陪乘。

⑫燕公:邵公,燕国的始祖。马圉(yǔ):养马的地方。

⑬蒯(kuǎi)瞶(guì):卫灵公的公子。清府:清庙,古代帝王的宗庙。

⑭咎繇(yáo):皋陶。

⑮徙驰:后退的样子。词:同"辞",告别、离别。

【译文】

写《离骚》来隐约谏戒君王啊,希望君王能够一朝醒悟。让我的车驾回到郢都啊,重修先王的纲纪典规。道路漫漫难以返回啊,内心的伤痛不能缓解。君王背离三皇五帝的法规啊,丢弃《洪范》的纲纪法典。抛弃圆规直尺而违背法度啊,丢开衡量事物标准的尺度任意计算。执行法纪的人被弃置不用啊,阿谀奉承的小人陪侍在前。白棠杜梨枯死在野草中啊,蒺藜荆棘却种满庭院。美女西施被贬进侧室啊,丑妇伾倠却亲近君前。力士乌获得宠与君王同车共行啊,贤臣燕公却养马在马厩栏。武夫蒯瞶忤逆反进宗庙啊,贤明皋陶却弃逐荒野。见是非如此颠倒我长长叹息啊,想进宫献忠心又迟疑难决断。还是乘着白水自由驰骋啊,趁此退身与污浊永别。

【原文】

叹曰:倘佯垆阪①,沼水深兮。容与汉渚,涕淫淫兮。钟牙已死②,谁为声兮?纤阿不御③,焉舒情兮?曾哀凄欷④,心离离兮⑤。还顾高丘,泣如洒兮。

【注释】

①垆（lú）：黑色的硬土。阪：土山。
②钟牙：指钟子期和伯牙，春秋时人，精于音律。
③纤阿：神话中为月神驾车的人。
④曾：增加，累加。
⑤离离：剥裂，这里指伤心痛苦。

【译文】

尾声：徜徉在黑黝黝的黄土坡上，沼泽幽深。徘徊在汉水边上，泪水涟涟。子期伯牙已死，没有了知音弹琴给谁听啊？纤阿不为月神驾车，骏马怎会开怀舒心啊？徒增哀伤长叹不已，肝肠寸断啊，回望楚国高山，泪如雨下啊。

远 游

题解：

"远游"，去远方游历。

此《远游》非屈原所作的《远游》。从主旨上来看，刘向的《远游》和屈原的《远游》有很多相似之处，都以被逐不得不去远方游历为诱因。不过，屈原的远游是因"悲时俗之迫阨"，是受到外部环境压迫；而刘向的《远游》则因"悲余性之不可改"，因为性格原因而远游。

刘向的《远游》模仿屈原的《涉江》，塑造了一个高大光辉的屈原形象，而且让这个远游变成了神游，"欲与天地参寿""与日月而比荣"。如果说，屈原的《远游》更多是深沉悲凉的话，那么刘向的《远游》就是慷慨激昂的。刘向描绘了很多瑰丽多彩的画面，在向读者展示美妙神话世界的时候，让我们更多感受到的却是现实的残酷。

【原文】

悲余性之不可改兮，屡惩艾而不迻①。服觉皓以殊俗兮②，貌揭揭以巍巍③。譬若王侨之乘云兮，载赤霄而凌太清④。欲与天地参寿兮，与日月而比荣。登崑苍而北首兮，悉灵圉而来谒⑤。选鬼神于太阴兮⑥，登阊阖于玄阙⑦。回朕车俾西引兮⑧，褰虹旗于玉门⑨。驰六龙于三危兮⑩，朝西灵于九滨⑪。结余轸于西山兮⑫，横飞谷以南征⑬。绝都广以直指兮⑭，历祝融于朱冥⑮。枉玉衡于炎火兮⑯，委两馆于咸唐⑰。贯澒濛以东朅兮⑱，维六龙于扶桑⑲。

【注释】

①惩艾：惩戒。不迻(yí)：不变。

②觉皓(hào)：明亮。

③揭揭：高且长。巍巍：高峻，在这里是崇高伟大的意思。

④赤霄：红色的云。太清：太空，也就是天空。

⑤灵圉(yǔ)：神仙名，这里指众神。

⑥太阴：很深的阴气。

⑦阊(chāng)阖(hé)：天官的正门，也指皇官的南门。玄阙：天官。

⑧朕：我。俾：使。

⑨褰(qiān)：举起。虹旗：以虹为旗。

⑩三危：古时山的名字。

⑪朝：召集。西灵：西方神灵。九滨：九曲水滨，传说中的地名。

⑫结：盘旋、旋转。轸：原本指横木，在这里是车。

⑬横：横渡。飞谷：飞泉之谷，神话中的地名。

⑭绝：飞越。都广：神话中的地名。

⑮历：经过。祝融：神灵。朱冥：古代南方为赤，所以朱冥在此为南方。

⑯枉：环绕、弯曲。玉衡：车前辕的横木，这里指车子。

⑰委：放弃。馆：住宿的地方。咸唐：咸池，神灵日浴的地方。

⑱贯：穿过。澒(hòng)濛(méng)：混沌之气。东朅(qiè)：向东去。

⑲维：维系。扶桑：神话传说中太阳升起的地方。

【译文】

可叹我忠直的本性不可改变啊，屡受打击仍坚定不移。服饰鲜明亮丽与众不同啊，我形象高大志愿高远。愿意像仙人王侨一样腾云驾雾啊，驾起红云遨游在了太空。想和天地一样天寿无期啊，可与日月比光辉。登上昆仑向北方看啊，很多神仙都来拜见迎接。在阴气很盛的地方选鬼神啊，和我一起从正门进天宫。转车头又向西行进啊，高举彩虹做的旗子奔向玉门山顶。驾着六龙飞奔在三危山上啊，路经九曲水滨召集西方神灵。马车盘旋绕过西山啊，横渡飞泉谷又向南前行。穿过都广一直向前啊，经过海神祝融居住的南方。回转龙车过了炎火啊，两次放弃在咸池休息。穿越混沌之气离开东方啊，拴住六条神龙在扶桑树上。

【原文】

周流览于四海兮，志升降以高驰。征九神于回极兮①，建虹采以招指②。驾鸾凤以上游兮，从玄鹤与鹔鹴③。孔鸟飞而送迎兮④，腾群鹤于瑶光⑤。排帝宫与罗囿兮⑥，升县圃以眩灭⑦。结琼枝以杂佩兮，立长庚以继日⑧。凌惊雷以轶骇电兮⑨，缀鬼谷于北辰⑩。鞭风伯使先驱兮，囚灵玄于虞渊⑪。溯高风以低徊兮⑫，览周流于朔方⑬。就颛顼而敶词兮⑭，考玄冥于空桑⑮。旋车逝于崇山兮⑯，奏虞舜于苍梧。溘杨舟于会稽兮⑰，就申胥于五湖⑱。见南郢之流风兮⑲，殒余躬于沅湘。望旧邦之黭黮兮⑳，时溷浊其犹未央㉑。怀兰茝之芬芳兮，妒被离而折之。张绛帷以襜襜兮㉒，风邑邑而蔽之㉓。日瞹瞹其西舍兮㉔，阳焱焱而复顾㉕。聊假日以须臾兮，何骚骚而自故㉖？

【注释】

①征：召回。九神：九天众神。回极：天极回转的轴心。
②建：树立。虹采：彩虹作旗。招指：做指挥。

③鹪(jiāo)明：传说中的神鸟。

④孔鸟：孔雀。

⑤瑶光：北斗七星中的第七星名。

⑥排：推开。罗圉(yòu)：神话传说中的地名。

⑦眩灭：模糊，看不清楚。

⑧长庚：太白星，古代指傍晚时分出现在西方天空的金星。

⑨轶：超过。

⑩缀：连着。鬼谷：鬼聚集的地方。北辰：北极星。

⑪囚：囚禁。灵玄：指玄帝，神话中北方之帝。虞渊：神话中太阳落下的地方。

⑫溯(sù)：逆流而行。低佪：徘徊。

⑬朔方：北方。

⑭颛(zhuān)顼(xū)：传说中黄帝后裔。敶(chén)词："敶"同"陈"，陈述。

⑮玄冥：北方之神，主管刑杀。空桑：山名。

⑯旋车：掉转车头。逝：远去。崇山：山名。

⑰沧：同"济"，过河。会稽：地名。

⑱五湖：湖名，即太湖。

⑲郢：郢都。流风：流行的风俗。

⑳旧邦：古国。黯(àn)黮(dǎn)：昏暗不明。

㉑时：时俗。溷浊：混浊。犹未央：没有改变。

㉒襜襜(chān)：摇动的样子。

㉓邑邑：微弱的样子。

㉔暾暾(tūn)：初升的太阳。舍：休息，留宿。

㉕焱焱(yàn)：同"炎炎"。光彩闪耀的样子。复顾：反射。

㉖骚骚：忧愁痛苦的样子。自故：依然这样。

【译文】

我游遍天下四海啊,上天入地奔驰翱翔。召集九天神灵在天中相聚啊,竖起彩虹旗子做指挥。乘驾凤凰向上飞翔啊,鹪鹩紧跟在身旁。孔雀飞舞来往迎送啊,仙鹤腾空飞起去了北极星。推开帝宫大门进入天苑啊,登上悬圃目眩眼花。系着玉枝戴着玉佩啊,长庚升起替代了太阳。乘着惊雷追逐迅疾的闪电啊,把众多鬼怪缚在了北极星。鞭策风伯让他在前面开路啊,又把玄帝囚禁在了太阳落下的地方。迎着大风在高空徘徊啊,我要把北方看遍。我向颛顼帝倾诉衷情啊,又去空桑山询问玄冥。转过车头前往崇山啊,到了苍梧山向舜帝奏明。乘着杨木轻舟到了会稽啊,请教伍子胥到了太湖。看见郢都的政治恶俗啊,我愿投身在沅湘。望着故乡一片昏暗啊,世道混乱没有一丝改变。怀抱兰草白芷芳香四溢啊,奸人嫉妒将它们摧残。张设的绛帷多么鲜艳美丽啊,微微轻风却将它遮挡。明晃晃的太阳留在了西山啊,余光闪耀反射向了天空。暂且趁这时休闲片刻啊,内心忧愁痛苦为何依然不变?

【原文】

叹曰:譬彼蛟龙,乘云浮兮。泛淫澒溶①,纷若雾兮。潺湲轇轕②,雷动电发,骕高举兮③。升虚凌冥④,沛浊浮清⑤,入帝宫兮。摇翘奋羽⑥,驰风骋雨,游无穷兮。

【注释】

①泛淫:浮游不定的样子。澒(hòng)溶(róng):水深而宽阔的样子。

②轇(jiāo)轕(gé):交错杂乱。

③骕(sà):马飞驰的样子。

④虚:太空。冥:天空最高处。

⑤沛(pèi):同"拂",排除。清:清气。

⑥翘:原指羽毛,在这里指龙的尾巴。

【译文】

　　乱辞说：就像那水中的蛟龙，腾云驾雾啊。在浓云里浮游不定，变幻无常如那大雾一样啊。如同水流一样交错杂乱，像电闪雷鸣，迅疾飞上高空啊。升到最高处，弃去浊气乘着清气去了天帝的宫殿啊。摆龙尾振双翼，乘风驾雨，遨游在太空啊。

九 思

题解：

"九思"，即九篇思念屈原的文章。

和王褒的《九怀》、刘向的《九叹》一样，这也是代屈原抒发忧愤，表达自己思念的一组文章。

《九思》的作者是汉代的王逸。《楚辞章句·九思》的序中说："《九思》者，王逸之所作也。逸，南阳人，博雅多览，读《楚辞》而伤愍屈原，故为之作解。又以自屈原终没之后，忠臣介士游览学者读《离骚》《九章》之文，莫不怆然，心为悲感，高其节行，妙其丽雅。至刘向、王褒之徒，咸嘉其义，作赋骋辞，以讚其志。则皆列于谱录，世世相传。逸与屈原同土共国，悼伤之情与凡有异。窃慕向、褒之风，作颂一篇，号曰《九思》，以裨其辞。"

《九思》的作者是王逸无可厚非，但对此序及注的作者，仍然存在着争议。以洪兴祖为代表的说是王逸之子王延寿写的序、作的注；以汤炳正为代表的又说是魏晋人写的序、作的注。

不管序、注的作者有何异议，本篇作者王逸却是让九篇诗歌组成了《九思》。这九篇文章中，《逢尤》《遭厄》主要写屈原受到的迫害，以及屈原内心的悲愤；《怨上》则主要写了屈原对君王的怨恨与希冀；《悯上》主要表达了王逸对屈原的怜悯同情；《疾世》《悼乱》则痛斥屈原当时所处的时代；《伤时》《哀岁》以季节变化、时光流逝来象征屈原的焦虑和恐慌；《守志》是《九思》的总结篇，用想象替屈原创造了一幅其乐融融的美妙画面，用想象替屈原实现了美政。

《九思》的九篇诗歌，在讲述屈原悲惨遭遇和痛苦忧伤的同时，也反映了像屈原一样的正直人士的状况和心境。

在写作手法上，《九思》的作者王逸用他丰富的想象力、精确的比喻、恰当的象征手法，让读者沉浸在了现实与理想、美好与邪恶的强烈对比中，在折射出屈原的矛盾心理的同时，也让读者和屈原一起，进入到了一种悲愤忧伤的情绪中，更深刻地理解了屈原这个人物。

逢　尤

题解：

"逢尤"即遭遇祸端。作为《九思》中的第一首，作者细腻地描写了屈原突遭横祸后的一系列心理活动：无法承受飞来横祸而独自远游，但身在游心却还在故国；虽然被楚王流放，却还保留着一丝念想。于是，屈原不断在想着前朝贤君的同时，又想起朝廷的黑暗；想着放下的时候，但心还在忧国忧民。他陷入到了巨大的矛盾和痛苦中。

整首诗里，作者都在描写屈原的纠结心理，身心一直处在极度的矛盾和痛苦中不能自拔。

作者王逸所写的《九思》，很大程度上借鉴了刘向的《九叹》，所以此篇与《九叹》的首篇《逢纷》非常相似。他和刘向一样，想通过对屈原生平遭遇的描写，表达对屈原的崇敬之情。

【原文】

悲兮愁，哀兮忧。天生我兮当暗时[1]，被谮谮兮虚获尤[2]。心烦愦兮意无聊[3]，严载驾兮出戏游[4]。

【注释】

①当暗：昏暗的世道。

②诼（zhuó）谮（zèn）：诋毁。在这里指遭到奸人的诽谤、污蔑。虚：无缘无故地。尤：受罪，祸端。

③烦愦：烦恼。无聊：没什么意思，在这里指不快乐。

④严载：整装待发。戏游：游玩，玩乐。

【译文】

我的心中啊是多么悲愁，我的心中啊是多么哀伤。天生我啊遇到了昏暗时世，蒙受毁谤啊无故遭罪责。我心里烦乱啊情绪愁闷，赶紧乘车啊去外面远游。

【原文】

周八极兮历九州①，求轩辕兮索重华②。世既卓兮远眇眇③，握佩玖兮中路踌④。羡咎繇兮建典谟⑤，懿风后兮受瑞图⑥。愍余命兮遭六极⑦，委玉质兮于泥涂⑧。遽僶俛兮驱林泽⑨，步屏营兮行丘阿⑩。车軏折兮马虺颓⑪，憇怅立兮涕滂沱⑫。

【注释】

①周：周游。八极：四面八方。九州：古时中国分为九州，所以这里是指全国。

②轩辕：帝王、皇帝。索：寻找，求。重华：当时帝王虞舜的名字。

③世：盛世。卓：遥远。眇眇：越来越。

④佩玖：玉佩上的装饰。玖，黑色的宝石。踌：踌躇，犹豫不决。

⑤咎繇："繇"同"谣"。"咎繇"人名，舜时掌管刑狱的人。典谟：当时很有名的一本书，是《尚书》中《尧典》《舜典》《大禹谟》和《皋陶谟》的统称。

⑥懿：称赞、赞美。风后：人名，黄帝时的臣子。瑞图：非常美妙的图，这里是

指上天赐予的好书籍。

⑦愍：同"悯"，怜悯，可怜。六极：在这里是指六种穷凶极恶之事。"六极"最早出现在《书·洪范》里，文中说："六极，一曰凶短折，二曰疾，三曰忧，四曰贫，五曰恶，六曰弱。"

⑧委：就像，比如。泥涂：污泥。

⑨遽：同"遂"。偟遑：同"张皇"，彷徨的意思。

⑩屏营：彷徨的意思。丘阿：山区的幽静处。

⑪车轫（yuè）：古时马车将车辕和横木相连接的钉子。虺（huī）颓："虺"，疲倦，虺颓在这里是指疲惫不堪的意思。

⑫惫怅："惫"同"惘"。惫怅是指惆怅失意。滂沱（tuó）：不停往下流，在这里是指泪水很多。

【译文】

八方和九州啊要去游遍，黄帝和虞舜啊要去寻求。盛世已经啊非常的遥远，握着玉佩啊半路上踌躇。美慕皋陶啊建立了典谟，赞美风后啊接受了瑞图。可怜我啊命中遭难受苦，抛弃美玉啊在泥泞中行路。仓皇中啊驱向山林水泽，惊慌中啊走进深山老林。车辕折断了啊马也疲劳生病，我怅然若失啊呆立双泪纵横。

【原文】

思丁文兮圣明哲①，哀平差兮迷谬愚②。吕傅举兮殷周兴③，忌嚣专兮郢吴虚④。仰长叹兮气饱结⑤，悒殟绝兮咜复苏⑥。虎兕争兮于廷中⑦，豺狼斗兮我之隅⑧。云雾会兮日冥晦⑨，飘风起兮扬尘埃。走鬯罔兮乍东西⑩，欲窜伏兮其焉如⑪。念灵闺兮隩重深⑫，愿竭节兮隔无由⑬。望旧邦兮路逶随⑭，忧心悄兮志勤勉⑮。魂茕茕兮不遑寐⑯，目眠眠兮寤终朝⑰。

【注释】

①丁文:"丁"是指武丁,也就是殷朝的高宗。"文"是指周文王。丁文在这里是称他们为明君。

②哀:可叹。平:楚平王。差:夫差。谬愚:错误愚蠢。

③吕:吕尚,也就是姜子牙。傅:傅说,殷商时期卓越的政治家、军事家。

④忌:楚国的大夫费无忌。嚭(pǐ):吴国的大夫宰嚭。专:专宠、宠爱。郢:楚国的都城。虚:废墟,在这里是指灭亡。

⑤饷结:"饷"同"噎"。饷结是指心里烦闷,气郁结胸。

⑥悒(yì)殟(wēn):昏厥,昏倒,突然失去知觉。绝:气绝。咶(huài):气息,喘息。

⑦兕(sì):古时的一种雌犀牛。虎兕在这里是比喻那些凶残暴力的人。

⑧隅:身边。

⑨冥晦:天气昏暗。

⑩鬯(chàng)罔(wǎng):"鬯",古代祭祀用的一种酒,"鬯"在这里同"怅"。"罔",受人蒙蔽、欺骗。鬯罔用在一起,在这里是指失意、怅然若失的样子。

⑪伏:隐藏,躲起来。焉如:不知道到哪里去了。

⑫灵闱:帝王的宫殿。奥(ào):房屋西南角最深处,在这里比喻隔膜太深。

⑬竭节:责任和义务。无由:没有什么途径,在这里是指和君王沟通困难。

⑭逶随:"逶",曲折。逶随在这里是指路途曲折遥远。

⑮劬(qú):过分辛苦劳累。

⑯茕茕:形单影只,孤独寂寞。遑(huáng):同"惶",恐惧。

⑰目眽(mò)眽:眼睁睁。寤(wù):睡醒。

【译文】

思慕武丁文王啊圣明智慧,哀叹平王夫差啊糊涂谬愚。傅说吕尚得到重用啊殷周兴盛,无忌宰嚭得宠啊郢吴成废墟。仰天长叹啊我气郁结心头,忧郁愤怒啊我昏厥又复苏。奸臣虎咒在朝廷中啊争权夺利，恶人豺狼在身旁啊打架斗殴。云雾聚集啊遮蔽了太阳，旋风刮起来啊尘土飞扬。我惆怅迷惘啊东奔西跑，想要隐居躲藏啊又能到何处去？思念君王啊阻隔重重，想竭尽忠诚啊却又阻隔不通。回望故乡道路啊曲折遥远，心中忧愁啊心志疲惫不堪。灵魂孤单啊无法入睡，眼睁睁的啊直到天明。

怨 上

题解：

"怨上"，对"上"诉说怨情。这里的"上"既可以理解为上天，又可以理解为君王，甚至很可能是双重意思。

这篇先是描述了屈原因受奸臣的排挤，独自在荒凉苍野中，想着朝廷混乱、社稷将倾而又无可奈何的悲痛心情；接着又写因为世事的艰险和环境的恶劣，使屈原整日沉浸在不安和痛苦中；最后写屈原对君主既怀抱希望又满是怨愤的复杂心情。

本篇通过屈原对上天（君王）的控诉，在诉说自己不公平的命运时，对楚国的政事也进行了批判，这种政治讽喻诗对后世的文人具有一定的启发作用。

【原文】

令尹兮謷謷[1]，群司兮浓浓[2]。哀哉兮浥浥[3]，上下兮同流。菽藟兮蔓衍[4]，芳虈兮挫枯[5]。朱紫兮杂乱[6]，曾莫兮别诸[7]。倚此兮岩穴，永思兮窈悠[8]。嗟怀兮眩惑[9]，用志兮不昭[10]。将丧兮玉斗[11]，遗失兮钮枢[12]。我心兮煎熬，惟是兮用忧[13]。

【注释】

①令尹：楚国的一种官职，相当于宰相。謷（áo）謷："謷"，傲慢无礼，叠字是为了加强语气。

②詅：同"哝"。詅詅，语焉不详，在这里是指叽叽喳喳的意思。

③哀：悲哀，可悲。湣（gǔ）湣：搅浑，在这里是指混乱。

④菽（shū）藟（lěi）：菽，原指豆类。藟，一种藤。两个字在一起是指小人的意思。蔓衍：到处都是。

⑤芳藃（xiāo）：藃，一种草的名字。芳藃是指芳草。挫枯：枯萎，败落。

⑥朱紫：原是指两种颜色，这里比喻正派和邪派两种类型的人。朱为正，紫为邪。

⑦曾：竟然。莫：没有人。别诸：分别开来。

⑧永思：绵长的思绪。窈悠：悠长，悠悠。

⑨嗟怀："嗟"，感叹词，嗟怀在这里是可叹的意思。眩惑："眩"，眩晕。"惑"，迷惑。眩惑在这里是指被奸臣迷惑。

⑩用志：有忠义之心者。不昭：难以看出。

⑪将丧：即将失去。玉斗：在这里是指北斗星。

⑫钮枢：天枢星，北斗七星中的一颗。

⑬惟：很是，非常。

【译文】

令尹在朝上啊胡言乱语，百官在下面啊叽叽喳喳。悲伤啊举国一片混乱，君臣上下啊龌龊不堪。蓬蒿啊遍地都在蔓延，香芷啊全部被折断枯烂。红色和紫色啊搅在一起，竟然无人啊将其分辨。身体靠在啊深山岩洞壁上，心里始终啊思念着君王。哀伤怀王啊遭到奸佞迷惑看不清楚，忠义之心啊无人明了。眼看国家啊就要丧失北斗柄，遗失啊天枢星。我的内心啊如火焚烧，想起来啊就悲痛不已。

【原文】

进思兮九旬①，复顾兮彭务②。拟斯兮二踪③，未知兮所投。遥吟兮中壄④，上察兮璇玑⑤。大火兮西睨⑥，摄提兮运低⑦。雷霆兮硍磕⑧，雹霰兮霏霏⑨。奔电兮光晃⑩，凉风兮怆凄。鸟兽兮惊骇，相从兮宿栖⑪。鸳鸯兮喔喔⑫，狐狸兮徽徽⑬。哀吾兮介特⑭，独处兮罔依。蝼蛄兮鸣东，蟊蠽兮号西⑮，载缘兮我裳⑯，蠋入兮我怀⑰。虫豸兮夹余⑱，惆怅兮自悲。伫立兮忉怛⑲，心结缚兮折摧⑳。

【注释】

①进思：想起。九旬："九"同"仇"，仇牧，人名。"旬"，荀息，也是人名。仇牧和荀息均是因为主人而遭到刺杀。

②复顾：又想起。彭务："彭"，彭咸。"务"，务光，均是人名。彭咸和务光均是为了国家而死。

③拟斯："拟"，效仿。"斯"，他们。这里是指要做像他们一样的人。

④遥：孤身一人。壄（yě）：同"野"。这里是指荒郊野外。

⑤上察：抬头看。璇玑："璇"，天璇星。"玑"，天玑星。

⑥大火：荧惑星，又称流火星，星宿中的红色大星。睨：斜视。

⑦摄提：也是星星的名字。运低：向下运行。

⑧硍（láng）磕（kē）："硍"，石头撞击的声音。"磕"也是石头的声音。硍磕在这里是指很大的雷声。

⑨霏霏：纷纷扬扬，形容密集。

⑩光晃：耀眼的光芒。

⑪宿栖：依偎着栖息。

⑫喔喔：鸟的叫声。

⑬徽徽：一个跟着一个。

⑭介特：孤身一人。

⑮蟊（máo）蠽（jié）：像小蝉一样的害虫。

⑯蝤（cì）：一种毛毛虫。

⑰蠋：蝴蝶、蛾等昆虫的幼虫。

⑱豸（zhì）：也是虫子，一种没有脚的虫子。

⑲忉（dāo）怛（dá）：悲伤，痛心疾首的意思。

⑳结縎（gǔ）：思绪错乱，郁结不解。折摧：低落到极点。

【译文】

想起来啊仇牧和荀息，又想起啊彭咸和务光。想要追随他们啊照着他们的遗迹走，却又不知啊该去向哪里。孤身徘徊歌吟在啊荒野中，抬头啊看见了天玑星。向西斜视啊看见了流火星，摄提星啊在往下运行。转眼间啊雷声隆隆，冰雹冰粒啊纷纷降落。闪电划过啊闪耀天空，凉风彻骨啊悲伤凄凉。飞禽走兽啊惊慌恐惧，相互跟随啊栖在一起。鸳鸯双双啊相互鸣叫，狐狸对对啊依傍而行。哀叹自己啊孤单寂寞，独自一人啊无所依靠。蝼蛄鸣叫啊在东边，小蝉呼喊啊在西侧。毛虫爬上了啊我的衣裳，蠋虫钻进啊我的怀中。各种昆虫啊都来夹攻我，惆怅失意啊独自悲伤。长久站立啊满怀忧伤，忧思郁结啊摧残心志。

疾 世

题解：

"疾世"，愤世嫉俗的意思。

本篇分了三个层次，先是描写屈原不屑与世间小人为伍，但寻遍天下却又求贤不得的无奈心境；随后写了屈原不得不向上天寻求帮助，以求得到解脱；接着写了屈原虽忠贞有义，但世事混乱终难中展宏图的无助；最后，屈原只能在理想和现实的矛盾间挣扎，嫉恨难平。

本篇还对屈原的《离骚》中"三次求女"的经历进行了改写，比如开篇就写"求水神兮灵女"，以此来表达屈原"知音难觅"的苦闷。此篇在写作宗旨上，除了对屈原的精神世界进行阐释外，还加入了一些儒家观念，体现了鲜明的时代思想文化特征。

【原文】

周徘徊兮汉渚①，求水神兮灵女②。嗟此国兮无良③，媒女诎兮诎娄④。鸲雀列兮哗讙⑤，鸲鹆鸣兮聒余⑥。抱昭华兮宝璋⑦，欲衒鬻兮莫取⑧。言旋迈兮北徂⑨，叫我友兮配耦⑩。日阴曀兮未光⑪，阒睄窔兮靡睹⑫。

【注释】

①周：四处，全部。汉渚：汉水一带。

②灵女：传说中的水神。

③无良：没有贤良之人。

④诎（qū）：语言笨拙。诎（lián）娄（lóu）：混乱不清，言语不清。

⑤哗（huá）讙（huān）：嘈杂。

⑥鸲（qú）鹆（yù）：一种小鸟的名字，又称为八哥。聒（guō）：声音吵闹，令人厌烦。

⑦昭华：一种美玉。宝璋：也是一种玉器，一种宝贝。

⑧衒（xuàn）鬻（yù）：原指炫耀，这里指出卖。

⑨言：助词。旋迈：转身远去。徂：行走。

⑩叫：呼喊。配耦：同"配偶"。这里是指知己，志同道合之人。

⑪阴曀（yì）：阴天有风。

⑫阒（qù）：同"闃"，寂静。睄（xiāo）窔：昏暗幽深。靡睹：无法看清。

【译文】

周游徘徊啊到了汉水滨，一心追求啊水中的女神。哀叹国家啊没有良人，媒人语言笨拙啊表达不清。鸲雀成群啊啼叫喧闹，八哥叽叽喳喳啊让人烦躁。怀里抱着啊珍贵玉器，想要出售啊却无人想要。转身即走啊径直北行，声声叫唤啊我的知音。日光昏暗啊没有光亮，空旷寂静啊无法看清。

【原文】

纷载驱兮高驰①，将谘询兮皇羲②。遵河皋兮周流③，路变易兮时乖④。沥沧海兮东游⑤，沐盥浴兮天池⑥。访太昊兮道要⑦，云靡贵兮仁义⑧。志欣乐兮反征⑨，就周文兮邠岐⑩。秉玉英兮结誓⑪，日欲暮兮心悲。惟天禄兮不再，背我信兮自违。窬陇堆兮渡漠⑫，过桂车兮合黎⑬。赴崑山兮曶骒⑭，从邛遨兮棲迟⑮。吮玉液兮止渴，啗芝华兮疗饥⑯。居嶂廓兮欹畴⑰，远梁昌兮几迷⑱。望江汉兮濩渃⑲，心紧萦兮伤怀⑳。时眈眈兮旦旦㉑，尘莫莫兮未晞㉒。忧不暇兮寝食，吒增叹兮如雷㉓。

【注释】

①高驰：纵马奔驰。

②谘（zī）询："谘"同"咨"。谘询在这里是拜访的意思。皇羲：伏羲氏。"皇"是尊称。

③遵：沿着。

④乖：反常。

⑤沥：渡过。

⑥沐盥浴："沐"是洗发。"盥"是洗手。"浴"是洗澡。

⑦访：见到。太昊：对伏羲氏的尊称。道要："道"，天道。"要"，要领。

⑧靡：没有什么。贵：珍贵、宝贵。

⑨志："我"的意思。

⑩邠（bīn）岐：地名，周朝建国之处。

⑪秉：手持。玉英：美丽的花朵。

⑫窬（yú）：从墙上爬过。陇堆：陇山。渡漠：穿过大漠。

⑬桂车、合黎：均为山的名字。

⑭曶（zhí）骒（lù）："曶"，古同"絷"，拴的意思。"骒"，古代一种跑得很快

的马。帛骥在这里是指拴着的骏马。

⑮邛：同"蛩"，一种兽的名字。棲迟：栖息，歇息。

⑯芝华：灵芝。疗：消除，止住。

⑰嵺（liáo）廓：空旷辽阔。尟（xiǎn）畴："尟"，同"鲜"，缺少。"畴"，同类，道中人。尟畴在这里是指缺少同道中人的意思。

⑱梁昌：踉跄的意思，在这里是指处境艰难。

⑲濩（huò）渃（ruò）：江水浩荡，形容水势很大。

⑳紧桊（juàn）："桊"，束缚，缠绕。紧桊就是紧紧缠绕。

㉑昢昢（pò）：日月甫出，光线不太明亮时的样子。旦旦：越来越亮。

㉒晞：消散。

㉓吒：愤怒的声音。增叹：如同。

【译文】

缤纷美丽的车驾啊疾速奔驰，将要去拜访啊上皇伏羲。沿着河岸啊四处周游，道路曲折啊时世无常。渡过沧海啊向东行进，洗漱沐浴啊在咸池当中。见到太皇啊请教天道要领，他说没有什么啊要重视仁和义。心中欢喜啊转而向西行，投奔周文王啊到了邠岐地界。手拿玉花啊互相结盟，太阳落山啊心生悲戚。想到天赐福禄啊不会再有，背弃忠信啊违背本意。越过陇山啊穿过大漠，经过桂车啊到了合黎。赶到昆仑山啊拴好骏马，跟随邛兽啊游览休息。吮吸玉液啊用来止渴，吃那芝华啊以此充饥。身居旷野啊形单影只，走路踉跄啊时常神迷。眺望江汉啊水势洪大，心绪繁乱啊内心悲伤。太阳刚出啊天色将亮，灰蒙蒙啊尘土飞扬。心郁难解啊无心进食，满腔愤怒啊吼声震天响。

悯　上

题解：

《悯上》中的"悯"是怜悯的意思；"上"，在汤炳正的《楚辞今注》中被认为是"己"。"悯上"，实际也就是怜悯自己的意思。

本篇的题旨是王逸对屈原所遭受的不公平待遇表达怜悯之情。

本篇在内容上，先是渲染了奸人当道、忠良被弃的昏暗现状；接着又刻画了主人公苦闷彷徨、满目凄凉的状况；最后描写屈原独处山中，孤独憔悴、满腹才华却不被用的凄怨心情。王逸是想通过这些场景描写，来表达对屈原的相知之情。

【原文】

哀世兮睩睩①，诶诶兮嗌喔②。众多兮阿媚③，骫靡兮成俗④。贪枉兮党比⑤，贞良兮茕独。鹄窜兮枳棘⑥，鹈集兮帷幄⑦。蘮蕠兮青葱⑧，槁本兮萎落⑨。睹斯兮伪惑⑩，心为兮隔错⑪。

【注释】

①睩睩：原指转动眼珠，有着美妙的眼神。在此指献媚。

②诶诶（jiàn）：巧辩之言。嗌喔：一种声音，在此指奉承的声音。

③媚：谄媚。

④骫（wěi）靡："骫"同"骪"，骨头弯曲。骫靡是指低头哈腰，没有骨气。俗：习惯。

⑤党比：拉党结派。

⑥鹄：鸿雁。窜：伏、困。

⑦鹈（tí）：一种水鸟。

⑧蘮（jì）蕠（rú）：一种草的名字。

⑨槁本：香草。萎落：枯萎，衰落。

⑩伪惑：虚伪丑恶。

⑪隔错：受到了挫折。

【译文】

哀叹世俗之人啊谨慎小心，巧言善辩啊只会奉承人。众多小人啊阿谀奉承，委屈取悦啊已成风气。贪婪奸佞之人啊拉帮结派，忠臣贤士啊却孤零零的没有依靠。鸿雁被困啊在那棘林里，鹈鹕却聚集啊在那帷幄中。杂草丛生啊葱葱郁郁，香草槁本啊却都枯萎凋零。看到世事如此啊虚假丑陋，内心顿时啊受挫失意。

【原文】

逡巡兮圃薮①，率彼兮畛陌②。川谷兮渊渊，山阜兮崟崟③。丛林兮崟崟④，株榛兮岳岳⑤。霜雪兮漼澨⑥，冰冻兮洛泽⑦。东西兮南北，罔所兮归薄⑧。庇荫兮枯树，匍匐兮岩石。蹐跼兮寒局数⑨，独处兮志不申⑩，年齿尽兮命迫促⑪。魁垒挤摧兮常困辱⑫，含忧强老兮愁不乐⑬。须发苓顿兮颡鬓白⑭，思灵泽兮一膏沐⑮。怀兰英兮把琼若，待天明兮立踯躅。云蒙蒙兮电倏烁⑰，孤雌惊兮鸣呴呴⑱。思怫郁兮肝切剥⑲，忿悁悒兮孰诉告⑳？

【注释】

①逡（qūn）巡："逡"，退让。逡巡在此是徘徊的意思。圃薮："薮"，湖泊。圃薮就是有着茂盛草木的湖泊，也就是沼泽。

②率：沿着。彼：这些地方。畛陌：田间小道。

③阜（fù）：同"阜"，山地。崟崟（è）：很高的山。

④崟崟：同"嶔嶔"，高耸入云。

⑤株榛：丛林。岳岳：满山遍野，形容多。

⑥漼（cuī）澨（yī）：高高的堆积，这里指霜雪堆积的样子。

⑦泫泽:结成了冰。
⑧罔:没有,找不到。归薄:归宿。
⑨蹁躅:蜷缩起来。局数:同"拘束"。
⑩志不申:壮志难酬。
⑪年齿尽:年老。命迫促:生命短促。
⑫魁垒:心情抑郁。挤摧:生命坎坷。
⑬强老:早早地老去。
⑭苧(níng)颔:散乱憔悴。颢(piǎo):斑白的。
⑮灵泽:天降甘露。一:代替。膏沐:润发的油脂。
⑯琼若:像玉一样的杜若,在这里形容珍贵。
⑰倏烁:闪烁。
⑱呴呴(gòu):鸣叫声。
⑲怫郁:愤愤不平。切剥:心如刀绞的感觉。
⑳悁(yuān)悒(yì):愤懑不平。

【译文】

徘徊彷徨啊在湖泊草丛,沿着它们啊走到田间小路。大川河谷啊幽深昏暗,高山峻岭啊高大巍峨。树木茂盛啊长成了森林,草木挺拔啊密布四周。寒霜白雪啊纷纷降落,冰冻水面啊越来越厚。不论东西啊还是南北,都没有啊我的安身之处。栖身躲避啊在那枯树下,匍匐爬行啊在那岩石中。局促蜷缩在啊寒风里,独居荒野中啊壮志难酬,寿命将尽啊人生短暂。一生坎坷挫折啊时常困苦屈辱,忧虑使人过早衰老啊没有快乐。头发蓬乱啊两鬓斑白,希望天降甘露啊滋润头发。怀抱兰花啊手持杜若,独自徘徊在黑夜啊等待天明。云雾蒙蒙啊闪电如梭,孤单雌鸟啊受惊哀鸣。心中愤懑啊肝肠寸断,满腔忧愤啊要向谁倾诉?

遭 厄

题解:

"遭厄",遭受祸端的意思。

本篇描写了屈原在遭受排挤和迫害后,忍辱远离却又寻不到出路的经历。

在内容上,作者先写了因为奸佞之人充溢朝中,贤良之士被逐的场景;随后又写屈原不愿同流合污,不得不远走他乡;接着写屈原坠入不见天日的地方,迷失了方向;最后写飞天神游的屈原从天上看到了思念的故乡,但因为小人当道又犹豫不决的矛盾心情。

这是作者王逸对屈原死前心情和生活状态的想象,他通过描写屈原在理智和情感中的矛盾挣扎,表达了自己对屈原经历和心情的感同身受。

【原文】

悼屈子兮遭厄①,沉玉躬兮湘汨②。何楚国兮难化,迄于今兮不易③。士莫志兮羔裘④,竞佞谀兮谿阋⑤。指正义兮为曲,讻玉璧兮为石⑥。鸱鹏游兮华屋⑦,鹓鶵栖兮柴蔟⑧。起奋迅兮奔走,违群小兮谿诟⑨。

【注释】

①屈子:屈原。子,对人的尊称。

②玉躬:玉体,这里的玉也是一种尊称。湘汨:屈原所投的汨罗江。

③不易:没什么变化。

④羔裘:原本出自一首赞美士大夫的诗,在此是精忠报国的意思。

⑤阋(xì):不和,争吵。

⑥讻(zǐ):同"訾",诋毁。

⑦鸱(chī)鹏:鸱同"鸱",一种很凶恶的鸟。鹏同"雕",一种猛禽。

⑧鹓（jùn）鸡（yí）：一种良鸟。柴蔟（cù）：柴木构建成的鸟巢。

⑨违：躲开。误（xǐ）诟（gòu）：辱骂、羞辱。

【译文】

哀悼屈原啊无故遭了殃，高洁之躯沉入到啊汨罗江。楚国为何这么难以教育感化，至今仍然啊没有改变。士人无志啊低俗鄙恶，竞相谄媚啊时常内讧。将公理正义啊当成邪恶，诋毁玉璧啊是块石头。恶鸟斑鸠盘旋游玩啊在那华屋中，神鸟鹓鸡却只能栖息啊在柴棚。无奈奋起啊向外逃。躲避这群小人啊骂轻视。

【原文】

载青云兮上升，适昭明兮所处①。蹑天衢兮长驱②，踵九阳兮戏荡③。越云汉兮南济④，秣余马兮河鼓⑤。云霓纷兮晻翳⑥，参辰回兮颠倒⑦。逢流星兮问路，顾我指兮从左。径娵觜兮直驰⑧，御者迷兮失轨⑨。遂踢达兮邪造⑩，与日月兮殊道。志阏绝兮安如⑪，哀所求兮不耦⑫。攀天阶兮下视，见鄢郢兮旧宇。意逍遥兮欲归，众秽盛兮杳杳⑬。思哽饐兮诘诎⑭，涕流澜兮如雨。

【注释】

①适：奔向。

②蹑：踩着，踏着。衢：大路。

③踵：走到。九阳：太阳升起的地方。

④云汉：云河。济：地方。

⑤秣（mò）：牲口的饲料。余：休息。河鼓：指牵牛星。

⑥晻（yǎn）翳（yì）：光线被遮盖住而形成的阴影。

⑦参辰：两颗一东一西的星星。

⑧径（jìng）："径"同"径"，在这里指穿过，越过。娵（jū）觜：星宿名。

⑨失轨：失去了方向。

⑩踢达：没走正途，走路歪斜的样子。邪造：同样指歪歪扭扭。

⑪阏（è）：堵塞。安如：该怎么办呢。

⑫不耦：不符合。

⑬众秽：一群小人。杳杳：原指昏暗，这里指世俗乌烟瘴气。

⑭哽饐："饐"同"噎"。哽饐，伤心哽咽。诘（jié）诎（qū）：说不出话来。

【译文】

乘着青云啊缓缓升上天，奔向光明啊所在的地方。踩着天路啊径直驰骋，走到旸谷啊悠闲游荡。越过银河啊向南飞渡，喂马休整啊来到了牵牛星。云霓纷纷拥来啊遮蔽阳光，一东一西的星星来回啊交替穿行。遇到流星啊向它问路，回头指示我啊向左驰骋。经过娵觜啊我径直向前奔，迷失方向啊不知去向何方。于是胡乱走啊走上邪道，与日月所行啊互相背离。满心志向阻隔啊该去往何方，哀叹追求的理想啊无人应和。攀上天阶星啊向下望，看见郢都啊我的故乡。心意动摇啊想回家乡，佞人众多啊世风混浊。想来想去啊伤心哽咽，眼泪如雨啊不停流下。

悼 乱

题解：

"悼乱"，哀悼世事的混乱。

这篇文章表达了主人公想要奔赴远方时的复杂、繁乱心情。

本篇一开始就从"乱"入手，描写了自然界群兽并存、是非倒置的混乱场景；接着又写贤良之人被逐而佞人得宠的黑暗朝政；随后写想要隐居却满目怪兽恶鸟，生存受到威胁的恐怖情景；最后写主人公孤身一人、知音难觅又陷入困境，最终发现自己最眷恋的还是祖国、君王的心情。作者同样运用合理化的想象，将屈原在严峻形势下百折不挠的爱国精神进行了描述，令人钦佩。

【原文】

嗟嗟兮悲夫①，殽乱兮纷挐②。茅丝兮同综③，冠屦兮共絇④。督万兮侍宴⑤，周邵兮负刍⑥。白龙兮见射⑦，灵龟兮执拘⑧。仲尼兮困厄⑨，邹衍兮幽囚⑩。伊余兮念兹⑪，奔遁兮隐居。将升兮高山，上有兮猴猿。欲入兮深谷，下有兮虺蛇⑫。左见兮鸣鵙⑬，右睹兮呼枭⑭。惶悸兮失气，踊跃兮距跳⑮。便旋兮中原⑯，仰天兮增叹。菅蒯兮墼莽⑰，薠苹兮仟眠⑱。鹿蹊兮躖躖⑲，貒貉兮蟬蟬⑳。鹠鹠兮轩轩㉑，鹔鹴兮甄甄㉒。

【注释】

①嗟嗟：叹词，表示感慨。

②殽乱：交错纷乱。纷挐（ná）："挐"同"拿"，纷纷伸手，表示混乱不堪。

③茅丝：原意是茅草和丝线，但在本文暗指忠奸、善恶。

④屦（jù）：古代用麻葛做成的鞋子。共絇（qú）："絇"，古代鞋上的饰物。共絇，是指拥有共同的饰物。

⑤督万："督"是指华督。"万"是指宋万。华督和宋万都是宋人，而且都是刺杀君王的人。

⑥周邵：周公和邵公。这两个人都是周国的开国功臣。负刍："刍"，柴草。负刍，是背柴的意思，这里是指樵夫。

⑦白龙：这里指河神。躲同"射"

⑧执拘：拘禁。

⑨仲尼：孔子，曾处境困难。

⑩邹衍：战国时的齐人，曾遭人陷害入狱。

⑪伊余："我"的意思。兹：这些事。

⑫虺（huǐ）：一种毒蛇。

⑬鵙（jú）：伯劳鸟。

⑭枭：一种恶鸟。

⑮距跳：跳跃。

⑯便旋：徘徊。中原：这里是指原野。

⑰菅（jiān）蒯（kuǎi）：可编绳的一种茅草。壄（yě）：同"野"。壄莽是指满山遍野。

⑱薍（guán）苇（wěi）：芦苇。仟眠：草木丛生的样子。

⑲蹊：路线，这里是指在路上走。蹢蹢：形容走路的样子。

⑳貒（tuān）貉（hé）："貒"是指猪獾。"貉"也是一种野兽。蟫蟫（xún）：紧紧跟随。

㉑鸇（zhān）鹞（yào）：两种猛禽。轩轩：这里形容猛禽飞动的样子。

㉒甄甄：这里指鹌鹑飞翔的样子。

【译文】

长吁短叹啊内心好悲伤，忠奸混淆啊时世混乱。茅草丝线啊在一起织，帽子鞋子啊同样装饰。刺杀君王的华督宋万啊陪君吃喝，开国功臣周公邵公啊却被放逐去背柴草。镇海白龙啊惨遭射眼，深渊神龟被捉拿拘禁。圣人孔子啊受尽困苦，贤人邹衍啊却被幽禁。想到这些啊伤心史事，赶快远走他乡啊隐居躲避。准备攀登啊那巍峨高山，可上面有啊乱舞的猿猴。想要进入啊深谷中，下面却有高举头的啊毒蛇。左边听见啊伯劳在叫，右边看见啊鸱鸦鸣呼。心中惊恐啊没有勇气，挣扎跳跃啊急忙逃出。盘旋徘徊啊在那荒野中，面对天空啊长叹不已。丛丛茅草啊郁葱繁盛，荻草芦苇啊簇拥茂密。麋鹿奔跑啊留下足迹，猪獾小貉啊相互追逐嬉戏。只只鸇鹞啊翩翩飞翔，对对鹌鹑啊飞个不停。

【原文】

哀我兮寡独，靡有兮齐伦①。意欲兮沉吟，迫日兮黄昏。玄鹤兮高飞②，曾逝兮青冥③。鸧鹒兮喈喈④，山鹊兮嘤嘤⑤。鸿鸪兮振翅，归雁兮于征。吾志兮觉悟，怀我兮圣京⑥。垂屣兮将起⑦，跙俟兮硕明⑧。

348

【注释】

①齐：共同。伦：同一种人。

②玄鹤：黑色的仙鹤。

③曾逝：渐渐消失。青冥：广阔的天空。

④鸧（cāng）鹒（gēng）：一种黄鹂鸟。喈喈（jiē）：鸟叫声。

⑤嘤嘤：形容小鸟清脆的声音。

⑥圣京：这里指故都鄢郢。

⑦垂屣（xǐ）：穿上鞋子。

⑧跱俟（sì）："跱"，停住脚步。"俟"，等待。跱俟在这里指等待机会。硕明：天色大亮。这里指好机会到来。

【译文】

哀叹自己啊太孤寂，没有啊知己在一起。想要啊低头沉思，可日落西山啊黄昏已止。玄鹤啊高高飞翔，远远消失啊在那蓝天中。黄鹂鸣叫啊声声清脆，山鹊啼唱啊低音缠绕。鸿雁鸧鹒啊展翅而飞，南归大雁啊将要远行。我的内心啊开始觉醒，时时怀念啊故都郢城。穿着鞋子啊我将起身，长久站立啊等待天明。

伤　时

题解：

"伤时"，既指伤感于时间，又指伤感于时局。

本篇通过季节的转换，从冬去春来、草木萌生的清明季节，写到了冬季的清冷肃杀和草木枯萎凋零。通过借景喻世，为读者展现了小人横行、忠良遇害的浊世。于是，主人公远遁他乡避祸患，虽然受到了神灵的热情接待，但依然思念着衰败的故国。

通篇都在"乱"和"思"的交织下，形象地表现出主人公对国家的热爱和对现实状况的无奈。当然，《伤时》的内容还是立足于春天的万物复萌，表达了作者渴望屈原愉悦解脱的心情。

【原文】

惟昊天兮昭灵①，阳气发兮清明②。风习习兮龢煖③，百草萌兮华荣。堇荼茂兮扶疏④，蘅芷凋兮莹嫇⑤。愍贞良兮遇害⑥，将夭折兮碎糜。时混混兮浇馈⑦，哀当世兮莫知。览往昔兮俊彦⑧，亦诎辱兮系累⑨。管束缚兮桎梏⑩，百贸易兮傅卖⑪。遭桓缪兮识举⑫，才德用兮列施⑬。

【注释】

①惟：文章开始时的语气词。昊天：春天。昭灵：显示神通。

②清明：空气清新。

③习习：微风。龢（hé）煖（nuǎn）："煖"同"暖"。龢煖，温暖的意思。

④堇（jǐn）荼（tú）："堇"和"荼"均指一种植物。扶疏：枝繁叶茂。

⑤莹嫇（míng）：枯萎凋谢。

⑥愍（mǐn）：同"悯"。可怜，怜悯。贞良：忠贞贤良之士。

⑦时：时世。浇（jiāo）馈（zàn）：以羹浇饭，在这里表示混乱。

⑧览：看。俊彦：俊杰，杰出的人才。

⑨诎（qū）辱："诎"同"屈"。诎辱，委屈和耻辱。系累：为某某事所累。

⑩管：管仲。春秋战国时，齐国的著名政治家。桎（zhì）梏（gù）：中国古代的一种刑具。在手上戴的为梏，在脚上戴的为桎。类似于现在的手铐脚镣。

⑪百：人名，百里奚，秦穆公时的著名政治家。傅卖：自己将自己卖了。

⑫桓缪：齐桓公和秦穆公。识举：赏识。

⑬列施：充分地展示。

【译文】

只有春天啊最显神通，气候温暖啊空气清新。春风习习啊温暖舒适，百草萌生啊欣欣向荣。堇葵苦菜啊枝叶茂盛,杜蘅白芷啊却凋零枯萎。哀怜忠良之士啊遭迫害,都要死去啊身体碎烂。时世混浊啊犹如汤浇饭,可悲当世人啊没人看穿。看到往昔啊诸多才俊,遭受屈辱啊陷入困境。管仲被捆绑啊套上了脚镣手铐,百里奚迫于无奈自卖自己。遇到齐桓公、秦穆公啊识贤能,贤才最终啊得以施展。

【原文】

且从容兮自慰,玩琴书兮游戏①。迫中国兮迮陿②,吾欲之兮九夷③。超五岭兮嵯峨④,观浮石兮崔嵬⑤。陟丹山兮炎野⑥,屯余车兮黄支⑦。就祝融兮稽疑⑧,嘉己行兮无为⑨。乃回揭兮北逝⑩,遇神嬬兮宴娱⑪。欲静居兮自娱,心愁感兮不能。放余辔兮策驷⑫,忽飙腾兮浮云。蹑飞杭兮越海⑬,从安期兮蓬莱⑭。缘天梯兮北上,登太一兮玉台⑮。使素女兮鼓簧⑯,乘弋龢兮讴谣⑰。声噭誂兮清和⑱,音晏衍兮要媱⑲。咸欣欣兮酣乐⑳,余眷眷兮独悲㉑。顾章华兮太息㉒,志恋恋兮依依。

【注释】

①游戏:玩乐。

②中国:国家状况。迮(zé)陿(xiá):狭小、狭窄,这里是指环境险恶。

③九夷:古时对东方少数民族的统称。

④五岭:一座山的名字,是长江和珠江的分水岭。嵯(cuó)峨:崇山峻岭,山势高峻的样子。

⑤浮石:东海一座山的名字。崔嵬(wéi):形容山势高耸入云的样子。

⑥陟(zhì):登高。丹山:古时南方一座山的名字。炎野:古时南方一个地名。

⑦屯:停下,止步。黄支:古时南方一个国家的名字。

⑧祝融:古代传说中的火神。稽疑:解答疑问。

⑨嘉:夸奖。无为:不特意为之,一切顺其自然的意思。

⑩回揭（qiè）："揭"，离去。回揭，转身离去。

⑪嬛（xié）：北方一个神的名字。娭（xī）：玩乐，嬉戏。

⑫辔（pèi）：驾驭马的缰绳。驷：古代的一种马车，一车四马来拉。

⑬蹠（zhí）：乘坐。杭：行船。

⑭安期：神话中仙人的名字。蓬莱：神话里仙人居住的地方。

⑮太一：神仙的名字。玉台：神仙太一居住的地方。

⑯素女：神仙的名字，擅长音乐的女神。鼓簧：吹奏笙。"簧"，笙管中的铜叶。

⑰乘弋：仙人的名字。龢：同"和"。讴谣：唱歌。

⑱嗷（jiào）誂（tiǎo）：声音妩媚动听。清和：清亮和谐。

⑲晏衍：旋律优美。要婬（yín）："婬"，迷人。要婬，妖冶迷人。

⑳咸：都，全部。酣乐：陶醉。

㉑眷眷：眷恋。

㉒顾：看。章华：号称"天下第一台"，春秋时楚灵王所造。太息：长长叹息。

【译文】

姑且舒缓自得啊自我安慰，抚琴看书啊自得其乐。郢都处境啊狭隘又险恶，我想迁居啊到九夷。飞越五岭啊高峻巍峨，观看浮石啊高耸入云。登上丹山啊那块热土地，停车休整啊在黄支。询问火神祝融啊决断疑事，他夸我"无为"行事啊要顺其自然。于是返回啊到了北方，遇到神嬛啊宴饮嬉戏。想要安静下来啊自娱自乐，心中悲愁啊怎么都做不到。放开缰绳啊鞭打快马，瞬间腾空啊上了浮云。乘坐飞船啊渡过了大海，跟随仙人安期啊到了蓬莱。攀援天梯啊扶摇北上，登上太一啊白玉高台。命令神仙素女啊吹笙竽，仙人乘弋伴唱啊歌声缭绕。声音高亢啊音调清柔，旋律悠长啊舞姿柔美。众人高兴啊乐陶陶，我恋家乡啊独悲戚。俯视章华啊长叹息，恋恋不舍啊情依依。

哀 岁

题解：

"哀岁"，哀叹年华的远逝。

本篇和《伤时》在写法上非常相似，不过一个从万物凋零的秋季写起，另一个却从万物萌生的春天写起。本篇通过萧瑟的秋季，暗指屈原被逐后，满腹才华和忠贞报国心不能发挥的惆怅和无奈。眼看着奸臣佞人把国家搞得乌烟瘴气却又无能为力，还有什么比这更痛苦的呢？秋季的萧瑟和凋落，犹如屈原所处的险恶环境。无处躲藏的尴尬，让屈原感到了绝望，不断流逝的岁月和国家的愈加衰败，让屈原痛苦不堪。

【原文】

旻天兮清凉①，玄气兮高朗②。北风兮潦洌③，草木兮苍唐④。蟋蚗兮噍噍⑤，蜈蛆兮穰穰⑥。岁忽忽兮惟暮，余感时兮凄怆。伤俗兮泥浊⑦，矇蔽兮不章⑧。宝彼兮沙砾⑨，捐此兮夜光⑩。椒瑛兮涅污⑪，葈耳兮充房⑫。摄衣兮缓带⑬，操我兮墨阳⑭。升车兮命仆⑮，将驰兮四荒⑯。下堂兮见虿⑰，出门兮触蜂。巷有兮蚰蜒⑱，邑多兮螳螂⑲。睹斯兮嫉贼⑳，心为兮切伤。

【注释】

①旻（mín）：天空，通常是指秋季的天空。

②玄气：大自然的气候。

③潦洌：有凛冽之意。

④苍唐："苍"，苍凉。苍唐指的是秋季万物凋零时的衰败景象。

⑤蟋（yī）蚗（jué）："蟋"和"蚗"均是一种虫子。噍噍（jiāo）：昆虫的叫声。

⑥蜈（jí）蛆（jū）：蟋蟀或蜈蚣。穰穰：原指五谷丰登，这里是指虫子密集、多的意思。

⑦伤：悲伤。俗：世俗。

⑧矇蔽：同"蒙蔽"，遮住看不清楚。不章：辩不明白。

⑨彼：被。

⑩捐：丢弃，舍弃。夜光：夜明珠，在这里指宝贝。

⑪椒瑛："椒"，香木。"瑛"，美玉。椒瑛是指品德高尚的人。

⑫菓(xǐ)耳：苍耳，一种草本植物。在这里比喻品德低下之人。充房：充满房屋，这里指到处都是。

⑬摄：整理。缓：松开。

⑭操：手持。墨阳：古代一种宝剑的名字。

⑮升车：准备好车驾。

⑯四荒：四面无人，偏僻荒凉的地方。

⑰虿(chài)：古书上的一种毒虫。

⑱蚰蜒：一种生活在阴湿地方的虫子。

⑲邑：城里。

⑳嫉贼："嫉"，嫉恨。"贼"，对人民有害的人。

【译文】

秋天天气啊渐渐清凉，晴空万里啊天气清朗。北方寒风啊萧瑟凄凉，花草树木啊凋零枯黄。寒蝉嘁嘁啊叫得发慌，蟋蟀蜈蚣啊多得纷纷攘攘。时光飞逝啊一年又尽，感慨岁月啊心中悲伤。哀伤世俗啊混乱污浊，蒙蔽人心啊不辨真相。沙子碎石啊被当宝贝，夜光明珠啊却被弃一旁。花椒美石啊被污染，恶草菓耳啊却堆满房。整理衣冠啊放宽衣带，手持利剑啊出门远行。命令仆人啊准备车驾，将要驰向啊荒凉四方。走下台阶啊看见了毒虿，走出大门啊遇上了马蜂。街巷里面密布着啊蚰蜒，城镇里面爬满啊螳螂。看到这些啊痛恨奸佞小人，心愤愤然啊感到心痛。

【原文】

俛念兮子胥①,仰怜兮比干②。投剑兮脱冕③,龙屈兮蜿蟤④。潜藏兮山泽,匍匐兮丛攒⑤。窥见兮溪涧,流水兮沄沄⑥。鼋鼍兮欣欣⑦,鳣鲇兮延延⑧。群行兮上下,骈罗兮列陈⑨。自恨兮无友,特处兮茕茕。冬夜兮陶陶⑩,雨雪兮冥冥⑪。神光兮颎颎⑫,鬼火兮荧荧。修德兮困控⑬,愁不聊兮遑生⑭。忧纡兮郁郁⑮,恶所兮写情⑯。

【注释】

①俛(fǔ):同"俯"。

②怜:想念。

③脱冕:脱下帽子。

④蜿蟤(zhuān):弯曲,不能伸展。

⑤丛攒:草木丛生的地方。

⑥沄沄(yún):形容水流汹涌。

⑦鼋(yuán)鼍(tuó):鳖和鳄鱼。欣欣:悠然自得的样子。

⑧鳣(shàn)鲇(nián):"鳣",同"鳝"。"鲇",鲇鱼。延延:形容游来游去的样子。

⑨骈(pián)罗:整齐地排列。

⑩陶陶:形容漫长。

⑪冥冥:昏暗。

⑫颎(jiǒng)颎:非常亮的样子。

⑬修德:修养德行。困控:没有人帮着引进。

⑭聊:开心,快乐。遑生:如何为生。

⑮忧纡(yū):忧愁环绕。

⑯恶(wū)所:"恶"在此是"无"的意思。写情:排解心情。

【译文】

低头思念啊伍子胥,抬头却把比干想。扔掉利剑啊脱下帽冠,暂且屈曲啊不再伸张。隐藏荒山啊隐居水泽,匍匐丛林啊在草木莽莽中。远远看见啊山间溪流,水流回旋啊汹涌奔流。大鳖、鼍龙啊悠然自得,鳣鱼、鲇鱼啊聚集在一起。上上下下啊成群游动,并列分布啊排列成行。可恨自己啊没有知己,独自一人啊凄凉孤苦。寒冬夜漫长啊实在难熬,雨雪纷飞啊昏暗无光。荒野神光啊炯炯闪亮,山中鬼火啊闪烁点点。德行美好啊无人引进,忧愁难解啊怎能生活。忧思郁积啊愁绪环绕,何处宣泄啊我的感情。

守 志

【题解】:

"守志"在这里是指恪守志向,实现理想的意思。

此篇表面上看是一首有着神话色彩的"游仙"诗,但实际却是为了说明屈原遭到流放后,坚守志节,不同流合污的美好品格。

本篇先写了主人公因不满现状而远飞仙界;接着写他到了仙界后和前朝的圣贤、天上星宿同游交谈的愉快场景;最后写他辅助天帝建立功勋,精神上获得了极大的满足。

整篇乐观向上,丝毫没有流露出失意和哀叹的情绪。不过,乱辞部分描绘的君明臣贤、国泰民安的美好画卷,却表达了王逸对屈原所处黑暗时世的愤慨及同情。同时,他借想象来替屈原完成美政,可见其对屈原的敬重和欣赏。

【原文】

陟玉峦兮逍遥,览高冈兮嶢峣①。桂树列兮纷敷,吐紫华兮布条②。实孔鸾兮所居③,今其集兮惟鸮④。乌鹊惊兮哑哑,余顾瞻兮怊怊⑤。彼日月兮暗昧⑥，障覆天兮祲氛⑦。伊我后兮不聪⑧，焉陈诚兮效忠⑨。摅羽翮兮超俗⑩，游陶遨兮养神⑪。乘六蛟兮蜿蝉⑫，遂驰骋兮升云。

【注释】

①峣峣（yáo）：形容山势高大。

②紫华：紫色的花。"华"同"花"。布条：枝条摇曳。

③实：同"是"。孔鸾：孔雀和鸾鸟。

④惟鸮（xiāo）："惟"，只有。"鸮"同"鸱"，这里指猫头鹰。

⑤怊怊（chāo）：惆怅。

⑥暗昧：昏暗无光。

⑦祲氛：不祥的气氛。

⑧伊：放在句首的助词。后：君王。不聪：不明白。

⑨焉：如何能。陈：表明。

⑩摅（shū）：同"舒"，舒展的意思。翮（hé）：翅膀。

⑪游陶：无牵无挂。养神：养足精神。

⑫蜿蝉：蛟龙蜿蜒盘旋的样子。

【译文】

登上玉山啊独自徜徉，看见山冈啊高大巍峨。桂树成行啊分布错杂，紫花开放啊枝条舒展。原是孔雀、凤凰啊栖息处，如今聚集的啊却是鸱鸮。乌鸦、喜鹊受惊吓啊哑哑直叫，我见此景啊心悲伤。看那太阳月亮啊昏暗无光，遮天蔽日啊不吉祥。我的君王啊受蒙蔽看不清楚，如何表明忠心啊尽忠诚？展翅高飞啊离开世俗世界，尽情遨游啊怡养精神。乘上六龙啊盘旋而行，驰骋而上啊直达云宵。

【原文】

扬彗光兮为旗，秉电策兮为鞭。朝晨发兮鄢郢，食时至兮增泉①。绕曲阿兮北次②，造我车兮南端③。谒玄黄兮纳贽④，崇忠贞兮弥坚⑤。历九宫兮遍观⑥，睹秘藏兮宝珍。就傅说兮骑龙⑦，与织女兮合昏⑧。举天罼兮掩邪⑨，彀天弧兮躲奸⑩。随真人兮翱翔⑪，食元气兮长存。望太微兮穆穆⑫，眄三阶兮炳分⑬。相辅政兮成化⑭，建烈业兮垂勋。目瞥瞥兮西没⑮，道遐迥兮阻叹⑯。志稸积兮未通⑰，怅敞罔兮自怜⑱。

【注释】

①增泉：这里指银河。

②次：留宿。

③造：接着。

④谒（yè）：拜见。玄黄：天地之神。纳贽：馈赠佳品。

⑤崇：崇尚。弥坚：异常坚定。

⑥九宫：这里指天官。

⑦傅说（yuè）：人名。曾经的贤臣，相传死后成了神仙。

⑧合昏：通婚。"昏"同"婚"。

⑨天罼（bì）：星名。掩邪：将邪恶之人一网打尽。

⑩彀（gòu）：张满的弓。天弧：星名。躲：同"射"。

⑪真人：仙人。

⑫太微：太微星。穆穆：庄严肃穆的情景。

⑬三阶：星名。炳分：光彩夺目。

⑭成化：育化众人。

⑮目：太阳。瞥瞥：突然，表示很快。

⑯遐迥：特别遥远的距离。

⑰稸（xù）积："稸"压抑。稸积，郁积而不能发挥。

⑱敞罔：惆怅失意的样子。

【译文】

扬起彗星的光啊作旗帜，抓起闪电啊当马鞭。清晨出发啊从故乡郢都，中午时候啊到了银河之边。绕过曲阿山啊在北方住宿，接着驾车啊赶往南边。拜见天地之神啊献上礼物，崇尚忠贞之心啊更加坚定。经过帝宫啊到四处去看，奇珍异宝啊尽收眼底。走近傅说啊骑苍龙，又与织女啊来结婚。拿起天罼啊网尽邪恶，拉满天弧啊射奸佞。跟随仙人啊飞翔太空，吸食元气啊以求长存。望见太微星啊肃穆庄严，看见三阶星啊光辉灿烂。共同辅政啊成教化，建立伟业啊传功勋。太阳转眼啊向西方沉，前路遥远啊阻隔重重。满怀壮志啊未能实现，惆怅迷惘啊自叹自怜。

【原文】

乱曰：天庭明兮云霓藏，三光朗兮镜万方①。斥蜥蜴兮进龟龙②，策谋从兮翼机衡③。配稷契兮恢唐功④，嗟英俊兮未为双⑤。

【注释】

①三光：这里指日、月、星的光辉。

②斥：赶走。蜥蜴：这里借蜥蜴这种虫比喻那些奸臣小人。龟龙：借龟和龙这两种灵物来比喻忠良之士。

③翼：辅佐。机衡：北斗星，这里有定国安邦之意。

④配：比得上。稷契："稷"指后稷，唐尧时的贤臣之一。"契"，商先祖，也是贤臣。

⑤嗟：感叹。英俊：英武贤能。为双：独一无二，无人相比。

【译文】

尾声：天庭清明啊云霓深藏，三光明朗啊照耀四方。斥退奸佞的蜥蜴啊请来忠良龟龙，出谋划策啊定国安邦。比得上后稷、契的德行啊发扬唐尧的功绩，赞叹英武贤能啊无人能比。